庫 NV

》

死んだライオン

ミック・ヘロン
田村義進訳

早川書房
7712

DEAD LIONS

by

Mick Herron

Translated by
Yoshinobu Tamura

First published 2016 in Japan by
HAYAKAWA PUBLISHING, INC.
This book is published in Japan by
arrangement with
JULIET BURTON LITERARY AGENCY
through OWLS AGENCY, INC., TOKYO.

MSJに

死んだライオン

登場人物

ジャクソン・ラム……………………………〈泥沼の家〉のリーダー
リヴァー・カートライト……………………〈泥沼の家〉のメンバー
デイヴィッド（O・B）……………………リヴァーの祖父
ローデリック・ホー
キャサリン・スタンディッシュ
ミン・ハーパー
ルイーザ・ガイ
マーカス・ロングリッジ
シャーリー・ダンダー
（以上）…………〈泥沼の家〉のメンバー
イングリッド・ターニー……………………保安局の局長
ダイアナ・タヴァナー（レディ・ダイ）……保安局のナンバーツー
ニック・ダフィー
ジェームズ・ウェブ（スパイダー）
モリー・ドーラン
（以上）……保安局員
アルカディ・パシュキン……………………ロシアの大富豪
キリル
ピョートル
（以上）………………………………パシュキンの部下
ニコライ・カチンスキー……………………語学スクールの経営者
ケリー・トロッパー
レイ・ハドリー
グリフ・イェーツ
スティーヴン・バターフィールド
メグ
アンディ・バーネット
（以上）………アップショットの住人
トミー・モルト………………………………アップショットの便利屋。行商人
ディッキー・ボウ……………………………バスで死んだ男
アレクサンドル・ポポフ……………………伝説

スウィンドンでヒューズが飛んで、イギリス南西部の鉄道システムは機能不全に陥った。パディントン駅では、電光掲示板から出発時刻が消えて、軒並み〝遅延〟の表示に変わり、列車はプラットホームに釘付けになった。不運な旅行者たちはコンコースでスーツケースのまわりに集まり、こういうことには慣れっこになっている通勤客はパブへ向かったり、市内にいる愛人の家で一夜を過ごすための絶好の口実ができたことにニンマリしながら自宅に電話をかけたりしている。ウースター行きのHST特急はロンドンから列車で三十六分ほど行ったところで速度を落とし、テムズ川ぞいの線路上で停止した。川面を照らしているハウスボートの明かりに、二艘の競技用のカヌーの艇影が一瞬浮かび、ディッキー・ボウがそこに目を向けると同時に、肌寒い三月の夕闇にふたたび呑みこまれて視界から消えた。

まわりの者は口々に文句を言ったり、腕時計に目をやったり、携帯電話をかけたりしている。ディッキー・ボウももっともらしく腹立たしげに舌打ちをした。だが、腕時計もしていなければ、電話をかける相手もいない。そればかりか、自分がどこに行こうとしているのかもわかっていないし、切符も持っていない。

三列前の座席では、顔見知りのスパイが膝の上でブリーフケースをいじっている。

車内放送が流れる。

「ご案内申しあげます。スウィンドン郊外で発生した電気設備のトラブルにより、これより先への列車の運行は見合わせることになりました。みなさまにはご迷惑をおかけいたしますが――」

マイクにノイズが入り、音声が途切れ、しばらくのあいだ、隣の車両のアナウンスがかすかに聞こえるだけになる。

それから、ようやく音声が戻ってくる。「――レディング駅へ引きかえしますので、そこで代行バスに乗りかえを――」

乗客はいっせいに不満の声をあげ、少なからぬ者が悪態をつき、だが驚いたことに、みなさっそく降りる準備にとりかかり、アナウンスが終わらないうちからコートを着たり、ラップトップを閉じたり、バッグを手に取ったり、席を立ったりしはじめた。列車が側線に入り、テムズ川の流れが反対になり、ほどなくレディング駅がふたたび前方に姿を現わした。

駅はごったがえしていた。プラットホームの人ごみのなかに吐きだされた乗客は、どこに向かえばいいかもわかっていない。その点についてはディッキー・ボウも同様だが、頭のなかにあるのは先ほどの男のことだけだ。いまは人ごみにまぎれ、どこにいるかわからない。

だが、ディッキーは古つわものであり、パニックを起こすようなことはない。昔がいまによみがえる。スパイは死ぬまでスパイなのだ。

昔なら、壁際に行って、煙草を喫っていただろう。だが、いま公共の場所でそんなことはできない。身体のなかでニコチンへの欲求がうずく。とそのとき、腿に刺されたような鋭い痛みを覚えた。あまりの痛さに一瞬息がとまる。そこを押さえようとしてのばした手に、誰かのブリーフケースの角が触れ、それから雨に濡れた傘が当たる。凶器だ。九時五時の勤め人は、つねに凶器を持ち歩いている。

人波に押され、いやでも前へ進むしかない。とそこで、ふたたび幸運に恵まれた。さっきの男が見つかったのだ。禿げ頭を帽子で隠し、ブリーフケースを小脇にかかえて、連絡橋のエスカレーターの近くに立っている。それで、ディッキーはまわりの者といっしょに前へ進み、エスカレーターに乗り、上まであがると、通路の隅に身を寄せた。駅の正面出口は連絡橋の先にある。代行バスの案内があれば、全員がここに押し寄せる。

ディッキーは目を閉じた。この日はいつもとまったくちがっていた。いまは六時半ちょっと過ぎ。いつもならこの時間はのんびりくつろいでいる。たいていは五時間ほどの浅い眠りのあと、昼の十二時に目を覚まし、部屋でブラックコーヒーを飲み、煙草を一服する。必要なら、シャワーを浴びる。そのあと、〈スター〉へ行って、ギネスとウィスキーを一杯ずつ飲む。それで気分がしゃきっとする。それ以上は飲まなくていい。アル中は昔の話だ。あのころは自分で自分を信用できなかった。酔っぱらうと、修道女を売春婦と間違えたり、警官を友人と勘違いしたりした。素面《しらふ》のときでさえ、別れた妻と目があっても、それが誰かわからず、相手はそれで胸を撫でおろすというありさまだった。ひどい時期だった。だが、あのころでも、以前会ったことがあるモスクワのスパイがすぐ前を通りすぎたら、あれは誰だろうと思うくらいのことはしていたにちがいない。

ふと気がついたときには、人波が押し寄せていた。少しまえに代行バスの案内があり、いまは駅にいる者全員が連絡橋を渡ろうとしている。ディッキーは電光掲示板のそばで立ちどまり、男をやりすごすと、あいだに三人の人間をはさんで、あとを追いはじめた。本来ならもっと距離を置くべきだが、このような混乱のなかでは、いつ何が起きるかわからない。群衆はいらだちを募らせている。連絡橋の先の改札口を通りぬけたところで、駅員に食ってかかっている者もいる。駅員は必死でなだめ、弁解し、出口を指さしている。外は雨で、薄暗い。バスはまだ来ていない。駅前広場は人であふれかえっている。ディッキーは人ごみに押しつぶされそうになりながらも、監視の目をそらさなかった。男は静かにバスを待っている。

旅は中断させられた。だが、この種の仕事にハプニングはつきものだ。あの男が列車を降りるまえに考えたことは容易に察しがつく。みんなといっしょに行動し、できるだけ目立たないように気をつけながら、代替の交通手段を利用して目的地へ行こうというわけだ。それがどこかはわからない。さっきの列車はウースター行きだが、途中の停車駅はひとつではない。どの駅でも、降りる可能性はあった。たしかなのは、どこで降りたにせよ、自分も同じようにそこで降りただろうということだ。

三台のバスが建物の角をまわってやってきた。人々は殺気立ち、押しあいへしあいしながら前へ進みはじめる。男は北極海の氷原を割って進む砕氷船のように人ごみを掻きわけている。ディッキーはその航跡を利用することにした。係員が何やら言っているが、声が小さくて、よく聞こえない。結局、係員の話は途中で〝聞こえないぞ〟という声に掻き消されてしまった。

だが、男はどうすればいいのかわかっているらしく、三台目のバスのほうへつかつかと歩いていく。それを見て、ディッキーはあわててあとを追い、同じバスに乗りこんだ。切符を見せる必要はなかった。通路を進み、男の二列後ろの席にすわる。シートの背にもたれかかると、ほっとして目を閉じる。どんなオペレーションにも、中だるみはある。そんなときは、目を閉じて、状況を整理するのがいちばんだ。いま自分は家から何マイルも離れたところにいる。所持金は十六ポンド。酒がほしいところだが、それは無理な注文というものだ。だが、明るい側面もある。いま自分はここにいる。それがどれほど意味のあることなのか、ずっと忘れていた。いまは生きているという実感がある。こんなことはめったにない。普段は酒に憂さをまぎらわし、だらだらと時間をやりすごしているだけなのだ。

あの男を見たときもそうだった。あの男は〈スター〉にいた。素人《しろうと》なら、それを見て、テーブルを叩き、「信じられない」と叫んでいただろう。プロはちがう。少々錆びついてはいても、プロはプロだ。壁の時計に目をやり、ギネスを飲みほすと、新聞をたたんで、店を出た。それから、二軒先にある私設の馬券屋の前で立ちどまり、前回あの男と会ったときの記憶をたぐりよせた。あのときには、ほかにも何人かいた。あの男は下っ端で、ひと言も口をきかず、黙って酒瓶を手に取った。ディッキーは口をこじあけられ、中身を喉に流しこまれた。だが、本当に怖かったのは、あの男ではなかった……十分ほどして、男は店から出てきた。ディッキーはそのあとを追いはじめた。ディッキーは森のなかのイタチでもつけることができる。いまあとを追おうとしているのは、亡霊の片割れであり、過去の出来事であり、スパイの巣窟からの残響だ。

そう、あれはベルリンだった。そこはスパイの巣窟だった。檻の錠がはずされた直後で、肝をつぶした三下どもが、倒木を引っくりかえしたときのカブトムシのようにぞろぞろと出てきた。額に汗を滲ませながら戸口に立ち、板紙のスーツケースのなかに最高機密（防衛、ミサイル、化学兵器等々）が詰まっていると言って、情報提供者になることを希望する者が、一日に少なくとも二人はいた。だが、そういった浮かれ騒ぎの一方で、崩壊したばかりの壁には不吉な文字が浮かびあがっていた。多くのソ連のスパイの過去が吹き飛ばされると、ディッキー・ボウの未来もそのあおりを食らってしまったのだ。〝申しわけないが、きみのスキルを生かすことができる場はもうない。年金？　いったいなんの話かね〟。というわけで、当然のなりゆきとして、ディッキーはロンドンへと戻ってきたのだった。

バスの運転手が何か言ったが、ディッキーには聞きとれなかった。ドアが閉まり、二度クラクションが鳴る。ほかのバスへの合図だろう。ブリーフケースの角か傘の先に刺されたところに手をやりながら、運というものについて思案をめぐらし、その運に導かれてたどった経路を頭のなかで反芻する。まずはソーホーから。そこで地下鉄に乗り、パディントンで降り、ウースター行きの列車に。そして、いまはバスのなかにいる。この運が吉なのか凶なのかはわからない。

車内灯が消え、バスは動く影になった。乗客は次々に頭上の読書灯のスイッチをつけはじめた。ラップトップが青白い光を投げ、ｉＰｈｏｎｅを持つ手が幽霊のように白く浮きあがる。ディッキーはポケットから携帯電話を取りだし、メールの受信ボックスを見た。メッセージはひとつも残っていない。が、そもそもメッセージが残っていたことなど一度もない。アドレス帳をスクロールする。そのときにふと思ったのだが、そこに登録された者のリストは驚くほど短い。二列前の席では、男が新聞を丸めて膝のあいだにはさみ、その上に帽子を引っかけている。眠っているのかもしれない。

バスはレディングから遠ざかっていく。窓の外には、暗い田園風景が広がっている。少し離れたところには、ディドコットの冷却塔のものと思われる赤い光の列が連なっている。冷却塔そのものは見えない。

手のなかにある携帯電話は、手榴弾のように思える。親指でテンキーをなぞり、暗いところでも入力できるよう中央のキーにつけられた小さな突起を探りあてる。だが、自分の言葉に耳を傾けようとする者がいまどこにいるというのか。自分は過去の遺物なのだ。世界は先へ先へと進んでいる。むかし見た男を追いかけているというメッセージが、いったい何の役に立つというのか。誰がそんなものに興味を示すというのか。世界は先へ先へと進んでいる。自分はお払い箱になり、遥か後ろに取り残されている。

最近では、そう簡単にお払い箱になることはない。ソーホーの裏通りでも、そういった話は耳に入ってくる。たとえ役立たずでも、チャンスは与えられる。保安局も例外ではなく、やはり法律や規則でがんじがらめにされている。役立たずを解雇しようとすれば、差別だといって裁判沙汰になることもある。それで、保安局は一計を案じ、役立たずどもを場末の陋《ろう》屋《おく》に送りこみ、くだらない書類仕事を押しつけて、本人たちのほうから退職届けを出させるように仕向けている。役立たず。負け犬。彼らは〈遅い馬〉と呼ばれている。その〈遅い馬〉を束ねているのがジャクソン・ラム――ディッキーがスパイの巣窟にいたころの仲間のひとりだ。

携帯電話が小さな音を立てたが、メールが来たのではない。電池の残りがわずかであることを知らせる音だ。

残りわずか――その感覚はよくわかる。言いたいことは何もない。注意力は散漫になりつつある。ラップトップの雑音や携帯電話にささやきかける声は聞こえるが、自分で声を出すことはできない。わずかに指を曲げる以外、動くこともできない。テンキーの中央にある小さな突起が親指をこすっている。こすっている。こすって……

伝えなければならないことがあるのはわかっている。だが、それが何なのかも、誰に伝えたらいいのかもわからない。一瞬、頭から靄《もや》が消え、そのときに、この温かく湿った空気のなかで、みんなと同じ空気を吸い、みんなと同じ音を聞いていることを感じた。だが、次の瞬間、その音は聞こえなくなり、何も思いだせなくなった。視界はぼやけていて、目に入ってくるのは窓外を流れていく闇だけだ。その闇には、ところどころにスカーフのスパングルのような小さな光が散らばっている。だが、その光も次第にぼやけ、小さくなり、最後には闇に覆われ、そこにあるのは、夜の闇を突っ切って走るバスだけになった。行き先はオックスフォード。だが、そこでバスから降りる者の数は、雨のなかで乗りこんだ者の数よりひとり少なくなっているはずだ。

第一部　ブラック・スワン

道路工事がようやく終わり、ロンドンのフィンズベリー自治区のアルダーズゲート通りは落ちつきを取り戻している。ピクニックにもってこいとまではいかないにせよ、車が絡んだ犯罪現場に似ていると思うことはもはやない。地域の鼓動は元に戻り、騒音のレベルはあいかわらず高いが、耳障りな音は減り、ときおりストリート・ミュージシャンの音楽まで聞こえてくる。車は歌い、タクシーは口笛を吹き、住民は車の順調な流れを困惑のまなざしで見つめている。以前は、この一画をバスで抜けようと思えば、ランチボックスを持参したほうがよかった。それがいまでは、通りを歩いて渡るために三十分も待たなければならなくなっているのだ。

それは都会のジャングルの再生例のひとつと見なすこともできる。どんなジャングルにでも、よく見ると、野生動物が棲息していることがわかる。昼のひなかにキツネがホワイト・ライオン・コートからバービカン・センターのほうに向かって歩いていることもあるし、団地の花壇や人工池に鳥やネズミがやってくることもある。水辺の草木の陰にはカエルが隠れている。暗くなれば、コウモリが飛び交う。だから、一匹のネコがバービカン・タワーのどこかから目の前に急に飛び降りてきたとしても驚くには値しない。煉瓦敷きの歩道に着地すると、そこで身をこわばらせ、彼らの習いのひとつとして、頭を動かさずに目だけでまわりの様子をうかがいはじめる。シャム猫だ。毛は淡い灰色で、短く、目は吊りあがり、身体つきはすらりとしていて、声は小さく、ネコ族の有能さのあかしのひとつとして、わずかに開いたドアや閉まっていると思っていた窓を巧みに擦り抜けることができる。身をこわばらせていたのは一瞬だけで、すぐにどこかへ行ってしまう。

その動きは噂のように疾い。ネコは歩道橋を渡って、駅の階段を降り、通りに出る。もう少し鈍臭《どんくさ》ければ、通りを渡るまえにいったん立ちどまったかもしれないが、このネコはみずからの本能と耳とスピードを信じていて、ヴァンの運転手がブレーキを踏むまえに反対側の歩道に行き着いている。そして、次の瞬間には消えている。少なくとも、そのように思える。運転手は目を吊りあげてネコの姿を探すが、見えるのは食料雑貨店と中華料理店のあいだの奥まったところにある黒いドアだけだ。そのくすんだ塗装面には泥跳ねがこびりついていて、その前には黄ばんだ牛乳瓶が一本置かれている。猫の姿はどこにもない。

もちろん、そのときには建物の裏手にまわっている。〈泥沼の家〉に正面のドアから入る者はいない。みな、薄汚い路地を抜け、黴《かび》だらけの壁に囲まれた荒れた裏庭を横切り、湿気や寒さや暑さのために歪んだドアをほぼ毎日のように蹴りあけて入る。だが、この猫はちがう。そんな乱暴な真似はせず、その器用な足を使ってすばやく建物のなかに入り、階段をのぼり、上のオフィスに向かう。

その建物の一階には、ニュー・エンパイアという中華料理店と、今年はなんという名前になっているかわからない食料雑貨店が入っている。二階にはローデリック・ホーのオフィスがある。そこは電子機器のジャングルで、部屋の隅には、古いキーボードが積みあげられ、むきだしになったモニターの背面からは、鮮やかな色のコードが腸のようにうねりでている。グレーの書棚には、ソフトウェアのマニュアルや、ケーブルや、奇妙なかたちをした金属片が詰めこまれているにちがいないシューズ・ボックスが置かれている。机の片側には、厚紙の塔がそびえている。コンピューターおたくには欠かすことのできないピザの空き箱だ。そこはモノであふれている。

だが、ネコが戸口から顔を出したとき、目にとまるのはホーの姿だけだ。同室者はいない。ホーはそれを喜ばしいことだと思っている。主として人間嫌いのせいだが、自分がほかの者に嫌われているということは頭にない。ルイーザ・ガイによれば、自閉症の気があるとのことだが、そんなふうに言うと、ミン・ハーパーはいつも間抜けの気もあると応じる。だから、ホーがネコを見て、コークの空き缶を投げつけたとしても、それが当たらずに悔しがったとしても、驚くにはあたらない。これもホーが知らない自分自身の一側面だが、動かないもののほうが命中率は高くなる。部屋のまんなかあたりにあるゴミ箱に空き缶を投げいれるときには、はずすことはめったにない。ただ、距離がもっと近くになると、やはりうまくいかなくなるというのも周知の事実だ。

ネコは無傷のまま退散し、隣の部屋を覗く。そこにはつい最近〈泥沼の家〉にやってきた新顔二名がいる。ひとりは白人で、ひとりは黒人。ひとりは女で、ひとりは男。来たばかりなので、名前もわかっていない。ふたりともこの小さな訪問者に面食らっている。こいつはいつもここにいるのか。〈遅い馬〉の一員なのか。それとも、これは何かのテストなのか。どうしていいかわからず、ふたりが身をこわばらせ、困惑のていで顔を見あわせているあいだに、ネコはするりと部屋を出て、階段をのぼり、上の階へ向かう。そこにもふたつのオフィスがある。

そのひとつはミン・ハーパーとルイーザ・ガイが使っている。ふたりが自分たちのまわりに注意を払い、ネコの存在に気づいていたら、恐ろしくきまりの悪い思いをしたにちがいない。おそらくルイーザは膝をつき、ネコを手に取り、その印象的な胸に抱き寄せるだろう。ミンの意見に耳を傾けるなら、その胸は小さすぎず大きすぎず、ちょうどいいサイズということになる。そういったことをしばし念頭から追い払うことができていたら、ミンはネコの首をぐいとつかんで顔をあげさせ、目と目をあわせて、ネコ科の資質を認めあおうとするだろう。柔らかい毛皮を身にまとっていなくても、共通するものは多いというわけだ。夜間の優美さとか、闇のなかを徘徊する性癖とか、昼間の日常生活の裏でうごめく野性とか……

ふたりはミルクを探そうと言うかもしれないが、どちらもそれを実行に移すつもりはない。大事なのはミルクをやろうという優しさをアピールすることなのだ。ネコは何食わぬ顔でマットの上で用を足し、部屋から出ていく。

次はリヴァー・カートライトのオフィスだ。ほかの部屋同様、こっそりなかに入ろうとするが、そうはいかない。リヴァーはすぐに仕事の手をとめて、ネコのほうを向く。若くて、髪はブロンド、白い肌。唇の上に小さなほくろがある。そのとき向かっていたのは書類かもしれないし、コンピューターの画面かもしれない。どちらにしても、それは身体ではなく頭を使う仕事であり、そのことがこの部屋に充満するフラストレーションの原因になっているように思える。そのあからさまな凝視に、ネコがいやそうに目をそらしても、おかまいなしだ。ミルクをやろうなどという考えはかけらもない。頭のなかは、このネコのこれまでの行動に対する疑問でいっぱいになっている。ここまで来るのに、いくつのドアを通り抜けたか。そもそもなぜ〈泥沼の家〉に入ってきたのか。その目の奥にどんな思惑が隠されているのか。そんなことを考えているあいだに、ネコは部屋を出て、最後の階段をあがっていく。さらに上へ行けば、さほど鋭い詮索の目にさらされない場所が見つかるかもしれないと思って。

そういう意味では、残りふたつの部屋のうちのひとつは、先ほどよりずっと居心地がいいにちがいない。その部屋の主はキャサリン・スタンディッシュ。ネコの扱い方をよく知っていて、余計なちょっかいを出すことはない。ネコというのは添え物もしくは代用品であり、そんなものが自分に必要だとは思っていない節がある。ネコを一匹飼えば、それが二匹になるのは必至で、五十の声がすぐ近くに聞こえる独身女性が二匹のネコを飼うのは、人生が終わったと宣言するに等しい。キャサリン・スタンディッシュは何度もつらい思いをしてきたが、そのたびに乗り越えてきたし、これからも負けるつもりはない。ネコはここでなら好きなだけくつろげるが、どれだけ愛嬌を振りまいても、どれだけ品《しな》をつくって、そのしなやかな身体をふくらはぎにまとわりつかせても、ティッシュペーパーで水気を取ったイワシの切り身を足元に置いてもらえることもなければ、コーヒーカップの受け皿にクリームを入れてもらえることもない。ネコのネコたるゆえんは、ちやほやされないと我慢ができないという点にあり、それゆえ、このネコはそこにもいつかず、隣の部屋へ……

そこはジャクソン・ラムの穴ぐらのような部屋で、天井は傾斜し、窓にはブラインドが降りていて、光源は電話帳の山の上に置かれたランプひとつしかない。空中には犬が白昼夢のなかで嗅ぐような臭いが漂っている。テイクアウトの料理、煙草、昨日の屁《へ》、気の抜けたビール……だが、そんなことを並べたてている暇はない。ジャクソン・ラムはその体型からすると驚くような敏捷さで動くことができる。少なくとも、その気になれば。たとえば、ネコが部屋に入ってきたときとか。信じられないかもしれないが、一瞬のうちにその首根っこを引っつかみ、ブラインドをあげ、窓をあけ、下の道路に放り投げるだろう。科学の世界でも風聞の世界でも確認されているように、ネコが自分の四本の脚で巧みに着地するのは間違いないが、そこが先に述べたとおりアルダーズゲート通りを淀みなく走っている車の前であることも同時に間違いない。くぐもった衝撃音と鋭いブレーキ音は四階まで届くかもしれないが、そのときまでにラムは窓を閉め、席に戻り、ソーセージのような指を太鼓腹の上で組んで、目を閉じているはずだ。

幸運なことに、このネコは難を免れた。それが実際にそこにいるものだったとしたら、無残な最期をとげることになっていただろう。もうひとつ幸運だったのは、この日の朝、考えられないようなことが起きていたことだった。ラムは机に向かって居眠りをしていたのでも、部屋から出てキッチンをうろつき、部下の食べ物をあさっていたのでもない。不気味なほど静かに（その気になれば、ラムは足音を立てずに歩くことができる）階段をあがるか降りるかしていたのでもない。オフィスの床を叩いて、そのすぐ下にいるリヴァーがやってくるまでの時間を計っていたのでもなければ、自分が作成を命じたことさえ忘れているような無意味な書類をキャサリン・スタンディッシュが持ってきたのに、知らん顔をしていたのでもなかった。要するに、ラムは〈泥沼の家〉にいなかったのだ。

どこにいるかは〈泥沼の家〉の誰も知らなかった。

そのときジャクソン・ラムはオックスフォードにいた。そこで、少しまえに、リージェンツ・パークの背広組にぜひとも教えてやらなければならない名案を思いついたところだった。その名案とは――新人スパイをウェールズの近くの秘密施設に連れていき、拷問に耐える訓練を受けさせるのは、大金がかかる。それより、彼らをオックスフォードの鉄道駅へ連れていって、駅員たちの仕事ぶりを見させたほうがいい。駅員たちがどんな教育を受けているのかは知らないが、情報を漏らさないという点に関しては、全員が高度なスキルを身につけている。

「きみはここの駅員かね」

「なんでしょうか」

「先週の火曜の夜、ここにいたか」

「どのポスターにも、相談窓口の電話番号が出ていますので、何かご不満がございましたら――」

「不満があるわけじゃない」と、ラムは言った。「先週の火曜の夜、きみがここで勤務についていたかどうかを知りたいだけだ」

「どうしてそんなことをお知りになりたいんです」

これまで三人の駅員に同じように答えをはぐらかされていた。いまここにいる四人目の駅員は、黒々とした髪を後ろに撫でつけ、灰色の口ひげをときおり自分の意思があるもののように動かす、背の低い男だった。言うならば、制服を着たイタチだ。ラムはそいつの脚をつかんで鞭のように振りまわしたい衝動にかられたが、声の届くところに警官が立っている。

「大事なことだからだと言っておこう」

もちろん、仕事用の身分証明書は持っているが、釣り糸を垂れるまえにそこに石を投げるべきでないことは漁師でなくともわかる。もしこのイタチ男がこの身分証明書の番号に電話をしたら、リージェンツ・パークで警報が鳴り響くことになる。いったい何をしようとしているのかと背広組に訊かれたくはない。自分でも何をしようとしているのかわかっていなかったし、どんな情報であれリージェンツ・パークと共有するつもりはない。

「ひじょうに大事なことだ」と、ラムは付け加えて、スーツの襟を引っぱった。内ポケットから財布がちらっと見える。財布から二十ポンド札が顔を覗かせている。

「なーるほど」

「それは了解したという意味か」

「われわれは慎重にならざるをえないということをご理解いただきたいんでして。特にこのような交通の重要拠点で、いろいろ訊いてくるお客さまに対しては……」

けっこうなことだ。もしテロリストがこの交通の重要拠点に狙いをつけたとしても、防御態勢は完璧だ。札びらをちらつかせるまでは。

「先週の火曜、ちょっとしたトラブルがあったようだな」

だが、イタチ男はすでに首を振っていた。「いいえ、べつに。何もありませんでしたよ」

「列車がとまったこと以外は？」

「ここでは通常どおり運行していました。トラブルが発生したのは別の駅です」

「ああ、わかっている」ラムは先ほどから口汚い言葉をいっさい使わずに会話を続けている。〈遅い馬〉がここにいあわせたら驚くにちがいない。ふたりの新入りは別だ。彼らは何かのテストと思っただろう。「だが、どこでトラブルがあったにせよ、ここにはレディングからバスで来た者がいたはずだ。列車がとまっていたんだから」

イタチ男は眉を寄せたが、ここまでの一連の質問が何を知るためのものかはすでにわかっていて、先を急いだ。「おっしゃるとおりです。代行バスを出していました」

「そのバスはどこから来たのかね」

「あのときはたしかレディングからだと……」

もちろんそうに決まっている。ジャクソン・ラムはため息をついて、煙草を取りだした。

「ここは禁煙です」

煙草を耳にはさむ。「次のレディング行きは何時だ」

「あと五分で到着します」

ラムは小さな声で礼を言い、改札口のほうを向いた。

「あの……」

ラムは振り向いた。

イタチ男はラムの襟もとを見つめて、人さし指と親指をこすりつける仕草をした。

「どうかしたのか」

「何かお忘れでは……」

「チップか」

「そうです」

「わかった。だったら、いいことを教えてやろう」ラムは自分の鼻を指で軽く叩いた。いまは誰もしない仕草だが、大事なことだからよく聞けという意味だ。「不満があるなら、ポスターに相談窓口の電話番号が出ている」

そして、ラムはプラットホームへ向かい、レディング行きの列車が来るのを待った。

アルダーズゲート通りでは、二階のオフィスの新人ふたりがおたがいの値踏みをしていた。ふたりが〈泥沼の家〉に配属になったのはどちらも一カ月ほどまえのことで、二週間と間をおかず相前後してやってきた。保安局の心臓部であり、優越感の温床であるリージェンツ・パークから追放されたのだ。〈泥沼の家〉というのは正式な名称ではないが（そもそも正式な名称などない）、仲間内では掃き溜めという位置づけになっている。そこでの仕事が長続きすることはなく、たいていの者はすぐに辞めていく。それが〈泥沼の家〉の存在理由なのだ。そこに送りこまれたら、すぐさま頭上に〝出口〟のサインが点灯する。彼らは〈遅い馬〉と呼ばれている。〈泥沼の家《スラウ・ハウス》〉、〈遅い馬《スロー・ホース》〉。くだらないジョークに由来する呼び名だが、それがなんだったのかを覚えている者はもういない。

この新人ふたりにはもちろん名前がある。ひとりはマーカス・ロングリッジ、もうひとりはシャーリー・ダンダー。以前から面識はあったが、リージェンツ・パークの面々は縄張り意識が強く、オペレーション部門と通信部門は水と油で、決して混じりあうことがない。それゆえ、このふたりも新人のつねとして、古株に対してだけでなく、おたがいに対しても警戒の念を強く抱いている。それでも、保安局はさほど大きい組織ではないので、瓦礫のなかからあがった煙が消えるまでに、噂が組織内を一巡、二巡することはよくある。だから、マーカス・ロングリッジ（四十代なかば、黒人、ロンドン南部出身、カリブ人の両親）はシャーリーがリージェンツ・パークの通信課からここへ飛ばされた理由を知っていたし、シャーリー・ダンダー（地中海系の顔立ち、二十代、曾祖母はスコットランド人。戦争中に捕虜になっていたイタリア人の血が混じっている）はマーカスが精神に変調をきたしてカウンセリングを受けていたという噂を聞いていた。どちらもそのことを話題にしたことはないが、だからといって、ほかに話題にできることがあるわけでもない。ふたりの日々を埋めているのは、共有しているオフィスでの雑事と、少しずつ消えていく希望の火なのだ。

先に口を開いたのはマーカスだった。たった一言。「さて」

午前の遅い時間、ロンドンの天気はめまぐるしく変化している。とつぜん陽がさし、窓の汚れを際立たせたかと思えば、次の瞬間には雨が降りだし、窓の汚れが洗い流されるまえにやむ。

「さて、なんなの？」

「ここにいるのはおれたちだけだ」

シャーリー・ダンダーはコンピューターが再起動するのをまた待っていた。このとき与えられていた仕事は、顔を識別するソフトを使って、監視カメラがとらえた反戦集会の映像のなかに、イスラム過激派と目される人物（コードネームその他もろもろのことがわかっているのに、情報収集活動の不手際のせいで、それが実在の人物かどうかといった肝心のことがわかっていない）のモンタージュ写真と合致する人物がいないかどうかを調べることだった。このソフトは二年前のものだが、彼女のコンピューターはもっと古く、指定されたデマンドをしばしば拒絶する。今朝はこれで三度目だ。

シャーリーは顔をあげずに言った。「わたしを口説こうとしているの?」

「まさか」

「おかしなことはしないほうが利口よ」

「わかってる」

「なら、いいわ」

それから約一分。シャーリーは腕時計が時を刻むのを感じることができた。コンピューターが息を吹きかえそうともがいている音が机の表面を伝わってくる。階段を降りてくる二組の足音が聞こえる。ミン・ハーパーとルイーザ・ガイだ。どこに行こうとしているのか。

「口説いてるんじゃないとしたら、話をするくらいはいいだろ」

「何について?」

「なんでもいい」

シャーリーはマーカスを睨みつけた。

マーカスは肩をすくめる。「好むと好まざるとにかかわらず、おれたちはオフィスを共有しているんだ。ドアを閉めてくれと言ったって、害はないだろ」

「ドアを閉めてくれ以外のことを言った覚えはないけど」

「たとえばの話さ」

「じつのところ、ドアはあいてるほうがいい。刑務所のなかって感じが少しは薄らぐから」

「そうそう、その調子。ちゃんと会話ができるじゃないか。ムショ暮らしは長かったのかい」

「無駄話をする気分じゃないんだけど」

マーカスはまた肩をすくめる。「わかったよ。でも、勤務時間はあと六時間かそこら残ってる。定年までだと二十年だ。きみがそうしたいなら、沈黙を貫いてもいいが、ふたりともそこまで精神的に持ちこたえられるかどうか」そして、自分のコンピューターのほうに向きなおる。

一階の裏口のドアが閉まる音がする。シャーリーの前でモニターが青白い命を宿し、一思案ののち、ふたたび息絶える。始まりかけた会話の不在が火災報知器のような耳ざわりな音を立てる。腕時計がまた時を刻みはじめる。どうしていいかわからない。何か言わなければならない。

「いっしょにしないでちょうだい」

「何を？」

「定年まであと二十年ってことよ」

「なるほど」

「わたしの場合は四十年以上ある」

マーカスはうなずいた。顔には出さなかったが、心のなかではしてやったりと思っていた。これできっかけはつかめた。

レディングで、ジャクソン・ラムは駅長を見つけだし、気むずかしい学者の雰囲気を身にまとった。実際のところ、学究の徒で通すのはさほどむずかしいことではない。肩にはフケが積もり、グリーンのVネックのセーターにはテイクアウトの料理の食べこぼしがこびりつき、コートの袖からは擦り切れたシャツの袖口が覗いている。太っているのは、図書館の椅子にすわりっぱなしのせいだ。薄くなりかけたくすんだブロンドの髪は、頭の後ろに撫でつけられている。頬ひげを生やしているのは、格好をつけるためではなく、剃るのが面倒だからだ。より歯並びの悪いティモシー・スポールと言われることもある。

ラムは代行バスの車庫への道順を教わり、その十分後には、学者然とした気むずかしさに悲しみの色を滲みださせていた。「弟なんです」

ラムは鷹揚《おうよう》に手を振った。

「それはそれは。お気の毒です」

「本当にいたましい出来事です。心よりお悔やみを申しあげます」

「何年も会っていなかったんです」

「おつらいでしょうね」

それほどでもなかったが、ラムはとりあえず同意した。「ええ、そりゃもう」子供のころのいろいろな出来事を思いだしたかのように、目が曇る。仲のいい兄弟として楽しく過ごした日々。そのときは思いもしなかったが、後年、仲たがいし、中年になると、何年にもわたって口もきかないようになった。挙句の果てに、弟は暗いオックスフォードシャーのバスのなかで……

「心臓発作だったんですね」

ラムは言葉を発することもできず、ただうなずいただけだった。

営業所の現場主任は悲しげに首を振った。たしかにそれはありがたくないことだ。少なくとも、大声で話せることではない。乗客がバスのなかで死亡したのだ。とはいえ、バス会社に責任があるわけではない。なんといっても、亡くなった乗客は有効な切符を持っていなかったのだから。

「ええっと……」

「なんでしょう」

「どのバスだったんでしょう。それはいまここにありますか」

外には四台、車庫には二台のバスがとまっていた。そのなかでどのバスが霊柩車の役割を担うことになったかを、現場主任はたまたま知っていた。そこまでの距離は十ヤードもなかった。

「できれば、すわりたいんですが。弟がすわっていた席に。どこかわかりますか」

「どういうことなのかちょっと……」

「なにも魂の存在とかを信じているわけじゃありません」ラムは声を震わせながら言った。「でも、まったく信じていないかというと、そうでもない。そのへんのところ、わかっていただけますね」

「もちろん。もちろんですとも」

「弟が息をひきとったときにいたところに自分の身を置いたら……」

それ以上続けることができないみたいに、ラムは視線をそらし、駐車場を囲っている煉瓦壁と、営業所の筋向かいにあるオフィスビルに目をやった。二羽のガンが川のほうに向かって飛んでいく。その物悲しい啼き声が、哀惜の念をいっそう際立たせている。

少なくとも、現場主任にはそう思えた。

「あそこです。あそこの席です」

ラムは空を仰ぎ見るのをやめ、素朴な感謝のまなざしを現場主任に向けた。


シャーリー・ダンダーはぐずっているモニターを鉛筆で無意味にこつこつと叩いていた。叩くのをやめて、鉛筆を机の上に置いたとき、唇が小さな破裂音を立てた。

マーカスは言った。「何か？」

「〝まさか〟ってどういう意味なの？」

「なんの話をしているんだい」

「わたしを口説こうとしてるのかって訊いたとき、〝まさか〟って答えたでしょ」

「いろいろな話を聞いてるからね」

やっぱり、とシャーリーは思った。みんな知っている。

シャーリー・ダンダー――身長は五フィート二インチ。茶色の瞳に、オリーブ色の肌。口は大きいが、めったに笑わない。広い肩幅に、太い胴。好みの服の色は黒。黒のジーンズ、黒のトップス、黒のトレーナー……以前、性的不能者と噂されている男から、車どめのポールほどのセックスアピールしかないと言われたことがある。〈泥沼の家〉への赴任が決まった日には、髪を丸刈りにし、以来、毎週カットを欠かしていない。

彼女が男たちに妄想を抱かせる存在であるのは、疑問の余地のない事実だった。たとえば、リージェンツ・パークの通信課のナンバー・フォー。そのとき彼女には付きあっている者がいたが、そんなことはおかまいなしで、机の上に毎日のように手紙を置いたり、恋人の家に深夜や早朝のいたずら電話をかけてきたりした。職業柄、その男にとっては、電話を追跡できなくするのはむずかしいことではなかった。一方のシャーリーにとっては、それを追跡できるようにするのはむずかしいことではなかった。

もちろん、所定の規約はある。〝不適切な言動〟の詳細な記録と、〝敬意を欠く態度〟に関する証拠があれば、苦情の申し立てはいくらでもできる。だが、昇級試験の一部として襲撃の訓練を最低でも八週間受けている者たちにとっては、取るに足りないことであり、あえて目くじらを立てるほどのことではない。夜中に六回のいやがらせ電話をかけてきた次の日、上司は食堂で彼女のところへやってきて、ゆうべはよく眠れたかと訊いた。それで、強烈なパンチを一発お見舞いした。

それだけなら、不問に付されていたかもしれないが、シャーリーは上司を立たせて、もう一発お見舞いした。

〝問題あり〟というのが人事部が下した結論だった。たしかにシャーリー・ダンダーはいくつかの問題を抱えていた。

彼女が考えているあいだに、マーカスは話していた。「みんな知ってるよ。男の足が宙に浮いたらしいね」

「一発目だけよ」

「馘《くび》にならなくてよかった」

「そう思う？」

「言いたいことはわかる。でも、本部で暴力沙汰に及んだんだろ。普通なら、もっと些細なことでもお払い箱になる」

「男ならね。でも、セクハラ上司をぶちのめした女を解雇するのは、どうかしら。特にその女が法的手段に訴えようとしているとしたら」〝括弧、括弧閉じる〟と言わなくても、女という言葉の前後に引用符が付いていることはわかる。「それに、わたしには切り札があった」

「どんな？」

シャーリーは両足で床を蹴り、椅子を机から離した。「あなたは何を知りたいの？」

「べつに」

「ちょっと話をしているだけにしては、ずいぶん興味しんしんのようだけど」

「かもしれない。でも、興味もなしに、どんな会話ができるっていうんだい」

シャーリーはマーカスを見つめた。年はそれなりにとっているが、見た目は悪くない。左のまぶたが眠そうに垂れさがっているが、逆にそのせいで用心深く、つねにまわりの様子をうかがっているように見える。髪はシャーリーよりほんの少しだけ長い。顎ひげと口ひげは丁寧に手入れされていて、着るものにも気をつかっているようで、それはこの日の服装にもあらわれている。プレスされたジーンズ、襟なしの白いシャツ、グレーのジャケット。コートスタンドには、ニコール・ファーリの黒と紫のスカーフがかかっている。そういったことを観察しているのは、気になるからではなく、単に情報のひとつであるからだ。結婚指輪はつけていないが、それは何も意味していない。誰だって離婚するし、誰もが幸せというわけでもない。

「わかったわ。でも、わたしにちょっかいを出そうとしたら、わたしのパンチがどれだけ強烈かを思い知らされることになるわよ」

マーカスはかならずしも冗談とは言えないような仕草で両手をあげた。「おいおい。おれは職場の健全な人間関係を育もうとしてるだけなんだぜ。ここではどっちも新入りなんだし」

「ほかの者が統一戦線を張ってるとは思わないけど。ミンとガイを除いて」

「ほかの者がそんなことをする必要はない。連中は長期の在留資格を持ってるんだから」マーカスはひとしきりキーを叩いていたが、しばらくしてキーボードを脇へ押しやり、椅子を横にずらした。「ここの連中のことをどう思う？」

「全体として？」

「個々人でもいい。なにも講義をしろって言ってるんじゃない」

「誰から始める？」

「まずはラムから」


死んだ男がすわっていたバスの後ろの席で、ジャクソン・ラムはひび割れが目立つコンクリートの駐車場と木のゲートごしに、その向こうに広がるレディングの街を眺めていた。長いことロンドンに住んでいると、こういった光景にはうそ寒いものを感じずにはいられない。だが、いまは自分がしているふりをしていることに集中する必要がある。つまり、ひとり静かに席にすわって、故人の思い出にひたることだ。先ほどは弟と言ったが、実際の名前はディッキー・ボウ――蝶ネクタイ。偽名にしては馬鹿っぽく、本名にしては嘘くさい。彼とは同じ時期にベルリンに駐在していたが、いまとなっては、顔を思いだすのも容易ではない。ネズミのような尖り顔。はっきりしているのはそれだけだが、それこそがディッキー・ボウだ。路地裏のドブネズミのように、どんな小さな穴でも器用にくぐり抜けることができた。それが生きのびるための重要なスキルだった。最近ではそれを活かすことができていなかったにちがいない。

検視報告書によると、心臓発作だった。好きなだけ酒を飲み、好きなだけ煙草を喫い、脂っこいものばかり食べていたのだから仕方がないが、同じような習慣を持つ者としては、笑いごとではない。

手をのばして、前方の座席の背もたれを指でなぞる。その表面は滑らかで、焼け焦げがひとつついているが、それはあきらかに最近のものではない。端のほうには繊維がほつれかけたところがあるが、その傷は意味もなく引っかいてできたもので、ダイイング・メッセージのようには見えない。情報部に在籍していたのはもう何十年もまえのことだが、当時から彼はめったにテントの内側にいない歩兵のひとりだった。ドブネズミは利口で、いつだって抜け目がない。少しでも怪しいと思うことがあれば、翌日にはかならずその家の玄関先に行って、臭いを嗅ぎまわっている。

なにも兄弟のちぎりを結んでいたわけではない。これが寝煙草が原因の火災によるものなら、話は簡単で、否定、怒り、取引、無関心、朝飯というプロセスを、まばたきをすることもなく受けいれていただろう。だが、ボウは走行中のバスのなかで死んだ。ポケットに切符は入っていなかった。検視報告書を見れば、酒と煙草と揚げ物のことはわかるが、ボウがソーホーのアダルトショップで勤務しているはずの時間に、そこにいた理由についての言及はない。

ラムは立ちあがって、頭上の荷物棚に手をやった。だが、何もない。もし何かあったとしても、あれから六日もたっているのだから、ボウが残したものとは考えにくい。ふたたび腰をおろすと、今度は窓枠にはめこまれたゴムパッキンを調べはじめた。もしかしたら、引っかき傷か何かがあるかもしれない。馬鹿げていると思えるかもしれないが、モスクワ・ルールでは〝手紙は誰かに読まれているものと思え〟ということになる。メッセージを残したければ、ほかの手段を使ったはずだ。もっとも、今回の場合、ゴムパッキンについた小傷はそれに該当しない。

バスの前のほうから、遠慮がちな小さな咳ばらいの音がした。

「あの、すみません」

ラムは悲しげに顔をあげた。

「急《せ》かすつもりはないのですが、まだもうしばらくかかりそうですか」

「あと一分だけ」

実際のところ、一分もかからなかった。話しているあいだ、ラムは背中の後ろに手をまわし、シートのクッションのあいだを探っていた。布にこびりついて腫瘍のように固くなったチューインガムの塊、ビスケットのかけら、ペーパークリップ、持ちかえろうという気にならない額の小銭。と、指先に何か固いものが触れたので、さらに深く手を突っこんだ。コートの袖がまくれあがり、ようやく滑らかなプラスティックのケースのようなものをつかむことができた。それを引っぱりだそうとしたとき、手首を強くこすったので、擦り傷ができ、血が滲んだが、気にはならなかった。それどころではなかった。その手に握られていたのは、旧式の丸っこい廉価版の携帯電話だった。

「ラム……ラムは見てのとおりよ」

「というと?」

「デブの糞ったれ」

「昔からそうだったらしい」

「昔から老いぼれでデブの糞ったれ? 最悪ね。わたしたちを上から見おろし、顎でこき使うことを楽しんでいる。わたしたちを負け犬の集団と考えていて――」

「実際にそうなんだから仕方がない」

「わたしもそのひとりってこと?」

「おれたちはどちらもここの住人だ」

このとき、シャーリー・ダンダーは仕事のことを忘れて、マーカスのことを考えていた。この男は自分のことを負け犬呼ばわりし、なのに明るい笑みを浮かべている。これはいったいどういうことなのか。〈泥沼の家〉への配属が決まったとき、頭を丸刈りにしたのは、誰も信じないようにしようと自分に言い聞かせるためだった。なのに、いまは同室というだけで、心を開きかけている。この男はなぜ微笑んでいるのか。親しみやすさをアピールするため? 深呼吸をしよう。だが、心のなかで。マーカスに気づかれないように。

通信課の鉄則――得られるものはすべて手に入れろ。だが、何も与えるな。

「負け犬かどうか、まだ決まったわけじゃないわ。あなたはラムのことをどんなふうに思ってるの?」

「そうだな。ラムは自分の領土《シマ》を完全に牛耳っている」

「領土と言うほどのものじゃないわ。リサイクル・ショップと言ったほうがいい」手でコンピューターをぴしゃりと叩いて、「たとえば、このコンピューター。これは博物館に展示されるべきものよ。こんな骨董品で、どうやって悪党を捕まえろっていうの。クリップボードを持ってオックスフォード通りに立ち、〝失礼ですが、あなたはテロリストですか〟って訊くほうがまだましよ」

「〝失礼ですが〟のあとに、〝サー〟か〝ミス〟を付けるのを忘れないように。でも、おれたちは誰かを捕まえることを期待されているわけじゃない。おれたちに期待されているのは、ここにいるのに耐えられなくなって、警備会社に転職することだ。大事なのは、おれたちがここで何をしているのであれ、ラムに関しては罰を与えられているんじゃないってことだ。たとえそうだとしても、やつはそれを楽しんでいる」

「要するに何が言いたいの？」

「要するに、ラムはどこに死体が埋まっているかを知ってるってことさ。死体のいくつかは彼自身が埋めたのかもしれない」

「それって隠喩か何かなの？」

「国語は苦手だったんだ。隠喩なんて柄じゃないよ」

「じゃ、なに、あなたはラムがただ者じゃないと思ってるの？」

「たしかにラムは太っちょで、酒飲みで、ヘビースモーカーで、カレーの出前を頼むために受話器を取る以上の運動はしていない。でも、きみが言ったとおり、ただ者じゃないのは間違いないと思うよ」

「昔はそうだったかもしれない。あそこまでだらしのない男がそれ以上の何者かであるとはとても思えないわ」

マーカスは同意しなかった。ただ者でないかどうかは、外見ではなく胆《きも》のすわり方の問題だ。ラムはただそこに立っているだけで相手を打ち負かすことができる。ラムが立ち去るまで、相手はラムが脅威を与える人物であることに気づきすらしない。誰に打ち負かされたのかもわからない。だが、それはあくまで一個人としての意見であり、間違っていることももちろんある。

「もう少しここにいたら、どっちかはっきりするはずだ」


バスから降りたとき、ラムは目をこすっていたので、悲しみに暮れているように見えたが、もしかしたらただ単に目にゴミが入っただけかもしれない。現場主任は落ち着かなそうにしていた。ラムの悲しみようを哀れに思ったからかもしれない。でなかったら、ラムがシートの後ろに手を突っこんでいたのを見ていて、その話をここで持ちだすべきかどうか考えていたのかもしれない。

機先を制するようにラムは訊いた。「運転手はいまここにいますか」

「ええっと、運転手といいますと、あのときの……」

そう、弟が死んだときだ。ラムは黙ってうなずき、また目頭に手をやった。

そこに行ったとき、バスの運転手は望ましくない客のことについてあまり話したくないようだった。できることなら、トラブルにかかわりたくないというのは、バスの運転手だけでなく、誰にとっても当然のことだろう。だが、現場主任があらためてお悔やみの言葉を述べて、オフィスへ戻っていくと、ラムはふたたび財布のなかに二十ポンド札が入っていることを示して、運転手に口を開かせた。

「なんと言えばいいか……このたびはご愁傷さまです」

だが、その顔は思わぬ臨時収入にほくほくしている。

「弟は誰かと話をしていませんでしたか」

「運転中は前を見ていなければなりませんので」

「バスが出るまえはどうでした」

「なんと言えばいいか。なにしろあのときは上を下への大混乱でしたからね。足どめを食った二千人からの乗客を代行輸送しなきゃならなかったんです。ですから、何も気づきませんでした。申しわけありません。気がついたのは……」運転手は話がかんばしくない方向に向かいつつあることに気づいて、言葉を濁した。「おわかりいただけると思います」

「気がついたのは、バスがオックスフォードに着いたときということですね。そのときには、後ろの席で死んでいたんですね」

「安らかな最期だったと思います。制限速度は守っていました」

ラムはまたバスのほうを向いた。車体は赤と青に塗りわけられていて、下のほうは泥で汚れている。なんの変哲もない普通のバスだ。ディッキー・ボウはそれに乗り、自分の足では二度と降りてこなかった。

「途中、何か変わったことはありませんでしたか」

運転手はラムを見つめた。

「弟が死んだこと以外にという意味です」

「いいえ、べつに。駅で客を乗せて、オックスフォードで降ろすだけです。初めてのことじゃありません」

「オックスフォードに着いたときはどうでした」

「みんな大急ぎでバスから降りました。乗り継ぎの列車が待っていましたから。あの時点で、一時間は遅れていたはずです。それに、外は土砂降りの雨でした。のんびり歩いている者はひとりもいませんでした」

「でも、死体を見つけた者がいたはずです」運転手が訝しげな顔をしたので、ラムはおやっと思ったが、その理由はすぐにわかった。死体ではなく、遺体だ。ふたりは兄弟なのだ。

「弟です。弟の遺体です」

「バスの後ろのほうで人だかりができてました。でも、もうそのときには亡くなっていました。乗客のなかに医者がいましてね。彼は残ってくれましたが、ほかの者はみなバスから降りて、われ先に列車のほうへ向かいました」一呼吸おいて、「弟さんの顔はとても安らかでしたよ」

「バスのなかで死ねてよかったかもしれません。バスが好きだったんです。それで、救急車を呼んでくださったんですね」

「手遅れであることはわかっていましたが、ええ、呼びました。その日は夜遅くまでそこにいなきゃなりませんでした。警察の事情聴取とかがありましたから。そのあたりのことはご存じのはずです。ご兄弟なんですから」

「もちろん。兄弟ですから。ほかに変わったことはありませんでしたか」

「あとはいつもどおりです。遺体が運びだされると、車内の点検をすませて、ここに戻ってきました」

「車内の点検？」

「清掃じゃなくて、忘れ物のチェックです。財布とかそういったものの」

「それで何か見つかったんですか」

「その日は何も……いや、帽子がひとつありました」

「帽子？」

「網棚に。弟さんの座席の近くです」

「どんな帽子でした？」

「黒い帽子です」

「黒い帽子？　山高帽ですか？　それとも中折れ帽？」

運転手は肩をすくめる。「普通の帽子ですよ。鍔《つば》のついた」

「それはいまどこにあります？」

「遺失物保管所です。持ち主が現われて、持ってかえっていないかぎりはね。でも、どうしてです。ごく普通の帽子ですよ。べつに珍しい忘れものじゃありません」

雨の日はちがう。雨の日に帽子を忘れる者はいない……いや、そうでもない。雨の日には、帽子をかぶる者が増える。ということは、忘れる者も多いということだ。筋は通る。統計の問題だ。

だが、統計は単なる統計でしかない。

「その遺失物保管所はどこにあるんです」オフィスのほうに手をやって、「あそこですか」

「いいえ。オックスフォードです」

当然だ、とラムは思った。


「だったら、ホーは？」

「あいつは変人だ」

「だから？　コンピューターおたくは変人に決まってるでしょ」

「ホーの変人ぶりは普通じゃない。はじめて会ったとき、なんと言ったと思う？」

「なんて言ったの？」

「開口一番とはこのことだ。おれはまだコートを脱いでもいなかった。初出勤の朝、このスパイの流刑地でこれから何が起ころうとしているのかと考えていたときにやってきて、クリント・イーストウッドの写真つきのカップを見せ、こう言ったんだ。〝これはぼくのマグカップだ。わかるな。ほかの者は絶対に使っちゃいけない〟」

「たしかに変人だわ。いえ、それ以上ね」

「神経質なんてもんじゃない。靴下には、〝右〟と〝左〟のタグがついてるにちがいない」

「ガイはどう？」

「ガイはミンとできている」

「ミンと？」

「そう。あのふたりはできている」

「間違ってるとは言わないけど、それは人物描写のうちに入らないわ」

マーカスは肩をすくめた。「付きあいはじめてまだいくらもたっていない。いまのところ、あのふたりに関してわかっていることといえば、それだけだ」

シャーリーは言った。「さっき出ていったのはそのふたりよ。どこに行ったのかしら」

「結局のところ、われわれはパークにふさわしい人間じゃないってことだな」

ミン・ハーパーの言葉は、そこが公園だったので奇妙に思えたかもしれないが、ルイーザ・ガイにはその意味を即座に理解することができた。

「どうかしら。それが理由だとは、かならずしも思わないけど」

そこはセント・ジェームズ・パークで、リージェンツ・パークではない。ふたりはいま小道を宮殿のほうに向かって歩いている。後ろからヴェルヴェット風のピンクのトレーニング・ウェアを着た女が、時速二マイルの速度でゆっくり近づいてきている。その足もとでは、同じピンクのリボンをつけた小さな毛むくじゃらの犬が懸命に脚を動かしている。ふたりは追い越されるのを待ち、それから話を続けた。

「どういうことか説明してくれるかい」

ルイーザは説明した。そこにはレナード・ブラッドリーという人物がかかわってくる。つい最近まで、保安局の財布の紐を引き締めるために設置された〝歯止め会議〟の議長だった男だ。リージェンツ・パークのボスであるイングリッド・ターニーが手がけるオペレーションは、〝資金不足〟の婉曲表現である〝予算問題〟に直面したくなければ、あまねく〝歯止め会議〟の承認を得なければならなかった。そんな矢先、ブラッドリー自身が（爵位を剥奪されていなければレナード卿）が不正行為に手を染めていたことがあきらかになった。職業上のストレスの解消のために用意されたシュロップシャーの〝隠れ家〟が、じつはモルジブの海べの不動産であったことが判明したのだ。この不正の発覚によって――

話の途中で、ミンが口をはさんだ。「どうしてそんなことを知ってるんだい。円満退職だとばかり思っていたけど」

「甘い甘い。わたしたちのような職場では、つねに周囲の動きに注意深く気を配っている必要がある」

「わかった。キャサリンだな」

ルイーザはうなずいた。

「ガールズ・トーク？　女子トイレでのおしゃべり？」

軽い口調だったが、そこには刺々《とげとげ》しさがかすかに混じっていた。自分が排除されているという思いから来るものだろう。

「キャサリンが記者会見を開くわけがないでしょ。わたしたちが呼ばれたことを話したら、教えてくれたのよ。そのときは〝監査〟という言葉を使ったけど」

「彼女はそのことをどうやって知ったんだろう」

「コネがあるのよ。〈クイーン〉に」

〈クイーン〉たちはデータベースを管理しているので、そこに友人がいたり、コネがあったりすれば、必要なときにいつでも問いあわせることができる。

「それで、その〝監査〟というのは？」

――そして、ブラッドリーの不正は、〝監査〟と呼ばれる一種の宗教裁判につながることになった。〝歯止め会議〟の新しい議長ロジャー・バロウビーは、これを機に組織の抜本的な刷新をはかろうとしている。そのなかには局員全員の徹底的な聞きとり調査が含まれていて、それぞれの個人情報を完璧なものにするために、質問事項は経済状況、オペレーション、感情、心理、性生活、病歴にまで及んでいる。これ以上の締めつけを望んでいる者はひとりもいない。

「筋違いもはなはだしい」と、ミンは言った。「クッキーを盗んだのはブラッドリーだ。問題は〝歯止め会議〟にある。リージェンツ・パークは関係ない」

「それが現実なのよ、坊や」

「タヴァナーはかっかしているだろうね」

けれども、タヴァナーの気持ちをそれ以上推しはかることはできなかった。このミーティングのお膳立てをしたジェームズ・ウェブがやってきたからだ。

ウェブは背広組だ。この日はベージュのチノパン、ダークブルーのタートルネックのセーター、それに黒のレインコートという格好で、スーツは着ていなかった。けれども、誰の目もあざむくことはできない。根っからの背広組で、その身体を切り裂くと、ピンストライプの血を流すはずだ。この日のいでたちは、本人に言わせると、カジュアルな普段着だが、実際のところは、ジャーミン通りの高級紳士服店に入り、公園を散歩するので、それにふさわしい服を見繕ってくれと言って買ってきたもののような印象を与える。そのさりげなさは、先ほどのピンクのウェアを着たジョガーに勝るとも劣らない。

それでも、リージェンツ・パークの一員ではある。そんな男からまさか呼びだしがかかるとは思っていなかった。ウェブが会釈をすると、ミンとルイーザは会釈をかえした。そして、ウェブをまんなかにはさんで、ふたたび歩きはじめた。

「ここに来るまでに何か問題はなかったかい」と、ウェブは訊いた。

何を訊いているかわからない。交通渋滞のことか。

ルイーザは答えた。「裏口のドアが歪んでいましてね。取っ手に体重をかけて蹴らないと開きません。そこを抜けたら、あとはなんの問題もありませんでした」

「ラムのことを訊いているんだ」

「ラムはいませんでした」と、ミン。「ラムに知られちゃいけないってことですか」

「結局は知ることになる。いずれにしても、たいしたことじゃない。一時的にぼくの下で働いてもらうだけだ。そんなに長い期間じゃない。三週間かそこらだ」

〝一時的にぼくの下で働いてもらうだけだ〟――お偉方のような口ぶり。リージェンツ・パークのトップはイングリッド・ターニーだが、一年の半分はワシントンに滞在していて、その期間中はダイアナ・タヴァナーが全体の指揮をとることになっている。数人いるナンバー・ツーのひとりだが、内部クーデターの噂があるときにはいつもリストのいちばん上にいる。スパイダー・ウェブに関して言えば、順位がつけられるような位置にもいない。ミンとルイーザが聞いたところによると、基本的には人事部の職員であり、リヴァー・カートライトと因縁じみた関係があるらしい。詳しいことは知らないが、リヴァーはウェブにだまされ、そのせいで〈泥沼の家〉送りになったという話もある。

ふたりの沈黙から何かを感じとったらしく、ウェブは言った。「報告はぼくにしてくれ」

「どういった仕事なんでしょう」

「子守りだ。そこに簡単な身辺調査の仕事が加わるかもしれない」

「身辺調査？」

〝身辺調査〟はほとんどがデスクワークであり、とすれば、それは〈遅い馬〉たちの守備範囲だが、〈泥沼の家〉にはそのための予算が割りあてられていない。それで、結局のところ、その種の仕事はリージェンツ・パークの調査部門である〈バックグラウンド〉にまわされ、裏方の仕事は、必要に応じて、内部調査課の〈犬〉たちに依託されることになる。

　ウェブはミンがその言葉の意味を理解していないと思っているかのように言った。「そうだ。個人情報の収集、身元の確認、所在の特定。そういったことだ」

「品定め《ヴェッティング》ですね。愛撫《ペッティング》かと思いました。だとしたら、そんなに簡単な仕事じゃないかもしれない」

「簡単な仕事だ。でなかったら、こんなときに駄洒落を言って得意がっているような者に頼んではいない。引き受けるつもりがないなら、そう言えばいい」

　そこでウェブは立ちどまった。ミンとルイーザは気づかずにそのまま一歩前に進み、それから後ろを振り向いた。

「そして、〈泥沼の家〉に戻り、やりかけの仕事を続ければいい。どれだけ重要な仕事をまかされているのか知らないがね」

　頭にギアが入るまえに、ミンは口を開きかけたが、ルイーザのほうが先に答えた。

「たいした仕事はしていません。やらせてください」

　そして、ミンにちらっと目をやる。

「われわれを甘く見ないでいただきたい」と、ミンは言った。

「えっ？」

「大船に乗ったつもりでいてください、という意味です」と、ルイーザが弁明する。「わたしたちはあなたがここを待ちあわせ場所にしたことにちょっと当惑しているだけです」

ウェブは自分たちが屋外にいることにいま気づいたかのように周囲を見まわした。小川、木々、鳥たち、往来、宮殿。手すりの向こうのざわめき。「ああ。外はいつだって気持ちがいい」

ミンは言わずにはいられなかった。「特に屋内に剣呑な空気が流れているときには」

ルイーザは首を振った――わたしはこの男といっしょに仕事しなきゃいけないの？

ウェブは唇をすぼめた。「リージェンツ・パークがいま異常事態であるのはたしかだ」そうだろう。無駄な金は一銭も使えないのだ。ウォータークーラーのまわりでは、不平不満が行き交っているにちがいない。

「どの組織でも刷新は不可欠だ。埃《ほこり》がおさまったら、何がどう変わったかわかるようになる」

ミンとルイーザは同時にウェブの思惑を理解した。刷新を梃子にして、リージェンツ・パークにおけるみずからの地位を順位がつくようなところまで押しあげることだ。

「それは古いものを修理して使うってことでもある。わかっていると思うが、〈バックグラウンド〉は身内の品定めだけで手一杯だ。だから、われわれは仕方なしに……」

「外部調達したということですか」

「好きなように言えばいい」

「子守りのことを教えてもらえませんか」と、ルイーザが訊く。

「客が来ることになっている」

「客というと?」

「ロシア人だ」

「だったら気が楽です。いまはわたしたちの友人ですから」

ウェブは口もとに形だけの微笑を浮かべた。

「なんのために来るんです」

「話しあいについて話しあうために」

「武器ですか。石油ですか。それとも金の話ですか」

「シニシズムは過大評価されすぎている。そう思わないか」ウェブはまた歩きだし、その両脇でふたりも同じように歩きはじめた。「女王陛下の政府(HMG)は東からの風の変化を感じている。即効性はなくても、将来に対する備えは必要だ。いつか強い影響を持つ可能性のある人物と友好を深めるのは悪いことじゃない」

「ということは、石油ですね」と、ミン。

「で、訪問客は誰なんです」と、ルイーザ。

「名前はパシュキン」

「詩人の名前のようですね」

「たしかに。アルカディ・パシュキン。百年前なら、将軍だっただろう。二十年前なら、マフィアだったかもしれない」一呼吸おいて、「いや、実際に、たぶんマフィアだったのだろう。でも、いまの世では大富豪だ」

「彼のことを調べるんですか」

「いいや。パシュキンは石油会社のオーナーだ。叩けば埃が出てくるだろうが、そういったことは問題じゃない。それはひじょうに重要な会議であり、いかなる支障もきたさないようにしなきゃならない。でないと、誰かが責任を問われることになる」

「つまり、わたしたちってことですね」

「そういうことだ」ウェブは言って、口もとに薄笑いを浮かべた。それは軽い冗談かもしれないし、そうでないかもしれない。「その点について何か言いたいことは?」

「われわれの手に負えないようなことは何もないと思います」と、ミンは言う。

「だったらいいんだが」ウェブはここでまた一呼吸おいた。

ミンは自分のふたりの息子が小さかったときのことをふと思いだした。どこへ連れていくのも一苦労だった。途中で出くわしたものは、木の枝であれ、輪ゴムであれ、レジのレシートであれ、興味を示さないものはなく、目的地に着くのはいつも予定より五分以上遅くなった。

「ところで」と、ウェブはさりげなく付け加える。「きみたちの館《やかた》はどんな具合だい」

館? とミンは訊きかえしたい衝動をなんとか抑えた。

ルイーザが答える。「相変わらずです」

「リヴァー・カートライトは？」

「やはり相変わらずです」

「あの男があんなに我慢強いとは思わなかったよ。気分を害さないでもらいたいんだが、なにしろああいったところだからね。ただでさえ自尊心の強い男だ。とても耐えられないにちがいない。あそこにいたんじゃ、なんにもできない」

その口調から満足の色を隠すことはできていない。

ミンはウェブが好きになれないという結論を下した。好き嫌いで言うなら、とりたててリヴァー・カートライトに好意を抱いているというわけではないが、以前といまでは事情がずいぶんちがっている。簡単に言えばこういうことだ。カートライトは自分やルイーザと同様〈遅い馬〉だ。以前は、出来損ないの集まりという以上の意味はなかった。いまも全員が一丸となっているというわけではないが、少なくとも、他人の前でおたがいを罵りあうというようなことはない。リージェンツ・パークの人間の前ではなおさらのことだ。

「あなたがよろしくと言っていたと伝えておきます。リヴァーがあなたと最後に会ったのはもうだいぶまえのことですよね」

そのとき、ウェブはリヴァーに殴られて気を失っていた。

ルイーザは言う。「ラムはわたしたちがあなたの下で働くことを知っているんですか」

「すぐに知ることになる。そのときには一悶着あるかもしれないな」

「さあ、どうでしょう。怒るかもしれないが、顔には出さないでしょう」

す」

「ええ」と、ミンは言う。「ラムがどういう人間か知ってますね。生まれながらの策士で

「おや」ラムは言った。「またあんたかい」

オックスフォード駅に戻り、三十分後に出る列車を待っている時間を利用して、遺失物保管所を探していたとき、最初に見つけた駅員が先のイタチ男だった。相変わらずいらだたしげで、気むずかしげで、ラムの姿が目にとまったときには苦虫を嚙みつぶしたような顔をしていた。

イタチ男はそのまま歩き去ろうとしたが、ラムは一般市民のふりをするのをやめて、制服ごしにその肘をつかんだ。「ちょっといいか」

イタチ男の視線がラムの手に行き、つづいて顔に移り、それから、数ヤード離れたところでブロンドの美女に地図の見方を教えている鉄道警官のほうにゆっくり向かう。

ラムは肘をつかんだ手の力を緩めた。「いちおう言っておくが、二十ポンド札はまだあるぞ」レディングのバスの運転手の期待に満ちた顔に対してなら、こう付け加えていただろう。〝できれば、友好的に話を進めたいものだ〟

ラムは〝友好的に話を進める〟ために微笑んだが、結果的には、黄ばんだ歯が邪悪な意図を示しただけだった。イタチ男が食いついたのは、愛想を振りまいたからではなく、金の話を持ちだしたからだ。

「今回はなんですか」

「遺失物だ。どこにある？」

「遺失品保管所です」

「素晴らしい答えだ。それはどこにある？」

イタチ男は唇をすぼめ、財布が入っている内ポケットに露骨に目をやった。口約束はもう通用しない。

鉄道警官が地理の授業を終えて、こっちを見ている。ラムは会釈をし、鉄道警官から同じような会釈がかえってくると、またイタチ男のほうを向いた。「ここは長いのか？」

「十九年です」それが誇らしげなことであるかのような口調だった。

「それを十九年間と一日にしたければ、もう少し利口になったほうがいい。わしは十九年という歳月を他人の恥部をあばくことに費やしてきたんだ。制服姿のろくでなしから公けの情報を手に入れるのがそんなにむずかしいこととは思わない。ちがうか」

イタチ男は交通警官がいたところに目をやったが、そこにはもう誰もいない。いまはコーヒー・スタンドのほうに向かってゆっくり歩いている。

「やめたほうがいい。彼がここに来るまえに、おまえは鼻を叩きつぶされている」

イタチ男は思った。この野郎は素早く動けることを示す肉体的特徴を何も持っていないが、その存在の何かが危険信号を発している。そういったことを踏まえてどうするか結論を出すまえに、ラムは大きな欠伸《あくび》をした。ライオンが欠伸をするのは、退屈しているからではない。

それは目を覚ましたということだ。

「二番ホームです」と、イタチ男は答えた。

「案内してくれ。帽子を探しているんだ」


ウェブはもうセント・ジェームズ・パークにおらず、立ち去るまえに、粘着テープで封をしたピンクのペーパーフォルダーをふたりに渡していた。ルイーザとミンは公園の湖にそって歩いていた。ふたりがいま向かっているのはシティなので、かならずしも近道をしているわけではない。

「もう一度、女王陛下の政府（HMG）と言ったら、間違いなく吹きだしていたわ」

「えっ、なんだって？　ああ、そうだね。たしかに」

ミンは上の空だった。

「馬鹿丸出しね、あの男は」

ミンは口のなかでもぐもぐ言って同意のしるしとした。

ルイーザはミンの腕を取った。それはいつどこでも偽装工作で通用する行為だ。ペリカンが湖の中央の岩の上で羽を広げていて、ゴルフ用の傘がエアロビクスをしているように見える。

ルイーザは言った。「頭から湯気が出ていたわよ」

「どういう意味だい」

「ウェブにレスリングの試合を申しこむんじゃないかと思ったわ」

ミンは照れくさそうに笑った。「ああ、たしかに。本当にいらいらさせられたよ」

ルイーザは微笑んだが、それ以上は何も言わなかった。ミンはここ数カ月でずいぶん変わった。その原因が自分にあることは間違いない。女が男を変えることは多い。ミンはふたたびセックスをするようになった。それはつねに何かを産みだす原動力になる。自分と同じように、ミンも数年前に人生を大きく狂わせた。躓きの石となったのは、機密扱いの磁気ディスクを地下鉄に置き忘れたことだった。結果的に結婚生活も破綻した。ルイーザの場合は、尾行に失敗して、大量の拳銃を闇市場に流出させる事態を招いてしまったことだった。だが、一年ほどまえに、ふたりはそれぞれの冬眠状態から覚めて交際を始めた。同じころに、〈泥沼の家〉も一時的に活気づいた。活気は長続きしなかったが、楽観主義は完全には消えなかった。どうやらジャクソン・ラムはそのときダイアナ・タヴァナーの弱みを握り、それ以降は繰り人形同然とまでは言えないにせよ、少なくとも大きな借りができたと思わせるようになったのは間違いない。

貸しは力を意味する。

ルイーザは言った。「ウェブはリヴァーにこてんぱんにやられたのよね」

「ああ、そうだ」

「立ちあがれないくらいに」

「リヴァーがそこまでやれると思うかい」

「あなたは思わないの」

「思わないね」

ルイーザはくすっと笑った。

「どうかしたのかい」

「あなたは言いながら肩をそびやかしていたわ」大袈裟にその仕草の真似をしてみせる。

「おれほど強くはないと言いたげに」

「していないよ」

「したわ」また肩をそびやかして、「こんなふうに。おれは世界最強の男だと言いたげに」

「していない。べつにそんなことを言いたかったんじゃない。リヴァーは自分に降りかかった火の粉を振り払っただけだ。ウェブはレディ・ダイの愛玩犬だ。愛玩犬にそんなひどいことはできない」

「愛玩犬がリヴァーに何をしたかによるでしょうね」

ふたりは湖にそって歩きつづけた。二羽の鳥（どちらも名前を知らない）が、身体の割りには大きな脚で草の上を行ったり来たりしている。そのすぐ近くを、一羽の黒鳥が気のせいかもしれないが、なんとなく不機嫌そうに泳いでいる。

「今度の仕事のことをどう思う」

ルイーザは肩をすくめた。「子守りがそんなに刺激的な仕事とは思えないわ」

「でも、外に出ることはできる」

「なかにいなきゃいけない時間以外はね。オフィスには処理しなきゃならない書類が山積みになってるわ。ラムはなんて言うかしら」

ミンが急に立ちどまったので、ルイーザも同じように立ちどまった。ふたりはこのときもまだ腕を組んで歩いていた。波打ち際を泳いでいた黒鳥が獲物を見つけたらしく、いきなり水のなかに首を突っこむ。その首は水のなかでブラックライトのように見える。

「黒鳥《ブラック・スワン》ね。このまえ読んだわ」

「テイクアウトのメニューかい？　趣味の悪い店だね」

「くだらないことを言わないで。新聞の日曜版に出ていたのよ。ブラック・スワンというのは、とつぜん起きるので、大きな衝撃を与えるけど、あとで考えると、予測可能なもののように思える出来事のことらしい」

「ふーん」

ふたりは歩きつづけた。しばらくして、ルイーザは言った。「あなたはいま何を考えてるの？　さっきからずっと上の空だけど」

「このまえリージェンツ・パークのオペレーションにかかわったときのことだ。あのときはぼくたちを出しぬこうとしていた者がいた」

黒鳥はもう一度首をさげて、水の下に頭を潜らせた。

シャーリー・ダンダーはテイクアウトのコーヒーが冷たくなっていることに気づいたが、

かまわず飲み、それから言った。「キャサリン・スタンディッシュは？」

「レディ・キャサリン……」マーカスは右手で酒を飲むジェスチャーをした。「根っからの酒好きだ」

そんなふうには見えない。どちらかというと、堅物《かたぶつ》に見える。奇妙に古めかしい服装のせいで、中年になって所帯やつれした〈不思議の国のアリス〉といったところだ。けれども、マーカスは確信を持っていた。

「いまは飲んでいない。酒を断ってもう何年にもなるんだろう。おれも以前はけっこうな量を飲んでいた。でも、桁《けた》がちがう。きみとふたりで組んでも太刀打ちできなかったはずだ」

「まるでボクシングの試合ね」

「本物のアル中は、酒のためなら殴りあいでもなんでもする。最後に残った酒が一杯だけだったとしたら、それが誰のものでも、自分で飲もうとする。彼女もそういった輩《やから》のひとりだった」

「でも、いまはもう飲みたいとは思っていない」

「そう思っているだけだ。元アル中はみんなそうだ」

「カートライトは？　キングス・クロス駅を大混乱に陥れた張本人よ」

「知っている。ビデオを見た」

それはリヴァー・カートライトが昇級試験の際に大失敗をして、ロンドンの主要駅のひとつをラッシュ時に大混乱に陥らせたときの記録映像で、本人は苦々しい思いでいるにちがいないが、いまも研修のためにときどき使われている。

「祖父は伝説の人物だ。たしかデイヴィッド・カートライトという名前だったと思う」

「わたしよりまえの世代のひとってことね」

「カートライトの祖父だ。おれたちの誰とも同世代じゃない。大昔のスパイだが、いまも生きている」

「同じことよ。生きていなかったら、孫が〈遅い馬〉になったことを草葉の陰で嘆いていたにちがいないわ」

マーカスは椅子を机から離して、腕を大きく広げた。この体格なら戸口を完全にふさぐことができる、とシャーリーは思った。第一線で作戦活動に従事していたときには、実際にそういったこともあったにちがいない。一年ほどまえには、テロリストのアジトを急襲し、組織を壊滅状態に追いやったという話も聞いている。だが、そういった話とはちがう話もあるにちがいない。でなかったら、ここにはいなかっただろう。

「きみの隠し球はなんだったんだい」

マーカスは肌の色より黒い目でシャーリーを見つめている。「どうかしたの？」

「隠し球？」

「きみを馘にすることができなかった理由だよ」

「どういう意味かはわかるわ」上の階から、椅子の脚が床をこする音が聞こえてくる。足音が部屋を横切って窓のほうに向かう。「そのときにこう言ったのよ。わたしはレスビアンだって」

「ほう」

「セクハラ男を食堂で殴ったレスビアンを馘にすることはできない」

「髪を切ったのもそのためかい」

「いいえ。ただ単にそうしたかったからよ」

「おれたちは同じ側にいるんだろうか」

「わたしは誰の側にもいない。わたしはわたし」

マーカスはうなずいた。「お好きなように」

「最初からそのつもりよ」

シャーリーはスリープ状態にあるモニターのほうを向いた。マウスを動かすと、フリーズした状態の映像が現われる。同一人物と思われるふたつの顔を左右半分ずつつなぎあわせたものだが、まったく似ていない。ソフトウェアにからかわれているとしか思えない。

「本当にきみはレスビアンなのかい。それともそう言っただけなのかい」

シャーリーは答えなかった。


ジャクソン・ラムはオックスフォード駅のベンチにすわっていた。コートの前がはだけ、シャツのボタンがひとつはずれていて、そこから毛むくじゃらの腹が覗いている。その腹をぼりぼり掻き、それからボタンをとめようとしたが、うまくいかず、しばらくして諦め、そのかわりにそこに黒い中折れ帽を置き、まるでその向こうに聖杯の秘密が隠されているかのように凝視する。

黒い中折れ帽。それはバスのなかに置き忘れられていたものだ。ディッキー・ボウが死んでいたバスに。

帽子自体にはたぶんなんの意味もない。それでも、釈然としない部分は残る。バスがオックスフォード駅に着いたときには、土砂降りの雨だった。バスを降りる乗客が最初にしたことは、もし持っていれば、帽子をかぶることだっただろう。座席に置き忘れていたとすれば、取りに戻ったはずだ。自分に注意を引きたかったのでなければ、みんなといっしょにプラットホームに向かい、大急ぎで列車に乗りこみ……

このとき、ひとりの女性に見つめられていることに気がついた。飛びきり美しい若い娘で、いったい自分の何に興味があるのだろうと思ったが、どうやらそうではないようで、その視線の先にあるのは、ラムではなく、中折れ帽を叩いている左手の二本の指のあいだにある煙草だった。右手はポケットのなかのライターを探しているのだが、その仕草は股間を掻いているように見えなくもない。ラムが取っておきの歪んだ微笑を浮かべ、その結果、片方の鼻の穴が大きく広がると、若い娘は両方の鼻の穴を広げて応じ、ぷいとそっぽをむいた。ラムはしぶしぶ煙草を耳にはさんだ。

そのとき、ポケットのなかをあさっていた手が見つけだしたのは、ライターではなく、バスのなかにあった携帯電話だった。

それは黒とグレーの時代物のノキアで、機能の数は栓抜きと同じくらいしかない。それで写真を撮ることができないのは、ホッチキスでメールを送ることができないのと同じだ。ボタンを押すと、画面が明るくなり、着信履歴を見ることができるようになった。全部で五件。ショップ、ディグズ、スター——たぶん行きつけの飲み屋の名前だろう。そして、ふたつの人名。ひとつはデイヴで、もうひとつはリーザ。そこに電話をかける。デイヴのは携帯電話で、すぐにボイスメールになった。リーザのは固定電話で、応答はなく、現在使われていないことを示すブーンという音が聞こえただけだった。次に受信したメッセージをチェックしたが、そこにあったのは、あと八十二ペンス分の通話が可能であるという携帯電話会社からの通知だけだった。たかが八十二ペンスであれ、それはボウの財産の一部にはちがいない。なんならリーザに小切手を送ってやってもいい。そのあと、送信履歴をチェックしたが、そこにも何も残っていなかった。

なのに、ディッキー・ボウは死ぬまえに携帯電話を取りだし、座席のクッションのあいだに押しこんだ。そこなら、誰にも見つからない。それを探している者以外には。メッセージを送った相手以外には。

結果的には、メッセージが送られることはなかったのだが。

列車が到着しても、ラムはベンチから立ちあがらなかった。下車する者も、乗車する者も、そんなに多くはない。列車が出発したとき、先ほどの若い娘が窓ごしに睨んでいるのが見えた。ラムはおかえしにすかしっ屁をした。ひそかな勝利。いい気分だ。それからまた携帯電話に戻る。メールの下書きのフォルダーがあったので、それを開くと、そこに保存されていたメッセージはひとつだけで、画面からひとつの単語が見つめかえしていた。

足もとで、一羽の鳩が餌を探しているふりをしているように地面を引っ掻いている。だが、ラムはそんなものを見ていない。頭のなかは、携帯電話に打ちこまれたが、送信されることなく、残り八十二ペンスの残高表示とともに、黒とグレーの箱のなかに閉じこめられたひとつの単語でいっぱいになっている。それは瓶詰めにされ、栓をされ、死体を片づける段になって、ようやく見つかったもののように思える。

オックスフォードシャー鉄道のプラットホームには、三月下旬の太陽が照り輝き、一羽の太った鳩が足もとを行ったり来たりしている。

ひとつの単語。

「〈蟬《せみ》〉」ジャクソン・ラムは声に出して言う。それからもう一度言う。「〈蟬〉……信じられない」

シャーリー・ダンダーとマーカス・ロングリッジは仕事に戻っていた。その場の雰囲気は先ほどの会話によってほんの少しだけだが良くなっていた。〈泥沼の家〉では、どんな音でも筒抜けになる。ローデリック・ホーがふたりの会話に興味を持っていたとすれば、部屋の仕切り壁に耳をつけるだけでいいが、同室のふたりが関係を深めるのは珍しいことでもなんでもない。そんなことを詮索するより、自分のオンライン上の情報を更新するほうが大事だと思っている。たとえば、フェイスブックに、シャモニーで過ごした週末のことを書きこんだり、最新のダンスミックスにリンクを張ったり……そこで使っている名前はロディ・ハント。BGMはのちにネット上から消滅させることになる無名のサイトからとってきたもので、写真は若き日のモンゴメリー・クリフトのスチールを加工したものだ。他人のサイトやスクリーン・ショットから任意の人物をつくって、紙の舟のように世界の海に送りだし、自分がそれを操っているということに対しては、いまだに大きな驚きを感じずにはいられない。その人物の構成要素はすべて本物で、偽物は人物そのものだけだ。だが、今年やったことのうちもっとも満足度の高いものというと、それではなく、自分自身の架空の勤務記録を作成するためのシステムをつくったことだ。それがあれば、保安局のネットワークから離れているときでも、そこにログインして仕事をしているように見せかけ、〈泥沼の家〉のコンピューターの使用状況を監視している者の目をあざむくことができる。

いずれにせよ、シャーリー・ダンダーとマーカス・ロングリッジのおしゃべりに興味はないし、ふたりのすぐ上の部屋には誰もいない。ミン・ハーパーとルイーザ・ガイはまだ帰ってきていない。もしそのふたりがそこにいたら、どちらかひとりがしゃがみこんで床に耳を当て、もうひとりに盗み聞きした話を中継していたにちがいない。リヴァー・カートライトがその部屋にいたとしても、やはり同じことをしていただろう。退屈で仕方がないのだ。いい加減で慣れてもいいはずなのに、日々の仕事の砂を嚙むような味気なさは、蚊に嚙まれるのと同じで何度でも繰りかえされる。しかも、手にはボクシングのグローブがはまっているので、嚙まれたところを掻くのではなく、こすることしかできない。

数カ月前まで、リヴァーのオフィスには同室者がいた。いまはひとりだが、同室者の机はいまもそこにあり、その上には、リヴァーのものより新しく、高性能で、傷みの少ないコンピューターが置かれている。できれば、それを借用したいところだが、そのためには個別のユーザーIDが必要で、保安局の情報技術部門に初期化を依頼すると、実際の作業時間は三十分でも、戻ってくるまでに八カ月はかかる。ホーに頼めば話は簡単だが、そのためには頭をさげて頼まなければならず、そこまでのことをするだけの価値があるとは思えない。

いまはオフビートで机を叩きながら、天井を見つめている。普段なら、そのような無意味な音を立てたら、上階のジャクソン・ラムの部屋からかならずコツンという音がかえってくる。その意味は、〝静かにしろ〟か、でなかったら、〝あがってこい〟である。実際のところ、ラムは暇に飽かして、いろいろな仕事を思いつく。先週はテイクアウト用の紙箱を集めにいかされ、リヴァーはそれをゴミ箱や排水路や車のルーフ、あるいはバービカン・センターの花壇（そこにあったものはネズミかキツネにかじられていた）から拾ってきた。ラムは午後の軽食の入っていた紙箱を六カ月にわたって集めつづけていた。ニュー・エンパイアのサム・ユーが自分にはみんなより小さい箱に料理を詰めているのではないかという疑惑を抱き、その証拠を手に入れようとしていたのだ。本意はわからない。ラムは本気だったのかもしれないし、部下をからかっていただけかもしれない。いずれにしても、リヴァーはこんなふうにいつもゴミ箱のなかに手を肘まで突っこまされている。

数カ月前、状況は変化しつつあるように思えた。それまで何年ものあいだ、いちばん高いところにある部屋にふんぞりかえって、階下にいる部下たちをいびりつづけていたラムは、その後しばらくのあいだ本部のレディ・ダイ・タヴァナーを締めあげるのを楽しみにするようになった。だが、血は変えられない。ラムはそういった刺激にも飽き、ふたたび変化のない安寧な日々を送るようになった。リヴァーはまだ〈泥沼の家〉にいる。〈泥沼の家〉は〈泥沼の家〉のままだ。そして、そこでの仕事はいままでずっとそうだったように退屈きわまりない。

この日がそのいい例だ。昨日はスキャナーのオペレーター。今日はスキャナーが動作しないので、タイピストになり、情報がデジタル化されるまえの死亡記録をデータベースに打ちこんでいる。死者の享年はゼロ歳六カ月以下で、死亡したのは食料がまだ配給制だったころ。他人の身元を盗もうとしている者にとっては格好のターゲットだ。名前は墓石に刻まれている。悪質さはちがうが、基本的には墓碑銘の拓本をとるのと同じだ。出生証明書は紛失したことにすれば、簡単に再発行してもらうことができる。そこから先は、死んだ赤ん坊が送ったであろう生活をなぞるだけでいい。書類はあとからついてくる。社会保険番号、銀行口座、運転免許証等々。その人物の構成要素はすべて偽物で、本物は人物そのものだけだ。もちろん、そういった者が実際にいたとしても、いまごろは年金生活者になっている。二十年眠りつづけたリップ・ヴァン・ウィンクルと自称しているかもしれない。要するに、リヴァーは歴史の本のギャップを埋めているだけであり、それはなんの意味もない、単に〈遅い馬〉たちを遊ばせないでおくためだけのものにすぎない。

ところで、ジャクソン・ラムはどこに行ったのか。

ここにすわっていたのでは、答えは見つからない。気がついたときには、立ちあがり、流れに乗るように部屋から出て、階段をあがっていた。いちばん上の階はいつも薄暗い。ラムのオフィスは、ドアが開いていたとしても、ブラインドがかならずおりているし、キャサリンのオフィスは建物の裏手にあり、たいていは隣のオフィスビルの影になっている。それに、キャサリンはシーリングライトよりも卓上スタンドを好んでいて（ラムと共通する唯一の好み)、ふたつの黄色い光だまりのあいだは暗く、それは闇を否定するのではなく、むしろ強調するかたちになっている。リヴァーが部屋に入ったとき、キャサリンは机の上のモニターの灰色の光を浴びて、おとぎ話のなかに出てくる青白い知恵の女神のように見えた。

リヴァーはうずたかく積みあげられた色とりどりのフォルダーの山の横の椅子にすわった。世界全体が書類のデータ化に向かって突き進みつつあるとき、ラムはひとり頑なにハードコピーの牙城を守りつづけている。一度などは、作成した書類の重さを評価基準にした月間最優秀賞を制定しようと言いだしたことさえあるくらいだ。ラムが秤《はかり》を持っていて、もう少し物覚えがいいほうだったら、それは実行に移されていたにちがいない。

「当ててみましょうか」と、キャサリンは言った。「いまやっている仕事が終わったから次の仕事がほしいってことね」

「ばかばかしい。それよりラムは？　ラムはどこへ行ったんだい、キャサリン」

「聞いてないわ」聞いているかもしれないとリヴァーが思ったことを楽しんでいるような口調だ。「彼は自分がやりたいようにやる。わたしに許可を求める必要はない」

「でも、あんたはあの男にいちばん近い」

彼女の表情は一インチも動かない。

「場所的にという意味だよ。あんたは彼の電話をとるし、日課の管理もしてもいる」

「日課なんて何もないわ。たいていは天井を見つめて、おならをしている」

「魅力的な映像だ」

「煙草もすぱすぱ喫う。ここは政府の施設のひとつなのよ」

「現行犯で逮捕すればいい」

「もう少し小さい男だったら、そうすることができたかもしれないけど」

「よく我慢できるね」

「なんとか。そのために、わたしは毎日神のご加護を仰いでいる」リヴァーの目にとまどいの色が浮かぶ。「冗談冗談。ラムは聖人を平気で自殺に追いこむ男よ。どこに行ったのか知らないけど、とにかくここにいないというだけで、どれだけ気が楽になるか」

「行き先はリージェンツ・パークじゃない」と、リヴァーは言った。ラムがリージェンツ・パークに行くときには、いつもその旨をみんなに知らせる。誰かが居ても立ってもいられなくなり、いっしょに連れていってくれと懇願するのを楽しみにしているのだ。「でも、何かを考えているのは間違いない。ここ数日、どこか様子が変だ。少なくともいつもと同じじゃない」

ラムが変であるということは、ほかの者にとっては正常ということになる。たとえば、自分の電話が鳴ったら、自分で受話器を取るとか。ホーに頼んで、自分のコンピューターの閲覧ソフトがフリーズせず常時ネットにつながっている状態にするとか。要するに、しなければならない仕事があるという印象を与えているということだ。

「それで、あんたは何も聞いていないんだね」

「そう。何も」

「ラムが出ていった理由は見当もつかないってことだね」

「いいえ、そうは言ってないわ」

リヴァーはキャサリンを見つめた。ずっと屋内にいることを示す青白い顔。服は手首から足首までを覆い、おそれいったことに、帽子までかぶっている。年は五十がらみ。昨年の例の一件までは、彼女に対してほとんどなんの注意も払っていなかった。このような年格好の非社交的な女性に、興味を引くようなものは何もない。だが、あのときの彼女は、窮地に追いこまれても、びくともしなかった。スパイダー・ウェブに銃口を向けさえした。自分と同じように。その共有体験によって、ふたりは揃って入会資格の厳しいクラブの会員になったのだ。

キャサリンは反応を待っている。リヴァーは言う。「どういうことだい」

「何かが必要なとき、ラムは誰を呼び寄せるか」

「ホー」

「そう。ここはどんな音でも筒抜けよ」

「話を聞いたんだね」

「いいえ。そこがミソなのよ」

興味深いことに、ラムは声をひそめる習慣を持っていない。「それがどういうことであったとしても、われわれには関係ないってことだね」

「でも、ロディは知ってるわ」

キャサリンがホーのことをロディと呼ぶのも、興味深いことのひとつだ。そんなふうに呼ぶ者はほかに誰もいない。ホーは気軽に話しかけられる相手ではない。ブロードバンド上でなければ、話しかけても、まともに取りあってもらえない。

だが、いまはどうしても聞きたいことがある。

「だったら、ロディと話をしにいこう」

「すごいね」と、ミンは言う。

「それだけ？」

「ものすごい。すごすぎる。これでどうだい」

「だいぶ近くなったわ」

そこはシティでもっとも新しいビルのひとつの七十七階だった。ロンドンの空を刺し貫く八十階建ての巨大なガラスの針――〝ニードル〟。部屋は途方もなく広く、縦は〝信じられない〟メートルで、横は〝ありえない〟メートルもある。床から天井までのガラスの窓の向こうには、首都の北と西の眺望が広がり、その先で街は空に溶けこみ、そこに広大なスペースができている。ここなら何日いても飽きないだろう、とルイーザは思った。食べ物や飲み物はいらない。あらゆる天候と、あらゆる光のもとで、この眺めを満喫したい。それを表現する言葉としては、〝ものすごい〟でも、〝すごすぎる〟でも、充分ではない。

エレベーターでさえ感動ものだった。これまで乗ったなかでいちばん静かで、滑らかで、速い。

「あれもよかったね」と、ミンが言う。

「エレベーターのこと？」

「レセプションのことだよ。あそこに警備員がいただろ」

警備員が保安局のＩＤを確認したときの態度から、ミンは畏敬と羨望の念を読みとったみたいだったが、ルイーザのほうは、公立校の生徒がパブリック・スクールのエリートを見るような視線を感じとっていた。古くからの〝庶民〟対〝上流階級〟の図式だ。彼女自身は元々〝庶民〟の側だから、それは皮肉と言えなくもない。

ルイーザは窓ガラスに手を突き、そこに額を押しつけた。軽い眩暈《めまい》がする。頭では眺望を楽しんでいるが、身体は蝶になって空を飛んでいる。ミンはその横でポケットに両手を突っこんで立っている。

「こんなに高いところに来たことはある？」と、ルイーザは訊いた。

ミンはゆっくり振り向いた。「飛行機も入れて？」

「いいえ。ビルに限定してよ」

「エンパイア・ステート」

「わたしものぼったわ」

「ツインタワーは？」

ルイーザは首を振った。「わたしが行ったときにはもうなかった」

「同じだ」

ひとしきり沈黙があり、ふたりはロンドンの街のうごめきを眼下に見ながら、同じことを考えはじめた。あの朝、別の街で、ここより高い建物にいあわせた人々は、それぞれの窓からここと同じような眺望を楽しんでいたにちがいない。未来につながる糸がとつぜん断ち切られ、ふたたびみずからの足で地面を踏むことはないなどとは誰も夢にも思っていなかったにちがいない。

ミンが指をさしたので、そっちのほうに目をやると、遠くのほうに小さな染みのようなものが見えた。飛行機だ。ヒースロー発の旅客機ではない。小型機が酔っぱらいのようによたよたと飛んでいる。

ミンは言った。「ここにはどれくらいまで近づけるかな」

「今回の会議がそこまで重要だと思う？　ここであんなことが繰りかえされるなんてことは——」

あんなこととは何かをあえて言う必要はなかった。

少し間を置いてから、ミンは答えた。「いいや、そんなことはないはずだ」

でなければ、この話が〈泥沼の家〉に持ってこられるわけがない。リージェンツ・パークの監査があろうとなかろうと。

「とにかく、失敗は許されない」

「あらゆるところに目を配る必要があるってことね」

「でないと、ぬかりなく任務をまっとうできたとしても、あとでどんなケチをつけられるかわからない」

「これって、何かのテストだと思う？」

「テスト？」

「わたしたちのよ。わたしたちが現場の仕事をこなせるかどうかを見るための」

「合格したら、リージェンツ・パークに戻れるってことかい」

ルイーザは肩をすくめた。「可能性はある」

これまでにどれだけの〈遅い馬〉が〈泥沼の家〉からリージェンツ・パークへ戻れたか。答えはゼロ。ふたりともそれを承知の上で、ほかの〈遅い馬〉と同様、自分たちだけは数少ない例外になれるかもしれないと密かに思っている。

ルイーザは後ろを向いて、部屋を見まわした。やはり縦横ともに仰天サイズで、一部屋だけでフロアのほぼ半分を占めている。同じフロアのもうひとつの部屋もやはりいまは無人で、そこからは街の南と東側が一望できる。ロビーは共有で、二基のエレベーターがついている。三基目のエレベーターは業務用で、底なしのように見える階段の吹き抜けの陰に隠れている。そのエレベーターが停止するフロアには、もうすでにいくつかの一流企業のオフィスが入っている。ウェブから受けとったリストによると、銀行、投資会社、ヨットの販売会社、ダイヤモンド商、防衛関連企業などだ。ビルの下三分の一はホテルで、翌月オープンする予定になっている。この先五年間はすでに予約でいっぱいだという記事をどこかで読んだことがある。

この部屋を数週間後に控えた会議のために押さえることができたのは、スパイダー・ウェブがコネを使うか、局の機密ファイルを開くかしたからだろう。ひとはみなこのような広さに敬意を払い、このような高さに畏敬の念を抱く。間取りはビジネス・ユースを前提にしたキッチンとバスルームつきのワンルームで、部屋の中央には十六脚の椅子がゆとりをもって並べられた美しいマホガニーの楕円形のテーブルが鎮座している。それが自分の部屋に入らないほどの大きさのものでなかったら、ほしくなっていたかもしれない。だが、部屋からの眺望と同様、このテーブルも金持ちのためのものであり、自分たちには無縁のものだということはわかっている。それでも……自分たちはいまここにいる。ポケットのなかに自分たち二人分の給料の二倍の金が入っているような富豪の安全を守るために。

そんなことは忘れよう。考えても意味がない。そう思いながらも、言わずにはいられなかった。「内輪の会合にしては、ちょっと大層すぎると思わない？」

「そうかもしれない。でも、窓から覗き見をするやつはいないだろう」

「窓はどうやって掃除するのかしら」

「昇降機みたいなものを使うのかも。調べてみよう」

それはもちろん始めの一歩にすぎない。今回はロシア人の行程表がいる。宿泊先、そこからここまでの経路、ケータリング業者、運転手。ウェブのメモも大事だが、それだけに頼ることはできない。ウェブは信用できない。〈掃除屋〉に盗聴器をチェックさせ、場合によっては〈技術屋〉にしかるべき予防策を講じさせる必要が出てくるかもしれない。もちろん、パラボラアンテナによる盗聴の可能性があると思っているわけではない。いちばん近いところにある高層ビルは、ここと比べたら大人と子供くらいの差がある。

ミンは彼女の肩に手を触れた。「心配することは何もない。相手は成りあがりのロシア人だ。ここに来て、サッカー・チームをひとつかふたつ買ったら、それでおしまいだよ。ウェブが言ったとおり、単なる子守りさ」

それはルイーザもわかっていた。ただ、成りあがりのロシア人の評判はかならずしもいいとは言えない。思ってもいなかったことが起きる可能性はつねにある。裏の裏まで考えると、何もかもうまくいくという可能性はごくわずかしかないように思えてくる。

これはテストなのではないかという考えがまた頭に浮かぶ。と同時に、いやな考えが脳裏をよぎる。成功の代償は、リージェンツ・パーク行きのチケット一枚だけかもしれない。そこに用意されるデスクは、ふたつではなく、ひとつだけかもしれない。選ばれたのが自分だけだったら、自分はそこへ戻るだろうか。逆にそれがミンだったら、彼はどうするだろう。たぶん戻るだろう。でも、責めるつもりはない。自分だってそうするだろうから。

そんなことを考えながら、ルイーザは肩に置かれた手を振りはらった。

「どうかしたのかい」

「べつに。いまは仕事中よ。ちがう？」

「そうだな。すまない」ミンは言った。気分を害した様子はない。

そして、ドアのほうへ歩きだした。その向こうには、エレベーターと、もうひとつの部屋と、階段の吹き抜けがある。ルイーザはそのあとに続き、途中でキッチンのほうへそれた。調理器具は一式揃っていて、汚れたものはひとつもなく、どれも未使用で、みな光り輝いている。冷蔵庫はレストラン・サイズだが、なかには何も入っていない。壁には赤い消火器が取りつけられていて、その隣には消防用の布と小さな斧が入ったガラスケースがある。食器棚をあけ、そこがからっぽであることを確認して、また閉める。それから先ほどの広い部屋へ戻ったとき、窓ごしに救急用のヘリコプターが見えた。遠くからだと、セントラル・ロンドンの上空で静止しているように見えるが、そのなかにいる患者には離婚したばかりの淫奔な女の腰のように激しく動いているように思えるにちがいない。このとき、また黒鳥のことを思いだした。〝ブラック・スワン〟——予測不可能な大きな出来事。それに遭遇したことに気づくのは、そのまえではなく、つねにそのあとのことだ。ルイーザがミンを探しにいったときも、空にはまだヘリコプターの機影があった。

ホーは自分の領土を侵されるのを嫌っている。相手がリヴァー・カートライトのような人間である場合は特に。自分の能力の及ばないこと（主としてテクノロジー関連）で力を借りにくるとき以外には、話すことなど何もないと思っているような男なのだ。一時は、キングス・クロス駅の大混乱の模様を撮影した防犯カメラの画像をスクリーンセーバーにしていたことがある。やめたのは、リヴァーに見つかったら腕をへし折られるわよ、とルイーザ・ガイに忠告されたからだ。

だが、キャサリン・スタンディッシュはつねに自分に一目置いてくれている。こっちも好意を持っているわけではないが、かといって特に嫌う理由も見つからないと思っている。つまり、ごく限られた特殊なカテゴリーに属する人物であり、そのために、忙しいと言って追い払うまえに、話だけは聞いてみようという気になったのだった。

リヴァーは使われていない机の上にスペースをつくり、その角に腰かけ、キャサリンは椅子を引いて、そこにすわった。「ご機嫌いかが、ロディ」

以前にも同じ呼ばれ方をしたことがある。ホーは訝しげに目を細め、それからリヴァーに言った。「おれのものを勝手に動かすな」

「何も動かしてないよ」

「その机の上に置いてあるもののことだ。いま動かしただろ。置き場所が決まっているんだ。勝手に位置を変えられると、どこに何があるかわからなくなる」

リヴァーは言いかえそうとしたが、キャサリンに睨まれて、言葉を呑みこんだ。「すまない」

キャサリンが言う。「頼みがあるの、ロディ」

「というと？」

「あなたの専門分野にかかわることよ」

「ネットに接続できないってことなら、無料じゃ承れない」

「それって、形成外科で巻き爪を直してくれと頼むようなものよ」

「建築家に窓を拭いてくれと頼むようなものでもある」と、リヴァー。

ホーは訝しげな目をリヴァーに向ける。

リヴァーはさらに付け加える。「あるいは、ライオンの調教師に猫の餌やりを頼むようなものでもある」

キャサリンがまた睨みつける。リヴァーの付け足しがなんのフォローにもなっていないということだ。

「先日、あなたはラムのオフィスで――」キャサリンは言いはじめたが、最後まで続けることはできなかった。

「断わる」

「まだ話しおえてないわ」

「その必要はない。ラムがおれに何を頼んだのか知りたいんだろ」

「ヒントだけでいいの」

「話したら、ラムに殺される。嘘じゃない。実際に殺された者もいる」

「そう思わせているだけさ」リヴァーは言った。

「ラムが嘘をついていると言うのか」

「部下を殺すはずがないと言っているんだよ。職場での安全基準に違反することになる」

「かもしれない。でも、実際に殺す必要はない」それからキャサリンのほうを向いて、「生きたまま殺すこともできる。ラムがどんな男か知っているだろ」

「だったら、気づかれなきゃいいんじゃない」

「あの男の目を盗むことはできない」

リヴァーは言った。「ロディ」

「そういう呼び方をするな」

「わかった。数カ月前、ぼくたちは大仕事をした。ちがうかい」

「まあな」ホーはまだ訝しげな目をしている。「だから、どうなんだ」

「抜群のチームワークだった」

「かもしれん」

「だから――」

「知恵を出したのはおれだ。あんたたちはただ走りまわっていただけだ」

リヴァーは最初の反応を心の内側にとどめた。「それぞれの持ち味を活かしたと考えたほうがいい。ぼくが言いたいのは、あのときは〈泥沼の家〉は機能していたってことだ。どういう意味かわかるな。ぼくたちはチームとして仕事をし、それがうまくいった」

「それをまたやろうってわけか」

「そうなったらいいと思ってる」

「今回、あんたたちは走りまわることさえせず、ただそこにすわっているだけかもしれない。結局、おれが全部しなきゃならなくなる」それから、またキャサリンのほうを向いて、「それで、おれはラムに見つかって殺される」

「わかったよ。だったら、こうしよう。何も教えてくれなくていい。自分たちで見つけだす。そして、ラムにあんたから話を聞いたと言う。結局、あんたは殺される」

キャサリンが言う。「リヴァー――」

「いいや、冗談でもなんでもない。ラムはコンピューターをロックしない。みんなパスワードを知っている」

ラムのパスワードは〝パスワード〟だ。

「本気なら、すでにそうしていたはずだ」と、ホーは言った。「ここに頼みにきたりしなかったはずだ」

「いいや、いま思いついたんだよ」それからキャサリンのほうを向いて、「チームワークの反対語ってなんだったかな」

「気にしないで、ロディ。リヴァーはふざけてるのよ」

「ふざけているようには見えない」

「でも、そうなのよ」キャサリンはリヴァーを睨みつけた。「そうでしょ」

リヴァーは降参した。「好きなように解釈すればいいさ」

キャサリンはホーに向かって言った。「言いたくないことは言わないでいいのよ」

リヴァーの考えだと、尋問のテクニックとしては、もう少し強く出たほうがいい。

ホーは唇を噛みながら、モニターを見ている。画面はリヴァーがいるところからは見えないが、ホーの眼鏡には、スクリーンを覆う細い網目模様と、黒地を背景にして点滅する緑のライトが映っている。国防省のファイアウォールを突破して、その先をうろついていたのかもしれない。あるいは、〈バトルシップ・ゲーム〉で遊んでいたのかもしれない。どちらにせよ、ホーの頭はいまそれとは別のところにある。

しばらくしてようやくホーは言った。「わかったよ」

「それでいい」リヴァーは言った。「なにもむずかしいことじゃない。そうだろ」

「あんたに話すつもりはない。彼女だけに話す」

「ばかばかしい。どっちみち、彼女はすぐに――」

キャサリンが遮った。「彼女って誰のこと？　猫の母親？」

くだらないジョークに、リヴァーとホーは毒気を抜かれ、ふたりのあいだに奇妙な兄弟愛が一瞬めばえたような気になった。

「まあいいわ」キャサリンは言って、リヴァーに指を突きつけた。「あなたは出ていきなさい。つべこべ言わずに」

そうはいかない。リヴァーはつべこべ言った。心のなかで。

そして、上階に戻ると、ミン・ハーパーとルイーザ・ガイのオフィスを覗いたが、ふたりはまだ戻っていなかった。出かけるまえに訊いたときには、〝打ちあわせ〟と言っていた。本当にそうなのかもしれないし、ラムがいないのをいいことに羽をのばしているだけかもしれない。公園を散歩するとか、映画を観るとか、ルイーザの車のなかでいちゃつくとか。公園と言えば……もしかしたら、リージェンツ・パークに行っているのではないか。そう思ったが、それは一瞬のことだった。そんなことはありえない。

自分の部屋に入ると、それから五分ほど古い死亡記録をデータベース化する作業を続け、その後の十分ほどは、窓に掲げられた〈W・W・ヘンダーソン事務弁護士および宣誓管理官〉という金文字のくたびれた看板の後ろから外の様子を眺めていた。道路の反対側には、バスを待っている者が三人ひとかたまりになって立っている。しばらくしてバスが来て、三人を乗せ、走り去る。そのすぐあとに別のひとりが来て、次のバスを待ちはじめる。リヴァーは思った。もしそこにいる者が情報部の人間に見られていると知ったら、どんな反応を示すだろう。そして、自分のほうが情報部の人間よりずっと刺激的な仕事をしていると知ったら、どう思うだろう。

ふたたびコンピューターに戻ると、データベースに架空の名前と日時を打ちこみ、少し考えてからそれを消去した。

キャサリンがノックをして、部屋に入ってきた。「忙しい？　なんならあとでもいいんだけど」

「それって、冗談のつもりかい」

キャサリンは椅子にすわる。「ラムがほしがってたのは局の個人情報のファイルよ」

「ホーにアクセス権はない」

「笑わせないでちょうだい。そのファイルは八〇年代の一覧のなかにあった。名前はディッキー・ボウ」

「蝶ネクタイ《ディッキー・ボウ》？　本当に？」

「本名はバウよ。両親からはディッキーではなく、リチャードと呼ばれていたにちがいない。その名前に聞き覚えは？」

「ちょっと待ってくれ」

　リヴァーは椅子の背にもたれかかり、O・Bの姿を頭に思い描いた。O・B――リヴァーの実質的な育ての親で、母に言わせるなら〝老いぼれ《オールド・バスタード》〟。その長い人生を情報部に捧げ、引退後は、それがどういう仕事であるのかを孫に話して聞かすことに費やしている。リヴァーがスパイになったのは、祖父がスパイだったからだ。いや、〝だった〟ではない。いまもそうなのだ。実際のところ、スパイに真の意味での引退はない。デイヴィッド・カートライトは情報部の伝説的人物だが、本人の口から聞いた話だと、やっていることは小ざかしい役人とそんなに変わらない。寝返ったり、秘密を売り渡したり、高値で回顧録の版権を買ってくれるところを探したり。だが、役人とちがって、一度スパイになったら、その後は死ぬまでスパイだ。ほかのどんなことをしていようと、それはすべて仮の姿でしかない。いまは間抜けな帽子をかぶって花壇の手入れをしている好々爺も、中身は冷戦期に情報部がたどるべき道筋を描いた戦略家のままだ。そして、リヴァーはそういう男にいろいろなことを教わりながら育った。

　大事なことは何なのか。リヴァーはそれを十歳にも満たないころから頭に叩きこまれていた。大事なのは細部だ。

リヴァーはまばたきをし、もう一度まばたきをしたが、やはり何も思い浮かばなかった。ディッキー・ボウ？　めったにない名前だが、聞いた覚えはない。

「残念ながら、何も思いあたらない」

「先週、死体が見つかったらしいわ」

「不審死かい」

「バスのなかで死んでいたのよ」

リヴァーは頭の後ろで手を組んだ。「説明してくれ」

「最初はウースター行きの列車に乗っていたんだけど、信号機のトラブルがあって、レディングで足どめをくらってしまった。それで、乗客は列車が通常どおり動いているオックスフォードまでバスで運ばれた。そして、そこで全員が降りた。ボウを除いて。そのときには死んでいたから」

「自然死かい」

「検視報告書ではそうなっている。それに、ボウが何か特筆に値することをしたという記録はどこにもない。だから、暗殺の対象になるとは考えにくい。過去にどんな重要な任務についていたかは知らないけど」

「ついていなかったと考えてるんだね」

「あなたも個人情報の扱いは知ってるでしょ。機密事項にはすべてヴェールがかけられる。

そして、通常の情報の受け渡し以上のことは、すべて機密事項に分類される。でも、ボウのファイルは、お払い箱になる直前の飲酒がらみの不祥事以外は、どこにもヴェールがかかっていない。たいしたことは何もしていない。情報を現金で買うだけ。情報といっても、たいていがゴシップよ。ナイトクラブに入りびたりで、噂話に聞き耳を立てていたらしいわ」

「その情報は脅迫用に使われていたんだね」

「もちろん」

「だとしたら、復讐という線も考えられなくはない」

「でも、ずっとまえのことよ。それに、さっきも言ったように、自然死だし」

「だったら、どうしてラムは興味を持ったんだろう」

「さあね。昔いっしょに仕事をしていたのかも」少し間があった。「ファイルには、〝有能なストリート・ウォーカー〟とあるわ。まさか街娼だったわけじゃないでしょうね」

「幸いにも、そうじゃないと思うよ。尾行がうまかったということだろうね」

「だったら、ボウが死んだという話を聞いて、感傷的な気分になったってことかもしれない」

「かもしれない。冗談じゃなくて」

「でも、ボウは列車の切符を持っていなかった。そもそもその時間には仕事をしていなきゃいけなかったのよ。いったいどこへ行こうとしていたのかしら」

「二分前までは名前を聞いたこともなかった男なんだ。ぼくの推測があてになるとは思わない」

「わたしも同じ。でも、ラムが重い腰をあげたのよ。何かあるはずよ」

そして、キャサリンは黙りこんだ。その視線は内側に向けられているように見える。心の奥に置き忘れてきた何かを探しているかのようだ。このとき、リヴァーは彼女の髪が完全なグレーではないことにはじめて気がついた。もう少し明るい場所なら、ブロンドに見えるかもしれない。ただ、鼻が尖っていて、いつも帽子をかぶっているので、全体の印象が暗くなり、本人が目の前にいないときに、髪はグレーにちがいないと思い、しばらくすると、本人が目の前にいるときでも、そんなふうに見えるようになったのだろう。たとえ本物の魔女でも、時と場合によっては、セクシーに見えるものだ。

魔法を解くために、リヴァーは沈黙を破った。「何かって、なんだろうね」

「最悪の事態を想定しておいたほうがいいわ」

「ラムに訊いてみたらどうかな」

キャサリンは言った。「あまりいい考えとは思えないけど」

それはあまりいい考えではなかった。

数時間後、ラムが息を切らした熊のように階段をあがっていく音が聞こえた。リヴァーはモニターを見るともなく見ながら、しばらく様子をうかがっていた。〝ラムに訊いてみたらどうかな〟と、さっきは言った。ラムがいないときは簡単なことのように思えたが、いざ戻ってみると、どうしても二の足を踏んでしまう。だが、ここにすわっていても、無意味な情報の山を睨みつける以外、何もすることはない。さらに、前言をひるがえしたら、キャサリンに臆病者の烙印を捺されることになる。

キャサリンは階段の踊り場に立ち、眉を吊りあげて、こっちを見ている——だいじょうぶ？

あんまり自信はない。

ラムの部屋のドアは開いていた。キャサリンがノックをし、ふたりでなかに入ったとき、ラムはコンピューターの電源を入れようとしているところだった。まだコートも脱いでおらず、火のついていない煙草を口にくわえている。モルモン教徒を見るような目をふたりに向ける。「いったいなんの用だ。反乱か？」

リヴァーは言った。「いま何が起きているのだろうと思いまして……」

ラムは困惑のていでリヴァーを見つめ、それから煙草を手に取って、今度はそれを見つめた。そのあと、ふたたび煙草を口にくわえて、リヴァーに視線を戻す。「はあ？」

「ぼくたちは——」

「わかった。もういい。おまえはここに不満を言いにきたんだな」それから、キャサリンのほうを向いて、「きみはアル中だから、いらいらするのは当然だろう。いま何が起きているのか気になるのも仕方がないだろう。でも、カートライトはどうしてなんだ」

「ディッキー・ボウです」キャサリンは言った。ラムの嫌味を意に介している様子はない。

キャリアの長さのせいだ。アルコールのために道を踏みはずしたのはたしかだが、かつてチャールズ・パートナーが保安局を率いていたころ、その死体をバスタブのなかで見つけるまで、ずっと彼の個人秘書をしていたのだ。そのときに、感情を表に出さないすべを身につけたにちがいない。「ボウはあなたと同時期にベルリンにいた。そして先週、オックスフォードに向かうバスのなかで死んだ。今日はそこへ行っていたんですね。彼の足取りをたどっていたんですね」

ラムは信じられないというように首を振った。「何が起きたんだ。誰かがここに来て、きみの股間に睾丸を縫いつけたのか。見ず知らずの者はなかに入れるなと言っておいたはずだぞ」

「蚊帳《かや》の外に置いておかれたくないんです」

「蚊帳の外に置かれていないときがあるのか。ここは蚊帳から何マイルも離れている。きみたちが蚊帳のなかに入れるのは、ヒストリー・チャンネル用の間抜けなスパイの記録映画をつくるときだけだ。それくらいのことはわかってると思っていたが……おやおや、信じられん。またもうひとりやってきた」

一同の背後に、マーカス・ロングリッジがフォルダーを持って立っていた。「これを渡しにきたんです」

ラムは言った。「おまえの名前、なんだったかな」

「マーカス・ロングリッジです」

「べつに知りたいわけじゃない。わしがおまえと話をしたくないことはこれでわかったはずだ」ラムは散らかった机の上から染みだらけのカップを取り、キャサリンに向かって放り投げた。リヴァーはそれがキャサリンの頭を直撃するまえに空中でキャッチした。「おしゃべりができてよかった。さあ、みんな出ていってくれ。カートライト、カップをスタンディッシュに渡せ。スタンディッシュ、紅茶を入れろ。それと、そこのおまえ。名前はまた忘れたが、下の中華料理店へ行って、わしの昼メシを買ってきてくれ。今日は火曜の定食にする」

「今日は月曜日ですが」

「そんなことはわかってる。月曜に月曜の定食なら、わざわざ指定する必要はない」ラムは言い、それから目を細めてキャサリンを見つめた。「まだいたのか」

キャサリンは見つめかえした。どうやらこれはこのふたりのあいだの問題になりつつある、とリヴァーは思った。自分は早々に退散したほうがよさそうだ。最初はラムのほうが先に目をそらすかと思ったが、そうはならなかった。キャサリンのほうが、何かがその身体から抜けだしたみたいに肩をすくめて、先に顔をそむけた。そして、マーカスが持っていたフォルダーをつかみとると、自分の部屋へ戻っていった。リヴァーはマーカスといっしょに階段を降りはじめた。

無事にすんでよかった、とリヴァーは思った。

だが、机に戻って二十分とたたないうちに、上からすさまじい音が響きわたった。モニターが机の上から落下し、スクリーンが粉々になった音だ。それに続いて、プラスティックやガラスの破片が床の上に散らばっていく音も聞こえた。この音を聞いて飛びあがったのはリヴァーひとりではない。そのあとの罵りの声も、建物のなかにいる者全員に聞こえたにちがいない。

「糞ったれ！」

その後、〈泥沼の家〉はしばらくのあいだ沈黙に包まれた。

映像はモノクロで、粒子が粗く、ぎくしゃくしている。そこに映っているのは、夜のプラットホームにとまっている列車だ。外は雨が降っていて、ホームには屋根がかかっているが、雨樋の継ぎ目に隙間があるので、そこから水がこぼれ落ちている。何ごともなく数秒が経過したあと、とつぜん人波が押し寄せる。画面に映っていないところで、ゲートが開き、乗客がいっせいにホームに入ってきたのだ。コマ落ちのせいで人々の動きは滑らかでなく、ポケットからいきなり手が出てきたり、傘が急に開いていたりしている。どの顔にも、いらだちと不安があり、一刻も早く目的地に着きたいという思いが強く感じられる。リヴァーは物覚えがいいほうで、ひとの顔を忘れることはまずないが、映像のなかに見覚えのある者はいない。

一同はホーのオフィスに集まっていた。そこがいちばん設備の充実した部屋だからだ。ラムはコンピューターにCD‐ROMを挿入しようとしたときに、あやまってモニターを引っくりかえしてしまったらしい（そのドタバタ劇を見るためなら一カ月分の給料を払ってもいいとリヴァーは思っている）。それから三十分ほど部屋でいろいろなものに当たりまくったあと、その大騒動がまるで故意にたくらんだものみたいに何食わぬ顔で下に降りてきた。キャサリン・スタンディッシュも少し遅れてそれに続いた。ほかの者たちもぞろぞろと集まってきた。なのにラムがあえて文句を言わなかったのは、先刻の出来事に対するばつの悪さがあったからかもしれない。だが、たぶんそれはないだろう、とリヴァーは踏んでいる。ジャクソン・ラムにとって、〝ばつの悪さ〟は理解の範囲外にある感情だ。ホーにCD‐ROMを渡して再生させたら、全員がそれを見ることは最初からわかっている。そのあとに質問が続くこともわかっている。

音声は入っておらず、そこがどこであるのかを示すものは何もない。プラットホームにひとがいなくなると、列車が動きだす。そこがどこかは依然としてわからない。画面から列車が消え、無人のプラットホームと激しい雨が降り注ぐ線路があとに残る。それから四秒か五秒あと（実際の経過時間は十五秒か二十秒くらいだろう）、画面から映像が消える。最初から最後まで、おそらく三分もなかったにちがいない。

「もう一度だ」と、ラムが言う。

ホーがキーを叩き、一同の視線はふたたび映像に戻る。

終わると、ラムは訊いた。「何かわかったことは？」

ミン・ハーパーが答える。「防犯カメラの映像ですね」

「素晴らしい。ほかに知的な指摘はないか」

マーカス・ロングリッジが答える。「これは西行きの列車です。パディントン発で、行き先はウェールズかサマセット、あるいはコッツウォルズ。画面に映っているのはどこの駅か？　オックスフォード？」

「ああ。でも、おまえの名前はまだ覚えられない」

リヴァーが言った。「この次までに名札をつくっておきますよ。それから、ひとつ気になったことがあります。禿げ頭の男がいたでしょ」

「どの禿げ頭だ？」

「一分半あたりで出てきた禿げ頭です。みんなひとかたまりになって列車に乗りこんでいるのに、その男はカメラの前を通りすぎて、プラットホームの先のほうへ歩いていきました。おそらく、もっと前のほうで乗車したんでしょう」

「だから、どうだというんだ」

「土砂降りの雨だったんです。みんなが防犯カメラに映っているところで列車に乗りこんでいるということは、ホームのほかの部分には屋根がないということです。つまり、みんな雨を避けていたということです。でも、その男はちがう。傘も持っていませんでした」

「帽子もかぶっていなかった」

「あなたが持って帰ってきたような帽子ですね」

一瞬の間のあと、ラムは言った。「そうだ。あんな帽子だ」

「そこがオックスフォード駅だとすれば」と、キャサリンが言う。「そこにいるのはディッキー・ボウが乗っていたバスから降りてきた人たちということですね」

ラムはホーのほうを向いた。「なんでおまえはそんなにおしゃべりなんだ、この吊り目野郎。今度わしの何かを公開するときには、ひとこと断わりを入れろ。歯医者の記録でも、銀行口座でも」

ホーはむっとした顔をしている。「それは形成外科で巻き爪を直してくれと頼むようなものです」

「わしに侮辱されたと思っているのか」

「べつに――」

「わしが侮辱するときには、こんなもんじゃすまん。よく覚えておけ」それから、みんなのほうを向いて、「よかろう。カートライトにしては上出来だ。めったにないことだが、今回は特別に褒めてやってもいい。その禿げ頭《ボールド》のことは、これからはミスター・Bと呼ぼう。先週の火曜の夜、そのミスター・Bはオックスフォード駅で列車に乗った。ウースター行きだが、途中停車駅はいくつかある。ミスター・Bはどこで列車を降りたか」

「推理しろってことでしょうか」と、ミンが訊く。

「ああ。ピントはずれな推理に興味しんしんしんだ」

リヴァーは言う。「このCD‐ROMはオックスフォード駅で入手したんですね」

「そのとおりだ」

「防犯カメラはほかの駅にもあるはずです」

「最近では列車内にも設置されています」と、ルイーザが付け加える。

ラムは手を叩いた。「素晴らしい。まるで妖精たちが、わしのかわりに考えてくれてるみたいだ。これでだいぶ見えてきた。本物の馬鹿なら、ここまで来るのに三十分はかかっていただろう。でも、大事なのはここからだ。答えを見つけだすために、誰かがほかの駅の防犯カメラの映像をチェックしにいかなきゃならない」

「ぼくに行かせてください」リヴァーが言った。

ラムはそれを無視した。「ミン、これはおまえにうってつけの仕事だ。何も持っていかなくていいから、列車のなかに置き忘れる心配もない」

ミンはルイーザにちらっと目をやった。

「こりゃ、まいった」と、ラムは言った。それからホーのほうを向いて、「いまのを見たか」

「いまのっていいますと?」

「ハーパーがガールフレンドに目配せをしたんだ。それは何を意味しているのか」ラムは椅子の背にもたれかかり、顎の下で両手をあわせた。「わしの命令に従えないということか」

「われわれには別の仕事が……」と、ミンは言った。

「われわれ?」

「ルイーザと――」

「ガイと呼べ。ここはディスコじゃないんだ」

なぜディスコなのかと訊くのは時間の浪費にすぎないということは、全員の意見の一致するところだ。

「質問はもうひとつある。別の仕事というと？」

ミンは言った。「一時的にウェブの下で働くことになっているんです。あなたにもすぐに知らせると言っていたので、もうご存じかと思っていました」

「ウェブ？　かの悪名高いスパイダーか？　あいつの仕事はペーパークリップの数をかぞえることじゃなかったのか」

「ほかのこともしています」と、ルイーザ。

「他人の部下を勝手に使うとか？　どんな仕事を仰せつかったんだ。説明しろ。詳しいことはオフレコだとは言わせないぞ」

「わが国にやってくることになっているロシア人の子守りです」

「そんな仕事なら、いくらでも本職がいる。わかるな。連中は何をどうすればいいか知っている。でも、もしかしたら、それもレナード卿の負の遺産のひとつかもしれん。だとしたら、馬鹿げた話だ。帳簿をいじくられるのがそんなにいやなら、打つ手はいくらでもあったはずだ」

「わたしたちは何も知らなかったんです。ちがいますか」と、キャサリン。

「やれやれ。われわれは情報部員じゃないのか。まあいい。好きなようにすればいい。わしに口をはさむ権利はない」その顔には、いずれ口をはさむことができる日が来るから、そのときまで待っていろと言いたげな、残忍そうな笑みが浮かんでいる。「としたら、残った者のなかから──」

「ぼくにやらせてください」と、リヴァーがふたたび名乗りをあげる。

「おいおい、ここは子供の遊び場じゃない。われわれはMI5で、これは作戦活動上の重要事項なんだ。手をあげた者順にというわけにはいかない。誰にやらせるかはわしが決める」ラムは〈遅い馬〉たちを右からひとりずつ順に指さしていった。「だ・れ・に・し・よ・う・か・な」〝な〟のところにはリヴァーがいた。そこで指がとまり、だが、次の瞬間にはひとつ前のシャーリーに戻っていた。「おまえだ。おまえが行け」

リヴァーが言う。「ぼくのところでとまったじゃないですか」

「作戦活動上の重要事項をガキのゲームで決めるつもりはない。もう忘れたのか」ラムはイジェクト・ボタンを押し、CD‐ROMが出てくると、それをシャーリーのほうへ放り投げた。ディスクは開いたドアの向こうに飛んでいった。「下手くそ。拾って、もういちど見ておけ。終わったら、ミスター・Bを探しにいくんだ」

「いますぐにですか」

「暇なときでいい。ということは、いますぐだ」それから、まわりを見まわして、「ほかの者はみな自分の仕事があるはずだ」

キャサリンはリヴァーに眉を吊りあげてみせ、すぐに部屋から出ていった。ほかの〈遅い馬〉たちもほっとしたような顔をして出ていき、部屋にはホーとリヴァーだけが残ることになった。

　ラムはホーに言った。「カートライトはさっきの議論を続けたいんだろう。でも、おまえがここにいるわけはわからん」

「自分のオフィスだからです」

　ラムは何も言わない。

　ホーはため息をついて出ていった。

　リヴァーは言う。「いつも同じですね」

「なんの話だ」

「湯を沸かせとか、昼食を買いにいけといった戯言のことです。それは目くらましです。あなたはわれわれを必要としている。あなたの足がわりになってくれる者を必要としているんです」

「足と言えば」ジャクソン・ラムは足を上にあげ、それから屁をした。「これもいつも同じだ」足を床におろして、「どうやってもこの臭いを和らげることはできない」

　ラムの言動について首をかしげることはあっても、その屁が本物かどうかに疑問を抱く者はいない。

「ともかく」ラムは有毒ガスをものともせずに続けた。「スタンディッシュが出すぎた真似をしなければ、余計なまわり道をしなくてすんだんだ。〝蚊帳の外に置いておかれたくないんです〟だって？　何をあんなにカリカリしているのか。あの年で、生理でもあるまいに。

もしかしたらアルコールには老化の防止効果があるのかもしれん。どう思う？」

「さっぱりわけがわかりません。あなたはどうしてボウの死を他殺と考えているんですか。心臓発作という検視結果が出ているのに」

「それはわしの質問に対する答えじゃない。でも、まあいい。もうひとつ質問だ」右の脚を左の脚の上に乗せて、「誰にも気づかれずに誰かを毒殺しようと思ったら、何を使う？」

「毒物には詳しくありません」

「驚いたな。おまえにも知らないことがあったのか」ラムはマジックの使い手でもある。ポケットのあたりに手がいったかと思うと、次の瞬間には煙草が出てきて、その次の瞬間には使い捨てのライターが出てくる。普段なら喫ってほしくないが、いまはそれがこの場の雰囲気を多少なりとも改善できる唯一の方法だ。ラムもそう思っているにちがいない。「ロングリッジはまだ昼メシを持ってこない。まさか忘れてるんじゃあるまいな」

「名前を覚えてないわけじゃないんですね」リヴァーは言った尻から言ったことを後悔した。

「やれやれ、カートライト。何が悲しくて、わしらはこんなにいがみあわなきゃいけないんだ」ラムは煙草を深く一喫いし、半インチの長さの灰がオレンジ色になる。「明日の出勤は遅くなる。やることがあるんだ。それが何かは言わなくてもわかるな」煙草の煙に目を細めて、「階段を降りるときに転んで首の骨を折るなよ」

「階段をあがるんですよ。ここはホーのオフィスです。忘れたんですか」

「カートライト」

リヴァーは戸口で立ちどまった。

「ディッキー・ボウの死因を知りたくないか」

「教えてもらえるんですか」

「少し考えたら、すぐにわかることだ。犯人は検出できない毒物を使ったんだ」

〝検出できない毒物〟と、リヴァー・カートライトは心のなかでつぶやいた。

ばかばかしい。

地下鉄の車内で、ブルネットの美人が隣にすわり、そのときにスカートがまくれあがるのが見えた。気がついたときには、彼女と話をしていた。降りる駅もいっしょだ。駅のエレベーターの手前で、照れくさそうに電話番号を教えあう。それから先はサイコロが転がるようなものだ。ワイン、ピザ、ベッド、休日、新居、結婚一周年、第一子の誕生。それから五十年。ふたりは幸せな日々を振りかえる。やがて死のときが訪れ……リヴァーは手で目をこすった。向かいの席が空くと、娘はそちらに移り、隣にいた男の手を握った。

列車はロンドンブリッジ駅からトンブリッジに向かっている。祖父にとって、そこは住まいのある場所であり、同時に生涯にわたる闘いによって勝ちとった領土でもある。いまでは普通に通りをぶらついて、新聞や牛乳や食料品を買ったり、肉屋やパン屋や郵便局の女性職員とにこやかに話をしているが、かつては何百という人間の命運をその手に握っていたとは誰も想像だにできないだろう。彼の決断と命令は、ときに何かを大きく変え、またあるときには（本人に言わせればそっちのほうがもっと重要なのだが）、何も変えないようにするためのものだった。表向きは運輸省で働いていたことになっていて、地元のバス便の不便さに対する利用者の不平不満を一手に引き受けていた。

　ときどき思うのだが、何も変えないようにするためには、何か大きなことが起きなければならないのかもしれない。

　食事のあと、ふたりはウィスキーを持って書斎にすわっていた。暖炉では火が燃えている。何十年もまえからある古い椅子は、ハンモックのように祖父の身体を包んでいる。もうひとつの椅子はリヴァーの身体になじんでいる。知るかぎりにおいて、ほかの者がそこに腰をおろしたことはない。

「何か考えていることがあるようだな」

「あるけど、そのためだけに来たわけじゃないよ」

　その言い分はどうでもいいこととして却下された。

「ラムのことなんだけど……」

「ジャクソン・ラムか。どうしたんだ」

「それがね、最近、正気じゃないみたいなんだ」

　こんなふうに振れば、食いつくことはわかっている。どんなときでも、O・Bが心理的な洞窟探検の機会を逃すことはない。リヴァーからストライクゾーンに直球が投げこまれたときはなおさらだ。

は言った。

「保安局で受けた訓練だけで人物鑑定ができると思ったら、大きな間違いだぞ」と、O・B

「でも、このところ被害妄想ぎみであるのはたしかなんだ」

「それがいまに始まったことだとしたら、ここまで長く生きのびることはできていなかったはずだ。おまえの話だと、なかなかのやり手のようじゃないか。で、今回はどんな妄想に取りつかれているんだ」

「KGBの工作員が陰で暗躍しているっていう」

「言っておくが、KGBなどという組織はもうどこにも存在しない。冷戦は終わったんだ。念のためにもうひとつ言っておくと、勝ったのはわしらだ」

「知ってるよ。グーグルで調べた」

「KGBはFSBと名前を変えた。でも、変わったのは名前だけで、中身は何も変わっていない。検出不能の毒物に関して言うなら、それはKGBの〝特別課〟で大量につくられていた。さながら毒薬の製造工場だ。最初に生成に成功したのは三〇年代のことで、開発者のマイロフスキーだかマイラノフスキーだかという男は、その才能をねたまれて、仲間に殺害されたらしい」

リヴァーはグラスに目を落とした。ウィスキーを飲むのは祖父といるときだけだ。だから、それは一種の儀式のように思える。「つまり可能性はあるってことだね」

「ジャクソン・ラムが自分たちの裏庭でモスクワ流のオペレーションが展開されているかも

しれないと考えているとしたら、知らんぷりをしているわけにはいかん。リトヴィネンコという名前に聞き覚えはないか」

「毒殺された元スパイだってことくらいは知ってるよ」

「そのとおり。あれもモスクワ流のオペレーションのひとつだ。やつらがその気になれば、事故に見せかけるのは造作もない。ちがうか」そんなふうに話を相手に投げかえすのは、O・Bの十八番《おはこ》だ。もうひとつの十八番は、相手に考える余地を与えないということだ。「犠牲者は誰なんだ」

「名前はバウ。リチャード・バウ」

「こいつは驚いた。ディッキー・ボウはまだ生きていたのか」

「知ってるのかい」

「名前だけはな。ベルリンに駐在していた男だ」グラスを置くと、O・Bはアームレストに両肘をつき、透明なボールを握っているように指先をあわせて賢者のポーズをとった。「死んだときの状況は？」

リヴァーは詳細を話して聞かせた。

「最後までぱっとしなかったな」結局はその鈍臭さがバスのなかでの死を招いたと言いたげな口調だった。「所詮は一部リーグの器じゃなかったってことだ」

「いまはプレミア・リーグと言うんだけど……」

O・Bは手を振って、新しい呼び方を拒否した。「生涯にわたるストリート・ウォーカー。

ナイトクラブ好き。そこを仕事場にしていて、そこから種々雑多な情報を持ちかえっていた。下級の公務員の浮気の話とかなんとか。わかるな」

「そのすべてが保安局のファイルに記録されているんだね」

「法律もソーセージも、つくっているところを見たがる者はいない。情報部の仕事も似たようなものだ」O・Bは目に見えないボールを下に落とすと、かわりにグラスを手に取って、思案顔でまわしはじめた。琥珀色の液体がグラスの縁を洗っている。「そしてある日、失踪した。ふらりと東側に行ってしまったんだ。ディッキー・ボウが一躍有名になったのは、そのときのことだ。それで、大騒動になり、おたおたしながらも、大急ぎで……おっと、また頭韻を踏んでしまった。わしの悪い癖だ。それで、ベルリンからイギリス政府に連絡が行った。小物だとはいえ、イギリスのスパイが東側のテレビに出演し、長広舌をふるうなんてことは絶対にあっちゃいけない」

「それはいつのことなんだい」

「八九年の九月だ」

「その年って――」

「そう、そのとおり。そのゲームに関係していた者は――少なくともそのときベルリンにいた者は、みな何か起きると思っていた。誰も口にはしなかったが、みなあの壁を見ながら、最悪の事態を想定していた。歴史の歯車を逆転させることは断じてあっちゃいけない」グラスの回転が速くなり、ウィスキーがこぼれる。O・Bはかたわらのテーブルにグラスを置くと、手を口もとに持っていって、ウィスキーを嘗めた。

「歴史の歯車というのは……」

「そう、そこから壁の崩壊が始まったんだ」手をあげたまま、それがなんのためにあるかを考えているかのようにひとしきり見つめ、それから膝の上に置く。「でも、歴史はごく些細なことで変わる。ディッキー・ボウは列車を脱線させるために線路に置かれた石ころになるかもしれない。われわれは血まなこになって行方を探した」

「それで見つかったんだね」

「ああ、見つかった。というより、自分から出てきた。やつが首を突っこんでいたすべてのオペレーションを白紙に戻そうとしていた矢先に、ふらりと街に舞い戻ってきた。いや、舞い戻ってきたと言うと、語弊があるかもしれない。実際のところは、歩くのさえままならない状態だったんだ」

「拷問を受けてたってことかい」

O・Bは笑った。「酔って、へべれけになっていたんだよ。本人に言わせると、飲みたくて飲んだんじゃなく、身体を押さえつけられて、無理やり喉に流しこまれたらしい。溺死させられるんじゃないかと思ったそうだ。もちろん、その可能性を否定することはできない。ディッキー・ボウのような男が酒で命を落としたとしても、不思議に思う者はいない」

「誰がそんなことをしたんだい。東ドイツ人？」

「視野が狭すぎる。いいや、ディッキー・ボウをさらったのはロシア人で、そのオペレーションにはモスクワの大物がかかわっていた。雑魚《ざこ》じゃない」

O・Bはもったいをつけるように間をとった。普段、肉屋やパン屋や郵便局へ行ったとき、よく口に封をしていられるなと思うときがしばしばある。最近のO・Bの数少ない楽しみのひとつは、誰かに話を聞いてもらうことなのだ。

「そうとも。ディッキー・ボウの話だと、彼を連れ去ったのはアレクサンドル・ポポフだったんだ」

その名前が何を意味しているのかを知っていたら、リヴァーはその話にもう少し大きな衝撃を受けていたにちがいない。


〝聖人を平気で自殺に追いこむ男〟と、キャサリン・スタンディッシュは心のなかでつぶやいた。


神よ――

いまは自分のなかに母の霊が降りている。

さっきのはジャクソン・ラムを評したときに使った言葉だ。たしかにラムは聖人を自殺に追いやった。けれども、自分がそんな言いまわしをするとは思わなかった。ひとは年をとると、少しずつ父か母に似てくる。年をとり、角が取れ、人間が丸くなれば、誰でもそうなる。

かつては角だらけだった。だが、それから長い歳月が過ぎている。その境界上にあったのは、おぞましさだった。朝、目が覚めたときには、前夜何があったか思いだせないことが多かった。それを知るための手がかりは、セックスと嘔吐の痕跡であり、腕や太股にできた痣《あざ》であり、蔑まれたような感覚だった。アルコールとの付きあいはずいぶん長かったが、結局折りあえることはなく、それは暴力的な性癖を内に秘めたパートナーのように最後に本性をあらわにした。それで、いまはもうアルコールと完全に手を切っている。そして、ノース・ロンドンにある自宅のキッチンで、ひとりペパーミント・ティーをつくって、禿げ頭の男のことを考えている。

これまでの自分の人生に、禿げ頭の男が現われたことはない。多少なりとも意味のある男は、これまでひとりもいなかった。現在の職場には男が何人かいるし、リヴァー・カートライトには好感を抱いているが、心を許せる者はいない。もちろん、ジャクソン・ラムも同様だ。それでも、キャサリンは禿げ頭の男のことを考えていた。防犯カメラにちらっと目をやってから、プラットホームの屋根の下にとどまることなく、土砂降りの雨のなかを歩いていった男。二分ほどまえにバスのなかに置き忘れてきたために、かぶっていなかった帽子。

考えていることはほかにもある。いつもと同じように。ワインを買いにいき、一口だけ飲んでやめ、アルコールを必要としていないことを証明するのだ。グラスに一杯だけ。あとは流しに捨てる。シャブリ。よく冷えたやつ。酒屋に冷蔵庫がなければ、常温のでもいい。シャブリがなければ、ソーヴィニヨン・ブランでも、シャルドネでもいい。でなかったら、三倍濃縮のラガービールでもいいし、リンゴ酒の二リットル・ボトルでも……

深く息を吸いこむ。〝わたしの名前はキャサリン。わたしはアルコール中毒〟

辞書とシルヴィア・プラス詩集のあいだにあった官報を手に取り、ペパーミント・ティーをかたわらに置いて、ほてりがおさまるのを待つ。〝ほてり〟というのは母が使っていた暗号のひとつで、更年期障害のことを意味している。母は多くの暗号を使っていた。自分のいまの職業を考えたら、笑える話だ。

母が生きていたら、自分のことをどう思うだろう。〈泥沼の家〉の剝がれかけた塗装や、そこの住人たちの情けない姿を見たら……答えは訊くまでもない。調度はがたつき、壁紙はめくれ、電球は埃だらけ、部屋の隅には蜘蛛の巣が張っている。一目で、娘の職場だとわかるだろう。あこがれの場所とは間違っても言えない。だが、人生の天井は低いほうがいい。見栄を張る必要はない。

長い目で見たら、これはこれで悪いことではない。

結局、これまで何百回となくそうしてきたように、酒を買いにいくのはやめ、ペパーミント・ティーを持って居間に向かう。もう官報もシルヴィア・プラスも必要ない。椅子にすわって、雨のプラットホームで禿げ頭の男がとった不審な行動について考えよう。母のことは考えないようにしよう。次に何が起きるかはわからないが、それが見えてくるまでは、断った酒のことも考えないでおこう。

次に起きることは、いまよりずっと悪いことかもしれないのだ。

あの七十七階とはずいぶんちがう、とルイーザ・ガイは心のなかでつぶやいた。

いやになっちゃう。

新聞の家庭欄には、少しの想像力と少しの費用で、どんな狭い家でも使い勝手のいい夢の住まいに変えることができるという記事が出ていた。残念ながら、その〝少しの費用〟というのは、それだけあれば、いまよりずっと広いところに引っ越せるだけの額になる。

この日の部屋の主要なモチーフは、いつもと同様、まだ乾いていない洗濯物だ。物干しスタンドは折りたたみ式で、使わないときは、しまっておけるようになっているが、そもそも使わない日はないし、あったとしても、収納できる場所がない。いまは書棚に立てかけて、ミン・ハーパーと付きあうようになって以来とつぜん何段階もグレードアップした下着を干している。ブラウスはワイヤハンガーにかけ、部屋のあちこちに吊るしてある。半乾きのセーターは形崩れしないようテーブルの上にひろげられていて、その両端から袖が重たげに垂れさがっている。

ルイーザはキッチンの椅子にすわって、膝の上にラップトップを置いた。

スパイダー・ウェブが言っていた会議当日のロンドン市内のイベントに関する情報を手に入れるには、グーグルで検索するのがいちばん手っとり早い。その結果、同じ日に、冶金の先端テクノロジーに関する国際シンポジウムがロンドン・スクール・オブ・エコノミクスで、アジア研究会議がロンドン大学東洋アフリカ研究所で開催される予定になっていることがわかった。またその日には、アバの再結成コンサートのチケットが販売されることになっていて、二分で完売すると予想されているらしい。セントラル・ロンドンでは、〝ストップ・ザ

・金融街〟の集会が開かれ、オックスフォード通りのデモ行進が予定されている。参加者は二十五万人にのぼると見られていて、混乱は避けられそうもなく、往来や、地下鉄、さらには日常生活にまで大きな影響が出るのは間違いない。

いずれもロシア人の訪問とは直接的にはなんの関係もない。それは背景知識のようなものだ。だが、背景知識を無視することはできない。このまえ〈遅い馬〉たちがリージェンツ・パークのごたごたに巻きこまれたとき以来、ウェブからもたらされる情報を全面的に信用することはできなくなっている。だが、ここまで来て思案の糸は途切れた。どうも集中できない。脳裏には、〝ニードル〟のあの広大な空間が焼きついている。あんな広い部屋を見たことは一度もない。ついつい自宅――川の反対側にある賃貸のワンルームと引き比べてしまう。

いまでは週に二度か三度ミンがやってくる。それはいいが、困ることもある。部屋が散らかるからではない。場所をとられるからだ。泊まっていくときのために洗面用具を置いておきたいと言うので、バスルームの棚の貴重なスペースの一部が犠牲になり、朝には着替えのシャツがいると言うので、ワードローブの一部が犠牲になった。さらには、DVDやCDや本を持ってくるので、限られたスペースにさらにモノが増える。ミン自身のこともある。その立ち居振るまいが、がさつだというわけではない。ただそこにいるだけで、部屋が狭くなるように感じるのだ。ミンが近くにいるのは嬉しいが、そのあいだにもう少し距離を置くことができたら、もっと嬉しい。

建物のどこかでドアがばたんと閉まる。そこで生じた風が廊下からドアの下の隙間を抜けて、部屋に入りこみ、ハンガーにかけてあったブラウスが、屋根から滑り落ちる雪のような音を立てて床に落ちる。しばらくそれを見つめて、ブラウスが自然に元に戻ることを念じたが、何も起こらなかったので、目を閉じ、今度はどこかほかのところへ意志の力で移動することを試みた。ふたたび目をあけたとき、何も起きてはいなかった。

隙間風が吹きこむ賃貸の狭い部屋。いばれるものは何もないが、あえて言うなら、ミンの部屋よりはここのほうがいくらかましということだ。

ふたりでどこかいい場所を探すためには、先立つものがいる。

いまは十一時半。あと六時間半。

まいった、まいった。

以前なら、警備の仕事にどんなイメージを持っているかという問いに対して、キャル・フエントンは想像力豊かにこう答えただろう。格闘の訓練、多目的ベルト、防弾チョッキ、テーザー銃。それに車。急発進、鋭いコーナリング。ハンズフリーのマイクがついたイヤホン。次の瞬間には何が起きているか予想もつかず、アドレナリンが途切れることはない。警備の仕事というのはそういうものだと、これまでは思っていた。危険。興奮。ものを言うのは腕っぷしの強さだ。

実際はそうでなかった。与えられたのは、窮屈な制服（前任者がチビだったので）と、電池の切れかかったゴム引きの懐中電灯だけだ。ショットガンを持って、装甲リムジンに乗りこむかわりに、毎晩、廊下を巡回し、一時間おきに本部に連絡を入れるだけであり、それは建物内に異常がないことを確認するためというより、勤務時間に眠っていないことを証明し、給料をもらうためという色合いのほうが濃い。そして、その給料といえば、最低賃金より一ポンドの釣り銭ほど高いだけだ。〝どんな仕事でも、仕事には変わりない〟というのは、母の口癖だった。だが、この世に生を受けて十九年、多少の知恵がつく年になって、母の言葉は間違っていることがわかった。仕事によっては、クソみたいなものもある。いまは十一時三十一分。あと六時間二十九分たたなければ、外に出ることはできない。

外といえば……

いまいるところは一階の東側の廊下だが、そのはずれのドアが開いている。ほんの少しだが、たしかに開いている。自分のいないときに、誰かがあけたのか。それとも、さっき自分が煙草を喫いにいったときに閉め忘れたのか。

いま建物のなかにいるのは自分ひとりだけだ。夜間の警備は一人体制ということになっている。

ドアに近づき、そっと押してみる。きしみながらドアが開く。すぐ外は金網が張られた駐車場になっているが、車は一台もとまっていない。そこからウェストウェイに通じる穴ぼこだらけの道は暗い。その向かい側には、いまは営業していないパブがある。いつかまた店を開くかもしれないが、いまはただ目障りなだけだ。窓には板が釘で打ちつけられ、そこに貼られたＤＪのポスターは剝がれかけている。しばらく様子をうかがってから、ドアを閉める。

沈黙のなかで、胸の鼓動が聞こえてくる。外には誰もいなかったし、なかにも自分以外は誰もいない。十一時三十四分。ドアから離れ、オフィスとファシリティを点検する。

オフィス？　ファシリティ？　現実を知れば、そんな言葉を使うことは恥ずかしくてできないだろう。

オフィスは掃除道具置き場といくらも変わらないし、ファシリティは物置きの気どった言いかえにすぎない。一階は窓のない煉瓦造りで、二階は木造。途中で煉瓦が足りなくなったのか。以前ここにあった建物より新しいのはたしかだが、これではどんな褒め言葉も見つからない。道の向かい側の過去と未来のパブと同様、この地区がふたたび賑わいを取り戻すのを待っているが、世のなかはそんなに甘くない。データロック社は経費節減を余儀なくされていて、その経営実態は見かけよりずっと悪い。粗末な会社案内を見れば、その感はいっそう強くなる。

懐中電灯の光で大きな円を描く。オフィスには誰もいない。番犬もいない。メイン・ゲートには、〝敷地内は警備員が常時巡回しています〟という標識がかかっている。この標識の値段は四ドル九十九セント。番犬を飼うよりずっと安あがりだ。

そのとき、北側の廊下で物音がした。靴のヒールが床を蹴ったような音だ。

動悸がする。ドキ、ドキ、ドキ。音の大きさは平常の二倍、速さは四倍。

定期的な連絡時間まであと二十四分ある。もちろん、何かあったときには、決められた時間ではなく、いつ連絡をとってもいい。

そのときは、こんな会話になるだろう。

「おかしな物音が聞こえたような気がするんです」

「気がする？」

「ええ。廊下からです。誰かいるのかもしれません。まだ確認はとれていません。そうそう。それから廊下のドアが開いていました。さっき煙草を喫いに出たときに、閉め忘れたのかもしれませんが。本部からの救援を仰ぎたいと……」

いざというときのために、多目的ベルトと防弾チョッキもあったほうがいい。が、クソみたいな仕事でも、ないよりはましだ。一匹のリスが建物のなかに迷いこんだだけだとしたら、仕事を棒に振り、給料がもらえなくなるという事態を招くことになるのはまずい。てのひらの上で懐中電灯の感触をたしかめる。警棒のような重さと固さだ。ちょうどいい。オフィスから出て、北側の廊下へ向かう。廊下の突きあたりは階段になっている。

その廊下は建物のいちばん外側にある。その手前には、警備員（もうひとりはブライアンという、警官あがりの七十前の老人）が私物を置いておくための部屋があり、その上には、〝情報処理室〟と呼ばれる部屋がある。あとは、迷路状になった保管庫で、ドアの上に番号札が貼りつけられていなければ、どれも同じで、見分けることはできない。聞こえてくる音も同じだ。技術者のひとりから聞いた話だと、それは電子機器の待機音らしい。

廊下を半分ほど進んだとき、電気が消えた。

「いまはじめて聞く名前だ」

「本当に？　本当の本当に？」

Ｏ・Ｂらしからぬ物言いだ。三杯目のウィスキーのせいだろう、とリヴァーは思った。

「本当だよ。スパイの話はいろいろ聞いたけど、アレクサンドル・ポポフという名前が出たことは一度もない」

　祖父の目つきが急に険しくなった。「言っとくが、リヴァー、わしはお楽しみのためにおまえにスパイの話をしてきかせたわけじゃない。それは教育のためだ。少なくとも、自分ではそのつもりだった」

　自分がただのおしゃべりな老人にすぎないと知ったら、Ｏ・Ｂは心の奥深くにあるものを崩壊させるにちがいない。

　リヴァーは言った。「わかってるよ。でも、ポポフの名前はそのなかになかった。つまり、ポポフって男はモスクワの大物スパイだってことだ。裏で糸を引く魔法使いだってことだ」

「カーテンの向こうにいる者を気にすることはない」これは《オズの魔法使い》からの引用だ。「そうとも言えるし、そうでないとも言える。やつは人間じゃない。妖怪だ。煙とささやき。それ以上のものじゃない。情報が通貨だとしたら、ポポフは借用証書だ。ポポフに手をかけることができた者はひとりもいない。それは実在の人物じゃないからだ」

「だったら、どうして……」リヴァーは言いかけてやめた。質問をするのは悪いことではない。それはＯ・Ｂから最初に教わったことだ。わからないことがあれば訊け。だが、まずは自分で考えなければならない。「つまり、煙とささやきは意図的なものだったんだね。存在しない人物のあとを追わせるのが目的だった」

O・Bはうなずいて同意した。「架空のスパイ網を操る架空の大物スパイ。要するに目くらましだ。その手は戦時中にしばしば使われた。ミンスミート作戦といってな。そこから得られた教訓のひとつが、信じろと言ってさしだされた情報には、かならず裏があるということだ。情報部がどんなふうに動くかはわかってるな。〈バックグラウンド〉の連中は現実より伝説を好む。真実は表通りをまっすぐ歩いてくる。〈バックグラウンド〉の連中は裏通りの角に立って、その向こうにあるものを覗き見るのが好きなんだ」

リヴァーは祖父の話を補完するのを常としている。「さしだされた情報が偽物だったとしても、それが何も意味しないということにはならないってことだね」

「モスクワが〝こっちを見ろ〟と言ったら、反対の方向を見るのが、思慮分別というものだ」O・Bは同意し、それから長いあいだ隠されていた秘密を見つけだしたかのような口調で続けた。「それはゲームなんだ。やつらが持っているもののほとんどが、簡単に手に入れられるような時代になっても、ゲームはまだ続いていた」

薪がはぜる音がし、O・Bはそっちのほうを向いた。その姿を愛しげな目で見ながら、リヴァーは考えた。このような話になったときには、その時代に生きていたかったといつも思う。情報部員として、しかるべき役割を担いたい。そういう思いがあるから、〈泥沼の家〉にとどまり、ジャクソン・ラムの無理無体な命令に唯々諾々と従っているのだ。

「ということは、ファイルがあるってことだね。アレクサンドル・ポポフのファイルが。たとえおとぎ話だったとしても。そこにはどんなことが書いてあったんだろう」

「いいか、リヴァー、これは何十年ものあいだずっと忘れていて、一度も顧みなかったことなんだ。すぐには思いだせん」Ｏ・Ｂはまた暖炉のほうを向き、炎のなかから映像が浮かびあがると思っているかのように火をじっと見つめた。「それは婆さんがつくったパッチワークのキルトのようなものだ。わかっているのは出生地……いや、わかっていると思わされているだけかもしれんが、ここでは議論しないでおこう。とにかく、ポポフの出身地は閉鎖都市のひとつだった。閉鎖都市のことは知っているな」

　聞いたことはある。

「重要な軍事施設や研究施設があるので、居住や旅行が厳しく制限されている町のことだ。名前はなく、記号で呼ばれていた。ポポフの町はグルジアにあり、記号はたしかＺＴ／５３２３５だったと思う。人口は三万から三万三千。中心部分には科学者がいて、そのまわりをサービス産業に従事する者が取り囲み、軍が秩序の維持にあたっていた。ほかの町と同様、つくられたのは戦後のことだ。当時のソ連は核開発にやっきになっていた。要するに、そういうところだったんだ。そこにはプルトニウムの製造プラントがあった。自然にできた町じゃなくて、意図的につくられた町だ」

「ＺＴ／５３２３５？」リヴァーは繰りかえして、それを記憶にとどめた。

「ああ、たしかそうだったと思う」Ｏ・Ｂはリヴァーから目を離し、また暖炉のほうを向いた。「閉鎖都市はみなそのような記号で呼ばれていた」それから椅子にまっすぐすわりなおして、立ちあがる。

「どうかしたのかい」

「ちょっと――いや、なんでもない」O・Bは暖炉の脇の薪入れに手をのばし、そこから焚きつけ用の乾いた小枝を取りだした。「よしよし。いま助けてやるぞ」そう言って、小枝を火のほうに向ける。

その視線の先にあったのは、一匹のダンゴムシだった。ピラミッド状に積みあげられた薪のてっぺん近くで懸命に走りまわっている。O・Bは前かがみになり、熱さをこらえて、ダンゴムシの前に小枝を持っていく。ヘリコプターから垂らされたロープのようなもので、それにつかまれば、命は助かる。まさしく救いの神《デウス・エクス・マキナ》だ。だが、ラテン語であれなんであれ、ダンゴムシに言葉は通じない。目の前にとつぜん現われた逃走路を無視して、薪の先端まであがっていき、そこでしばらくバランスを保っていたが、結局は火のなかに落ちてしまった。

O・Bは何も言わずに小枝を暖炉に投げこみ、椅子の背にもたれかかった。

リヴァーは何か言おうとしたが、言葉は咳ばらいにしかならなかった。

O・Bが言う。「それはチャールズの時代のことだ。チャールズ自身も同じようなことをしていた。こんなふうに言いながら――戦争が続いているのに、誰にも気づかれなかったら、とんだ茶番じゃないか」そう言ったとき、O・Bの声音は変わっていた。他愛もないことだが、相手が知らない者の話をするとき、その声音を真似するのが好きなのだ。

チャールズ・パートナーはかつて保安局のナンバー・ワンだった男だ。

「とにかく、それがディッキー・ボウを誘拐したと言われていた男なんだね」

「そうだ。公平を期すために言っておくなら、当時はポポフが実在の人物じゃないということは、まだはっきりとはわかっていなかった。だから、ディッキーにとっては、格好のアリバイのように思えたんだろう。実際のところ何があったのかは知らん。たぶん酒か女だろう。行方をくらましたことが大騒ぎになっているとわかって、拉致されたという話をでっちあげたんだ」

「それはなんのためだったのかという話は出なかったのかい」

「ディッキーは拷問を受けたと言っていた。でも、それを真に受ける者は多くなかった。拷問を受けたと言うのはいいが、それが無理やり酒を飲まされることだったとすれば、同情を集めるのはそんなに簡単なことじゃない。酒と言えば……」

リヴァーは首を振った。もういい。明日がある。そろそろ帰らなければならない。

だが、O・Bは自分のグラスにまたウィスキーを注いでいる。「あの閉鎖都市――ポポフの出身地とされている町のことだが……」

リヴァーは待った。

「その町は一九五五年に地図から消えた。もちろん、地図に載っていたとすればの話だが」

リヴァーの顔を見つめて、「閉鎖都市というのは公式には存在しない。だから、手間はいくらもかからなかったはずだ。写真をさしかえる必要もなければ、百科事典の項目を削除する必要もない」

「何があったんだい」

「プルトニウムの製造プラントで事故が起きたんだ。生存者はいくらもいなかった。もちろん、正式な数字はわかっていない。表向きは、事故など起きてないことになっているのだから」

「三万人もの住人がいたのに？」

「さっき言ったように、生存者はいた」

「ポポフもそのひとりだったってわけだね」コミックの一場面が頭に浮かぶ。炎のなかから立ちあがる復讐の鬼。でも、それが事故だとすれば、何に対する復讐なのか。

「たぶん、そうだろう。でも、細かい細工を施している時間はなかった。壁が崩壊したんだ。それ以降、われわれはどんな情報でも簡単に入手できるようになった。ポポフが実在の人物だったとしたら、モスクワからなんらかの情報が入ってきて、その経歴は細かいところまですべてあきらかになっていたはずだ。でも、実際のところ、わかっていることは断片的なものでしかなかった。ポポフはつくりかけの案山子《かかし》のようなものだ。その名前を口にするのは、無知のあかしでしかなかった。ポポフが実在の人物じゃないってことは、すでに周知の事実になっていたんだ」

　話しおえると、O・Bは暖炉からリヴァーのほうに向きなおった。暖炉の火によって、顔の皺が強調され、年老いた部族長のように見える。このような夜をいっしょに過ごせることはもういくらもあるまい。そう思うと、心が痛む。だが、そればかりはどうにもならない。いまも、これからも、できることは何もない。それはわかっている。だが、わかっていることと、それを実感することは、まったく別のものだ。

もちろん、そんなことを表に出すわけにはいかない。「ポポフという名前の由来は？」

「何かにちなんだ暗号名だ。それがなんだったかは思いだせん」O・Bはまたグラスを覗きこんだ。「自分はどれだけ多くのことを忘れてしまったのだろうと思うことがよくある。もっとも、忘れたからといって、どれほどのさしさわりがあるわけでもないが」

O・Bが弱音を吐くというのは、ふたりが会話のなかでめったにしないことのひとつだ。

リヴァーはグラスを置いた。「遅くなってしまった」

「わしに気を使っているんじゃないだろうな」

「そうするときには、防弾チョッキを着てくるよ」

「気をつけろ、リヴァー」

その言葉のせいで、一瞬の間ができた。

「どうしてそんなことを言うんだい」

「家の前の街路灯が切れている。そこから駅まではずっと暗い道が続く」

出てみると、たしかにそのとおりだった。だが、それが祖父の心に浮かんだこととは思わなかった。

キャル・フェントンはほっと胸を撫でおろしていた。闇のなかであげた娘のような悲鳴を聞いた者はいない。

「くそっ！」

だが、本当は誰かそこにいるのではないかという気がしてならない。

発電機は動いている。機械はブーンという低い音を立てていて、情報は電子の繭のなかで安らかな眠りについている。電灯は別回路になっているから、たぶんただの停電なのだろう。だが、自分にそう言い聞かせても、どうも釈然としない。たとえそれがただの停電であったとしても、ドアが開いていることに気づき、足音のようなものが聞こえた二分後に、そんなことが起きるだろうか。

廊下の前方には影があるだけだが、それはいつもより大きく、移ろいやすそうに思える。階段の上にはさらに大きな暗がりが広がっている。そこに目をこらしているうちに、息が荒くなり、気がつくと、懐中電灯を強く握りしめていた。どれくらいここに立っていたのだろう。十五秒？　それとも二分？　どれくらいだったにせよ、それを終わらせたのは、とつぜんのしゃっくりで、腹の底からあがってきて、口から出たときには、きしるような甲高い音になっていた。最悪の事態は、その音を侵入者に聞きつけられて、こっちにやってこられることだ。あわてて後ろを振りかえる。そこにもやはり誰もいない。キャルは歩きだし、だが気がつくと走っていた。先ほどの身体の麻痺状態と同様、非常時にはいつもそうなる。身体がそんなふうに反応するのだ。ぼんやりと立ちつくす。懐中電灯を振りまわす。走る。

危険。興奮。ものを言うのは腕っぷしの強さ……

オフィスに戻って、照明のスイッチを入れたが、何も起きない。奥の壁に電話がかかっている。懐中電灯を右手から左手に持ちかえ、電話に手をのばす。受話器を握ると、そのプラスティックの感触が哺乳ビンのように優しく手になじむ。だが、安堵感は長続きしなかった。何も聞こえない。電話がつながっていないときの遠い波のような音さえしない。懐中電灯の光はもうどこにも向けられていない。ドア、物音、照明。それらを考えあわせると、この建物のなかに自分以外の者がいるのはほぼ間違いない。

受話器をそっと元に戻す。コートはドアの裏側にかかっている。携帯電話はポケットに入って――いない。

もう一度ポケットをたしかめる。最初はすばやく、二度目はもう少しゆっくりと。そのあいだ、頭のなかでは、ふたつの作業が同時進行している。ひとつは、出勤したときのことを思いだすこと。携帯電話をどこかに置き忘れたとすれば、侵入者がそれを見つけて持っていかないともかぎらない。もうひとつは、この施設についての知識をおさらいすること。情報《インフォ》放下《ダンプ》――技術者たちはそう呼んでいた。聞いたところによると、放下されるのは、たまに弁護士が興味を示すことはあるが、それ以外は誰も見向きもしない膨大な量のデジタル情報だ。そういう処置が講じられなかったら、いまここにある情報はすべてとうの昔に散逸してしまっていただろう。技術者たちが使っている言葉は〝消える〟ではなく、〝放出される〟だが、それを聞いたときに頭に浮かんだのは、ハトの群れが空に向かっていっせいに飛んでいくイメージで……

結局、携帯電話は見つからなかった。巡回中に何者かがここに忍びこみ、電気回路を遮断し、電話回線を切って、携帯電話を盗んだにちがいない。それだけのことをした者が、そのあと何もせずに立ち去るとは思えない。

懐中電灯の光が震えている。これが非常時に自分の身体が示す二番目の反応ということか。喉はからからに渇き、心臓はばくばくいっている。オフィスを出て、廊下を巡回し、それから二階にあがり、暗い情報の迷路のチェックをしなければならない。頭のなかでは、恐怖のコーラスが鳴り響いている。

情報のなかには、ひとを殺す価値があるものもある。

そのとき、影に覆われた廊下から、ゴム底の靴でリノリウムの床をこする音がした。

それがひとを殺す価値のある情報であるとすれば、通常は誰かが死ぬ。


夜は自宅で静かに過ごすもの、とミン・ハーパーは心のなかでつぶやいた。糞くらえだ。

酒をグラスに注ぎ、部屋のなかを見てまわる。

時間はいくらもかからない。

ベッド兼ソファーにすわる。それは自分の所持品でなく、最初から部屋にあったもので、寝心地もすわり心地もよくない。部屋はL字型になっていて、Lの下の部分がキッチン用のスペースに当てられている（流し、冷蔵庫、電子レンジ、鍋をおくための棚）。Lの左の部分の壁にはふたつの窓がついていて、そこから向かいの家が見える。ここに越してきてから、ミンはまた煙草を喫いはじめた。人前では控えているが、夜になると、いつも窓から身を乗りだして一服する。向かいの家にも、同じことをしている者がいて、顔があえば、手を振りあったりする。年は十三歳くらいで、長男のルーカスと同じ年格好だ。煙草を喫っているのがルーカスなら、眉をひそめただろうが、この少年に対しては何も思わない。自分がいまも家庭を持っていたとすれば、責任感を覚え、少年の両親にその旨を話していたかもしれない。が、いまも家庭を持っていたとすれば、窓から身を乗りだして煙草を喫ったりしないだろうから、こういったことは起こりえない。ここまで考えたとき、グラスが空《から》になっていることに気づいた。酒のおかわりを注ぎ、窓から身を乗りだして、煙草を喫う。寒い夜だ。ひと雨来るかもしれない。少年はいない。

煙草を喫いおわると、ソファーに戻る。すわり心地はいまひとつだが、広げてベッドにしたところで、快適さが増すわけではない。少なくとも、そういう意味では、首尾一貫している。ルイーザをたまにしかここに呼ばないのは、ひとつはベッドが固くて、狭いからだが、それだけではない。たとえば、料理の匂いが一晩中部屋にこもるとか、廊下のはずれにあるバスルームの床のタイルが剝がれているとか、階下に怪しげな男が住んでいるとか……もう少しまともなところに引っ越して、生活を立てなおさなければならない。すべてを失ってもう二年になる。ことの発端は、機密扱いの磁気ディスクを地下鉄の車両に置き忘れたことにある。翌朝、目が覚めたら、ＢＢＣのラジオ4でその磁気ディスクの中身の話をしていた。それから一カ月もたたないうちに、〈泥沼の家〉の住人になり、そしてほどなく家庭が崩壊した。最初から強い絆で結ばれた結婚生活だったなら、この程度の職業上の失敗くらい、どれほどの問題にもならなかっただろう。これまではそう自分に言い聞かせてきたが、いまはちがう。現実はもっと厳しい。弱かったのは、夫婦の絆ではなく、自分自身だったのだ。けれども、それはもう過去の話で、いまはルイーザがいる。もちろん、この種の展開をクレアは決してよく思わないだろう。話をしたわけではないが、すでに感づいているのは間違いない。女は生まれながらのスパイだ。男女の関係については、それが始まるまえから、察知する能力を持っている。

またグラスが空《から》になっていた。もう一杯注ごうとしたとき、何も変わることのない未来がふと垣間見えたような気がした。このままだと、この陰気くさい部屋からも、キャリアの墓場である〈泥沼の家〉からも出ていくことはできない。そんなことになってたまるか。過去の失敗の償いはすでにすんでいる。誰だってひとつくらいのミスは許されるはずだ。スパイダー・ウェブの申し出は、リージェンツ・パークから運ばれてきたオリーブの枝なのだ。箱舟のなかのノアのように、しっかりつかんで、陸にあがらなければならない。それがテストだとすれば、合格すればいいだけのことだ。額面どおりのものは何もない。その言葉をマントラのように唱えつづけよう。どんなものにも隠された意味がある。それが何かわかるまで気を許してはならない。

誰も信用するな。これがいちばん大事なことだ。誰も信用するな。

ルイーザを除いて。ルイーザは百パーセント信用できる。

けれども、それはつねに歩調をあわせなければならないということではない。


リヴァーが帰り、ふたたび静けさを取り戻した家で、デイヴィッド・カートライトは先ほどの会話を思い起こしていた。

やれやれ。

ZT／５３２３５と言うと、リヴァーは如才なく訊きかえしてきた。それを記憶にとどめるためだ。リヴァーが一度聞いた名前を決して忘れないことはよくわかっている。電話番号でも、車の登録番号でも、クリケットの試合の点数でも、聞いたときから何カ月たっていても、すぐに思いだすことができる。それは天賦の才能だ。あるいは血のせいだ。それを大事にしなければならないと、かねがね言ってきかせてある。祖父は多くのことを忘れてしまうと嘆いていながら、どうしてあの町の記号は正確に覚えているのだろうと、遅かれ早かれ疑問に思うようになるのは間違いない。

だが、ひとは年をとると、だんだん変化についていけなくなる。だから、記憶の引出しに入れておくものとそうでないものを選別して、あとで困ったことにならないようにしているのだ。

暖炉の火が消えかかっている。さっきのダンゴムシは恐怖におののき、無我夢中で走りまわり、だが結局はみずから火のなかに飛びこんでいった。死を待つより早く死んだほうがいいというように。テレビでは、窮地に追いこまれた人間が同様の最期を迎えることがしばしばある。だが、そのことについてはあまり考えたくない。自分の記憶には開かずの引出しが数多くある。

アレクサンドル・ポポフについてはどうか。いままでその名前を一度も口にしなかったのは、リヴァーに説明したとおり、その人物のことは十年以上一顧だにしなかったからにほかならない。その理由も、リヴァーに説明したとおりだ。ポポフは伝説であり、実在の人物ではない。ディッキー・ボウに関して言うなら、単なる酒飲みで、情報部に役立たずの烙印を捺された男だ。拉致されたという話をでっちあげたのは、年金ほしさの悪あがきだったにちがいない。切符も持たずにバスのなかで死んだという話を聞いても、意外には思わない。逆に、いかにもといった感じのほうが強い。

だが、ジャクソン・ラムはそう思っていない。あの男の困ったところは、〈遅い馬〉たちをいたぶることに脳漿を絞り、それに生きがいを見いだしていることではない。昔かたぎのスパイのつねとして、ひとたび糸をたぐりはじめたら、つづれ織りのタペストリーを全部ほぐしてしまうまでやめないことだ。そんなタペストリーはこれまで何度となく見てきたが、一本の糸の始まりと終わりを正確につかむのは容易なことではない。

またグラスをあげ、だが、空《から》とわかって、またテーブルに戻す。もう一杯飲んだら、一時間ほど死んだように眠り、だがすぐに目が覚め、朝までまんじりともせずにベッドに横たわっていることになる。若さに未練があるとすれば、井戸にバケツを落としたようにすとんと眠りに落ち、朝、目を覚まし、バケツを引っぱりあげたときには、そこに水がふたたび満ちていることだ。それが人間の大事な能力のひとつであることは、それを失うまで誰も気がつかない。

ひとは年をとると、変化についていけなくなるだけでなく、いろいろなことが知らないうちに変わってしまうことを学ぶようにもなる。

これまでは、アレクサンドル・ポポフは伝説であり、実在の人物ではないと思っていた。

いまもそうなのだろうか。

しばらくのあいだ、デイヴィッド・カートライトは消えかけている火をじっと見つめていた。だが、消えかけているものが、今この時点で知らないことをあきらかにすることはなかった。

ウェントワース語学スクールはふたつの不動産を所有している。ひとつは、光沢紙の豪華なパンフレットで紹介されている瀟洒なカントリー・ハウスで、日曜日の夜にBBCにかじりついている者なら、既視感を覚えるかもしれない。銃眼のついた四階建ての建物で、三十六の部屋があり、広い芝地に鯉が泳ぐ池、テニス・コート、クリケット場、それに鹿園まで備えている。もうひとつはハイ・ホルボーン通りのはずれにある文房具屋の三階の二部屋で、カントリー・ハウスと比べて分《ぶ》があるとすれば、そこが実際に学校として使われているという点くらいなものだ。だが、先のパンフレットに瑕疵《かし》を明示した添付書類がついているとすれば、以下の点を明記しなければならなかっただろう。天井に湿気で染みがついていること、窓ガラスにひびが入っていること、ハロゲンヒーターの設定がつねに〝強〟になっているせいで周囲の漆喰が焦げていること。もうひとつは、その部屋でひとりのロシア人が居眠りをしていること。

戸口に姿を現わしたラムは、黙って室内の様子をうかがっていた。ヒーターは消えている。書棚にはパンフレットが詰めこまれ、暖炉の上には三つの額入りの認定証がかけられている。

窓からは煉瓦の壁しか見えない。ロシア人が突っ伏している机の上には、二台の電話（いずれもダイヤル式で、ひとつは黒、もうひとつはクリーム色）があるが、いずれもパンフレットや書類の山（書類と言えば聞こえがいいが、実際は紙屑。イギリスにやってきたばかりの外国人のために置かれた近所のピザ屋とかミニキャブ会社とかのビラだ）になかば埋もれている。机の下からは、そこに押しこまれた折りたたみ式のベッドと薄汚れた枕が覗いている。

ロシア人が本当に眠っているとわかると、ラムは机の上のパンフレットの山を床に払い落とした。

「ウアッ！」

ロシア人は悪夢を見ていたかのように椅子から飛びあがった。名前はニコライ・カチンスキー。椅子から飛びあがりながら、机の上の何かをつかんだが、それはただの眼鏡ケースで、悪夢から覚めつつあるときに頼るものとしては、いささか心もとない。中腰になったところで動きをとめると、ふたたび椅子に沈みこんだ。椅子が危なっかしげにきしむ。眼鏡ケースを机の上に戻すと、咳きこみ、それから言った。「どちらさん？」

「金のことで来た」と、ラムは言った。

この男に借金があるのは十中八、九間違いない。としたら、いつ誰が取り立てにきてもおかしくない。

カチンスキーは思案顔でうなずいた。禿げ頭、より正確に言うなら、ほとんど禿げ頭で、耳の上に白髪が少しあり、それが鬱屈したエネルギーや抑制されたエモーションを感じさせる。十八年前に、この男のビデオ映像を見たときも、いまとまったく同じことを感じた。それはリージェンツ・パークの貴賓室（もちろんジョークだ。実際はリージェンツ・パークの地階につくられた尋問室で、そんなことはしていないと言い張る必要が出てくるかもしれないときに使われる）で、マジックミラーごしに撮影されたものだ。だが、そのときと比べると、ずいぶん小さくなり、最近、厳しい食餌療法によって激痩せし、なのに服は以前のまま変えていないように見える。顎の肉は落ち、皮膚が垂れさがっている。

カチンスキーはうなずくのをやめて、訊いた。「ジャマールの金か。それとも、デミトリオの金か」

頭のなかでコインを投げて、ラムは答えた。「デミトリオのだ」

「だと思ったよ。あのギリシャ野郎に、糞食らえって言っといてくれ。月はじめという約束だったはずだ」

ラムは煙草を取りだした。「〝糞食らえ〟という言葉は使わないほうがいいだろう」ラムは部屋の奥に入っていって、椅子のひとつを足で押して傾け、その上に載っていた帽子と手袋とガーディアン紙を床に落とした。その椅子に腰をおろし、コートのボタンをはずして、ライターを探す。「こんな見せかけの学校にだまされるやつがいるのか」

「お次は世間話かい」

「デミトリオは二重帳簿の話をしていると思っている。すぐには帰れないさ」

「やつは外にいるのか」

「車のなかだ。デミトリオは月はじめにあらためてやってくる」ライターが見つかったので、それで煙草に火をつける。「今日の回収リストにあんたの名前は載っていない。今日はたまたま通りかかっただけだ」

自分でも意外なくらい簡単だった。昔とった杵柄《きねづか》だ。カチンスキーはテイクアウトの料理のように十分以内に何もかもさしだすにちがいない。そこから必要な部分を抜きとっていけば、今回の出来事の核心に迫れるかもしれない。

そのむかし行なわれた聴取は、実際のところ、それほど重要なものではなかった。カチンスキーはその他大勢のひとりにすぎなかった。当時、ソヴィエト連邦の崩壊によって、有象無象の下級スパイが西側に流れこみ、それぞれに秘密情報の切れっぱしを金に変えようと必死になっていた。その秘密情報なるものがB級品ばかりであることは最初からわかっていたが、かといって無視するわけにもいかない。聴取の結果、ある者は第三国に追い払われ、またある者はロシアに送還された。要するに、ただ乗りはさせないということだ。

国内にとどまることを許された者には、いくばくかの金と、有効期限三年で、更新時期が近づくたびに寝汗をかくことになるパスポートが支給された。かつての上司チャールズ・パートナーに言わせるなら、使い捨てにできるロシア人をリストに載せておいても損はしない。いつ車輪がまた転がりだし、世界が元の位置に戻らないともかぎらない。〝元の位置〟が何を意味するかをあらためて説明する必要はあるまい。冷たい戦争というのは、世界の特殊なありようではない。

いずれにせよ、カチンスキーは幸運なグループのひとりだった。それがいまはどうなっているか。インチキ語学学校の経営者。年は六十代の後半。リサイクル・ショップで買ってきたようなツイードのジャケット、グレーのVネックのセーター、薄汚れた白い襟なしのシャツという格好。その袖の下で、腕がひくひく痙攣している。何かがおかしい。古びた服や、染みだらけの壁や、投げやりな話し方を別にしても、どこか普通でないものがある。牛乳が腐りはじめる瞬間と賞味期限との境目にあるような違いだ。

語学学校についてのラムの質問に答えて、カチンスキーは言った。「こう見えても、われわれはけっこう忙しいんだよ。問いあわせも多い。ほとんどが留学生で、ホームページへのアクセス数は半端じゃない。聞いたら、びっくりするよ」

「あんたはわしがびっくりしないことにびっくりする。われわれと言うと?」

「便宜上、複数形を使っているだけさ」カチンスキーは黒ずんだ歯を見せて笑った。「現時点で生徒は定員に達しているけど、幸いなことに、うちには通信教育っていう制度があってね。それで、さらに多くの生徒を集めることができる」

ラムはすぐ横の棚に積みあげられた厚めの紙の山に親指を滑らせ、いちばん上の一枚を手に取った。それは修了証書で、〝上級クラス〟と記され、下に三本の点線が引かれている。バラ飾りの小さな認定印も入っているが、誰がどう認定しているのかについての記載はない。

カチンスキーは言った。「そりゃ、なかには不平を鳴らす者もいる。でも、まともに取りあう必要はない。ときには手紙が届くこともある。でも、馬鹿は〝糞ったれ〟っていう字も正しく書けない。だから馬鹿なんだけどね。そんなやつにどう思われようと知ったことじゃない」

「馬鹿に綴りを教えるのも仕事のうちじゃないのか」

「小切手にサインしたらね……それはそうと、そろそろデミトリオが気を揉みだすころじゃないのか」

「やつは鼻をほじくりながら新聞を読んでいる。デミトリオのことはよく知ってるはずだ」

「あんたほどは知らない」

「そりゃ、そうかもしれんが——」

「でも、変だな。それはわたしがでっちあげた男なんだよ。お遊びはやめよう、ジャクソン・ラム。用があるなら言ってくれ」


それよりだいぶまえの話になるが、そのとき、淡青い空には飛行機雲が斜めに走り、シャーリー・ダンダーは人里離れた片田舎に車を駆っていた。羊、野原、そして無視することができない糞尿の臭い。道ぞいに、農家がぽつりぽつりと建っている。そのうちのひとつの軒先には、驚いたことに、一羽のクジャクの姿があった。目を丸くして見ていると、道を横ぎり、生け垣の向こうに消えた。ニワトリならわかるが、クジャクとは！　まるでリチャード・カーティスの映画だ。

時間はかかるが、少なくとも、自分がどこへ行こうとしているかはわかっている。ジャクソン・ラムが探している禿げ頭の男は、遅れて出発したウースター行きの列車に乗り、モートン・イン・マーシュ駅で降りた。沼地《マーシュ》という名前から想像していたよりはずっと大きな駅で、商店街もあり、そのなかには覗いてみてもいいと思う店もいくつかあった。が、まだどこも開いていない。時間は七時を過ぎたばかりだ。シャーリーは昨夜から一睡もしていない。

駅前には駐車場とタクシー乗り場があった。いまはどちらにも一台の車もとまっていない。それで、そこの日よけの下にすわって、町が動きだすのを待つことにした。しばらくして、数台の車がやってきた。いずれも四輪駆動車で、そこから降りてくるのは都会に職場のあるサラリーマン風の男だ。運転席には、くたびれた顔をしたジャージ姿の妻がすわっている。自転車を近くの柵にチェーンでとめたり、四角く折りたたんだりしている者もいる。もちろん、歩いてくる者もいる。ようやく一台のタクシーがやってきて、派手な身なりのブロンドの女をおろした。女が微笑み、料金とチップを渡し、また微笑んで歩き去ると、シャーリーは運転手が気づくまえに後部座席に乗りこんだ。

「終電に間にあわなかったのかい」

「おあいにくさま。あなたの勤務は日中だけ？　夜のシフトはないの？」

田舎くさい大きな顔に不愉快そうな表情が浮かぶと、シャーリーは指を鳴らして、十ポンド札を腕時計のベルトの裏から取りだした。ウェイターに頼みごとがあるときによく使う手だ。

「たとえば先週はどう。先週の夜、誰かを乗せた？」

「ボーイフレンドと喧嘩をしたのかい」

「わたしがボーイフレンドに煩わされるような女に見える?」

運転手が手をさしだしたので、シャーリーはそこに紙幣を落とした。タクシーが走りだし、駅の前から離れたちょうどそのとき、別のタクシーがやってきて、同じところにとまった。シャーリー・ダンダーは町を一めぐりしながら、地元のタクシーの運転手のことを尋ねはじめた。


女が脇を通りすぎた。大きい、というより、巨大だ。まだ二十代前半だが、毎年少なくとも十四ポンドは贅肉を増やしつづけているにちがいない。ルイーザの目は否応なくそこに引き寄せられた。これが万有引力というものだろう。「あんなだったら、どんな気分かしら」

ふたりはテイクアウトのコーヒーを手に持って、丸い柱のまわりの石の台座にすわっていた。そこはリヴァプール・ストリート駅のすぐ近くで、ひとの流れが途絶えることはない。駅へ向かう者は角を曲がり、駅から出てきた者は近くの店やオフィスへ入っていく。

「何かと大変だと思うわ。動くのだって一苦労よ。あんな体形で、どうやってボーイフレンドと付きあうのかしら」

ミンは言う。「ほら、よく言うじゃないか。蓼食う虫も好き好きって」

その目のやりどころからすると、ミンはどうやら身体の一部のことを言っているみたいだった。

「さあ、それはどうかしら。ひとりで寂しい思いをしている者はいくらでもいるわ」

「そりゃそうかもしれない。ただ標準的な体形の者でも……」

歩行者のなかに、ふたりに興味を示す者はまだいない。だが、もうすぐ現われる。ここを待ちあわせ場所に指定したのはスパイダー・ウェブだ。

「向こうはふたりで来る」と、ウェブは言っていた。「名前はキリルとピョートル」

「ロシア人ですか」と、ミンは尋ねた。

「どうやって見分けるんです」とルイーザ。

「見ればわかる。パシュキンが来るのは三週間後だ。このふたりとパシュキンの受け入れ態勢について話しあってくれ。向こうには、きみたちはエネルギー省の役人だと言ってある。それがなんの役に立つかはわからないがね。家具に足を乗せさせないようにしろ。でも、首輪をつける必要はない。ゴリラを必要以上に刺激するのは賢明じゃない」

「ゴリラ？」

「ふたりとも向こう側の人間だ。ごろつきと変わらない。なんと思っていたんだ。双子のミニ・ミーか」

「どうしてふたりはこんなに早くにこっちに来ているんです」ルイーザは気になって尋ねた。

その点について、ウェブは情報を持っていないみたいだった。「パシュキンは大金持ちだ。ロールスロイス級じゃなく、月ロケット級の。数週間前にソファーのすわり心地をチェックしにいかせたとしても、誰も驚きはしないさ」

ミンの頭のなかに、すでにゴリラのイメージができあがっていなかったとしても、実際に見たら、即座にそう思っただろう。やってきたのは二人組のゴリラだった。どちらも肩幅が広く、スーツは窮屈そうで、生地が肌にこすりつけられているような歩き方をしている。のちにピョートルとわかる男の髪は白く、毛があるところはテニスボール・サイズだが、同じくのちにキリルとわかる男の髪はもう少し黒く、量も多い。

「あのふたりね」と、ルイーザが言う。

本当に？　そう思うかい？　と、声に出して言うほど馬鹿ではない。ミンは立ちあがり、腹をへこませて、待った。

近くまでやってきたとき、最初に口を開いたのはピョートルだった。「ミスター・ウェブのお仲間ですね」その声は低く、ロシア訛りだが、会話に支障をきたすようなことはない。自己紹介が終わると、ふたりは石の台座にすわった。ルイーザはすぐそばの売店の店員に手を振って、コーヒーの追加を注文した。

ミンはひとりで思案をめぐらした。普通なら、もっと気分がいいはずだ。首都の雑踏のなかで、朝の十時すぎに、四人で仕事の打ちあわせをしているのだ。途中でコーヒーのおかわりを頼んでもいいし、場合によっては、あとでサンドイッチをぱくついてもいい。だが、いまこの場で石を投げたら、かなりの確率で、ここで待ちあわせをしている者に当たるだろう。どうせ石を投げるのなら、待ちあわせをしている者の半分が銃を携帯しているようなところのほうがいい。

「ミスター・パシュキンの到着は三週間後ですね」と、ルイーザが訊く。

ピョートルが同意する。「そうです。いまはモスクワです」

どうやらキリルは無口なようだ。

「ミスター・パシュキンが到着するまえに、基本的なルールを確認しておいたほうがいいでしょう。おたがいの立ち位置をはっきりさせるために」

ピョートルはしかつめらしい顔で言った。「われわれはプロフェッショナルです。そして、ここはあなたがたの領域《シマ》です。問題はありません。あなたがたのルールを言ってみてください。できるだけ従うつもりです」

できることならロシア語で〝糞くらえ〟と言ってやりたいところだと、ミンは一瞬思った。

「わかりました。不明な点があれば、遠慮なくおっしゃってください。誰かに通訳させますから」

ルイーザは眉を吊りあげて、ミンの脛《すね》に蹴りを入れるかわりとした。「本当に基本的なことばかりです。おっしゃったとおり、ここはわれわれの領域です。ここでは銃器を持って歩きまわることは許されていません。ご理解いただけますね」

ピョートルはあくまで礼儀正しい。「銃器？」

「いまあなたたちが持っているものです」

ピョートルがロシア語と思われる言葉でキリルに何か言った。キリルが何か答える。それから、ピョートルは英語に戻る。「いいえ、銃器など持っていません。どうしてわれわれが銃器を持たなきゃならないんです」

「わたしはあなたがたのために言っているんです。ロンドンは以前よりずっと神経過敏になっています。当局は電話一本で武力行使に及びます」

「なるほど。ロンドンがそういう街だという話は聞いています」

やはりそう来たか、とミンは思った。このまえの同時爆破事件では、配管工が犯人と間違われて射殺されている。

「でも、だいじょうぶです」ピョートルは続けた。「誰かがわれわれをテロリストと間違えるようなことはありません」

「ええ。でも、万が一ということがあります。そうなったら、わたしとミスター・ハーパーは巻き添えを食います。あなたたちは死ぬ。あなたたちはそれでいい。でも、どうしてわたしたちがとばっちりを食わなきゃならないんです」

ピョートルの視線は鋭く、冷ややかで、一片のユーモアも含んでいない。だが、険はすぐに消え、アメリカ人のような白い歯があらわになった。「そのような事態になることは誰も望んでいませんよ」それから、キリルのほうを向いて、三つの単語を口にした。キリルも頬をゆるめ、袋に詰めたビー玉のような笑い声をあげた。笑いおわると、自国の煙草の箱を取りだした。両切りで、短い。それだけ毒性が強いということだ。健康被害の警告はポルノ映画のサブタイトルと同じで、ほとんどなんの意味も持たない。

ミンは黙って首を振り、コーヒーの最後の一口を飲んだ。この日は暖かくはないが、空はすっきりと晴れていて、自転車で職場に向かうのは爽快だった。サイクリングは煙草の害を相殺してくれる。ルイーザの目の前で煙草を受けとるのは、将来のことは何も考えていないと告白するに等しい。

ルイーザが言った。「では、同意していただけるんですね」

ピョートルは大きく肩をすくめて、ルイーザの注文だけでなく、周囲の景色や空、そしてロンドンの街全体を受けいれるような寛容さを示した。「銃器は持ち歩かないようにします」

「では、本論に入っていいでしょうか」

ピョートルは愛想よくうなずいた。

メモをとる者はひとりもいなかった。話は時間と場所の確認から始まり、移動の手段に移り（このとき、キリルがはじめて英語を使った。〝車《カー》〟と言ったのだ）、つづいて会議室が用意された〝ニードル〟に及んだ。

「もうごらんになっていますね」と、ルイーザが言った。

「もちろん」

実際のところ、それはすぐ近くにある。ふたりがすわっているところからは、ルイーザの肩ごしにビルの先端が見えているにちがいない。

「あれですね……壮観です」

「ええ」

ピョートルは微笑み、目を細める。

おいおい、とミンは思った。こいつはルイーザに言い寄ろうとしている。

「あなたたちの宿泊先は？」と、ミンは訊いた。

ピョートルは礼儀正しくミンのほうに身体を向けた。「申しわけありませんが、もう一度言ってください」

「宿泊先はどこかと訊いたんです」

「アンバサダー・ホテルです。ハイド・パークの」

「いまから？」

ピョートルの顔に困惑の表情が浮かぶ。

「あなたたちのボスならわかります。でも、あなたたちが三週間もまえからアンバサダーに陣どるとは思いませんでした」

キリルの目にも、かすかにとまどいの色が浮かんでいる。少なくとも、いまのミンの話は理解できたということだろう。

ルイーザが言う。「いいボスですね。うちでは考えられません」

「悪くはありません。でも、ちがうんです。いまそのホテルに泊まっているわけじゃありません」ミンにうなずきかけて、「勘違いしたんです。ミスター・パシュキンがこっちに来てからの宿泊先を訊いていると思ったんです」

そうだろう。当然だ。「それで、いまはどちらに？」

「ピカデリーの近くです。シャッフツベリー大通りを少し入ったところなんですが、なんという名前だったかな」ピョートルはまたキリルのほうを向いて、先ほどより多くの単語を口にしたが、このときはうなり声がかえってきただけだった。「エクセルシオールとか、エクスカリバーとか。そんな名前です。すみません。名前を覚えるのは苦手でして」その言葉はルイーザだけに向けられている。「なんなら、名前をたしかめて、あとで電話しますが」

「そうしてください。迷子にならないよう気をつけてくださいね」ルイーザはバッグから名刺を取りだしてピョートルに渡した。

これで用はすんだというように、ロシア人たちは立ちあがって、手をさしだした。ピョートルはルイーザの手を握ったまま言った。「両国間で石油の取引が成立するのです。それは大いに喜ばしいことです。われわれにとっても、あなたがたにとっても」

「それに自然環境にとっても」と、ミンが付け加える。

ピョートルはルイーザの手を離さずに笑った。「おもしろいひとです。気にいりましたよ」

ルイーザは手を離した。「連絡をお待ちしています」

「もちろんです。タクシーを拾いたいんですが、どこへ行けばいいんでしょう」

「あっちです」

キリルが気むずかしげな顔で会釈し、ふたりは歩き去った。ふたりの前方で、向かってくる人波がふたつに分かれていく。ミンはその様子をじっと見つめていたので、そのときルイーザが言った声は耳に届いていなかった。

「これを持っててくれ」ミンはジャケットを脱ぎ、ルイーザのほうへ放り投げた。

「どうしたの？」

「あとで」と、ミンは答えたが、その声はおそらくルイーザの耳には届いていない。そのとき、ふたりの距離はもう二十ヤード以上離れていた。


二十ポンドの費用がかかったが、その日の朝の七時十五分までに、シャーリー・ダンダーは地元のタクシー運転手全員の電話番号を入手し、七時半までに、そのうちの三人を大いにとまどわせ、七時四十分には、四人目と話をしていた。先週の火曜日、西行きの列車が遅延した夜、仕事に出ていたという――ああ、たしかに禿げ頭の男を乗せたよ。知らない男だ。それがどうしたんだい。おれをからかっているのかい。

あなたは運がよかったってことよ、とシャーリーは言った。朝食をおごらせてちょうだい。

昨夜、データロック社に侵入したときの興奮は、いまもまだ冷めていなかった。そこには、問題の列車に設置された防犯カメラの記録映像が保管されていた。警備員を出し抜くのは造作もなかった。本人は殺されると思ったようだが、いまごろは日勤の警備員に縄を解いてもらっているだろう。必要なファイルを見つけだすのは多少手間どったが、リージェンツ・パークの通信課に四年いたおかげで、そこのシステムはまったく理解できないものではなく、その場で、まえの日につくっておいたウェブサイトにすべてのデータを貼りつけることができた。それから、家に帰ると、恋人を起こして、レイプといっていいくらいの強引さでことに及んだ。そのあと、恋人はすぐまた眠りに落ちたが、シャーリーはコカインを一吸いしてから、データの山を精査し、数分でファイルにかけられた暗号を解読した。日付、時間、列車番号、目的地、車両番号が次々に出てくる。映像は七秒間隔で録画されている。それを見ながら、ふと思ったのは、全部チェックするのに丸一晩かかるとすれば、いま家にあるコカインを全部吸わなければならないということだった。

結果的には、二時間しかかからず、コカインは少しですんだ。

しかも、二時間というのは時計の上での時間で、実際には、あっという間だった。ひとつはコカインのせいだが、もうひとつはデータロック社への侵入時から出つづけているアドレナリンのせいだ。七秒ごとの映像の切りかわりが、胸の鼓動と同期していた。禿げ頭の男は大勢いて、昨今の男にとって、禿頭《とくとう》は悲劇というより、ファッションではないかと思えるくらいだった。だが、ミスター・Bを見つけたときは、当人だとすぐにわかった。車両のはずれの席にすわっていて、防犯カメラがあることには気づいていないらしく、映像にはその姿が正面から四角く切りとられていて、自分で〝はい、チーズ〟と言ってポーズをとっているに等しい。連れはなく、むずかしい顔で前方をじっと見ている。まばたきすらしない。たぶん、七秒おきの映像の残りの六秒間に、しているのだろう。だが、それでもなお奇妙な感じがする。まわりの者がみなぎこちなく身体を動かし、手品師の大会のように、新聞の後ろからとつぜん顔を出したり、何もないところからハンカチを取りだしたりしているのに、ミスター・Bだけは微動だにしない。列車に揺られてすらおらず、段ボールでできた等身大のパネルかと思えるくらいだ。結局のところ、この状態は列車がコッツウォルズのモートン・イン・マーシュ駅に到着するまで変わらなかった。そして、この駅には、早朝から開いている、感じのいい小さなカフェがあった。

ケニー・マルドゥーンは朝食の餓鬼であることがわかった。ソーセージ、ベーコン、卵、ベイクド・ビーンズ、トマト、バケツ一杯分の紅茶、そして納屋の床に敷きつめられるほどのトースト。シャーリーは食欲ゼロだったが、身体のなかではまだ荒々しいエネルギーが渦を巻いていた。ただ、コカインを吸ったのは何時間もまえのことで、外出時はドラッグ不携帯という厳格な規則を自分に課しているため、ほどなく力尽きることは目に見えている。しかも、帰りにはいやというほど長いドライブが待っている……トーストを一かじりし、紅茶を一気に飲みほすと、おかわりをカップに注いで言った。

「それで、先週の火曜日、駅で頭の禿げた紳士を乗せたのね」

「紳士かどうかはわからない。どちらかというと、いかつい感じだったな」

「そんなことは訊いてないわ。どこで降ろしたの？」

「それって、あんたの男なのかい。逃げられたってことかい」

マルドゥーンはフォークを持っている。なんの警戒もしていない。シャーリーはいきなりそれを奪いとり、彼の手をテーブルに串刺しにして、そこに体重をかける。フォークの歯が腱をえぐるのがわかる。血がケチャップのように噴きだし、いかにも生粋のイギリス人といった感じのくたびれた顔にかかる。

「どうなんだい。はあ？」

目をこらすと、フォークはマルドゥーンの手のなかに戻っている。「そんなところよ。どこで降ろしたか覚えてる？」

マルドゥーンはまぶたを垂らした。それはこのときのために用意しておいた仕草にちがいない。タクシーの運転手というのは、みんなそうだ。連中をひとまとめにして箱に詰め、そこにロンドン中の銀行員を押しこんで、崖から落としたとしても、気にする者は誰もいないだろう。腕時計のベルトの裏の金はもうない。それで、このときはポケットから十ポンド紙幣を取りだした。「田舎暮らしにこんなにお金がかかるとは思わなかったわ」

「都会の人間は苦労ってものを知らん」マルドゥーンはナイフを置いて、金を受けとり、ポケットに入れた。そして、またナイフを手に取る。「もちろん、覚えてるとも」まるでシャーリーの質問とこの返事のあいだに何も起きなかったような口調だ。「忘れられるわけがない。あれだけ大騒ぎしたんだから」

「大騒ぎ？」

「どこへ行きたいのか自分でもよくわかってなかったんだ。最初はボートン・オン・ザ・ウォーターに行ってくれと言った。で、そこへ向かうと、半分ほど行ったところで、いきなり大声で叫びだしたんだ。まるで誘拐されたみたいに。もう少しで側溝に落ちるところだったよ。たまったもんじゃない。あんな大雨の日に」

声の調子からすると、いまも怒りがおさまっていないみたいだ。

「何が問題だったの」

「行き先はボートン・オン・ザ・ウォーターじゃなくて、アップショットだったらしい。それで、ひとを馬鹿扱いしやがるんだ。最初にそう言ったはずだ、聞き間違いだと言って。おれが何年この仕事をしてるかわかるか」

知ったことではないふりをする。「十五年？」

「二十四年だ。行き先を聞き間違えたことは一度もない。この情報は無料だ」

だとしたら、いくらか釣り銭をもらえるのだろうか。「それで、あなたはどうしたの」

「どうしたもこうしたもない。Uターンして、アップショットに連れていったさ。メーターをリセットして。行き先を間違えたんだから、金を払う必要はないと言って聞かないんだ」

こんな理不尽がまかりとおる世界を嘆くように首を振りながら、「チップの額は予想できるな？」

シャーリーが人さし指と親指でゼロのかたちをつくると、マルドゥーンは苦々しげにうなずいた。

「アップショットには何があるの？」

「アップショット？　なんにもない。家が百軒ほどとパブがひとつあるだけだよ」

「鉄道の駅は？」

マルドゥーンの目には、別の惑星から来たばかりの者を見るような表情がある。だが、仕方ない。自分でもそのように感じはじめているのだ。

「もちろん、ない。本当になんにもないところなんだ。でも、とにかく、そこが目的地だった。料金は十二ポンドで、チップはゼロ。なんでこんな仕事をしてるんだと思うときがよくあるよ」

マルドゥーンはソーセージの最後の一切れをフォークで突き刺し、皿に残っていた卵の黄身をつけて、口へ運んだ。その表情からして、その人生のなかで自分が果たすことになった今回の役割に、ささやかな喜びを見いだしているのは間違いのないところだ。

「そして、それっきりってこと?」

「ああ。車を出したあと、後ろを振りむきはしなかったからね」


ロンドンでは、曲がり角に適用される道路交通法は、一般車両にとっては法的義務であり、タクシーにとっては努力目標だが、自転車にとっては戯言《たわごと》でしかない。ミンは一時停止することなくシティ・ロードに突っこみ、南へ向かうトラックまで一ヤードのところを擦れちがったときには、クラクションを鳴らされたが、それを無視し、横断歩道を渡っている賑やかな観光客の一団を向かいの歩道へ急がせ、赤い小さなリュックを持った者を……

その自転車はブロードゲート広場の柵にチェーンでつないであったもので、このときはヘルメットをかぶり、ジャケットを脱いでいたので、先ほどまでの格好と比べると変装したも同然だった。ロシア人たちがタクシーの後ろの窓からこちらを見たとしても、誰かわからないだろう。どこにでもいるサイクリストのひとりにしか見えないだろう。

〝どうしてこんなことをするの？〟

連中は信用できない。

〝信用できるかどうかは問題じゃない。それもゲームの一部よ〟

不思議なことに、分別ある考えはルイーザの声になって聞こえてくる。

前方にはオールド通りの環状交差点がある。タクシーがそこからどの方角へ進んだとしても、このままだと見失う可能性は高いが、少なくともいまは百ヤード前方で歩行者用の信号の前でとまっている。信号が変わるまでに時間はいくらもない。これまでもかつてない速度で走っていたが、ここからはもっと速度をあげなければならない。スピードを緩めたバスを追い越すために車線を変えたとき、排気ブレーキがかかり、左肘が車体の側面に当たった。それで、一瞬、重力が消え、バスが狂ったようにクラクションを鳴らし、信号がすぐ目の前に迫り、だが、次の瞬間には後ろに来ていた。二十ヤード前方で一台のタクシーが路肩に寄り、バスがまたスピードをあげはじめる。車線を変えたら、バスに追突される。このままだと、タクシーに追突する。急ブレーキをかけないといけない。路面にタイヤの跡がこびりつく。歯を固く食いしばる。

〝あの男があんなふうにわたしを見ていたからなの？〟

ちがう。どこに泊まっているか知られたくなさそうだったからだ。

〝だから、自転車で追いかけることにしたの？〟

バスが脇を通りすぎる。ミンはタクシーの運転席の窓に向かって悪態をつき、その前へ出ると、またペダルをこぎはじめた。脚は茹であがったスパゲッティのようになり、自転車は拷問器具のようになっていたが、ほどなく頭のなかでカチッという音がして、元の脚と自転車に戻る。そして、オールド通りの環状交差点へ。いちばん手前の道には信号があり、四台の車の先を一台のタクシーが走っている。その後部座席で話をしているのはピョートルとキリルのように見える。脚をさらに速く動かす。自転車の車輪の下で地面が流れていく。オールド通りの長さは約四百ヤード、その先にはまた別の横断歩道がある。市内に車の流れを阻害しているものがこれほど多くあるとは思わなかった。タクシーが黄色の信号を無視して、クラーケンウェル・ロードのほうへ走っていかなければ、それをありがたく思っただろう。〝衝動的に動くのはどうかと思うけど、もっとよくないのは、衝動的に動いて、なんの成果も得られないことよ〟

ミンは速度を落としさえしなかった。歩行者のあいだを走りぬけたときには、誰かのバッグを引っかけたらしく、リンゴや瓶やパスタの袋が自転車の後ろに散らばっていった。誰かが叫んでいる。タクシーとの距離は広がっていくばかりだ。実際のところ、それがロシア人の乗ったタクシーかどうかも定かではない。頭のなかではルイーザの声がまた警告の言葉を発しようとしている。〝死んだら、何も証明できないでしょ〟。そのとき、道路の左側から大きな白いヴァンが現われ、まっすぐこっちに向かってきた。心臓がとまる。

ロシア人は引出しをあけ、煙草用の巻き紙と、焦げ茶の丸っこい文字が浮き彫り印刷された刻み煙草の包みを取りだした。それで細い煙草をつくり、ラムに言った。「わたしを殺しにきたのかい」

「それはまだ考えていなかった。殺されなきゃならない理由があるのか」

少し間があった。「最近ではあまりない」と、カチンスキーは答え、それから言った。「ブルーアー通りにいい店があってね。そこへ行けば、ロシアの煙草が手に入る。ポーランドのチューインガムや、リトアニアの嗅ぎ煙草なんかも売っている」マッチを擦り、煙草に近づけ、巻き紙に小さな火がつくと、すぐにそれを吹き消す。「以前はいつ行っても、客の半分はスパイだった。あんたのことはしょっちゅう聞かされていたよ。それで、今日はどういう用件なんだね、ジャクソン・ラム」

「昔話をしたいんだ、ニッキー」

「そんなものにはなんの意味もない。わからないのかい。記憶の小道は舗装されている。そこにはショッピングモールができている」

「われわれのところに転がりこんできたロシア人が、悲劇詩人だったとは思わなかったよ」

「あんたにとっちゃ、笑いごとかもしれん。でも、ちょっとまえまで、モールはバッキンガム宮殿の前にしかなく、そこを女王が馬車で行ったり来たりしていた。いまじゃモールはいたるところにあり、クッキーやバーガーを売っている。何がいちばん笑えるかというと、アメリカが打ち負かしたのは赤いロシアだと、あんたたちがいまだに信じてるってことだよ」

カチンスキーは屑かごに唾を吐いた。それをコメントの一部ととるべきか、煙草のせいと考えるべきなのかは、微妙なところだ。「言っておくが、記憶の小道をたどるのは、そんなに簡単なことじゃない」

「黙らせるほうがむずかしそうだと思っていたところなんだがね」

カチンスキーは戸締まりをしてから、ラムといっしょに階段を降り、通りに出た。六軒のパブをやりすごしたあと、ようやく納得のいく店が見つかったみたいだった。なかに入ると、そこでいったん立ちどまり、周囲を見まわしてから、隅の席へ向かった。はじめて来る店か、ラムにそう思わせたいかのどちらかだろう。注文したのは赤ワイン。ラムに他人の酒の好みを気にする神経の細やかさがあれば、意外に思ったかもしれない。

ラム自身はダブルのスコッチを注文した。それは自分が酒飲みであると印象づけたかったからだけではなく、ダブルのスコッチを飲みたかったからだ。記憶の小道は二方向にのびている。飲む資格はある。カウンターで待っていると、先にスコッチが来たので、それを二口で飲みほし、ワインが注がれているあいだに、もう一杯注文して、テーブルへ持っていった。

「〈蟬〉」と、ラムは言ってワインをさしだした。

カチンスキーの反応は一呼吸遅れた。グラスをあげ、それが安物のハウスワインではなく、熟成を賞味すべきものであるかのようにグラスをまわして一口だけ飲み、それから言った。

「えっ?」

「〈蟬〉。リージェンツ・パークでの聴取で、あんたが使った言葉だ」

「わたしが？」

「そうだ。ビデオで確認ずみだ」

カチンスキーは肩をすくめた。「それで？　二十年前の聴取で何を言ったかなんて、覚えてるわけがないだろ。わたしは忘れることに人生の大半をかけてきたんだ。なのに、このありさまだ。いいか、ジャクソン・ラム。それは大昔の出来事なんだ。クマは眠っている。なのに、どうしてそれを棒で突っつかなきゃならない」

「一理ある。ところで、次のパスポートの更新はいつだ」

「なるほど。あんたたちは骨までしゃぶるだけじゃなかった。今度は骨を砕きにきたってわけだ」カチンスキーは目に疲労の色を浮かべて、とつぜん脱水症状を起こしたかのようにまたワインを一口飲んだ。このときはアル中のような一口で、飲んだあと顎を拭わなければならなかった。「あんたは聴取を受けたことがあるか、ジャクソン・ラム」

埒《らち》もない。そう思って、ラムは黙っていた。

「敵として。それがわたしの処遇だったんだ。連中はわたしが聞いたこと、見たこと、したことのすべてを知りたがった。しばらくすると、聴取をしているのは、追いかえすためなのか、受けいれるためなのかわからなくなってきたくらいだ。さっき言ったように、連中は骨までしゃぶりつくさなきゃおさまらなかった」

「だから話をでっちあげたと言うのか」

「いいや。わたしが言いたいのは、知ってたことは全部話したってことだ。価値がありそうなことも、なさそうなことも、どういう意味かよくわからないことも。要するに何もかも。つまり、ビデオを見たのなら、あんたはわたしの知っていることを全部知っているということだ。いや、わたし以上に知っているかもしれない。信じてくれ。わたしは知ったこと以上に多くのことを忘れている」

「〈蟬〉も含めて？」

カチンスキーは言った。「いいや。〈蟬〉はちがう」

その瞬間、自分と人生の終わりとのあいだの距離を測る方法はなかった。ヴァンの運転手が衝突を避けるために急ブレーキを踏み、ミンは全身に風圧を受けながら自転車をこぎつづけた。背後には混乱が残り、クラクションが鳴り響いているが、気にすることはない。死亡事故につながりかねない出来事は市内の道路のいたるところにあり、どれも数分で忘れ去られる。

いまはスピードそのものが自己目的化している。脚は軽快にペダルをこぎ、手はハンドルにぴたりと吸いついている。車輪の下に道路はもはやなく、生きているという実感が一気飲みしたテキーラのように体内を駆けめぐっている。笑いとも叫びともつかない、とても人間のものとは思えない声が、とつぜん口をついて出る。歩行者が目を丸くして見ている。これほど速く走る自転車を見た者はいくらもいないはずだ。

前方のクラーケンウェル・ロードの交差点にも信号があり、その手前にとまっている車のなかに、少なくとも三台のタクシーがあった。不死身のミンはペダルをこぐのをやめ、あとは流して、信号待ちの車の列に近づいていった。

〝追いついたみたいね。次はどうするの？〟

キリルはさっきの話をすべて理解していた。

〝当然でしょ。だからどうだっていうの？〟

自転車専用レーンをゆっくり進み、一台目のタクシーと並んだとき、横目でちらっとなかを見る。客は女で、携帯電話を耳に当てている。二台目のタクシーの客は男で、反対の耳に携帯電話を当てている。鏡にうつった映像のようだ。もしかしたら、一台目の女と話しているのかもしれない。車の列の先頭近くまで行って、バスの横で自転車をとめる。おそらく、先ほどのバスだろう。その二台先に、三台目のタクシーがとまっていた。信号のすぐ下だ。

そのとき、世界が一瞬身震いしたように見え、急に視界が鮮明になり、ふたりの男の後頭部が見えた。ピョートルとキリルだ。どちらも前を見ていて、汗だくのサイクリストに興味を示している様子はない。

さあ、追いついた。次はどうする？

答えはすぐに出た。信号が変わり、タクシーが動きはじめる。ナンバープレートに目をやったが、記憶にとどめることができたのは前半部分の〝ＳＬＲ６〟だけで、タクシーはすぐさま交差点を抜けて、クラークケンウェル・ロードを西方向に走り去った。つい先ほどまでの感覚が持続していたら、永遠に自転車をこぎつづけていただろうが、それは中国の小さな提灯の火のようにふっと掻き消えていた。息を吸うたびに、マッチを擦ったときのようなざらつき感を覚え、さらによくないことに血の味がする。いまからいくらペダルをこいでも、交差点を渡りきったときには、タクシーは何マイルも先に行っているにちがいない。そのときふと、歩行者にすら追い抜かれていることに気づいた。後続車に指で合図を送って路肩に寄り、そこに自転車をとめる。そして、ズボンのポケットから携帯電話を取りだす。だが、手が震えて、指が思うように動かない。自転車が歩道に横倒しになる。

「もしもし」

「トロックにコネはあるかい」

「ミン？　どうしたの、いきなり。何かあったの？」

「そんなことはどうでもいいから、キャサリン——」

「コネと言えるかどうかわからないけど、昔いっしょに通信課の訓練を受けた管理部の知人ならいるわ。何が必要なの？」

「一台のタクシーがクラークケンウェル・ロードを西に向かっている。ナンバープレートの一部もわかっている」

「タクシー？」

「調べてもらってくれ。頼む、キャサリン」そして、ナンバープレートの半分を伝える——

〝SLR6〟

「できるだけのことはするわ」

ミンは携帯電話をポケットにしまうと、排水溝に身を乗りだして、盛大に吐いた。

このときは、カチンスキーがワインを飲みほした。ラムは自分のグラスに目をやり、それもやはり空《から》になっていることに気づいたので、ぶつくさ言いながら、ふたたびおかわりを注文しにいった。カウンターの前では、ありったけの服を着こんでいるように見える年配のふたりの女が、身を寄せあってひそひそ話をし、道路の清掃作業員の制服を着て、髪をポニーテールにした男が、ビールに秘密を打ちあけている。注文した飲み物を持って席に戻り、カチンスキーにワインを渡すと同時に、ふたたび話が始まった。

「リージェンツ・パークで、わたしは不用品扱いされていた。格安セールをしているのに、必要なものはすべて購入ずみというわけだ。あのとき、連中はこう言った。〝もっと面白い話を聞かせろ。さもなくば強制送還だ〟。もちろん、強制送還されたくはなかった」カチンスキーは心の引き金に反応するように指を鳴らした。「ここだけの話だが、あの当時、KGBのエージェントはあまり評判がよくなかった。じつのところ、一度だって評判がよかったことはない。でも、われわれは評判の良し悪しなどどうだっていいと開きなおれる立場にはなかった」

「ひとつ教えておいてやろう。あんたたちの評判はいまもよくない」

カチンスキーは無視した。「とにかく、わたしはいくらの価値もない情報しか持っていなかった。もちろんゴシップなら、いろいろ知っていた。モスクワの本部のゴシップだから、それなりに面白いものもあった。けれども、そんな話はほかの者からいやというほど聞かされていたはずだ」思わせぶりに身を乗りだして、「わたしは暗号課にいた。それは知っているな？」

「履歴書を見た。たいしたことは何も書かれていなかったが」

カチンスキーは肩をすくめた。「幸いなことに、わたしは華々しい活躍をした同僚より長生きできている」

「ほかの者は退屈さのせいで早死にしたんだよ」ラムは身をのりだした。「あんたの人生にはなんの興味もない、ニッキー。わしが知りたいのは、あのときあんたが話さなかった〈蟬〉という人物についてだ。朝まで話を引きのばそうと思ってるなら言っておく。これはわしがおごる最後の一杯だ。わかったな」

カチンスキーは困惑の表情を浮かべ、それから急に咳きこみはじめた。喉の詰まりを治すための咳ではなく、内臓から何かを無理やり押しだそうとしているような咳だ。普通の人間なら、水を持ってくるか、救急車を呼ぶかしたかもしれないが、ラムは咳がおさまるまでの時間を酒を飲むのにあてた。

そして、もう答えることができるだろうという頃あいを見計らって言った。「よく咳きこむのか」

「湿気が多いと、ひどくなる。場合によっては――」

「いや、そうじゃない。また咳をするなら、そのあいだ煙草を喫いにいこうと思ってな」ロ頭での説明だけでは足りないというようにライターを振りながら、「その咳が質問に答えないための小細工だとわかったら、あんたといっしょに外に出て、そこで煙草を喫う」

カチンスキーは十秒ほど無言でラムを見つめ、それからテーブルの上に視線を移した。ふたたび口を開いたとき、その声は落ち着きを取り戻していた。「〈蟬〉の話は立ち聞きしただけだ。そのとき、ある名前がいっしょに出た。あんたもよく知っているはずの名前だ。アレクサンドル・ポポフ。そのときは、それが何を意味しているかわからなかったが、その口調には、なんというか、畏怖の念……そう、畏怖の念のようなものがあった」

「どこで聞いたんだ」

「トイレ――当時われわれが使っていた言葉だと、便所《シットハウス》だ。平日で、みな普通に働いていた……いや、普通というと語弊があるかもしれない。なにしろ、壁が崩壊する直前だったんだからな。壁の崩壊はとつぜんのことで、誰も予測していなかったとよく言われるが、知ってのとおり、そんなことはない。動物は地震を予知すると言われているが、スパイもそれと同じだ。リージェンツ・パークではどうだったか知らんが、当時のモスクワには、健康診断の結果を待っているような雰囲気が漂っていた」

「あんたは便所にいたんだな」

「急に腹が痛くなったので、個室にこもって、糞を垂れていたんだ。そうしたら、ふたりの男がやってきて、小便をしながら、話をしはじめた。ひとりが〝いまも使えるってことだろうか〟と訊き、もうひとりが〝アレクサンドル・ポポフはそう思っている〟と答えると、

〝当然だろうな。〈蟬〉はポポフの宝物だ〟と言った」そこで一呼吸おき、「実際に〝宝物〟という言葉を使ったわけじゃない。でも、意味としては、そんなところだ」

「聞いたのはそれだけか」

「小便がすむと、ふたりはすぐに便所から出ていった。わたしはもう少しそこにいたが、腹痛のせいで、ふたりの言葉の意味を考えるどころじゃなかった」

「そのふたりは誰だったんだ？」

カチンスキーは肩をすくめた。「知っていたら、話していたよ」

「そのふたりは立ち聞きされていないかどうかたしかめなかったのか」

「たしかめなくても、わかったはずだ。聞かれているとわかった上で話していたんだ」

「ちょうどいいと思ったわけだな」

「かもしれない。でも、わたしにはそれがなんの意味かわからなかった。だから、それ以降は何も考えなかった。リージェンツ・パークの尋問室で記憶の糸を必死にたぐりよせるまでは」眉間に皺が寄る。「蟬というのがなんなのかさえわかっていなかった。モスクワにはいないからね。魚の一種かと思っていたよ」

「蟬は昆虫だ」

「ああ。奇妙な昆虫だ。じつに変わった特徴を持っている」

「おいおい」ラムはむっとしたような口調で言った。「わしが知らんとでも思っとるのか」

カチンスキーはかまわず続けた。「蟬は長いこと地面のなかにいる。場合によっては十七年も。そのあと、地上に出てきて、鳴きはじめる」

「もしそれが暗号だとすれば、その意味するものはひとつしかない」

「でも、それはでっちあげの暗号だ。ちがうかい？」

「ああ。あんたは利用されたんだ。アレクサンドル・ポポフという人物がいるってことをわれわれに知らせるために。でも、それは実在の人物じゃなかった。だから、われわれは無駄な努力をするのをやめて、潜入スパイのネットワークを探すことにした。が、それもやはり実在していなかった」

「だったら、どうしてわたしを受けいれたんだ。どうして追いかえさなかったんだ」

ラムは肩をすくめた。「受けいれても、そんなに金はかからないという計算が働いたんじゃないか。念のためだ」

「立ち聞きしたことがガセじゃなかったときのために、ということだな」ひとつの言葉から次の言葉までの間が以前ほど長くなくなっている。咳の発作がおさまりかけているということだろう。カチンスキーはまた先ほどの刻み煙草を取りだした。煙草を巻くと、神聖な秘宝のようにそっとテーブルの上に置く。「それが何を意味しているのか。ポポフが実在の人物であるというだけじゃない。潜入スパイのネットワークも実際に存在するということだ。このイギリスに。壁の崩壊からこれほどの歳月がたっているというのに」

「ありがとう。よくわかった。でも、そんなことは絶対にありえない」

「仰せのとおり」カチンスキーは茶化すように頭をさげた。「疑問の余地はない。そんなことはこれまで一度もなかった」

「おもしろい冗談だ」

「でも、実際はちがう。そうじゃないことは誰でも知っている。だから、あんたはここに来た。ちがうか、ジャクソン・ラム。あんたがここに来たのは、去年の新聞を読んで、また同じことが起こるんじゃないかと心配になったからだ」あきらかに楽しげな口調だ。「不注意すぎると思わないか。この快適な西側の国に、コミュニストのスパイの巣がひとつじゃなく、ふたつもあったのに、長いこと何も気がつかなかったなんて」

「連中の政治的思惑を気にしている者がいるとは思わない。ソ連はとうの昔に崩壊した」

「たしかに。いま労働者の天国を支配しているのは、マフィアと資本家だ。西側とそんなに変わらない」

「古き良き時代が懐かしいのか、ニッキー。国に帰りたかったら、いつでも送りかえしてやるぞ」

「遠慮するよ、ジャクソン・ラム。わたしはこの緑の多い豊かな国土を見て、あんたたちのやり方が正しかったと思うようになった。でも、あんたは万が一のことを考えてここにきた。もし〈蟬〉の話が本当ならどうなるのか。誰の指示を受けて動きだすのか。ソヴィエト連邦という国の利益のためではないはずだ。そんな国はもうどこにも存在しない」カチンスキーは言って、空《から》のグラスを光にかざした。グラスに残った赤い筋は、傷跡のように見える。「想像できるか。何年ものあいだ、地面のなかに隠れていて、声をあげる合図をじっと待っているんだ。それはいったい誰の合図なのか」

「アレクサンドル・ポポフは案山子《かかし》だ。二本の棒に帽子と上着をかぶせただけのものにすぎん」

「悪魔がしかけた最大の策略は、人々が悪魔の存在を信じるのをやめさせたことだと言われている。でも、実際はみな悪魔の存在を信じている。暗い夜、心の奥深くでは、みな悪魔の存在を信じている」

カチンスキーは笑い、それからまた咳こんだ。ラムはひとしきりその様子を見つめ、それから首を振って、テーブルの上に五ポンド札を置いた。「助かったと言いたいところだが、そう言えば嘘になる。実際のところ、あんたは祖国に送りかえされるべきだったんだ」

店の戸口で振りかえると、カチンスキーまだ苦しそうに身体を揺すっていた。けれども、五ポンド札はテーブルの上から消えていた。


その少しまえ、ケニー・マルドゥーンはタクシーのなかから様子をうかがっていた。シャーリー・ダンダーは自分の車に乗りこむと、サングラスをかけて、ゆっくりと駅前の駐車場から出ていく。慎重な運転だ。地元住民は無謀運転を歓迎しない。警官ももちろん地元住民のひとりだ。でも、そんなことはどうだっていい。さっき受けとった金が入っている胸ポケットを軽く叩き、それから、さっきおごってもらった朝食を詰めこんだ腹をさする。朝の一稼ぎとしては悪くない。だが、やることはまだ残っている。

グラヴコンパートメントから、携帯電話の番号が走り書きされた紙切れを取りだす。番号を声に出して読みあげながら、ボタンを押す。

列車が出ていく。車両は通勤客でこみあっている。

携帯電話の呼び出し音が鳴る。

プラットホームをつなぐ連絡橋の上には、赤ん坊をかかえた女がいる。赤ん坊の肘を握り、左右に動かして、列車に向かって手を振らせようとしている。

呼び出し音が鳴りつづける。

光沢のあるジャケットにリュックサック姿の若いカップルが、改札口で時刻表を見ている。ひとりが何か言いたげに走り去る列車を指さす。

電話がつながる。

「マルドゥーンだ。タクシー会社の。この番号にかけろと言われたんだ……ああ、そうだ。でも、女だった……もちろん。そう伝えた……それで、金はどこでもらえるんだ」

話が終わると、携帯電話を助手席に放り投げ、紙切れを丸めて、足もとに落とした。そして、駐車場を出ていった。

しばらくして、光沢のあるジャケットを着た若いカップルが、次の電車を待つためにプラットホームにあがっていった。

ローデリック・ホーは怒っていた。

裏切られたと感じていた。

冗談じゃない。仲間と思っていた者が急に信用できなくなるなんて。仲間と思っていた者が嘘をつき、みずからを偽っていたなんて。自称とはまったくちがう人間だったなんて……

泣けてくる。

今回はいつにも増して気合が入っていたのに、こんなことになるなんて。相手は、ヒップホップとアクション映画とスノーボードが好きで、〈アルマゲドン・ポッセ〉をレベル５までクリアし、夜学で〝二十世紀の歴史〟の講座をとっているブロンド娘だ。そういったことがわかったのは、所有している車のモデル名とSKYプラスを受信しているという話を聞いたからだが、そのふたつの事実は、オンライン上のキャラクターにはそぐわないもうひとつの事実をあきらかにした。本当にスノーボードに夢中になっているとしたら、充分に注意したほうがいい。五十四歳の女性のスノーボード事故を補償してくれる保険会社はそんなに多くない。そのくらいの年になると、骨がもろくなるだけでなく、冷え症がより深刻な合併症を引き起こすことだってある。やれやれ。二十世紀の歴史を学ぶ必要もない。昔を思いだしたらすむことだ。五十四歳というと、もしかしたら、自分の母親より上かもしれない。ふざけやがって。

でも、まあいい。もう終わったことだ。今後、高齢者病棟からのメールをブロックするための設定はすませてある。何が相手（ローデリック・ホーではなく、モンゴメリー・クリフに似た人気ＤＪのロディ・ハント）の気にさわったかわからなかったら、鏡で自分の顔をじっくり見ればいい。夜学でとるべき講座は〝もっと上手な自己宣伝法〟だ。

自分は根に持つタイプでない。どちらかと言うと、寛大なほうだ。それゆえ、怒りと同時に悲しみを感じながら、ミズ・くたばりぞこないの信用格付けを消去した。彼女が教訓を学び、二度とふたたび世代間のギャップを過つことがないようにと祈りながら。

この日の午後のストレスがまだ充分でないというように、キャサリン・スタンディッシュが贈り物を持って部屋に入ってきた。

「ロディ」キャサリンは言って、レッドブルの缶を机の上に置いた。

ホーは怪訝《けげん》そうな顔でうなずき、缶を左に数インチ移動させた。すべてのものに決まった場所がある。

キャサリンはもうひとつの机の後ろの椅子にすわり、自分用のコーヒーカップを両手で包むように持った。「調子はどう？」

「ここに来たってことは、頼みごとがあるってことなんだろ」

キャサリンの顔に判読不能の表情がよぎる。「かならずしもそうとはかぎらないわ」

ホーは肩をすくめる。「まあいい。とにかく、いまは忙しいんだ。それに――」

「それに？」

「これ以上は何も手伝うなとラムに言われている」

（ラムが実際に言ったのは、〝今度勝手な真似をしたら、ＩＴ課の助手に降格だぞ。おまえはそこで一日中コピーとりの仕事に追われることになる〟だ）

「何もかもラムに話さなきゃならないってことはないわ」

「ラムにもそう言ったのかい」返事はかえってこない。ホーは意を強くして、レッドブルのプルタブをあけ、大きく一飲みした。

それを見ながら、キャサリンはコーヒーを飲んだ。

ホーは考えた。まただ。腹に一物ある年増女。公平を期すために言うと、キャサリンが求めているのは、色恋沙汰ではなく、スキルなのだが、どちらにしても腹づもりがあることに変わりはない。だが、幸いなことに、役者としてはこちらのほうが一枚上だ。コンピューターの画面に目をやり、それからキャサリンに目を向ける。彼女はまだこちらを見ている。そこから目をそらし、画面に視線を戻す。三十秒ほどの時間が経過する。その時間は実際よりずっと長く感じられる。それから、ふたたびキャサリンに目を向ける。まだこちらを見ている。

「何か？」

「〈保管庫《アーカイブ》〉は？　変わったことはない？」

〈保管庫〉とは、現在の出来事を過去の事例と関連づけるための保安局のオンライン・リソースのことで、数年前に某大臣が戦略的に無限の用途があると言ってつくりあげたものだ。行政のつねとして、それがどんなに無意味なものであったとしても、いったん決まったことを撤回するのは容易ではなく、某大臣の朝の思いつきは、その任期が終わり、何度か政権が変わっても、しぶとく生き残りつづけた。だが、それはもちろんリージェンツ・パークではなく、〈遅い馬〉にふさわしい手間仕事であり、それゆえ〈保管庫〉の維持管理の業務はずっとローデリック・ホーの手に委ねられていたのだ。

「ああ、なんの問題もないよ」

キャサリンはコーヒーカップから片方の手を離し、かたわらにあったティッシュペーパーで口もとを拭った。そういった行為は許されることではない。ここは自分のオフィスであり、自分の空間なのだ。知らない者にとっては混乱のきわみのように見えるかもしれないが、部屋にあるものはすべて所定の位置に正確に置かれている。予備のケーブルとマウス、CD用の薄い袋、それに新しい基本ソフトの分厚いマニュアル。もちろん若干の混乱要因はある。ピザの箱、栄養ドリンクの缶、コンピューターから発せられる低いノイズ。それでも、ここは自分のスペースだ。他人がふらりと入ってきて、自分の部屋のようにふるまうのは許されない。

だが、すぐに立ち去る気配はない。

「ずいぶん手間がかかりそうね」

〈保管庫〉の仕事のことだ。

「手いっぱいだ。それが最優先の仕事だからね」

「でっちあげの業務リストがあってよかったわね」キャサリンは続けた。「それを見れば、あなたがいつログインし、どれだけまじめに働いているか一目でわかる」

ホーはレッドブルでむせた。


ルイーザは言った。「命を落としていたかもしれないのよ」

「自転車に乗っていただけだ。自転車に乗る者はいくらでもいる。でも、命を落とす者はめったにいない」

「自転車で車を追う者はめったにいない」

「たまにはいる」

「どこまで追いかけていったの」

一マイル半、とミンは心のなかで答えた。ロンドンの交通事情を考えたら、かなりの距離と言える。だが、口にしたのは――「トロックに依頼して、クラークンウェル・ロードからタクシーを追跡してもらった。そうしたら――」

「あなたが依頼したの？」

「いいや、キャサリンに頼んで、トロックに連絡をとってもらったんだ」トロックというのはトロカデーロの略であり、そこでロンドン中の防犯カメラの映像が集中管理されている。

「タクシーは西へ向かい、エッジウェア・ロードまで行った。やつらはそこに泊まってるんだ。エクセルシオールでも、エクスカリバーでも、エクスピアラドーシウスでもない。そもそもホテルと呼べるようなものじゃない。単なる安宿だ」

「連中の宿泊先の確認くらい、本部でやってくれてもいいと思うんだけど。こっちに来てどのくらいになるのか知らないけど、その間、見張りもついてなかったってこと？」

ミンは不満だった。自分がやったことはもっと評価されてもいいはずだ。少なくとも、連中の居所を突きとめたことは賞賛に値するはずだ。「ウェブが言ってたじゃないか。リージェンツ・パークでは、会計士の前でポケットを裏返して見せなきゃならないって。こういう細かいところまでは手がまわらないんだろう」

「細かいところじゃないわ。これは市民の安全にかかわる問題なのよ。連中は銃を持っている。銃をもって市内をうろついているのよ。そもそも、どうして税関を通過できたのかしら」

「かならずしも税関を通す必要はない。詳しいことは知らないけど、ロンドンには武器を違法に入手できるところがある」

「教えてくれてありがとう」

「どこでもってわけじゃない。ほとんどは東部にある。あと、北部にもある。それに、西部にも──」

「まだ続くの？」

「もちろんテムズ川の南にも。とにかく、やつらはおれたちをなめてかかっている。さっきの打ちあわせのときも、そうだ。こっちが何か言えば、〝お説のとおり〟とか〝仰せごもっとも〟とか答えながら、実際はおれたちを出し抜くことしか考えていない。そんな者を信用できるわけがない。連中はおれたちが聞きたいことをしゃべり、自分たちがやりたいことをする。ウェブははっきり言っていた。何かあったら、おれたちの責任だって」

「聞いたわ」

「だから――」

「だから、ヘマをしないようにしなくちゃ」

ふたりはアルダーズゲート通りに面したテラスにつくられた花壇の脇の石の手すりに腰かけていた。車が行き交う音がし、後ろからはクラシックの楽の音が聞こえてくる。通りの向こうに目をやると、〈泥沼の家〉の窓ごしに、ローデリック・ホーのオフィスの机の向こうにキャサリンがすわっているのが見えた。ホーは窓に背中を向けていて、黒い後頭部しか見えない。ほかのふたりの組みあわせであれば、何かをたくらんでいるのではないかと思ったかもしれない。

膝の上にはミンの手が軽く置かれている。その上に自分の手を重ねる。「まあいいわ。とにかく、高級ホテルに泊まっているというのは嘘だった。それは自分たちが単なる使い走りだと思われたくなかったからかもしれない。実際に使い走りにすぎないかどうかは、すぐにわかることよ。でなきゃ、高級ホテルの代金を受けとっていながら、安宿に泊まって、差額を浮かせようとしているのかもしれない。どっちにしても、そんなに気にすることはない。気になるのは、あのふたりに関する情報が何もないってことよ。監査の問題があろうがなかろうが、リージェンツ・パークがなんにも知らないなんて、あっていいこととは思えないわ」

「でも、やつらがどういったところに泊まっているかはこれでわかった」

「少なくとも、それだけはわかった」

「誰のおかげだい」

「わかってるわ。あなたのおかげよ」

「頭を撫で撫でしてもらったことにしておこう」

「撫で撫でくらいならいくらでも」

「この次は銃を置いてくると思うかい」

「今日、銃を持ってきたのは、持ってきていなければ、どこに置いてきたのかと思われるからよ。だから、これからはしばらくのあいだ持ってこないはず。パシュキンが来れば、また持つようになると思うけど。そういうものよ」

「よくわかるね」

「考えていたのよ。あなたがランス・アームストロングばりにオールド通りを自転車で疾駆しているあいだに」

「自転車の話をしたいのかい」ミンは言ったが、ルイーザは答えなかった。

〈泥沼の家〉では、まだキャサリンがホーに話しかけている。隣の部屋では、マーカス・ロングリッジがコンピューターに向かっている。その顔の表情を読みとることはできない。マーカスは謎の男だ。リージェンツ・パークを追放された理由を知っている者はいないし、そのことを訊けるほど親しい者もいない。かといって、そんなことを気にしている者がいるわけでもない。いずれにせよ、たいした問題ではない。

ルイーザが言う。「ふたりのうち、話をしていたほうの男のことだけど、わたしに気があると思う？」

「あら」

「残念ながら。やつはタクシーで相棒の身体に腕をまわしてたよ。キスをしてたんだ」

「嘘じゃない。ディープキスをしていた」

「へーえ」

「きみにはゲイを見わける能力が必要だ」

「わかってないわね。わたしに必要なのはゲイを見わける能力じゃないのよ」

ルイーザはミンを横目で見た。このところよく見る仕草だ。

「そりゃそうだ。わかった」

「今夜わたしの家に来る？」

ミンは立ちあがった。音楽はいつのまにか聞こえなくなっていた。音楽があったときのほうが、より静かだったような気がする。ミンは手をのばした。ルイーザはその手を取った。ミンは言った。「望むところだ」

キャサリンはコーヒーカップを置き、話を続けた。「気分を害さないでね、ロディ。アイデアとしては悪くないけど、ときにはほかのサイトを見ているようにプログラムしたほうがいいんじゃないの。一日中コンピューターにかじりついて、仕事ばかりしているひとはいないわ」

ホーは自分の口が開いていることに気づいた。口を閉じ、それからまた開いて、そこにレッドブルを流しこむ。

「どうやってそのことを知ったのか不思議に思ってるみたいね」

実際は、思っていなかった。魔法にちがいない、と決めつけていた。

キャサリンはキーボードのどっちが上でどっちが下かを知っているし、もしかしたらタイピング・スピードの検定書を持っているかもしれない。だが、ネットで観光名所を調べる以上のことができるのは、彼女が誰かとデートをするのと同じくらいありえない。かりにキャサリンが夜こっそりこの部屋に忍びこみ、ホーのユーザーIDでログインしたとしても、そのプログラムを見つけだすことはできない。それを隠したのが誰か別の人間だとしたら、自分でも見つけられないだろう。

「なんのことかさっぱりわからないね」と、ホーは言った。

キャサリンは腕時計に目をやった。「三十秒もかかっている。信じてもらいたかったら、もっと早く答えなきゃ。思ったとおりよ」

このときは、なんのことか本当にわからなかった。

「あなたは人間というものがわかっていない」

「えっ？」

「ひとがどんなふうに動くかわかっていないってことよ」

ホーは舌打ちした。ひとがどんなふうに動くかを知ること、それは自分が常日頃からやっていることだ。たとえば——頭のなかでコインを投げると、ミン・ハーパーの顔が浮かんだ。それで、ミン・ハーパーを例にとることにした。ミン・ハーパーを動かしているものは何か。自分がどこまでのことを知っているかわかったら、キャサリンは驚いて目を丸くするにちがいない。勤務評定、給料、別れた妻と子供たちが住んでいる家のローン、自分が住んでいる部屋の家賃、クレジットカードの支払い金額、銀行の自動引き落としの額、携帯電話に登録されている者の名前、スーパーマーケットのポイント数、ブックマークしたウェブサイト。アマゾンのサイトをよく見るが、あまり買わないことも知っているし、ガーディアン紙のクリケットの実況スレッドに定期的に書きこみをしていることも知っている。そういったことを全部話して聞かせようと思ったが、キャサリンに先を越された。

「ロディ」ホーの机の上のコンピューターを指さして、「あなたがこういったものを自在に操れることはわかっている。二十分ほどの研修を受けたら誰にでもできるような仕事に精を出すつもりなどさらさらないこともわかっている。さらには、通信本部が局員の勤務態度に問題がないかどうかをチェックするためにコンピューターの使用状況を監視していることもわかっている。ここまでいいかしら」

ホーはうなずかざるをえなかった。

「こういったことを念頭に置いて、わたしは考えたの。あなたのようなコンピューターおたくで、ウェブの裏側に通じているとしたら、どうするだろうって。そして、こういう結論を出した。いつでも真面目に仕事をしているように見せかけることができるプログラムをつくる。そうしたら、いつでも自分のしたいことができる」

指に液体がかかったので、見ると、まだ完全には空《から》になっていないレッドブルの缶を握りつぶしていた。

「そのときに、ふと思ったの。あなたのような完璧主義者なら、一日のなかでぼんやりしている時間をシステムに組みこむようなことはしないだろうなって。コンピューターの前にすわっているのが、ロボットではなく、生身の人間だってことは考えないだろうなって。これが〝ひとがどんなふうに動くかわかっていない〟という意味よ」キャサリンは椅子の背にもたれかかり、膝の上で両手を組みあわせた。「どう。どこかちがっていた箇所はある？」

「ある」

「実際にちがってるかどうかと訊いたのよ。ちがっていればいいという希望的観測じゃなくて」

少し間を置いて、ホーは言った。「天井に光ファイバーを仕掛けたのか？」

「わたしが光ファイバーのことを知ってるわけがないでしょ」

ここまできっぱり否定されると、言うべき言葉は見つからない。

キャサリンは立ちあがって、コーヒーカップを取った。「話ができてよかったわ」

「ラムに言うのか」

あるいは〈犬〉に。保安局の局員がオフィスのコンピューターでゲームをしていたことがばれたら、〈犬〉は黙っていない。

「もちろん言わないわ。何もかもラムに話さなきゃならないことはないと言ったでしょ」

ホーは無言でうなずいた。

「でも、これからは何かを手伝ってくれと言われたとき、もう少し柔軟に対応してね。わたしだけにじゃなくて」

「でも、ラムが――」

「ラムがどうかしたの」

「いいや、なんでもない」

「と思ったわ」キャサリンはドアの前で立ちどまった。「そうそう。もうひとつ言っておかなきゃ。ネットの小細工でわたしの人生を狂わせようとしたら、あなたの心臓は野良犬に食べられることになる。わかったわね」

念だった。

「……わかった」

「よい午後を、ロディ」

そして、キャサリンは部屋から出ていった。

あとに残されたローデリック・ホーの頭のなかにあったのは、怒りと失意、そして畏敬の念だった。

昨年の冬のある暗い夜、ジャクソン・ラムはダイアナ・タヴァナーとエンジェル駅近くの運河で会う約束をした。タヴァナーがそれを拒めなかったのは、ラムに弱みを握られていたからだ。現在リージェンツ・パークのナンバー・ワンはイングリッド・ターニーだが、その座を虎視眈々と狙っていたタヴァナーが、点数稼ぎのためにやったことが裏目に出て、とんでもない窮地に追いこまれた。そこにラムが一枚嚙んだために、事態はより複雑化したのだが、スパイの世界も政治やビジネスやスポーツの世界と同じで、上を下への大騒ぎにもかかわらず、結果的には何も変わらず、リージェンツ・パークでの席次も従来どおりで、現状に対する不平不満が目に見えて減じることもなかった。そして、ラムには依然として弱みを握られている。へたをすると、二重の苦難に直面しなければならなくなる。最初はメディアのペンと写真によって、次はイングリッド・ターニーの十字架と釘によって。

そういう事情があって、ラムが今回〝いつもの場所〟で静かに話しあいたいと提案したときも、あえてぐずりはしなかった。ただ、みずからの優越性を暗に示すために、待ちあわせの時間にわざと遅れてきただけだった。けれども、ラムはまったく意に介していなかった。それ以上に遅れたからだ。ラムがエンジェル駅のほうから歩いていったとき、タヴァナーはベンチに腰かけて、運河を見ていた。対岸に二艘のハウスボートが停泊している。そのひとつには屋根の上に自転車用のラックがあり、もうひとつにはシャッターが降りていて、ドアにチェーンがかかっている。そこに隠しカメラや盗聴装置が仕掛けられていないかどうかと考えているにちがいない。逆の立場だったら、ラムも同じことを考えていただろう。だが、タヴァナーのほうが隠しカメラや盗聴装置を仕掛けたということはまずない。そもそもここでの会話を録音したいとは思わないだろうし、それ以上に、そんなことをしたとすれば、ラムはその時間帯にずっとそこのベンチにすわっていたので、気がついていたはずだ。

誰でもそうであるように、ラムにもお気にいりの場所がある。誰でもそうだろうが、そこに入りびたりになるようなことはない。たまにしか訪れず、ひとが多すぎたり少なすぎたときには、すぐに引きかえす。だが、誰でもそうであるように、ラムも考えごとができる空間を必要としている。ということは、すぐには見つからない場所でなければならない、ということだ。そういう意味で、この運河はちょうどいい。運河ごしには、三階建ての家の裏側が見える。船引き道には、いつも自転車をこいでいる者やジョギングをしている者がいる。昼には、店員や会社員がサンドイッチを持ってやってくる。ときおり、イズリントンの下の長いトンネルへ平底船が入っていくこともある。船引き道はその手前で行きどまりになっている。ただそこにすわって思案をめぐらすだけにせよ、スパイにとってはあまりにあけっぴろげすぎる。諜報活動について少しでも知っている者なら、こんなところを思索の場にする馬鹿なスパイはいないと思うだろう。

そんなわけで、ラムはここからタヴァナーに電話をかけ、会う約束をとりつけてから、日が翳りはじめるまで、公衆衛生上の理由から解雇された会社員のように、そこのベンチにすわって煙草を喫っていた。シャーリー・ダンダーがコッツウォルズへ行ったときの報告書のことを考えながら、七本の煙草を喫い、八本目に火をつけたとき、頭のてっぺんから足の先までぶるっと震えが走り、カチンスキーがしていたような咳が出はじめた。それで、新しい煙草を運河に投げ捨てて、身体をまっすぐ保つことに集中し、発作がおさまったときには、一マイル走ったあとのように、全身に汗がべっとりと張りつき、視界はぼやけていた。困ったものだと思いながら、ラムはベンチから離れ、その後ほどなくタヴァナーがやってきた。

そこへラムがふたたびやってきたとき、タヴァナーはそっぽを向いたままで、ラムがベンチにすわっても、そしらぬ顔をしていた。髪はまえに見たときより長く、おそらくはそれにあわせてより強くカールさせている。黒っぽいレインコート、それと同色のストッキング。

しばらくして、タヴァナーが口を開いた。「このベンチのせいでコートが汚れたら、クリーニング代を請求させてもらうわ」

「きみはコートを洗うのか」

「コートは洗い、歯は治療し、髪はとかす。知らなかったの?」

「このところ忙しくてね。そこまで気がまわらなかった」

「そのようね」ここでようやくラムのほうに顔を向けた。「あなたはニコライ・カチンスキーをどうしたかったの？」

「忙しくしていたのはわしだけじゃなかったようだな」

「昔の顧客を煩わせたら、非常ベルが鳴るのよ。いまではわたしが鳴らすこともできるようになっている」

「それだけ厄介ごとが多いってことか」

「あなたに余計なことをさせないためよ。一体全体、あなたは何がしたいの」

「やつはなんと言っていた？」

「その昔、尋問室で〈歯科医〉に話したことを繰りかえさせられたって」

ラムは鼻を鳴らした。

「あなたの本当の目的はなんなの？」

「やつが尋問室で〈歯科医〉に話したことを繰りかえさせたかったんだ」

「ビデオを見ただけじゃ満足できなかったってこと？」

「なんだって変わらないものはない」先ほどの咳はまるで別人に起こったことのように思うくらい気分的に楽になっていたので、ラムはまた煙草に火をつけた。それから思いだしたかのように、煙草の箱を黙ってさしだしたが、タヴァナーは首を振った。「ひとがいままで忘れていたことを思いだす可能性はいつだってある」

「あなたはいったい何をたくらんでいるの、ジャクソン」

ラムはとぼけた顔をしている。返事さえしない。煙草を小さく振っただけだった。

「カチンスキーは単なる雑魚《ざこ》よ。一介の暗号課の職員にすぎない。わたしたちがすでに知っていること以外は何も知らなかった。ロシアに送りかえさなかったのは、いつか身柄の交換要員として必要になるかもしれないと思ったから。それだけのことよ。そんな男に本当に興味があるの？」

「やつのことを調べたんだな」

「当然でしょ。あなたが昔のスパイを追いまわしているという話を聞いたんだから。あなたがなぜそんなことをしているかはすぐにわかった。それはアレクサンドル・ポポフという名前が出てきたからよ。ちがう？　ほんとに困ったものね、ジャクソン。あなたは神話をほじくりまわさなきゃならないほど退屈なの？　当時、モスクワでどんなオペレーションが計画されていたか知らないけど、いまではもうカセットテープほどの価値しかないわ。わたしたちはゲームに勝った。いまは次のゲームの最中で、わたしたちは苦戦を強いられている。リターンマッチに応じている暇はない。〈泥沼の家〉に戻りなさい。あなたはもう前線にはいないってことを理解すべきよ」

「きみと同じように」

「ナンバー・ツーの座にいるのが簡単なことだと思う？　もちろん、あなたが壁の向こうにいたときと同じとは言わない。でも、両手を縛られて仕事をしていることを少しでも考えたら、それがどんなストレスを伴うものかを理解するのはむずかしいことじゃないはずよ」

タヴァナーはじっとラムを見つめた。どうやら真剣さをアピールしようとしているようだが、ラムはとりあわず、口もとには薄笑いさえ浮かんでいる。ラムは現場とオフィスの両方で仕事をしてきたので、闇のなかのかすかな物音でびっくりして目を覚ますのがどちらなのかよくわかっている。それでも、自分がサムライだと思っていない背広組を見たことはまだない。

タヴァナーは目をそらした。船引き道を並んで走っていたふたりのジョガーが左右に分かれて、乳母車を押している女と擦れちがう。ジョガーが走り去り、乳母車の女が橋の手前の斜面をのぼっていきはじめると、タヴァナーはまた話しだした。「ターニーは臨戦態勢に入っているわ」

「戦《いくさ》をするのがターニーの仕事だ。いつもサーベルをガチャガチャ鳴らしていないと、廊下の向こうにいる者に職務怠慢だとなじられる」

「ターニーには別の戦があるのよ」

ラムは長いこと洗っていない髪に五本の太い指を走らせた。「政治の話なら願いさげだ。この際だからはっきり言っておく。リージェンツ・パークで誰が誰の背中を刺そうが、わしの知ったことじゃない」

だが、タヴァナーはおさまらず、自制するつもりはまったくなさそうだった。「レナード・ブラッドリーはターニーの後ろ楯だっただけじゃなく、議会の情報提供者でもあったのよ。でも、あなたの言葉を借りるなら、いまは廊下の向こうに味方がひとりもいなくなってしまった。それで、ひどく神経質になっている。ボートを揺すったり、糸を引っぱったりするようなことは極力したくない。実際のところ、できることなら何も起きてもらいたくないと思っている。もうひとつのビン・ラディンの首が乗った皿を持っていったら、経費の計上を求められたときのために、その皿の値段をまず最初に訊くはずよ」

「だったら、気にいってもらえるだろう」

「何を？」

「わしが計画しているオペレーションのことだ」

タヴァナーはジョークの落ちを待った。

「黙ってるってことは、得心がいったということか」

「いいえ。自分の耳が信じられないってことよ。わたしが言ったことを聞いてなかったの？」

「ああ。きみが話しおえるのを待っていただけだ」ラムは煙草の吸いさしを運河に投げ捨てた。カモが泳ぐコースを変えて、それが何かを見にくる。「ポポフは神話で、カチンスキーは雑魚で、ディッキー・ボウは昔の下っ端スパイだ。その下っ端スパイはいまでは死体になり、死んだとき持っていた携帯電話には未送信のメッセージが残っていた。たった一言。〈蟬〉だ。カチンスキーはアレクサンドル・ポポフがらみの話のなかで同じ言葉を耳にしている。調べてみる価値はあると思わないか」

「それがダイイング・メッセージだと言うの？　冗談でしょ」

「いいや、冗談じゃない」

タヴァナーは首を振った。「まさかあなたがこんな戯言《たわごと》に飛びつくとは思わなかったわ」

「念には念を入れたほうがいい。ちがうか」

「ターニーが〈泥沼の家〉の独自のオペレーションを認めるはずがないでしょ。ただでさえ、経費の削減を強いられているというのに」

「でも、幸いなことに、わしにはきみという人間がいる。きみはわしの頼みを拒むことができない」


四月の午後の〈泥沼の家〉。春の気配は確実に通りにやってきている。車のクラクションの音にときおり邪魔されながらも、ミンはそれを感じとることができる。バービカン・タワーの窓に反射する陽光のなかにも、近くの演劇学校から地下鉄の駅へ向かう若者たちが、人目を気にすることなく楽しそうに歌う声のなかにも。

自転車をかっとばしたせいで身体中が痛いが、気分はいい。この二年間、くだらないデスクワークばかりやらされてきたが、いざというときにはなんだってできる。今朝はそれを証明することができた。

だが、すぐにまたくだらないデスクワークに逆戻りで、いまはテロリストの標的になる恐れがある施設の近くで切られた駐車違反の切符をチェックしているところだ。下見に来た自爆テロ犯がパーキングメーターに料金を入れずに車をとめるかもしれないから、らしい。もうすぐ二月の分まで終わるが、いまのところ複数回リストアップされた車はない。ルイーザも同じような手間仕事をしていて、さっきからずっと黙っている。

徒労の時間。

もちろん、自分たちがこんな仕事をさせられているのは、それなりの理由があってのことだ。退屈さに耐えきれなくなったら、自発的に職を辞すしかなくなる。そうしたら、保安局は面倒な手間をかけずに厄介者をお払い箱にできる。訴訟を起こされる心配もない。幸いなことに、今朝は満足のいく仕事ができた。しかも、それで終わったわけではない。エッジウェア・ロード界隈の安宿。ピョートルとキリルはそこに宿泊して、ボスがやってくるのを待つつもりでいる。そのあいだに、ふたりのことをもう少し詳しく調べても害はないだろう。連中が習慣にしていることとか、立ちまわり先とか。何かがわかれば、それは強みになる。いつどんな役に立つかわからない。駐車違反の切符に関するもの以外、情報が多すぎて困るということはない。

上の階はしんと静まりかえっている。ラムは出かけるまえに、シャーリー・ダンダーと話をしていた。おそらく、ミスター・Bのことについて報告を受けていたのだろう。

「シャーリーは何を見つけたんだろうな」

「えっ？」

「シャーリーだよ。例の禿げ頭は見つかったのかな」

「さあ」

あまり興味がなさそうだ。

窓の外を一台のバスが通りすぎていく。二階には誰も乗っていない。

「ラムはずいぶん入れこんでるみたいだけど。まるで私的な利害関係があることのように」

「単なる気まぐれよ。わかってるでしょ」

「リヴァーは内心穏やかじゃないだろうな。新入りが外に出て仕事をしてきたんだから」そう言いながら、ミンはほくそ笑まずにはいられなかった。自転車でオールド通りを駆け抜けていたときのことを思いだしたのだ。そのあいだもリヴァーはここで机にへばりついていたはずだ。

ルイーザが見ている。

「何か？」

ルイーザは首を振り、また仕事に戻った。

またバスが通りすぎる。このときは満員だった。どうしてそうなるのか。

鉛筆で親指の爪を叩きながら言う。「シャーリーのことだけど、うまくいかなかったのかもしれないね。これといった手がかりは見つからなかったようだし」

「そうかもね」

「通信課にいたとしたら、現場経験は少ないはずだ」

ルイーザがまた見ている。見ているというより、睨みつけている。「どうしてそんなに他人のことが気になるの」

「はあ?」

「そんなに気になるのなら、様子を見にいってきたら。幸運を祈ってるわ」

「そんなふうに言ったわけじゃない」

「そんなふうに聞こえたけど」

「困っていないかと思っただけさ。同僚だからね」

「アドバイスできることはいろいろあるはずよ。自転車であんな大活躍ができるんだから」

「かもしれない。われながら、よくやったと思うよ」

「なにかと参考になるはずよ」

「ああ」

「手取り足取り教えてあげなさい」

「ああ」

「おいたをしたときは、お尻ペンペンよ」

「わかった。そうする」

「もういいでしょ、ミン。しばらく黙ってて」

ミンは黙った。

窓の外には先ほどまでと同じく春の気配があるが、部屋のなかはなぜか冬に逆戻りしていた。

「でも、幸いなことに、わしにはきみという人間がいる。きみはわしの頼みを拒むことができない」

ラムはそう言うと、タヴァナーにふたりの関係を思いださせるために黄ばんだ歯をむきだしにしてみせた。

「ジャクソン――」

「潜入捜査員のIDがほしいんだ、ダイアナ。こっちで手配してもいいが、そうすると一、二週間は平気でかかる。急いでるんだ」

「つまり、いますぐオペレーションを実行に移したいってことね。あまりいいアイデアだとは思わないけど」

「それに資金も必要だ。さしあたっては二千ポンド。あと人材もふたりほどほしい。うちはいま人手不足でな。おたくのスパイダー坊やに持っていかれてしまって」

「ウェブのこと？」

「あれはどう考えてもスパイダーだ。見るたびに、新聞紙で叩きつぶしてやりたくなる」にやっと笑って、「あの男が人材スカウトの仕事をしていることは知ってるな」

「わたしの許可がなければ、自分の机の上も片づけない男よ。もちろん知ってるわ」カモが急に飛び立ち、下流のほうに向かっていく。「でも、本部の人間を使うのは無理よ。ロジャー・バロウビーがティースプーンの数までかぞえてるから。生身の人間がひとりでも減ったら、間違いなく気づかれる」

ラムは黙っていた。車輪はすでにまわっている。タヴァナーはもう〝ドアは閉まっている〟と言える立場にない。本人もすぐに気づくはずだが、いまできるのは〝ドアをどこまであけるか〟という話だけなのだ。

「まいったわね」

それでいい。

ラムが黙って煙草をさしだすと、このときは受けとった。ライターに顔を近づけたとき、香水の匂いがした。煙草に火がつき、香水の匂いが消える。

タヴァナーはベンチの背にもたれかかった。コートが汚れることはもう気にしていないようだ。目を閉じて、煙草を喫う。「ターニーは潜入捜査に重きを置いてない」これまで頭のなかで何度もした会話の続きといった口調だ。「できることなら、オペレーションを全廃し、通信本部の規模を倍増したいと思っている。そうやって情報収集活動を無害化し、安全衛生庁好みのものにしようとしている」

「遺体袋に入れられるスパイの数が減るってことだな」

「スパイそのものの数が減るのよ。あなたがターニーの肩を持ってどうするの。あなたの世代のスパイはみな〝真実と融和の会〟に連れていかれ、過去の蛮行を謝罪させられ、かつての敵と肩を組んでカメラの前に立たされるのよ」

「カメラの前に？　うーん。あながち冗談でもなさそうだな」

「最近ターニーがどんな通達を出したか知ってる？　局内で今後ナンバー・スリー以上の地

位を目指す者は、全員広報の研修を受けるようにって。〝顧客対応〟に万全を期すためってことらしいわ」

「顧客対応？」

「そう。顧客対応よ」

ラムは首を振った。「殺し屋を何人か知っている。紹介しようか」

膝にタヴァナーの手が軽く触れる。「優しいのね。だったら、それはプランBってことで」

それからしばらく間があり、タヴァナーは煙草を喫いおわると、吸い殻を地面に落とし、靴のかかとで揉み消した。「いいでしょう。お遊びはここまでよ。もちろん、最初から全部冗談だったというなら話は別だけど」だが、そうでないことは、ラムの顔をちらっと見ただけでわかる。腕時計に目をやる。「説明してちょうだい」

ラムは考えていることを話した。

話が終わると、タヴァナーは訊いた。「コッツウォルズ？」

「オペレーションと言ったが、アルカイダとは言ってない」

「あなたのことだから、誰が何と言ったって思いとどまるようなことはないと思うけど、どうしてこんな話をわたしにしたの？」

ラムはしかつめらしく答える。「知ってのとおり、わしは鉄砲玉で通っている。でも、本部の承認もなしにオペレーションをやるほど馬鹿じゃない」

「まじめに答えてちょうだい」

「黙っていても、いずれはきみの耳に入る」

「当然でしょ。〈泥沼の家〉の新人のどちらがわたしと通じているか、あなたはすでに探りあてたみたいね」

ラムの表情は何も語っていない。

「あまり派手に騒ぎたてないほうがいいと思うけど」

「派手に騒ぎたてる？　仲間がひとり不審な死に方をしたんだぞ。しかるべき注意を払うのは当然だと思わないか。誰が何をなんのためにということを調べないのは職務怠慢であり、それ以上に仲間に対する裏切り行為でもある」

「ボウが仲間だったのは昔の話よ」

「そんな理屈が通用しないことはわかってるはずだ」

「ええ、わかってるわ。あなたからそんな演説を聞かされるとは思わなかっただけよ」タヴァナーはため息をつき、しばらく思案をめぐらした。「いいわ。使用ずみのＩＤなら、そんなに人目を引くこともなく、比較的簡単に手に入る。未使用のものと比べたら、見破られる可能性はいくらか高くなると思うけど、紛争地域で使うわけでもないんだから、べつに問題はないでしょ。２２Ｆに必要事項を記入してくれたら、すぐに申請するわ。資金は〈保管庫〉の経費として計上すればいい。実際のところ、あなたは過去の歴史をひもとこうとしているわけだから、それが〈保管庫〉の仕事だとしても、何もおかしいところはないはずよ」

「何用の金でもいい。わしの知ったことじゃない」と、ラムは言い、いかにも関心がなさそうに尻を掻いてみせる。

「これで貸し借りなしよ。いいわね」

「ああ」

「勤務中にはあまり油を売らないようにね、ジャクソン」

このような捨て台詞に対して、ラムが何も言わないということはめったにない。だが、このときは黙ってタヴァナーを見送り、その姿が見えなくなったとき、にやりと笑みを浮かべただけだった。これで局が用意したIDを使うことができる。資金も確保できた。

　本当のことを話していたら、どちらも手に入れることはできなかっただろう。

ポケットから携帯電話を取りだして、〈泥沼の家〉に電話をかける。

「まだそこにいたのか」

「いなければ、この電話を取ることは――」

「すぐにホワイトクロスまで来い。財布を忘れないようにな」

携帯電話を閉じたとき、さっきのカモが戻ってきて、滑らかな水面に降りたち、そこに映っていた空が崩れたが、すぐまた元に戻った。空も、屋根も、電線も、すべて本来あるべき位置にある。

ホーが見たら喜ぶだろう。

「ずいぶん遅かったじゃないか」ラムは言った。

リヴァーのほうが先に来ていたのだが、ラムがそう言うことは最初からわかっていた。

「どうして財布が必要なんです?」

「遅めのランチをおごってもらおうと思ってな」

ということは、これはこの日二度目のランチということだ。

ホワイトクロス通りのマーケットはすでに混みあっていたが、それでも店には陸軍の一個中隊の腹を満たせるだけのカレーライスと、さらに行軍ができなくなるくらいのケーキがまだ残っていた。リヴァーがタイ風チキンカレーとナンの支払いをすませると、ふたりはそれを持ってセント・ルークスのほうへ歩いていき、空いているベンチを見つけてすわった。鳩が物ほしげな様子で集まってきたが、すぐに諦めたのは、おそらく相手がラムだとわかったからだろう。

「ディッキー・ボウとは懇意にしていたんですか」と、リヴァーは尋ねた。

ラムは口いっぱいにチキンを頬張ったまま答えた。「いいや」

「でも、蠟燭に火をともす程度には親しかったんですね」

ラムはリヴァーを見つめた。そのあいだも口はもぐもぐと動いていて、その時間があまりにも長いので、裏に何かあるのではないかと思えてくる。ようやく呑みこむと、ラムは言った。「おまえはドジだ、カートライト。そのことは、ふたりともよくわかっている。ドジでなければ、〈遅い馬〉にはなっていない。それでも——」

「はめられたんです。ドジのせいじゃありません」

「ドジだからはめられたんだ。続けてもいいか」

「どうぞ」

「おまえはドジだ。それでも、ゲームのプレイヤーであることに変わりはない。もし、ある日おまえの死体が発見され、そのときわしがそれほど忙しくなかったら、不審な点がないかどうか調べる」

「嬉しくて涙が出そうです」

ラムはげっぷをした。「そうか。でも、〝忙しくなかったら〟と言ったことを忘れるな。とにかく、ディッキー・ボウはベルリンの最前線にいた男だ。戦友が死んだときには、手あつく葬ってやらなきゃならない。墓碑銘は〝尾羽打ち枯らしたり〟じゃなく、〝撃ちてしやまん〟だ。爺さんからそう教わらなかったのか」

いまのラムはだらしのない単なる太っちょにしか見えないが、昨年のあの奮闘ぶりを思いだすと、その言葉には多少なりとも説得力がある。だが、こんなところで祖父を引きあいに出されるのは、あまり気分のいいものではない。「聞いた覚えはありません。ボウは飲んだくれで、実際にはいもしないスパイに拉致されたと言っていたという話は聞きましたが」

「O・Bがそう言っていたのか」ラムは首を横に傾けた。「O・B——たしか〝老いぼれ《オールド・バスタード》〟だったな」

そのとおりだ。だが、ラムがなぜそのことを知っているのかはわからない。

リヴァーが怪訝そうな顔をしているのに気づいて、ラムはほくそ笑んだ。「たしかに。アレクサンドル・ポポフは案山子だ。ほかに何か聞かなかったか」

「保安局はモスクワのたくらみをあばくために情報の収集にあたったけど、わかったのは取るに足りない断片的なことだけだった。たとえば生まれた場所とか」

「それはどこだ」

「ZT／53235」

「驚くべき記憶力だな」

「そこで事故が起き、その街は壊滅したそうです。そんな話を忘れることはできませんよ」

「ああ。でも、それは事故じゃなかったかもしれん」ラムはリヴァーの視線を無視して、カレーライスの残りを先割れスプーンですくいとり、口に入れた。「まずまずの味だったな」

先割れスプーンを手首のスナップをきかせて近くのゴミ箱に投げいれると、アルミ容器にへばりついたソースを最後のナンでこそぎとりながら、「評価は十点満点の七点だ」

「意図的なものだったということですか」

ラムは眉を吊りあげた。「爺さんから聞いてなかったのか」

「細かい話は何も……」

「たぶん、それは理由があってのことだろう」思案顔でナンを嚙みながら、「おまえの爺さんのすることにはいつだって理由がある。いいや、あれは事故じゃない」ナンを呑みこんで、

「ところで、おまえはまだ煙草を喫える年になっていないのか」

「煙草を喫うほど馬鹿になっていないだけです」

「じゃ、もう人生を充分楽しんだと思ったら声をかけてくれ」ラムは煙草に火をつけると、一喫いし、煙を吐きだした。喫煙が有害であるなどとは考えたこともないといった顔をしている。「そのZなんとかという町には、重要な研究施設があった。東西の両陣営が核兵器の開発に鎬《しのぎ》を削っていたころのことだ。言っとくが、わしよりまえの時代の話だぞ」

「あなたよりまえの時代に核兵器の開発が行なわれていたとは思いませんでした」

「お世辞のつもりか。とにかく、われわれの理解が正しかったとすれば、モスクワはその町にスパイが潜んでいると考えていた。彼らの核開発計画の進捗状況をリークしている者がそこにいると考えていたんだ。情報の流出先はわからない。われわれかもしれないし、われわれの友人かもしれない」ここでラムはいったん口を閉ざした。しばらくのあいだ、煙草から立ちのぼる青く細い煙以外に動くものは何もない。

「だから壊滅させたと言うんですか」

「おまえは爺さんから歴史の裏話をいろいろ聞いたはずだ。でも、そのいくつかがどんなに

悲惨な結末を迎えたかという話は聞かなかったようだな。そうとも。連中はその町を壊滅させたんだ。そこで行なわれていたことが外部に漏れないよう、すべてを灰にしたんだ」

「三万人の住民がいるのに？」

「生き残った者もいる」

「町が破壊されたとき、住民は——」

「そのほうが効率的だ。そうすれば、当地のスパイ活動を根絶やしにすることができる。笑えるのは、実際はそこにそのようなスパイはいなかったということだ」

「笑えますかね」

それがジョークなら最悪の落ちだ。

「そういえば、クレインはその話をいたく気にいっていたな」

エイモス・クレイン——遠い昔の伝説のスパイ。伝説になったのは、その転進ぶりのせいだ。猟場の監視員になった密猟者。もっと言うなら、鶏小屋の番人になったキツネだ。

「スパイの世界の虚々実々の駆け引きが凝縮されたエピソードだとよく言っていたよ。みずからつくった要塞が、敵の焼き打ちにあうことを恐れ、そうさせないために、みずからの手で焼き払ったというわけだ」

「アレクサンドル・ポポフはその生き残りのひとりというわけですね」これでようやく全体の輪郭線が見えてきた。「彼らは自分たちがつくった街をみずからの手で破壊し、それから何年もたったあと、復讐のために灰のなかから架空の怪物を生みだした」

「そのとおり。いかにもクレイン好みの話だと思わないか」

「クレインはその後どうなったんです」

「若い女に殺された」

よほどの才能がなければ、小説一篇分に相当する話をここまで切り詰めることはできないだろう、とリヴァーは思った。

ラムは立ちあがり、自然の偉大さに心を奪われたようにかたわらの木を見あげると、片方のかかとを地面から少しあげて、屁をした。「カレーを食うと、いつもこうなる。腹がすぐにグルグルいいはじめて、いっかなおさまらない」

「あなたが一人暮らしを続けている理由がこれでわかったような気がします」

道を渡ったところで、ラムは言った。「まあいい。ポポフは案山子だ。実在の人物じゃない。問題はディッキー・ボウだ。彼はポポフを見たと言った唯一の人間だった。その男が死んだんだ」

「ミスター・Bはポポフ伝説と関係があるかもしれないと考えているんですね」

「ディッキー・ボウは携帯電話にそういったことを匂わせるメッセージを残していた」

「検出できない毒物。ダイイング・メッセージ」

「胸に何か引っかかっているようだな」

「なんというか……あまりに非現実的な感じがして」

「トニー・ブレアが和平特使をやっているんだ。そのことを考えたら、何があってもおかしくない」

普通に起きることといえば、またリヴァーが財布を出すときがきた。ふたりはコーヒー・ショップの前で立ちどまった。

「カプチーノを」と、リヴァーは言う。

「コーヒー」と、ラム。

「カプチーノですか」と、店員が訊く。

「コーヒーチーノだ」と、ラム。

「ぼくと同じものを」と、リヴァー。

ふたりはカップを持って、また歩きはじめた。

「どうしてぼくにこの話をするのか、いまだによくわかりません」

「おまえがわしを下種《げす》呼ばわりしていることは知っている。でも、部下になんの情報も持たせないで現場に送りこむようなことはしない」

それが何を意味しているかわかるまでに五秒ほどかかった。

「現場？」

「どうしても二度言わなきゃならんのか」

「い、いいえ。その現場というのはどこなんです」

「予防注射はすんでるだろうな。行き先はグロスターシャーだ」

ミンがオフィスを出たときにはけっこうな時間になっていた。だらだらと仕事をしているせいで、どうしてもサービス残業が増えてしまう。五時に携帯電話の電源をいったん切り、七時にふたたび電源を入れたが、ルイーザからのメッセージは残っていなかった。ミンは首を振った。仕方がない。いままで順調すぎたのだ。きっとどこかでヘマをし、だが自分では気がついていないだけだろう。それはいまにはじまったことではない。以前にも、キャリアをトイレに流すようなヘマをしながら、何も気がつかず、そのまま家に帰ってぐっすり眠り、翌朝ようやくそのことを知り、失笑を買ったことがある。誰でもヘマはするが、わざわざ全国ネットのニュース番組で指摘されるまでもなく、たいていはすぐに気づく。

シャーリーのことを話題にしたのがまずかったというわけではないだろう。あの話はただ鮫のヒレのように水面に小さな筋をつけただけだ。本当の原因はふたりのいまの暮らしぶりにある。おたがいのみすぼらしい住まいを行き来する日々。働きがいのない職場と、将来への不安。そして、言うまでもなく、自分自身のもうひとつの人生。キャリアの消滅とともに、家族も家も失ったが、完全に音信不通になったわけではなく、いまも時間と感情と金銭のかかわりは続いている。ルイーザがそれを快く思うはずはない。気分を害する理由はよくわかる。それは自分のせいではないが、自分のせいだと思う理由はよくわかる。

そんなことをぼんやり考えながら、ミンは道向かいにあるパブへ向かい、そこで一時間半ほどむっつり顔でコースターをちぎりながらビールを飲んだ。このときの感覚もなじみ深いものだった。壁に叩きつけられた衝撃に耐えながら、ひとりで過ごした長い夜。だが、少なくとも今回は朝のラジオ4でこんなふうに言われる心配はない。〝予想された展開ではありますが、ミン・ハーパーは恋に破れ、当分はひとりで生きていくことになりそうです。では、次はスポーツです〟

ここで、ミンは自己憐憫にピリオドを打つことにした。

ルイーザのいらだちはいずれ落ち着くだろう。〈泥沼の家〉は底なしだが、いまはスパイダー・ウェブが垂らした縄梯子を両手でつかんでいる。問題はその梯子が二人分の重さに耐えられるかどうかだ。ミンはコースターの切れ端の山を見つめた。どんなことでもテストだと思ったほうがいい。それは研修期間中に学んだことであり、そんなふうに考えるのはなかば習性になっている。スパイダー・ウェブのことはよく知らないが、好感を持っているわけでもないし、信用してもいない。だから、どうしても裏があるのではないかと思ってしまうが、もしそこに宝物が隠されているとしたら、それを取りにいかないのは愚の骨頂だ。ルイーザも同じように思っているのは間違いない。だから、気が立っているのだ。今朝、自分はあそこまでのことをしたのに、ルイーザが本部にアピールできるのは書類をめくる能力くらいしかない。つまりは〈泥沼の家〉の仕事しかできないということだ。

携帯電話をもう一度チェックする。やはりメッセージはない。だが、これだけははっきりさせておかなければならない。ルイーザを出し抜くつもりはない。あとで電話をし、謝り、家に行こう。それくらいのことはして当然だ。だが、そのまえにひとつやっておかねばならないことがある。iPhoneをグーグル・アースに接続し、画面にエッジウェア・ロードを出して、ピョートルとキリルがタクシーを降りた位置を確認する。それから、パブを出ると、〈泥沼の家〉の裏口へ自転車を取りにいく。もうすぐ九時。夜はとっぷりと暮れている。

ダイアナ・タヴァナーのオフィスの壁は片側がガラス張りになっていて、そこから指令センターにいる部下たちの姿を見ることができる。それは監視のためであると同時に、部下への気遣いと思いやりのためでもある。古参兵はことあるごとに現場組を大事にしろと言うが、裏方にも錆のように知らず知らずのうちに大きくなっていくストレスがある。指令センターのデスクには、一日二十四時間つねに無数の情報が行き交っている。情報は玉石混交だが、そのすべてを日々の風向きによって目盛りが調整される秤《はかり》にかけ、監視対象をモニターしたり、不審な映像を解析したり、盗聴した会話の内容を分析したりしなければならない。そういったデータ処理の仕事には、集中力が一瞬でも途切れたら、その日の夕方のニュースで、瓦礫の下から死体が引きずりだされるシーンを見ることになるという思いがつねに付いてまわる。そのようなストレスにさらされたら、誰だって神経を擦り減らし、夜眠れなくなったり、悪夢を見たり、とつぜん机に突っぷして泣きだしたりするようになる。だから、タヴァナーが部下の動向に気を配るのは、基本的には本人の精神状態をおもんぱかってのことなのだが、もちろん、よからぬことをたくらんでいる不届き者がいないかどうかを同時にチェックする必要もある。敵はかならずしも外部にいるとはかぎらない。

もちろん、向こう側から見られたくないときには、ブラインドを天井から床までおろすことができる。いまはそうなっていて、天井の照明は暮れゆく夜の色と変わらないくらいまで落とされている。そして、そこには、ジェームズ・ウェブが来ていた。すわれとまだ言われていないので、タヴァナーの前にじっと立っている。ウェブのデスクは指令センターにはない。ウェブはセキュリティ上より安全な建物の内側に自分自身のオフィスを持っている。というと聞こえはいいが、つまりは権力の中心からはずれたところにいるということだ。

だが、それは同時にタヴァナーの監視の目からもはずれているということでもある。

何をたくらんでいるのか、たしかめなければならない。

「ちらっと小耳にはさんだんだけど、あなたは二頭の〈遅い馬〉の手綱を握っているそうね」

「〈遅い馬〉……？」

「ごまかそうとしても無駄よ」

「たいしたことじゃないので、わざわざお耳に入れるまでもないと思ったんです」

「耳に入れるまでもないかどうかは、話を聞いてみなきゃわからないでしょ」

一瞬の沈黙のあと、ウェブは言った。「アルカディ・パシュキンです」

「パシュキン……」

「アルコスのオーナーの」

「アルコス……」

「ロシア第四の石油会社です」

「なるほど。あのパシュキンね」

「彼と……彼と話をしたんです」

タヴァナーは椅子の背にもたれかかり、スプリングが小さなきしみ音を立てた。その目はウェブを見すえている。かつては役に立つ部下だった。建物の内側にオフィスを与えたのはその褒美であり、同時に飼い殺しにするための手段でもあった。だが、スパイダー・ウェブのような男の場合には、それが仇《あだ》となることもある。ひとつところに長く閉じこめておくと、すぐに窓を息で曇らせるのだ。

「つまり、あなたはロシアの実業家と話をしたというのね」

「より正確に言うなら、新興財閥《オリガルヒ》です」

「皇帝《ツァー》でもなんでもいい。いったい全体何が悲しくて、自分ひとりで外交ルートを開こうと思ったわけ？」

「いいニュースをもたらすことができるかもしれないと思ったんです」

タヴァナーは少し間を置き、それから言った。「外交をそんなふうに考えているとしたら、ロシアと戦争が始まるのは時間の問題ね。それで、あなたの言う〝いいニュース〟というのは何なの。納得のいく説明をしてちょうだい」

「パシュキンを情報提供者にすることができるかもしれません」

今度は身を乗りだして、タヴァナーはゆっくりと繰りかえした。「パシュキンを情報提供者にする？」

「彼は祖国の現状を憂えています。ロシアが対立抗争の時代に逆戻りし、マフィアの国のイメージが固定化されてしまうことを懸念しているんです。大きな政治的野心を持っているのは間違いありません。なんらかのかたちで恩を売っておけば、損をすることはないと思います」

「冗談のつもり？」

「雲をつかむような話だということはわかっています。でも、考えてみてください。パシュキンは大物プレイヤーです。国家権力を握る可能性だってゼロではありません」ウェブは興奮している。タヴァナーは彼の股間に目をやるのを避けた。「よしみを結び、通り道の地ならしをしてやれば……おわかりいただけますね。これは聖杯探しのようなものです」

普通に考えたら、いますぐウェブに火をつけて燃やしてしまうのがいちばんだ。三十秒ほど言葉の機銃掃射を浴びせたら、床に煤けた足跡を残して部屋から出ていき、今後二度とおかしな考えは起こさないはずだ。普通に考えたら、そうするのがいちばんだ。頭のなかで大きな炎を燃えあがらせながら、タヴァナーは訊いた。「ほかにこのことを知っているのは？」

「誰もいません」

「〈泥沼の家〉のふたりは？」

「石油の取引がらみの打ちあわせだと思っています」

「そもそものきっかけは？」

「向こうからコンタクトをとってきたんです。個人的に」

「あなたに？　どうして？」

「去年のあのことのせいで……」

なるほど。〝去年のあのこと〟というのは、イングリッド・ターニーが案出した〝にっこり作戦〟のひとつで、マスコミによる暴露（非合法の戦闘行為、偶発的な殺人、被疑者への拷問など）に対抗する手段の一環として採用されたものだ。ターニーは積極的にメディアに露出し、テロ対策が国家の安全を守るものであると訴え、空港で乗客の手間をとらせているだけではないことを強調した。そのとき、つねにしゃれた身なりのウェブにまわってきた役割が、ターニーのかばん持ちであり、何か相談ごとがあるように見せかけるときの耳打ちの相手だった。ニュースでは名前まで出された。さすがに〝お飾り〟という言葉は使われなかったが、あまりいい気分でなかったことは想像にかたくない。

いまならまだ燃やすことができる。厄介なことになるまえに、ストップをかけなければならない。だが、タヴァナーは言った。「なのに、あなたはたいしたことじゃないと言うの？わたしの耳に入れるまでもないと言うの？」

「知らなければ、あなたは責任をとらずにすみます。不測の事態が生じたら、部下が勝手にやったと言えばいい」口先だけでくすっと笑って、「もし本当にそうなったら、ぼくも〈遅い馬〉の仲間入りですがね」

その言葉を裏がえしたら、まったく別の絵柄が現われる。逆に何もかもが順調に運んだら、ウェブはイングリッド・ターニーの足もとに大きな肉の塊をさしだすはずだ。そのことを最初に知るのは自分だとしても、閉ざされたドアの向こうでどんな報告がなされるのかを知るすべはない。だが、スパイダー・ウェブのような小物でなくても、ダイアナ・タヴァナーを甘く見るという失敗をおかした者は多い。

タヴァナーは言った。「いったいどうやってあの去勢豚《バロウボーイ》に知られずここまでことを運ぶことができたの？」

ロジャー・バロウビーはリージェンツ・パークで決定されるすべての事柄（何かといっしょに買うフライドポテトまで）に計算尺をあてている。

ウェブは目を二度しばたたいた。「〈泥沼の家〉を経由させたからです」

タヴァナーは首を振った。うかつだった。だから、ウェブは〈遅い馬〉を使っているのだ。〈泥沼の家〉にバロウビーの目は届いていない。そこの経費は、ラムの分を除けば、実質ゼロといっていい。

「わかったわ。でも、まだ行っちゃ駄目よ」タヴァナーは言って、机の引出しにちらっと目をやった。そこには煙草が入っている。だが、最後に誰かがここで煙草を喫ったときには、検知センサーが作動した。「話してちょうだい。一部始終を」

〝水タバコ《フーカー》〟を〝娼婦《フッカー》〟と聞きちがえてからも、キリルは三十秒ほど間違いに気づかなかった。パブで知りあったポーランド人の話だと、これまではトルコ料理店の窓の向こうでやっていたが、法律が変わってからは、みなエッジウェア・ロードの歩道に出てきているらしい。「あれほどいいものはないね」と、そのポーランド人が話を締めくくると、キリルはうなずいて同意した。仕事の場では英語がほとんどわからないことになっているが、実際は流暢に話せるし、聞きとることもできる。

笑えるのは、実際エッジウェア・ロードには数十人、その脇道にはもっと多くの娼婦が立っていたことだ。〝フーカー〟がホースを使って喫う水タバコのことだとわかったあと、試してみると、なかなかいける。それで、次の日の夕方も同じ店に行って、ビニールのシェードの下の椅子に腰をおろした。通りは暗く、目の前をひっきりなしに車が通りすぎていく。友人をつくるのは悪いことではない。〝やつ〟に知られないかぎり、問題はない。それで、新しい友人たちと路上で世間話をしていたとき、その日の朝会ったミン・ハーパーという男が自転車で通りすぎるのが見えた。

キリルは動かなかった。水タバコを喫い、はじめて聞くジョークにげらげら笑いながら、目の端で見るともなしに見ていると、ミンは自転車を押して、脇道に入り、姿を消した。あわてることはない。姿は見えなくても、どこにいるかはわかっている。つかまえようと思えば、いつでもつかまえられる。それで、キリルはそこでさらに十分ほど時間をつぶしたあと、立ちあがって、その場を離れ、近くの食料雑貨店へ行き、必要なものを買い揃えた。そのほとんどは酒と煙草だった。

ウェブが話を終えたとき、タヴァナーは知らないうちに下唇を噛んでいた。「どうして〝ニードル〟なの。これは情報部の仕事なのよ。何か勘違いしてない？　バッキンガム宮殿の前で会議を開いたほうが、まだ目立たないわ」

「相手はどこの馬の骨とも知れないチンピラじゃありません。パシュキンが場末のナイトクラブにいたら、好奇の目で見られるのは避けられないでしょう。ロンドン一の威容を誇る超高層ビルなら、不思議に思う者はひとりもいないはずです。そこがいちばんふさわしい場所なんです」

反論することはできなかった。「本当のところを知っている者は、ほかに誰もいないのね」

「われわれだけです」

「問いつめられていなければ、わたしにも話していなかったということね」

ウェブはうなずいた。「それは――」

「知らなければ、責任をとらずにすむと言ったでしょ」射抜くような鋭い視線を投げて、「あなたに裏切られるんじゃないかと思うことがときどきあるの」

顔に驚きの色が浮かぶ。「ＭＩ６に情報を流すということですか」

「ターニーによ」

「そんなことはしませんよ。絶対に」――嘘だ。

「隠していることはほかにないわね」

「ありません」――これも嘘だ。

「定期的に報告してちょうだい。どんな些細なことでも。いいことでも悪いことでも」

「もちろんです」――これもやはり嘘。

ウェブが出ていくと、タヴァナーは〈バックグラウンド〉宛てにアルカディ・パシュキンの身辺資料の送付を求めるメールを書いたが、結局は送信せずに消去した。少しでも目立つことは避けたほうがいい。ロジャー・バロウビーが監査に血道をあげていることを考えると、場合によっては、依頼理由を文書で提出させられることになるかもしれない。グーグルのほうがずっと手っとりばやい。それで検索してみると、ヒット数は千にもならなかった。大物プレイヤーの割りには、世をはばかって生きているように露出度は低い。いちばん古いものは、一年前のテレグラフ紙の記事で、その業績が簡単に紹介されている。そこに添えられた写真の顔は俳優のトム・コンティをいかつくしたような感じで、それを見ているうちに、頭のなかで妄想のスイッチが入った。ブラインドがおりているのをいいことに、しばし危ない世界に身をゆだねることにする。セックス？　結婚？　それとも崖から落とす？

相手は億万長者だ。もちろん三つともやる。順番に。

もう遅い。タヴァナーはコンピューターの電源を切って、思案をめぐらした。ウェブがしかるべき成果をあげて戻ってくる可能性はもちろんあるが、パシュキンが情報局に借りをつくり、クレムリンで権力の座につく可能性はごく少ない。この種の仕事は、そもそもそういうものなのだ。唾《つば》をつけられるのは外部の者だけだ。内部の者はすでにみな紐がついている。

その紐を誰が握っているかは、わからない場合が多い。

仕方がない。とりあえずやらせてみよう。失敗したら、ウェブを流木に縛りつけて、海に投げ捨て、カモメの餌にすればいい。そのときにかける言葉は、〝自分の力を買いかぶりすぎたようね〟だ。

さらに言うなら、マスコミに注目されたのが間違いの元だったのだ。イングリッド・ターニーがそれを好機と見なさないという保証は何もない。

オフィスをあとにするまえに、タヴァナーはおろしていたブラインドをあげた。こうしておけば、指令センターの職員は、誰もいない彼女の部屋を好きなだけ見ることができる。隠すものは何もない。何もない。

まったく何もない。

ついているときは、ついているものだ。

このときミン・ハーパーが西へ向かって自転車のペダルをこいでいたのは、記録更新を狙ってのことではなく、その界隈を見てまわり、土地鑑を養うためだった。マーブル・アーチの近くで道路がこみあいはじめたので、スピードを落とし、駐輪できる場所を探していたとき、英語が話せないふりをしていたキリルの姿が目にとまった。レストランの店先でビニールのシェードの下にすわって、慣れた様子で水タバコを喫い、ほかの客と談笑している。ことほどさように、ついているときは、ついているものだ。

ミンは自転車から降り、それを押して角を曲がると、そこにあった街灯の柱にタイヤをチェーンでつなぎ、着ていた安全ベストを荷かごに突っこんだ。それから、大通りに戻ると、行き交う車に身を隠すようにして進み、その先のコンビニエンス・ストアに入った。正面の窓を覆っているラックから雑誌を取って見ているふりをしていると、しばらくしてキリルが立ちあがり、別の客に何やらジョークを言って、通りの角の食料雑貨店に向かった。その姿が店内に消えると同時に、ミンは通りを横切り、そこの軒先に身を寄せた。ドアの横に〝掃除の仕事〟とか〝引っ越し〟とか〝英語レッスン〟といったカードがピンでとめられたボードがあったので、電話番号を書きとめるふりをし、キリルが両手に買い物袋を持ってふたたび姿を現わすと、百ヤードの距離をとって尾行を開始した。歩道は混雑していたが、大柄なロシア人を見失う恐れはない。息はビール臭く、膀胱には強い圧力を感じはじめていたが、気持ちは高ぶっている。そこにいる誰か（たとえば前からやってくるブロンド娘）を呼びとめて、〝おれは保安局の者だ。あの男が見えるか。おれはいまあいつを尾行しているんだ〟と言いたいくらいだ。だが、ブロンド娘は素知らぬ顔で歩き去り、ふと気がつくと、キリルの姿は視界から消えていた。

ミンは目をしばたたき、走りだしたい衝動を抑えた。いまここで急にペースを変えてはいけない。キリルはたぶん別の店かバーに入ったのだろう。あるいは、前方の脇道にそれた可能性もある。へたをしたら、鉢合わせになる。が、このままではキリルを見失うことに——だから、どうだと言うのか。いま自分がどこで何をしているかを知っている者はひとりもいない。自転車でシティを横ぎり、ルイーザの家に行けば、それですむことだ。尾行に失敗したことは誰にも知られない。まったくの新入りでも簡単にやってのけられることなのに……

ついていないときは、ついていないものだ。

だが、この日はちがった。あの大柄なロシア人がふたたび姿を現わしたのだ。通りの奥まったところで、一瞬立ちどまって、店のメニューか何かを見ていたのだろう。ミンはほっと息をつくと、胸の鼓動が元に戻り、それでいままで心臓がばくばくいっていたことに気づいた。

やはり注意深く百ヤードの距離をとり、ミンはふたたびロシア人のあとを追ってエッジウェア・ロードを歩きはじめた。

ジャクソン・ラムは自分のオフィスにいた。光源は電話帳の山の上に置かれたランプだけで、膝の高さから上方に向かう光は、ラムの顔に北欧の妖精《トロール》のような影をつくり、天井に同じ形のより大きな影をつくっている。机の上に投げだされた足の横には、タリスカーのボトルがあり、手にはグラスが握られている。顎は胸についているが、眠ってはいない。その視線はコルクボードの上にとめられた何枚もの有効期限切れのクーポン券に注がれているように見えるが、実際はその向こうにある、記憶のなかの秘密の長い隧道を見やっている。ただ、訊かれたら、誰に煙草を買ってこさせるか考えていたと答えるだろう。手持ちの最後の一本をちょうど喫いおえたところなので、それはそれで納得がいく。

ラムは忘我の境にあるみたいで、戸口に一分近く立っていたキャサリン・スタンディッシュが声をかけても、振りかえりもしなかった。

「飲みすぎですわ」

返事をするかわりに、ラムはグラスをあげて、酒の量を確認し、それから一気に飲みほした。「それがどうかしたのか」

「もちろん。だから言っているんです」キャサリンは部屋に入った。「まだ記憶は飛んでいませんか」

「覚えているかぎりでは飛んでいない」

「ジョークが言えるってことは、まだだいじょうぶだってことですね。ご褒美をあげましょう」

「元アル中のいいところは何か知ってるか」

「教えてください」

「こっちが訊いてるんだ。元アル中に何かいいところがあるのか。わしに言わせたら、元アル中はむかつきの種以外の何物でもない」

「だったら、現アル中にはどんないいところがあるんです」

ラムは鋭い視線を投げ、それから、お説ごもっともといったふうに、憂いを帯びた思案顔でうなずいた。そして、屁をした。「屁は内にではなく、外に。それはきみについても言えることだ」

キャサリンは聞く耳を持たず、部屋から出ていかなかった。そのかわり、こう言った。

「ちょっと調べてみたんです」

「ほう」

「そうなんです」椅子の上にあったふたつのボックスファイルをどかし、そこに腰をおろして、「ディッキー・ボウが死んだ夜の列車トラブルのことです」

「それで？」

「スウィンドン郊外でヒューズ・ボックスが破壊されていたんです。システム障害は人為的なものです。怪しいと思いませんか」

「ばかばかしい。混乱を引き起こすために破壊工作が必要だと考えるなんて、ファースト・グレート・ウェスタン社を買いかぶりすぎだ」

「面白くもなんともありません。あなたは何を考えているんです」

「きみの知ったことじゃない。糸が緩んでいたので、引っぱってみただけだ」腕時計に目をやって、「まだ帰らないのか」

「帰りません。いいですか。わたしはどこにも行きません。少し時間はかかりましたが、ひとつはっきりしたことがあります。理由はわかりませんが、あなたはわたしを〈泥沼の家〉に呼び寄せた。もちろん追いだそうとは思っていない。そうでしょ。理由はわからないけど、わかるんです。あなたは罪の意識を感じている。わたしはあなたが嫌いです。これからも好きにはならないでしょう。でも、酔っぱらいの傍若無人さの裏で、あなたは償いをしようとしている。わたしに借りをかえそうとしている。つまり、わたしはそれだけ有利な立場にいるってことです。あなたはわたしをむげに切り捨てられないってことです」

「素晴らしい。映画だったら、きみはいまごろ髪をおろしていて、わしはこう言っていただろう。〝そうじゃない、ミス・スタンディッシュ。それはきみが美しいからだよ〟」

「いいえ。映画だったら、あなたは心臓に杭を打ちこまれ、塵に帰っていたはずです。いまはディッキー・ボウの話をしているんです。彼は過去の人間でした」

「ああ。あれほど〈泥沼の家〉に似つかわしい人間はいない」

「アル中でもありました」

「それに対してコメントするのは野暮というものだろうな」

キャサリンは無視した。「記録簿を調べたんです。そうしたら――」

「なんだって」

「ホーに頼んで閲覧できるようにしてもらったんです」

「これ以上の裏切り者を出したくない。ここにはすでにスパイが入りこんでいるんだ」

「なんですって」

「レディ・ダイが新米のひとりと通じていると言っていた。どちらがそうなのか調べてくれ」

「やるべきことのリストに入れておきます。話をディッキー・ボウに戻しましょう。これまでの三年間、彼がブリューワー通りの本屋で夜勤をしていたことはご存じですね」

「本屋の夜勤で食っていけるのかな」

「ボウが働いていたのは地下のアダルトショップです」

ラムは寛大さを装って両手を広げた。「いいじゃないか。片手に張り形《ディルド》を持ってエロ本をめくったことは、誰だって一度や二度はある」

「あなたの私生活を覗き見たい気もしますが、いまは話題を変えないでおきましょう。ディッキー・ボウが第一線にいたのは、ロジャー・ムーアがジェイムズ・ボンドだったころのことです。モスクワのスパイを見かけたので国の半分の距離を追いかけていったと、あなたは本気で考えているのですか」

「やつは死んだ」

「知っています」

「だから、モスクワのスパイを見つけたので国の半分の距離を追いかけていったと本気で考えているんだ」

「いいえ。死んだからといって、モスクワのスパイを見つけたということにはなりません。死んだことで証明できるのは、死んだという事実だけです。たとえ、ボウがモスクワのスパイに殺されたんだとしても、あなたが糸を見つけて、引っぱったことにはならない。あなたは目の前に垂らされた糸に食いついただけです」

ラムは何も言わない。

「食いつくべくして食いついただけです」

やはり何も言わない。

「なぜ黙っているんです。茶化すネタが尽きたんですか」

ラムは唇をすぼめた。ラズベリーを口から飛ばそうとしているように見える。実際にそうしたこともある。だが、このときは、口を開き、舌で歯をなめ、それから椅子の背にもたれかかり、指で髪をかきあげながら、天井に向かってつぶやいた。「検出できない毒物。ダイイング・メッセージ。あほらしい」

今度はキャサリンが困惑する番だった。「どういうことでしょう」

ラムは彼女を見つめた。その目は、ボトルに残った酒の量を考えると、意外なくらい澄んでいた。

「きみはわしが馬鹿だと本当に思っているのか」ラムは言った。

もうすぐ家に着く。それは黴《かび》と湿気だらけの共同住宅で、借りている部屋は最上階にある。部屋の空気はペンキで黒く塗りつぶされた窓によって何十年ものあいだ外部から遮断されていて、キリルはもうすっかり慣れっこになっているが、そこは貧困と絶望の臭いの博物館の相を呈している。どの部屋もただ寝るためだけにあるもので、日勤の者が帰ってくると、夜勤の者が出ていく。住人のあいだのコミュニケーションは会釈だけで、他人のことを気にする者はいない。

〝やつ〟にとってはそのほうがいいのだろうが、キリルは社交的なタイプだ。それは彼の強みのひとつだが、ときと場合によっては弱みになりかねない。この日の朝、ピョートルの指示によって、英語を話せないふりをしたのはそのためだ。

「何を気にしなきゃいけないんだ。エネルギー省の役人に会うだけなのに」

「役人じゃない」と、ピョートルは言った。「スパイだ。エネルギー省の役人だなんて戯言《たわごと》を信じているのか」

キリルは肩をすくめた。これまで戯言を信じていたのだ。だが、そんなことを素直に認めるわけにはいかない。

「だから、話はおれがする」

ピョートルは正しかった。エネルギー省の役人なら、こんなふうにあとを尾けてくるはずはない。

が、本物のスパイにしては、やることがあまりにもお粗末すぎる。

ほかにも尾行者がいるのに、気がついていないという可能性はもちろんある。だが、今回はたぶんひとりだけだろう。だとしたら、なんの問題もない。あの男なら、片手で身体を半分にへし折って、それぞれ別の方向へ放り投げることもできる。

そう考えると、口から笑みが漏れた。暴力は好まない。できることなら穏便にすましたい。

だが、必要なときには、やる。

シャーリー・ダンダーは目を開いた。天井に、大陸や、風変わりな動物や、自分の誕生日と思われる数字が現われる。それを見つめているうちに、ようやく意識が正常に戻り、そこにあるのは天井の片隅から外側に向かってのびている亀裂だったことがわかった。

頭の血がドラムのビートにあわせて脈打っている。そのドラムの音を聞いているうちに、いつのまにか陽が暮れていた。

無理やり頭を窓のほうに向ける。外は暗くないが、それはここが街中で、あちこちに明かりがついているからだ。色褪せた薄いカーテンは、近くの街路灯の黄色い光を透過させている。

枕もとの時計がまばたきをする。09:42――九時四十二分？　やれやれ。

この日、〈泥沼の家〉でジャクソン・ラムに報告書を渡したあと、シャーリーは虚脱状態に陥っていた。コカインをやったあとも、そんなふうになるが、そのときはそれを見越して、羽毛布団やブラウニーや『フレンズ』のＤＶＤなどを用意している。軟着陸が期待できないときに、詮索好きの同僚と同じ部屋にいるのは決して望ましいことではない。

「今朝の調子はどうだった」

返事がわりにうなり声をあげるのにどれだけの努力が必要であるか、マーカス・ロングリッジが理解できるわけはない。

とにかく、しつこい。「旅行は楽しかったかい」

このときはなんとか肩をすくめることができた。「土臭いだけのところよ。楽しいわけがないでしょ」

「きみは海派のビーチ・ガールなんだね」

「〝ガール〟は余分よ」

そのとき、目の前には、いつものコンピューターの無意味な手間仕事があった。外の空気に触れられたのは束の間のことで、また顔の照合作業に戻り、同じ数のないトランプで絵あわせゲーム《スナップ》をするようなことをしていた。昨夜は一睡もせずにミスター・Bの痕跡をたどっていたという話をしたときのラムの反応はそっけなく、「下校時間が待ちどおしいんだな」と言っただけだった。

マーカスはまだこっちを見ている。「食べるものを買ってこようと思っているんだが、何かほしいものはあるかい」

ほしいのは、暗い部屋と、静かなベッドと、人生の一時的な消滅。

「シャーリー?」

「だったら、ツイックスを」

「すぐに戻る」

マーカスが出ていくと、シャーリーは窓際へ歩み寄った。少ししてマーカスが通りに出てきた。シャーリーは反射的に身を引いたが、マーカスは顔をあげず、通りを横切り、商店街のほうへ歩いていった。歩きながら、携帯電話を耳にあてている。

こんなときには被害妄想がつきものだ。ビールでも、テキーラでも、コカインでも、セックスでも、酩酊や陶酔状態のあとは、つねに誰かに追われたり監視されたりしているような気になる。でも、いまはそのせいだけではない。マーカスが携帯電話で自分のことを話しているのは間違いない。

ふたたび今に立ちかえると、シャーリーは小さなうめき声をあげた。それによって、光の質や頭の拍動音が変わることはなかった。これまでと同じように、目を閉じるたびに、黒い穴があく。

時計がまばたきをする。09:45——あと十時間もちこたえることができたら、たぶんなんとかなる。

たぶん……

五分後、シャーリーは起きあがって、服を着替え、夜の街に出ていった。

キリルがふたたび視界から消えた。角を曲がったとき、そのことに気づくと、ミンは心のなかで毒づいた。だが、これで世界が終わったわけではない。ターゲットが目的地に到着したということだ。

タクシーがふたりのロシア人をエッジウェア・ロードでおろしたとき、頭に最初に浮かんだのが〝安宿〟だった。それは間違いではなかった。建物は高く、重厚な造りだが、栄光の日は遠い昔のことで、その地区に再開発の波はまだ及んでいない。ドアのブザーの列はひとつの建物に多くの住人がいることを意味し、窓に貼られた新聞や毛布は住人の生活水準の低さを物語っている。

　同類なんだ、と思ったとき、岩のような手で肩をつかまれ、筒状の冷たい金属が首に押しつけられた。

「尾行しているのか」

「えっ、なんだって。なんの話をしているのかさっぱり――」

「おれを尾行しているんだな、ミン・ハーパー。そうだな」金属がさらに強く押しつけられる。

「自分はただ――」

「ただ、なんだ？」

　言い訳をひねりだす時間がいる。

　金属がまたさらに強く押しつけられる。

「まあいい」キリルは言った。「エネルギー省の役人が余計なことをしたらどんな目にあうか、これでわかったはずだ」

　ラムは引出しをあけると、あちこち欠けた汚いグラスをもうひとつ取りだし、タリスカーを控えめに注いで、キャサリンの手の届くところに置いた。自分のグラスに注いだおかわりは、あまり控えめではない。

「乾杯」

キャサリンは応えなかった。グラスを見さえしない。

「スウィンドンでヒューズ・ボックスが破壊されていた。そのとおりだ。わしが意味もなくオックスフォードシャーまで足をのばすと思うか。列車がとまったのとほぼ同じ時間に、ミスター・Bはディッキー・ボウのために痕跡を残している」

「どういうことです」

「ゴミひとつ落ちていないきれいな歩道に痕跡を残す者はいない。ハンターはそんなものを追いかけたりしない」

「ミスター・Bはボウにあとを追わせたかったということですね」

ラムはグラスを置き、ゆっくりと手を叩いた。

「そして、あなたにも同じことをさせたかった。ボウの死体から何か見つかったんですね」

「バスのなかにあった。ボウの携帯電話だ。未送信のメッセージが残されていた」

キャサリンは眉を吊りあげた。「死の直前に携帯電話のキーを叩いたということでしょうか」

「いや。キーを叩いたのは、たぶんミスター・Bだ。ボウの死体が見つかって、バスのなかは大騒ぎになっていたらしい。その混乱に乗じて、メッセージを打ちこみ、クッションのあいだに押しこんだんだろう」

「メッセージの中身は？」

「たった一言。〝蟬〟だ」

「その言葉にはなんらかの意味があるということですね」

「わしはわかっていた。だが、ボウはわかっていなかったと思う。それもでっちあげだと考える理由のひとつだ」

「痕跡の残らない毒物というのは？」

「たいした話じゃない。検出できないとされる毒物でも、実際はまったく検出されないわけではない。痕跡は残るが、確認できるまえに消えてしまうというだけの話だ。たとえば、アル中の死にぞこないが心臓発作を起こしたとしよう。たいていの検視結果は〝心不全〟だ」両手でマジシャンのような仕草をして、「消えました。あら、不思議。でも、身体のどこかには刺し傷があったはずだ。人ごみのなかで誰かをちくりとやるのはむずかしいことじゃない」

「絶対確実という保証は何もありません。あなたがシートのあいだからボウの携帯電話を見つけだす確率がどれくらいあったというんです」

「わしでなくても、誰かが見つけだす。スパイが殺されたら、たとえそれがボウのような三流のスパイだとしても、かならず波風が立つ。少なくとも以前はそうだった。近頃のリージェンツ・パークにはそれよりも大事なことがいろいろあるようだが」自分のグラスにまた手をのばして、「とにかく、誰かが気づいて連絡をとるはずだ。死体をプールサイドに放っておくわけにはいかん」

「メモをまわしておきます」

「まだある。その手にひっかからなかったとしても、別の一手が用意されていた。ミスター・Bが行き先を間違えたと言ってタクシーの運転手を罵倒したという話だ。聞いたら、すぐには忘れないだろう」唇を歪めて、「運転手も一枚嚙んでいる。シャーリーが車から降りたあと、誰かに電話をかけていたらしい」

「ミスター・Bはわたしたちが手がかりを追っていることを知っているということですね」

「われわれはブラッドハウンド犬扱いされてるってことだ」

「わたしたちはブラッドハウンド犬なみに利口だってことでしょうか」

「利口である必要はない。手がかりを追うか、忘れるか、選択肢はふたつしかない。どちらを採るかは明白だ。背後にいるのが誰かはわからないが、古株のスパイであるのは間違いない。ボウのようなドブネズミを知っているのは、古株のスパイだけだ。そいつを捕まえるためには、さしだされた餌に食いつくしかない。裏で糸を引いている者はモスクワ・ルールに従って動いている。リージェンツ・パークはこんなことにかかわっているほど暇じゃないかもしれないが、わしはちがう」

「名前を言うのは、あなたですか。それとも、わたしですか」

「名前というと？」

「アレクサンドル・ポポフです」キャサリン・スタンディッシュは言った。

部屋は狭く、窓はあいている。寒い。だが、ミンの髪からは玉のような汗が落ち、首筋を伝っている。ふたりの男の目が自分からそれることはない。勝てる可能性はないわけではない。だが、心の奥では、勝算はないとわかっている。どちらかひとりならまだしも、相手はふたりだし、運動神経の問題もある。いまはもう若くないし、ここに来るまえにすでにけっこう飲んでいる。それに――

拳《こぶし》がテーブルを叩く。

ミンの動きは早かったが、ふたりには及ばなかった。ほかのところでなら通用したかもしれないが、このふたりにはまったく歯が立たない。

一杯、二杯、三杯。

三杯目はほとんどこぼしてしまった。ピョートルとキリルはすでにグラスを空《から》にして、背筋をのばし、笑っている。

笑いがおさまると、キリルは言った。「おれたちの勝ちだ」

「ああ。あんたたちの勝ちだ」ミンは認めた。最初は一杯、二回目は二杯、そして今回は三杯。プラス、前二回の負けで、一回につき一杯ずつのペナルティ。プラス、〈泥沼の家〉の前のパブで飲んだビール。そのパブの名前も思いだせないほど、いまは酔っぱらってしまっている。だが、このふたりは……どう考えても正気の沙汰ではない。ガードは完全にさがっている。仕事などそっちのけだ。もっとも、それはおたがいさまで、こっちも本当なら相手に気づかれずに監視をしていなければならなかったのだ。

シラを切りとおすのはむずかしいかもしれない。

「正直に答えてくれ」と、キリルは言った。「鍵を突きつけたとき、どう思った」

「そんなものを首筋に突きつけられたら、誰だって——」

キリルは笑った。「拳銃だと思ったんだな」

「あたりまえじゃないか、糞ったれ」

このときは三人で笑っていた。だが、そのときは笑いごとではなかった。実際のところ、これで終わりかと思った。ロシアのスパイが拳銃を首筋に突きつけ、いまにも引き金をひこうとしていると信じて疑わなかった。

キリルは笑いをこらえて言った。「衝動に抗しきれなくなってしまってな」

「いつ尾行に気づいたんだ」

「ずっとまえに。あんたが自転車をこいでいるのを見ていた」

「まいったな」ミンは首を振ったが、そんなにまいっていたわけではない。たしかに尾行には失敗したが、結果としてゆゆしい事態になってはいない。もちろん、このことを誰かに知られるのはまずい。特にラムに。そして、ルイーザに。ほかの者もそうだが、特にあのふたりには知られたくない。

ピョートルが言った。「気にするな。われわれはその道のプロだ。人ごみのなかで顔を見分ける訓練も受けている」

キリルはにやっと笑った。「あんたもエネルギー省で同じような訓練を受けているはずだ」〝エネルギー省〟という言葉には、目に見えない引用符がついている。

「それはその……」

ピョートルは旅人を見送るように手を振った。「わかってるよ。アルカディ・パシュキンは重要人物だ。関心を持たれるのは当然の話だ。場合によっては、政府筋が興味を示すこともあるだろう。誰も興味を示さないほうが、むしろ心配だ。興味を持たれないってことは、重要人物と思われていないということだからね。そもそも重要人物でなきゃ、われわれのような人間を必要としない」

「ここに来たことが上司にばれたら——」

「尾行に失敗したということがばれたら、ということだな」

「失敗したわけじゃない。あんたたちのねぐらを突きとめることはできた」

「その結果、エネルギー省の役人が余計なことをしたらどんな目にあうか、しっかり思い知らされたわけだ」

ふたりはまた高笑いし、ピョートルはグラスに酒を注ぎたした。

「任務の成功を祝って」

それには同意できる。「プラウダ」と、ミンは言った。それが知っている唯一のロシア語だ。

全員が大笑いし、さらに酒が注ぎ足される。

そこは建物の最上階にあり、いまいるキッチン以外に、少なくともふたつの部屋がある。キッチンは清潔だが、窓には街の塵埃がこびりついている。冷蔵庫は満杯で、ウォッカだけでなく、ジュースや野菜、それにデリの包みが少し入っている。このふたりは外国暮らしが長く、見知らぬ土地でテイクアウトの料理に頼らずに暮らしていく知恵を身につけているということだろう。

ミンは思った。これ以上飲んだら、自分が住んでいるところを思いだすこともできなくなるし、自転車をまっすぐこぐこともできなくなる。バスに轢かれて死ぬのはご免こうむりたい。

そのとき物音がして、玄関のドアが開いて閉まる音がし、それから誰かが台所に入ってきた。ミンは振り向いたが、そのときにはすでに廊下に消えかけていた。

「ちょっと失礼」ピョートルは言って、台所から出ていった。

キリルはさらにウォッカを注ぐ。

「いまのは誰だい」と、ミンは訊いた。

「誰でもない。友人のひとりだ」

「どうしてここに来ないんだい」

「そういうタイプの男じゃないんだよ」

「なるほど。酒が飲めないんだな」ミンは言った。目の前では、グラスが手招きをしている。ついさっき自重しなければと自分に言い聞かせたばかりなのに。でも、せっかく注いでくれた酒に口をつけないのは失礼にあたる。それで、キリルが言っていた乾杯の言葉を繰りかえして、ウォッカを飲みほした。

ピョートルが戻ってきて、キリルの耳もとで単なる子音の羅列にしか聞こえない言葉をかけた。

「どうかしたのかい」と、ミンは訊いた。

「いいや」キリルは答えた。「なんでもないよ」


去ったと思っていた被害妄想が戻ってくる。黒ずくめのシャーリー・ダンダーは、浴槽の栓のようにホクストンの夜の通りにぴったりおさまっていたが、自分の後ろにネオンの足跡が残っているような違和感を拭うことはどうしてもできなかった。

夜は早い。実際、まだ十時半だ。

ここには〝業者〟に会える贔屓《ひいき》のパブがある。〝売人〟という言葉は嫌いだ。〝売人〟には常習を示唆する響きがあり、〝常習〟には問題を示唆する響きがある。これは問題ではなく、ライフスタイルなのだ。キャリアは手放しても、ライフスタイルを手放す気はない。〈泥沼の家〉は墓場だ。それは間違いない。墓の土は驚くほど高く盛られている。ジャクソン・ラムに命じられたことはすべて完璧にこなした。なのに、ねぎらいの言葉ひとつなく、すぐまたデスクワークに戻らされた。聞いている話からしたら、そもそも外に出してもらえたこと自体が奇跡だったようだ。〈遅い馬〉たちは、〈泥沼の家〉に来てから出ていくまでのあいだずっと房につながれている。してみれば、外へ送りだされたのは、一瞬だけ陽光を拝ませ、それから馬小屋の戸を閉めるという惨忍な魂胆だったのかもしれない。

どっちにしても、ラムは糞ったれだ。ひとの人生を引っ掻きまわそうとした者は、かならずその報いを受ける。

店はこみあっていて、カウンターの前には三重の人垣ができていた。長居するつもりはないので、気にはならない。顔見知りの男が手を振ったが、気がつかないふりをして、店の奥の角にあるトイレのほうに歩いていく。薄汚い通路の壁には、染みだらけの鏡がかけられ、種々のビラやポスターが貼られている。飛び入り参加歓迎の詩の夕べ、地元のバンドのライブ、〝ストップ・ザ・金融街〟の集会とデモ行進、性転換者のキャバレー……いくらも待たされなかった。すぐさまカウンターのほうから〝業者〟がやってきた。そして、十七語の会話のあと、シャーリーは店を出た。そのときには、三枚の紙幣が消え、ポケットには心地よい重みが加わっていた。

黒のジャケットに、黒のジーンズ。闇にまぎれているはずなのに、誰かに見られているような気がしてならない。車のフロントガラスを見たとき、昨夜の記憶がよみがえった。データロック社に侵入したときに出くわした若者の怯えきった顔。ひとを脅すのは簡単だ。自分は正しいことをしていると信じればいい。それができないときは、相手のことを何も考えないようにすれば……身体の向きを変えたとき、誰かに尾けられていると感じた。パブにいた男かもしれない。壁にへばりついて、まわりを見まわしているだけで、決して話しかけてこない男のひとりかもしれない。だとしたら、追い払わなければならない。自分には決まった相手がいる。買い物をするところでダンスはしない。そんなことを考えながら振りかえったが、通りは空っぽだった。パラノイアだ。やはりポケットのなかのものの力を借りなければならない。

シャーリーは闇にまぎれてまた歩きだした。

「アレクサンドル・ポポフです」キャサリン・スタンディッシュは言った。

ラムは思案顔で目をこらした。

「その名前はどこから出てきたんだ」

キャサリンは答えない。

「きみは敵に寝返るつもりではないのかと心配になることがときどきある」

キャサリンは訝しげに見かえす。「リージェンツ・パークにですか？」

「通信本部にだ。わしの部屋を盗聴したのか、スタンディッシュ」

「あなたはリヴァーに潜入捜査を命じたそうですね」

ラムはため息をついた。「やれやれ。こんなことになるとは思わなかったよ」

「罠だとわかっているのに、です」

「その話をしてからまだ何時間もたっていないというのに、もうフェイスブックのプロフィールを変えたのか」

「わたしは真剣に訊いているんです」

「こっちだって。あいつは爺さんからおしゃべり以外のことを何も教わらなかったんだろうか」ふたたびグラスを口もとに運んだが、その目はキャサリンのグラスに固定されている。まるでそれが挑戦状か、遠まわしの侮辱の言葉であるかのように。「それに、罠であろうがなかろうが、オペレーションに変わりはない。本人は何も気にしないはずだ。いまは一生分のクリスマスが一度に来たくらいに思っているだろうよ」

「それは間違いありません。でも、あなたもよくご存じのはずです。クリスマスだからといって、楽しいことばかり起きるとはかぎりません」

「あいつが行くのはコッツウォルズだ。アフガニスタンのヘルマンドじゃない」

「チャールズ・パートナーはよく言っていました。平和な場所ほど住民は陰険だって」

「やつが脳天をぶち抜くまえに聞いたのか」

キャサリンは答えない。

「みんなが忘れていることがある。アレクサンドル・ポポフが実在しないとしても、そういう男を考えだした人間は実在するってことだ。その策士がわれわれの裏庭にネズミ取りを仕掛けたとしたら、そこにはなんらかの理由があるはずだ。われわれはそれを突きとめる必要がある」げっぷをして、「そのためには、誰かを罠に飛びこませなきゃならない。カートライトだって、訓練を受けたプロだ。ドジを踏むのは趣味でしかない」

「ポポフはあなたの白鯨なんですね」

「どういう意味だ」

「これもチャールズが言っていたことです。敵に入れこみすぎると危険だ。気がついたときには、白鯨を追いかけている」

短い沈黙があった。

「メルヴィルの作品からの引用です。読んでいなければ、どういう意味かわからないかもしれません。リヴァーは罠に飛びこもうとしているということを知らないんですね」

「ああ。知らないし、知らせもしない。ここが安住の地であるとこれからも思っていたければ、きみも口にチャックをしておいたほうがいい」

「わかりました」

「よろしい。ところで、酒は？　飲まないのか」

キャサリンは酒をラムのグラスへ移した。「ただし、リヴァーが危険にさらされていると判断したときは別です。それはあくまであなたの白鯨です。そこに銛《もり》を刺すために、ほかの者が犠牲になるのは理不尽です」

「誰も死にはしないさ」ラムは言ったが、それは結果的に嘘になった。

電話が鳴った。


死者が保安局のＩＤカードを持っていたため、赤いランプが点灯した。駆けつけた警察官は交通整理にまわされ、リージェンツ・パークのニック・ダフィーが現場の指揮をとることになった。いまは部下の〈犬〉たちが角度を測定したり、目撃者から話を聞いたりしている。目撃者のほとんどは事故現場を遠くから見ただけだが、車を運転していた者はもちろんちがう。まさしく事故現場にいたのだ。

「目の前に急に飛びだしてきたんです」

それはブロンドの髪の女で、素面《しらふ》のように見える。交通整理をさせられて憮然とした顔をしている警察官から借りたアルコール検知器で裏づけもとれている。

「避けようはありませんでした」

その声は震えているが、それは当然のことだ。過失があろうとなかろうと、自分の車でひとを轢き殺したのだから、震えないでいられるほうがおかしい。

その交差点の交通量は、夜中というせいもあって、そんなに多くなかったが、それでも目をつむって渡ろうとする者はいないだろう。だが、酒やドラッグで意識が朦朧としている者なら、交通安全規則を守らなければならないという意識はさほど高くない。

「急ブレーキをかけたんですが、そのときには――」

声がまた震えだす。

気がついたら、ニック・ダフィーはこう言っていた。「わかっています。あなたのせいじゃありません」まるで民間の臨時警官《スペシャル・コンスタブル》のような口調だ。

加害者はブロンドの美人で、一方、死んだ男のほうは、保安局のIDカードを所持していたが、〈泥沼の家〉のメンバーであり、その特殊性や必要性は臨時警官とほとんど変わらない。保安局の一員が車に轢かれて死んだ場合、普通なら、どうでもいいと思えるところまで徹底的に調べる。事故を起こした車が偽造のナンバープレートをつけていないともかぎらない。だが、轢かれた者が〈遅い馬〉となると、話はちがう。ただ単に余所見をしていただけかもしれない。あるいは左右を間違えたかもしれない。その程度のこともわからないような連中なのだ。

それに対して、加害者はブロンドの美人で……

「念のため免許証を見せていただけますか」

免許証によれば、氏名はレベッカ・ミッチェル。三十八歳。イギリス国籍。一見したところ、暗殺者の要素はまったくない。だが、もっとも暗殺らしくない暗殺をやってのけるのは、まったく暗殺者のように見えない者であることが多い。

ニック・ダフィーはまた交差点に目をやった。〈犬〉たちは歩道わきや店の出入口をチェックしている。前回、局員が事故で死んだときには、現場から拳銃がなくなっていた。そのときの査問委員会で、ダフィーの前任者のバッド・サム・チャップマンが詰め腹を切らされた。噂によると、いまは民間企業で働いている。できることなら、そんな目にはあいたくない。免許証を女にかえしたとき、一台のタクシーがとまり、そこからジャクソン・ラムが降りてきた。その横には女がいる。名前を思いだすのには一秒とかからなかった。キャサリン・スタンディッシュ——自分がまだ下っ端の〈犬〉だったころから、リージェンツ・パークにいたが、上司のチャールズ・パートナーが自殺すると、すぐに〈泥沼の家〉送りになった女だ。ふたりはダフィーを無視し、まっすぐ死体のほうへ向かった。

ダフィーはレベッカ・ミッチェルに言った。「供述書を作成する必要があります。担当の者が来るまで待っていてください」

無言でうなずく。

ダフィーはその場を離れ、ふたりに近づき、死体に手を触れないようにと注意しようとしたが、言葉を発するまえに、ラムは振り向いた。その表情には、余計なことを言わせない何かがあった。ラムは視線を死体に戻し、それから通りを見やった。何を考えているのかは見当もつかない。遠くの交差点を走り抜ける車。大通りの明かり。夜の街はいつも真珠のネックレスで装っているように見える。それはウェディングの豆電球であることもあるし、葬儀のときに飾られる人造宝石やガラスの玉であることもある。

スタンディッシュはラムに訊いた。「誰がこの話をルイーザに伝えるんです」

第二部　白　鯨

近隣のほかの村とちがって、アップショットには目抜き通りというものがない。チューダー様式を模した建物が川に向かって美しい下降線を描いてもいなければ、アンティーク・ショップやガーデン・ファニチャーのショールームが軒を連ねてもいない。ジンジャー・ビスケットや七種類のペスト・ソースを取り揃えた食料雑貨店も、ロンドンのハムステッドでも通用する料理を供するパブもない。本日のお薦め料理をチョークで書いた黒板を歩道に出しているレストランも、地元出身の作家のイベントを開催する小さな書店もない。裏道に入ると、丁寧に剪定された生け垣と淡いクリーム色の石造りの家が立ち並んでいるといったこともない。アップショットは〝チョコレート・ボックスのような〟という形容句のつく場所ではない。あえてチョコレートにたとえるなら、この村唯一の食料雑貨店の棚に置かれている、黄ばんだセロハンに包まれた、埃まみれの一粒チョコといったところだろう。

たしかに目抜き通りはない。アップショットの表通りは、村のはずれにある教会を迂回するためにカーブし、そこから三百ヤードほど行ったところで、左側のパブと右側の半円形の緑地のあいだを抜けるためにふたたびカーブしている。その先は坂になっていて、民家が立ち並び、小さな小学校がある。同じところにプレハブの公民館もあるが、ほとんど利用されておらず、村の心臓部にはなっていない。村の心臓部は郵便ポストとパブと商店の三つだ。郵便ポストは、緑地のいちばん奥にあり、その一角にある家の住民以外には不便きわまりない。村でいちばん古い住宅は、十八世紀の三階建てのタウンハウスで、村ではひときわ目立つ存在となっている。周辺の住宅はみな今風のバンガロー式のもので、かつては近くのアメリカ空軍基地関連の労働者（掃除人、守衛、コック、皿洗い、整備工、運転手など）が住んでいたが、いまはほとんどが空き家になっている。九〇年代にアメリカ軍が撤退したとき、みなアップショットから出ていったのだ。あとに残ったのは、古いタウンハウスか、通りのもっと先のほうに住んでいる者だけで、みな夜になると緑地の向かいのパブにやってくる。

パブの名前は〝ダウンサイド・マン〟といって、左側に小さな駐車場があり、後ろ側には一マイル先に広がる森を一望できる雛壇状のテラスがある。壁には水漆喰が塗られ、木の看板が出ている。以前は吊りさげられていたが、強風のために落下したので、それを柱に打ちつけたのが、村の便利屋として重宝されているトミー・モルトという男だ。週末にしか村にやってこないので、その人生は謎に包まれていると人々のあいだではささやかれている。いつも赤い毛糸の帽子を目深にかぶって、売店の野菜の棚の横に自転車をとめ、そこでリンゴや袋に入った種子を売っている。季節を問わず、毎週土曜日の朝には、かならずここに立っているので、それなりに商売にはなっているにちがいない。だが、実際は商いをしているというより、人脈づくりをしているといったほうがいいように思える。言葉を交わさずにその前を通りすぎる者はほとんどいない。

食料雑貨店は教会に面した角にあり、パブからそこへ向かうと、通りの左側には石造りの田舎家が並んでいて、その先に、いまは賃貸住宅として使われている領主館《マナーハウス》が見えてくる。通りの右側の家は、左側の家よりもっと大きく、もっと新しい。あまりにも新しく、清潔すぎて、周囲になじんでいない。家と家のあいだには空き地があり、そこからも遠い森を見ることができる。そこにコンクリート・ミキサーが一台でもとまっていたら、そういった空き地にも家が建つということになるが、いまのところそのような気配はまったくない。ここの宅地開発は何年もまえから中断されたままになっているのだろう。景気がよくなれば、工事が再開されるかもしれないが、先行きは不透明で、建てられていない家と同じように、大まかなかたちを宙にスケッチすることはできても、壁のへりを触ってたしかめることは当分できそうもない。食料雑貨店の向かいの教会の名前はセント・ジョン・オブ・ザ・クロスといって、十三世紀に建てられたもので、絵葉書なみに美しい。屋根つきの門を抜けたところには、手入れの行き届いた墓地がある。そこに埋葬されたもっとも古い死者は、かつての領主館の住人であり、屋敷が賃貸住宅になったと知ったら、墓のなかでもんどりうったにちがいない。だが、教会はこのところ二週間に一度しか礼拝を行なっていない。そういう意味では、食料雑貨店のほうがずっとありがたみがある。毎日、朝の八時から夜の十時まで営業していて、近隣の町や村の高級ブティックのような華やかさはないが、棚には住民の生活必需品が積みあげられている。缶詰、乳製品、冷凍食品、炭、猫用の砂、トイレットペーパー、シャンプー、石鹸、練り歯磨き。大型冷蔵庫のなかにはビール、ワイン、ジュース、ミルク……。

住民が日常的に足をのばす必要があるのはこのあたりまでだが、通りはその先もずっと続いている。数軒のあばら家の前を通りすぎると、道幅は次第に細くなり、生け垣にはさまれた、でこぼこの田舎道になる。そこを一マイルほど進むと、国防省の管轄地にぶつかる。アメリカ軍が荷物をまとめて出ていったあと、国防省が引っ越してきて、友軍の航空機の駐機場を自軍の射撃演習場へ変えたのだ。それで、いまは警告の赤い旗がひるがえると、アップショット南東部の田園地帯は立ち入り禁止となり、ときには夜間訓練のひとつとして、日が暮れてから大きな光の玉が空から落ちてきて、周囲を明るく照らしだしたりする。そして、その先には小さな滑走路がある。高さ八フィートのフェンスによって道路から隔てられていて、その反対側にはモノポリーの盤上の資産のように格納庫とクラブハウスが配されている。どちらも週に何日かは一般の市民が利用していて、春と夏の週末の朝には、いつも単発の小型機がここから飛び立って、アップショットの上空を横切り、広大な空のかなたに消えていく。もちろん、戻ってこなかったことはこれまで一度もない。

射撃訓練の音はあるにせよ、静かな村であるのは間違いない。眠たげでさえある。だが、実際のところ、村はすでに目を覚ましている。ここの住民の多くは村の外で働いているので、八時にはすでに通勤時間になっている。としたら、〝眠たげ〟というより、〝無害〟という言葉のほうがいいかもしれない。たしかにジャクソン・ラムが言っていたとおり、ここはヘルマンドではない。

しかし、そんな無害な場所でも、昼の日中にうめき声があがることはある。

「も、もう駄目だ」リヴァーはうめいたが、どうにもならなかった。たとえ鎧かぶとを身にまとっていたとしても、なんの役にも立たなかっただろう。いまは神にすがるしかなかったが、それもなんの効果ももたらさず、祈りの言葉は思考能力を失った頭のなかで虚しくこだまするばかりで、身体はひきつり、もう一度ひきつり、そして動きをとめた。固く閉じた目蓋の下の筋肉が緩み、周囲の闇が柔らかくなっていく。

しばらくして、言葉がかえってくる。「超特急ね」

〝超特急〟というのは褒め言葉ではない。身体を離すと、彼女はシーツを肩まで引っぱりあげた。リヴァーは横になったままだ。胸の鼓動は沈静化しつつあるが、肌はまだ汗ばんでいる。汗をかく程度には、持ちこたえられたということだ。

だが、それが慰めになるとは思えない。

アップショットに来て三週目の火曜日の午後。リヴァーはカーテンを閉めきった寝室に横たわっていた。そこは村の北側の高台に建つ新しい家で、借り主の名前はジョナサン・ウォーカーということになっている。職業は小説家だ。それ以外に、こんな季節はずれにアップショットに来る者はいない（季節はずれでなくても、来る者はいないだろうが）。ジャンルはサスペンスで、『臨界質量《クリティカル・マス》』という作品があり、それはアマゾンでも紹介されていて、読んだ者がいないゆえに、星ひとつというレヴューを免れている。目下、八〇年代のアメリカの軍事基地を舞台にした小説の執筆中であり、それゆえ、季節はずれのアップショットでもおかしくないということになる。

「だいぶまえの話だけど、〝カレシ募集中――経験不問〟って書かれたTシャツを着ていたことがあるの。人材募集には細心の注意が必要だってことね」

「ごめん。久しぶりだったので」

「そうみたいね。ボディランゲージでわかった」

彼女の名前はケリー・トロッパー。〝ダウンサイド・マン〟でバーテンダーをしている。二十代前半、小柄で、胸は小さく、髪はカラスの濡れ羽色（本物の小説家なら、こんな表現は恥ずかしくてとてもできないだろう）。クリームのような肌には、そばかすひとつない。鼻が低いので、窓ガラスに押しつけられているように見える。自分で自分のことを〝ひねくれ者〟と称している。

足を絡ませてくる。「まさかこのまま寝ちゃうなんてことないよね」股間に手がのびる。

「ふんふん。完全に力尽きたわけじゃなさそうね。復活にはもうちょっとかかりそうだけど」

「それまで、おしゃべりでもしていよう」

「なんか女の子みたい。でも、そうじゃないわね。女の子だったら、そんなに簡単にイキはしない」

「この話はここだけのものにしてくれるね」

「それは第二ラウンドの出来次第よ。この村には便利な掲示板があってね」足が動いている。

「このまえはジェズ・ブラッドリーのことが書かれてた。書いたのはシーリア・モーデンよ。本人は否定してるけど、みんな知ってる」笑いながら、「ロンドンにそんな便利なものはないでしょ」

「ない。でも、インターネットがある。そこでも、同じようなことが起こる。知らないのかい」腕を噛まれた。「きみはここの生まれ？」

「あら。わたしの個人情報を聞きだそうとしてるの？」

「機密扱いじゃなければね」

また腕を噛まれる。今度は少し弱く。「わたしが二歳のときに、家族でロンドンからこっちに越してきたのよ。都会がいやになったと言って。パパはいま週に二、三日の割りでバーフォードに通ってる」

「ということは、牛を飼ってるんじゃないってことだね」

「ぜんぜんちがう。ご近所さまはほとんどが都会からの移住組よ。だから、みんな余所者《よそ》には優しいの。そう思わない？」手が動いている。

「きみはみんなに優しくしてきたってことかい」

手に力がこもる。「それ、どういう意味？」

「いや。ぼくはただ……この村の変還に興味があるだけだよ」

「ふーん」また手が動きはじめる。「深い意味がないのならいいわ。でも、なんだか不動産業者みたいね」

「本を書くのに背景知識が必要なんだよ。アメリカ軍が撤退してから、村がどれだけ静かになったとか」

「基地がなくなったのは、もう何年もまえの話よ」

「それでも……」

「そうね。一時は死んだみたいだったわ。でも、徐々に活気を取り戻しつつある」瞳がきらっと輝く。その緑色の鮮やかさには、いまさらながら驚かされる。リヴァーが期待していたのは、彼女がいままで忘れていたことをとつぜん思いだすかもしれないということだった。たとえば、数週間前にこの村にやってきた禿げ頭の男の住所氏名とか……ここに来て三週間になるが、ミスター・Bの足跡はまだ何もつかめていない。リヴァーはすでに〝ダウンサイド・マン〟の顔なじみだし、地元の住民からは名前をつけて挨拶されるようになっている。誰がどこに住んでいて、どこが空き家になっているのかもだいたいわかっている。だが、ミスター・Bの足跡についての調査の進展は、彼の頭を考えたら笑えるフレーズになるが、毛ほどもない。と、ここまで考えたところで、集中力が途切れた。ケリーは手を、そしていまは口を使いながら、「この調子、この調子」とささやいている。もう何も考えられない。仕事の話はお預けだ。いまはそれどころではない。若くて魅力的な女性に、前回の失敗の穴埋めを求められているのだ。

幸いなことに、穴は埋まった。

会議の前日、アルカディ・パシュキンが到着した。宿泊先はパーク・レーンのアンバサダー・ホテル。ホテルの前の道路は大渋滞になっていて、車と車が取っ組みあいの大喧嘩を始めんばかりなのに、建物のなかのロビーでは、小さな噴水の音や、ヴォーグのモデルといっても通りそうなフロント係が客と話す声しか聞こえない。たしかにルイーザはいっとき富に魅了された。それは飛び立つ鳥と同じだ。永遠に手が届くことのないものには誰だって幻惑される。だが、ミンの死から三週間がたったいまでは、金持ちがいかに厳重に張りめぐらされた安全柵の内側で暮らしているか冷静に判断できるようになっている。ホテルのすぐ外で銃撃戦が起きても、ロビーではコルクがはじけたような音しか聞こえないだろうし、外で誰かが車に跳ね飛ばされても、衝撃は完全にシャットアウトされ、屋内の浄化された空気をぴくりとも揺るがすことはないだろう。

後ろで、マーカス・ロングリッジが言った。「いいところだな」

このときはマーカスとペアを組んでいた。好んでそうしたわけではなく、それが先日まとまった取り決めのひとつだったからだ。取り決めの相手は言うまでもなく保安局だが、もっと具体的に言えば、スパイダー・ウェブであり、実際のところは現実そのものといっていい。その程度の譲歩はなんでもない。この仕事を手離すわけにはいかない。ミンといっしょにやりかけていた仕事なのだ。妥協はいくらでもできる。

パシュキンの部屋は、当然のことながら、最上階のスイートだった。エレベーターはマーカスの息づかいよりも静かで、ドアが開くと、そこは直接部屋になっていて、ピョートルとキリルが待っていた。

ピョートルが微笑みながらマーカスと握手をし、それからルイーザに言った。「またお会いできてよかったです。お仲間のこと、心よりお悔やみ申しあげます」

ルイーザは頭をさげた。

キリルはエレベーターの前に残り、ピョートルがふたりを淡い彩色が施された広い部屋へ案内した。部屋には分厚い絨毯が敷かれ、春の花のような香りが漂っている。もしかしたら、通気口から送られてきているのかもしれない。ふたりが近づくと、パシュキンは肘掛け椅子から立ちあがった。「ようこそ。エネルギー省の方ですね」

「ルイーザ・ガイです」

「マーカス・ロングリッジです」

パシュキンは五十代なかばで、中背だが、肩幅は広い。イギリスの俳優に似ているとルイーザは思ったが、名前は思いだせない。豊かな黒髪を無造作に後ろに流している。太い眉に、眠たそうな目つき。濃いのは頭の毛だけではないということは、白い開襟シャツの胸元を一目見ればわかる。シャツの裾はダークブルーのジーンズのなかにたくしこまれている。

「コーヒーはいかがですか。それとも紅茶にしますか」パシュキンは言って、かたわらに立っていたピョートルに目くばせをした。ピョートルは用心棒だが、知らなかったら、執事《バトラー》あるいはそのロシア版と思ったかもしれない。

「いいえ、結構です」

「どうぞお構いなく」

ふたりは絨毯のまわりの安楽椅子にそれぞれ腰をおろした。絨毯はアンティークで、百年以上前のものにちがいない。

「明日の準備はできていますね」

パシュキンの身体はふたりのほうを向いていたが、質問はあきらかにルイーザに向けられていた。

望むところだ。

ミン・ハーパーが死んだ夜、あれは最悪の夜で、奈落の底に突きおとされたような気分だった。とつぜん床が抜け、想像もつかないほどの深みに落ち、心が完全に崩壊してしまったと思った。だが、自分でも驚いたことに、ミンの死という事実を受けいれるのに、さほど時間はかからなかった。いつかこういったことが起きるだろうと前々から覚悟を決めていたみたいに。だから、何も驚くことはなかった。それは単なる事実にすぎない。陽が昇り、時計の針がまわり、この思考法は少しずつ身体になじんでいった。それは単なる事実にすぎない。ふたたび新しい日常が始まるだけだ。

それでも、そのとき以来、断続的に顎の付け根に痛みを感じるようになった。涙が間違ったところから出ているみたいに、口のなかが唾でいっぱいになることもしばしばあった。暗がりのなかで横たわっているときには、もしこのまま眠りに落ちたら、身体が呼吸することを忘れて死んでしまうのではないかという恐怖に襲われた。それを望んだ夜もあった。それでも、なんとか踏んばってきた。

この仕事があったから、あれ以上の深みに落ちなくてすんだ。あるいは、落ちても死ななかった。それは崖からのびる枝のようなもので、崖の下には一台のトラックがとまっていて、荷台には商品の枕が積みあげられていたというわけだ。事態がふたたび動きだしたのは、リージェンツ・パークの建物のなかだった。それはミンの死から四日目のことで、空は慰めてくれているみたいに晴れわたっていた。リージェンツ・パークの上のほうの階には尋問室が並んでいる。だが、それは過酷な取調べのための部屋というより、気楽な茶飲み話のための部屋といった感じで、床には座り心地のいい椅子が置かれ、壁には額に入った古い映画のポスターがかけられている。自分がここにいたときにはなかったものだ。それまではあたりまえだったものが、すべて見知らぬもののように思えてくる。ひさしぶりに母校を訪ねたら、校舎があったところにアロマセラピーの店ができていたようなものだ。

「お悔やみを申しあげる」ジェームズ・ウェブは教科書から抜き取ってきたような同情の念を示した。「ミンは優秀な同僚だった。残念でならない」

ルイーザは言った。「本当に優秀だったら、〈泥沼の家〉にはいなかったはずです」

「そりゃそうかもしれないが――」

「雨の日に、酔っぱらって、交通量の多い通りを自転車で走りまわりもしなかったはずです」

ウェブは唇をすぼめた。「きみはミンに腹を立てているんだね。誰かに話を聞いてもらったかい。そうすれば、すかっとするよ」

その口に拳を突っこんだら、もっとすかっとするだろう。だが、ルイーザはほかの者が悲嘆から期待するものを身をもって学んでいた。「ええ、聞いてもらいました」

「休みはとったかい」

「必要なだけ」

一日だ。

ウェブは窓のほうに目を向けた。そこからは道路をはさんで公園が見渡せる。午前中のいまのような時間帯だと、公園は就学前の小さな子供たちでいっぱいになる。ベビーカーを押す母親、芝地をよちよち歩きする子供たち。車がバックファイアを起こし、鳩の群れがいっせいに飛びあがり、宙に8の字を描いて、ふたたび芝生の上に降りたつ。

「こんなときにこんな話をするのはどうかと思うけど、今回の任務を続行することは可能かどうか教えてくれないか」

ウェブは声をひそめている。ここに呼ばれたのは、建前上はミンの死を悼むためだが、この部屋にはほかに誰もいない。〝ニードル〟での仕事の話が出ることは最初からわかっていた。

「もちろん可能です」

「そうはいっても――」

「だいじょうぶです。たしかにわたしは腹を立てています。あんな馬鹿なことをしなきゃ、命を落とさずにすんだのです。たしかにわたしは腹を立てています。でも、仕事はできます。わたしには仕事が必要なんです」

これでいい。感情も適度にこめられている。ゾンビと思われているとしたら、ヒステリックにさえ聞こえただろう。

「本当に？」

「ええ」

ウェブはほっとしたみたいだった。「だったらいい。問題はない。また人選びから始めるのは手間が……」

「ご心配には及びません」

ウェブは目を細め、それから話を続ける。「では、適時進捗状況を報告してくれ」これもまた教科書で覚えた言いまわしだろう。その章には、〝話が終わったことを部下に伝える方法〟と記されているにちがいない。

ふたりは戸口へ向かった。ドアの外に、エスコートの職員がいることはわかっている。一階までついてきて、入館証を回収し、ルイーザが建物の外へ出るのを見届けるためだ。以前なら、そのような部外者扱いにいらだちを隠せなかっただろう。でも、いまは気にならない。

自分には〝ニードル〟の仕事がある。話はついた。いま重要なのはそのことだけだ。

ウェブはドアをあけて言った。「きみの言うとおりだ」

「なんのことでしょう」

「酔っぱらって自転車に乗るなんてどうかしている。あれは事故だ。事故以外の何物でもない。捜査は慎重に行なわれた」

「わかっています」

ルイーザは立ち去った。

そして、下の階に向かいながら、思案をめぐらした。この仕事が終わった時点で、ミンの死の真相を暴くことができていたら、それにかかわった者を殺し、そのあとここに戻ってきて、さっき外を見ていた窓からスパイダー・ウェブを突き落としてやろう。

最後のはそのときの気分次第だ。


ケリーがシャワーを浴びているあいだに、リヴァーはトランクスとシャツを身に着け、脱ぎ散らかした服を集めてまわりはじめた。服の一部は下の階にもあった。そもそもケリーはコーヒーを飲みにきただけなのだ。居間には、彼女のシャツとショルダーバッグがあった。ショルダーバッグは横に倒れていて、中身が床にこぼれでている。バッグを起こして、中身を戻していく。携帯電話、財布、ペーパーバック、スケッチブック……バッグに戻すまえに、スケッチブックをぱらぱらとめくってみる。近くの森、村の外へのびる道、パブの裏手のテラスで雑談する人々……人物はいまひとつだが、セント・ジョノー教会や墓地はなかなかよく描けていて、墓石の質感や周囲の雑草のしおれた感じが、鉛筆の陰影で巧みに表現されている。空から村を俯瞰した絵もある。ケリー・トロッパーは飛行機を操縦できるのだ。最後のページの絵は一風変わっていて、スケッチというよりデザインといった感じのものだった。それは様式化された都会の風景で、いちばん高いビルに雷が落ちているところが描かれ、ページの下端に、意味不明の言葉が殴り書きされている。

「ジョニー？」

「すぐ行くよ」

シャツを拾って寝室に戻ったとき、ケリーはバスタオルにくるまっていた。

「ゴージャス？」

「きみの身体は――」

「いや、濡れていると言おうとしたんだよ。ぜんぜん拭けていない」

ケリーは舌を出した。「なに、その得意げな顔は」

リヴァーはベッドに横になり、ケリーが服を着る様子を楽しんだ。「知らなかったよ。きみは絵を描くんだね」

「ええ、まあ。スケッチブックを見たのね」

「なんの気なしに開いてしまったんだよ」

「わかってる。顔がぜんぜん描けないの。でも、ここで暮らすなら、趣味のひとつもないと」

「空を飛ぶのも――」

「それは趣味じゃない」グリーンの瞳は真剣だった。「空を飛ぶと、生きてるって感じがするの。あなたもぜひ体験すべきよ」

「おもしろそうだね。次はいつだい？」

「明日」口もとに笑みが浮かび、消える。すぐに引っこめた。何やら秘密めいている。「でも、明日は乗せてあげられないの」キスをして、「そろそろ行かなきゃ。開店前に仕入れの仕事があるの」

「あとで寄るよ」

「そうして」それから少し間があった。「楽しかったわ、ミスター・ウォーカー」

「こちらこそ、ミズ・トロッパー」

「でも、ひとの持ち物を勝手に見るのはＮＧよ」ケリーは言って、リヴァーの耳たぶを噛んだ。

玄関のドアが閉まる音が聞こえると、リヴァーはラムに電話をかけた。

「やあ、００７。何か見つかったか」

「見つかったのは、袋小路と、きょとんとした顔だけです」リヴァーは裸足の指を見ながら答えた。「ミスター・Ｂがここに来たとすれば、着くと同時に姿を消したということになります」

「ばかばかしい。だったら、どうしたんだ。どこかに隠れてるというのか」

「ここに来たとすればの話です。実際は来ていないのかもしれません。それとも、タクシーの運転手が〝空車〟の表示を出すまえに、別のどこかへ向かったのかもしれません」

「それとも、おまえが役立たずだってことかもしれん。そこはそんなに大きな村なのか。数軒の家とカモの池があるだけじゃないのか。牛小屋はチェックしたのか」

「ここに牛小屋はありません。たとえあったとしても、はるばるロンドンからやってきて、どうしてそんなところに隠れなきゃならないんです」そう言ったとき、靴下がカーテンレールからぶらさがっているのに気がついた。「ミスター・Bという名前であれ、別の名前であれ、とにかくここの住民ではありません。それは間違いありません」

「それだけ村人と親しくなったということだな」

「二週間もいたら、親しい者のひとりやふたりはできます」

「女ができたってことだな。やれやれ」

「村人は、リタイア組以外は、みな村外の職場へ通っているか、自宅でできる仕事をしています。でも、村は空き家だらけです。地元の学校が閉鎖されるという噂もあります。このままだと、さびれゆくばかりで——」

「その種の社会問題に興味があるんだったら、ガーディアンを読む。国防省の管轄地はどうなんだ」

「民間人が自由に出入りできるところじゃありません。でも、秘密兵器の実験をやっているなんてことはないと思います。そこは射撃の演習場になっているんです」

「もともとはアメリカ人が使っていたんだ。戸棚のなかにどんな危険なおもちゃが隠されていたかわからない」

「それはそうです。でも、それがいまもそこにあるとは思えません」

「一度でもそこにあったという証拠が見つかったら、いまでもやっかいな問題になる」

やっかいごとの本家本元がそう言っているのだから間違いあるまい。カーテンレールから靴下を取る。「かもしれません。じつはそのことで電話をしたんです。今夜、様子を見にいこうと思っています」

「やっとその気になったか」一呼吸おいて、「ところで、おまえ、服は着ているのか。どうも裸で話をしているような気がしてならん」

「ちゃんと着ていますよ。ルイーザはどうしてます」

「仕事をしてる」

「そりゃそうでしょう。元気にしていますか」

「ボーイフレンドを轢き殺されたんだ。目覚めがいいわけがなかろう」

「事故の調査はしたんですか」

「いつのまにわれわれの立場は逆転したんだろう」

「単なる質問です」

「酔っぱらって自転車を乗りまわしていたんだ。これに臓器提供者以上の意味があると思うか」

「糞食らえです。ミン・ハーパーはあなたの部下だったんですよ。雷に打たれて死んだとしても、放ってはおけません。天気から何から疑っていたはずです。ぼくはただ何かあったのかと訊いているだけです」

ひとしきり沈黙があり、ライターで火をつける音がした。それからラムは言った。「ハーパーは酔っぱらっていた。オフィスの前の店でまずはビール。それから、別の場所でウォッカだ。その日はルイーザと口喧嘩をして、険悪な関係になっていたらしい」

リヴァーは固く目をつむった。それはそうかもしれない。だが、誰だって口喧嘩くらいする。酔っぱらいもする。だからどうだというのだ。「どこでウォッカを飲んだんです」

「わからん。シティ・ロードに何軒のバーがあると思う？」

「防犯カメラの映像に――」

「それくらいのことを調べていないと思うのか」話をしながら、煙草を一喫いして、「オックスフォード通りのカメラにちらっと映っていた。というか、映っていたように見える。映像はモノクロだ。自転車に乗っているというだけじゃ、どこの誰かまではわからん。事故現場の映像もない。車が支柱に衝突して、カメラがぶっつぶれてしまったんだ」

「偶然ってことでしょうか」

「ああ。交差点のあるところ、事故ありと言うだろ。〈犬〉もそう結論づけている」

「なるほど」そうは言ったものの、それで納得したわけではない。〈犬〉は〈犬〉だ。「わかりました。あとでまた連絡します」

「そうしろ。それからもうひとつ、カートライト。この次わしに〝糞食らえ〟と言うときは、距離を充分とっていることを確認してからにしろ」

「いまも充分な距離をとっています」

「それを謝罪の言葉と受けとっておこう」

リヴァーは電話を切り、シャワーを浴びにいった。


パシュキンの身体はふたりのほうを向いていたが、質問はあきらかにルイーザに向けられていた。「明日の準備はできていますね」

「何も問題はありません」

「ここまでの話をご破算にするつもりはないという前提で、あえてお訊きしますが、あなた方はエネルギー省の人間ではありませんね」

マーカスが口を開きかけたが、そのまえにルイーザが答えた。「ええ、ちがいます」

「MI5、ですね」

「そこの一部署に属しています」

マーカスが言う。「それ以上の詳細をあきらかにする必要はないと思います」

パシュキンはうなずいた。「もちろんです。あなた方にはあなた方の立場というものがあるでしょう。わたしはただ状況を把握しておきたいだけです。ごらんのとおり、わたしにもボディガードがついています」

キリルはドアの横に、ピョートルはパシュキンのすぐそばに立っている。三週間前に会ったときとちがい、まじめくさっていて、なかば滑稽にすら見える。あの日、ミンは――

「あなた方はスムーズにことが運ぶようにするために任務についていると考えていいんですね」

「そのとおりです」と、マーカスが言う。

「それを聞いて安心しました。エネルギー省のお役人であろうがなかろうが、貴国の政府が燃料問題で弊社とおたがいのためになる合意を望んでいることは理解していただけると思います」その顔には謙遜の表情が取り繕われている。「もちろん、貴国の需要をすべてまかなえるわけではありませんが、有事の際の備蓄分くらいならなんとかできるはずです」

多少の訛りはあるが、品のいい流暢な英語だ。その太くセクシーな声をもってすれば、どんな交渉であっても有利に進めることができるにちがいない。

「ですが、状況的には予断を許さないものがあります。明日の会議はなんとしても成功させなければなりません。そこでひとつお願いがあるのです」

その口の動きを見ていると、パシュキンは小さなぜんまい仕掛けの人形で、ねじを巻き、手を離すと、絨毯の上をひょこひょこ歩きだすように思えた。

「どういったことでしょう」

「そこに行きたい。今日の午後」

「そこって？」

「〝ニードル〟ですよ。そう呼ばれているんですよね」

「ええ。そう呼ばれています」

「アンテナ塔に由来する名前です」と、マーカスが言う。

パシュキンは礼を失さないようマーカスのほうを向いたが、先ほどの一言で話は終わったようなので、すぐまたルイーザに視線を戻した。「実際に部屋を見て、歩いてみたいのです」右の人さし指でシャツのいちばん上のボタンをなぞりながら、「本論に入るまえに、どんな感じのところかたしかめておきたいと思いましてね」

ルイーザは言った。「五分ほど待っていただけますか。電話をしなければいけませんので」


リヴァーとの話が終わると、しばらくのあいだ、ラムの顔にはキャサリン・スタンディッシュが言うところの〝危険な表情〟——次に何を食べるか飲むか以外のことを考えているときの表情が浮かんでいた。腕時計に目をやり、ため息をつくと、大きなうなり声とともに立ちあがり、床からシャツを拾いあげる。それを丸めて手に持つと、同じ階のキャサリンのオフィスに向かう。

「手さげ袋を持ってないか？」

キャサリンは顔をあげて、目をしばたたいた。

ラムはシャツを振りまわした。「ここには誰もいないのか」

キャサリンはコートスタンドにかかっているキャンバス地のバッグを指さした。「あそこにあります」

ラムはバッグに手を突っこみ、そこから数枚のビニール袋を引っぱりだした。そして、そのひとつにシャツを押しこむと、ほかのビニール袋は床に落として、ドアのほうを向いた。

「今日は早退ですか」

ラムは振りかえらずにバッグを頭の上にあげ、「洗濯の日なんだよ」と言って、階段を降りていった。

キャサリンはひとしきり戸口を見つめ、それから首を振って、仕事に戻った。

そこにあるのは、ネットや公的記録（歳入関税局、車両登録局、国家統計局）から拾い集めた人生の断片や経歴の切れっぱしで、とりたてて注目に値するものはない。たとえて言うなら、フォークで突っつくアルファベット・スープのようなものだ。

レイモンド・ハドリー。六十二歳。ブリティッシュ・エアウェイズにパイロットとして十八年間勤務し、現在は地方政治や環境問題に積極的にかかわっている。小型飛行機を所有している。

ダンカン・トロッパー。六十三歳。事務弁護士。以前はウェストエンドの法曹界で鳴らしていた。現在はバーフォードの法律事務所に週二、三日の割りで通っている。

アン・サーモン。六十歳。ウォーウィック大学で経済学を教えている。

スティーヴン・バターフィールド。六十七歳。ライトハウス・パブリッシングという、左寄りの歴史書を専門とする小さな出版社を経営していたが、業界大手に買収され、多額の売却益を手に入れた。

メグ・バターフィールド。五十九歳。スティーヴンの妻。ブティックの共同所有者。

アンドルー・バーネット。六十六歳。元公務員。運輸省。保安局の局員がしばしば隠れ蓑として使う偽の身分ではなく、本物の運輸省の役人にちがいない。

そのあとも名前は続く。金融サービス機構の元職員。ふたりのテレビ・プロデューサー（ひとりはBBC、もうひとりは民放）。以前はポートンダウンで仕事をしていた化学者。グラフィック・デザイナー。教師。医師。ジャーナリスト。遠距離通勤者（建設会社、煙草産業、広告代理店、飲料メーカー）。要するに、忙しい仕事とコッツウォルズの小さな村での静かな暮らしを両立させている勝ち組だ。見方を変えれば、安寧を得るためには、あくせく働かなければならないということになるのだが。早期退職組も多くいる。ほとんどが子持ちだ。全員が運転免許証を持っている。

でも、そんなことは知ったことではない。自分の仕事でもない。自分に求められているのは、自分の仕事に専念することなのだ。でも、リヴァー・カートライトのことは気になる。死なないで戻ってきてほしい。

〝あいつが行くのはコッツウォルズだ。アフガニスタンのヘルマンドじゃない〟

それはそうだ。だが、リヴァーがそこへ生贄の子羊《ラム》として送りこまれたのも明白な事実だ。

そうやって、何が起きるか様子を見させるために。そして、そのあと最初に起こったのがミン・ハーパーの死だったことを考えれば、リヴァーの田舎暮らしが最後まで牧歌的なものでありつづけるという保証はどこにもない。

スティーヴン・バターフィールドの履歴にふたたび目を通す。左翼系の出版社。あまりにわかりやすすぎるのではないか。それとも、考えすぎなのか。

これだけの情報ではなんとも言えない。どんなに小さな村でも、住人全員をひとりでチェックするのは簡単なことではない。だが、わかったこともある。住人全員を目の前に整列させることができたとしても、ミスター・Bを見つけだすことはできないということだ。ラムが言ったとおり、ディッキー・ボウが罠に引きこまれて殺されたのだとしたら、ミスター・Bの役割は自分の足跡を残した時点で終わったということになる。問題はその足跡がなぜアップショットまで続いていたかだ。

ヒントは〝蟬〟という言葉にある。それはポポフ伝説の一部であり、保安局に存在しないスパイ網を探させ、混乱に陥れようというものだ。だが、スパイたちの鏡の回廊では、それがまったくの虚構であると断定することもできない。冷戦は過去の歴史のひとつになったが、当時の銃弾の破片はいまもいたるところに残されている。もしかしたら、〈蟬〉はずっとアップショットに潜んでいて、いまようやく鳴きはじめようとしているのかもしれない。

何よりも不可解なのは、ミスター・Bがなぜそのことに故意に注意を向けさせようとしたのかということだ。

キャサリンはふいにいらだちを覚え、ペンを置いて立ちあがった。気晴らしの方法はいくらでもある。それはラムに命じられたつまらない仕事から気をまぎらす手立てにもなる。たとえば、窓の汚れを拭くとか。だが、そうしたとき、それは外側についた汚れだということがわかった。なんの気なしに窓の外に目をやると、遠くの建物の屋根の上に煙があがっているのが見えた。どきっとしたが、パニックに襲われるまえに、その方向に火葬場があることを思いだした。煙は個人的な悲劇であって、大騒ぎしなければならないものではない。それでも……ロンドンの空に煙があがっているのを見れば、誰だってまたかと思って恐怖に震えあがる。それは条件反射のようなものであり、理屈で説明できるものではない。

とつぜん誰かに話しかけられ、キャサリンは思わず叫び声をあげた。

「ごめんなさい。驚かせるつもりは――」

「いいのよ。考えごとをしていたものだから。気にしないで」

「でも、ごめんなさい」シャーリーはまた謝った。「見せたいものがあるの」

「彼を見つけたの？」

「ええ」

ウェブは言った。「かまわない。連れていってやってくれ」

「仰せのとおりにしろってことですね」

「やつは金持ちだ。金持ちは指図をするのが好きなんだ」

ウェブは金持ちのあしらい方を心得ている。権力の階段をあがるためならなんだってする。

「わかりました。念のために確認しておいたほうがいいと思いましたので」

「それでいい。なんの問題もない」と、ウェブは言って、電話を切った。

視界がぼやけ、そして晴れる。スパイダー・ウェブに頭を撫でられたのだ。でも、仕方がない。これも仕事のうちだ。どんなにむかつくことでも、任務についているあいだは、耐えなければならない。

ロビーのガラスのドアごしに、三台のバスが通りすぎるのが見えた。いちばん後ろのはオープントップの二階建てバスで、観光客はそこから建物や公園や行き交う車を見て楽しんでいる。これはミンが言っていたことだが、観光客が間抜けなTシャツを着て、何かを見るたびに歓声をあげているのを見ると、ほかにすることはないのかといつも思ってしまう。これからも観光バスを見るたびにそう思うだろう。

ルイーザはマーカスのほうを向いた。「なんの問題もないって」

マーカスはパシュキンに電話をかけた。「下で待っています」電話を切って、「すぐに降りてくるそうだ」

こうやって外で待つのは、金持ちの時間感覚を学ぶということだ。パシュキンはいつ下に降りてくるか。ルイーザは退屈しのぎに黒い車の数を数えはじめた。七台、八台、九台……

二十一台。

マーカスが言う。「石油か。なるほど」

「えっ？」

「また上の空かい」

車が通りすぎる。もう何台目かわからない。

「パシュキンはイギリス政府と石油の取引の交渉をしようとしている。単独で」

「彼は石油会社のオーナーよ」

「警備会社は装甲車を持っている。でも、それが戦没者記念日のパレードに参加しているのを見たことはない」

「いったい何が言いたいの？」

「私利と国益のあいだには大きな違いがあるってことだよ。クレムリンが一民間企業にそこまで好き勝手なことをさせるとは思わない。そんなことはありえない」

だから、マーカスとは組みたくなかったのだ。これも仕事のうちだから仕方がないが、できれば、余計なことは言わないでいてもらいたい。口を閉じて、かばんを持っていてくれればそれでいいのだ。あれこれ考える必要はないし、それを声に出して言う必要もない。

「プロフィールを読んだだろ。フットボール・チームを買収したり、ポップスターと結婚したりするようなタイプじゃない。やつが狙っているのは権力の座だ」

これからいっしょに仕事をしようとしている者に返事をしないのは賢明でない。「だったら、なぜスパイダー・ウェブと会いたがっているの？」

「逆だよ。会いたがっているのはウェブのほうだ。将来クレムリンの主になるかもしれない男と同じ部屋にいると考えただけで、お漏らしをするだろうよ」

このときは訊かずにはいられなかった。「ウェブはパシュキンを抱えこもうとしているってこと?」

「そう思わないか」

「それが権力への第一歩になると言うの? 自分を他国の情報部に売ることが?」

「なにも国家機密を教えろと言うわけじゃない。影響力を行使できる人間。そういった役どころを担ってもらうだけさ。パシュキンの側からすれば、ここが勝負のしどころというときに西側の後押しを期待することができる」

「なるほど。ということは、テレグラフ紙の記事はその第一歩だったってわけね。次はウェブが自分の写真をいっしょに載せたいと言いだすはずよ」

「いまは二十一世紀なんだ、ルイーザ。世界の舞台に打って出ようとするなら、しかるべき下工作が必要になる」小指で鼻の頭を掻きながら、「ウェブは引きあわせ役だ。首相、ロイヤル・ファミリー、ピーター・ジャド。請けあってもいい。パシュキンにとっては、それはひじょうに重要なことだ。ロシアで波を起こしたかったら、世界で勇名をとどろかす必要がある」

「たしかにいまは二十一世紀よ、マーカス。でも、中世の遺物はまだあちこちに残っている。プーチンを押しのけて上へあがろうとしたら、さらし首になるのは間違いない」

「遠くへ行くときには、危険はつきものさ」

エレベーターのドアが開き、パシュキンがピョートルとキリルを猟犬のように従えて姿を現わした。

「話は以上よ」と、ルイーザは言い、マーカスは口を閉じた。

二階はキャサリンのオフィスよりざわついている。信号待ちになる時間以外は途切れることのない車の音も気になるし、三十分おきに目の前を通りすぎていくバスの乗客の顔も見える。だが、いまふたりの女性が見ているのは、バスの乗客の顔ではない。

「間違いないでしょ」

間違いない。あの男だ。

シャーリーのモニターは二分割されている。ひとつはシャーリーがデータロック社から盗みだした防犯カメラの映像で、西行きの列車の車内の様子が映っている。静止画像ではあるが、ミスター・Bの姿は不自然なくらいに動きを感じさせない。その後ろにいる若い女は、そのとき何かをしていたらしく、その表情は中途半端なところで固まっている。だが、ミスター・Bは思案にふけっているのか表情そのものがなく、車内に持ちこまれたマネキン人形のように見える。

もう一方の映像にも、同じ服、同じ表情、同じ禿げ頭の男が映っている。やはりなんの動きも感じさせない。だが、背景からはざわめきが感じられ、そこにいる人々の輪郭はぼやけている。明るいフロアを、みなスーツケースを引きずりながら急ぎ足で歩いているが、ミスター・Bはひとりつくねんと突っ立っている。

「ガトウィック空港ね」と、シャーリーは言った。

「目立っていなさそうで、充分に目立ってる」と、キャサリンはつぶやいた。

それはラムの仮説を後押ししている。わざと足跡を残しているのなら、それを最後までどらせようとするはずだ。ミスター・B、あるいはその裏にいる者は、出国のシーンを故意に見せようとしている。もちろん、そうなるまでにこれほど時間がかかるとは思わなかったにちがいない。そういった仕事を〈泥沼の家〉がしているということを知るすべはない。リージェンツ・パークなら、国内のすべての空港の監視システムにアクセスすることができるし、最新式の人物識別ソフトを使うこともできる。だが、ここアルダーズゲート通りでは、ビデオ画像を盗みださなければならず、それを時代物のソフトを使って解析しなければならない。

「プラハ行きの朝の便よ」シャーリーが言った。

「時間は?」

「アップショットでタクシーを降りた七時間後。翌朝の飛行機に乗るつもりだったのなら、どうしてそんなところに行かなきゃならなかったのか」

「いい質問だわ」キャサリンは言って、それを質問の答えにかえた。「とにかく、これで行き先はわかった。次は正体を突きとめる番よ」

「それでいい。なんの問題もない」

ウェブは携帯電話を机のいつものところに置いた。何ごとにつけてもきちんとしていないと気がすまないのだ。それから、手櫛で髪を整えた。髪も例外ではない。

ルイーザ・ガイに言った言葉に偽りはない。明日までに起こることは、すべてを完全に把握しておかなければならない。自分になんらかのスキルがあるとしたら――いや、もう少し正確に言うなら、いくつもあるスキルのうち特筆に値するものがあるとすれば、それは災厄の回避術だ。

ミン・ハーパーが死んだ夜もそうだった。あのときは、早い段階で情報を入手することができたので、ジャクソン・ラムより早く現場に到着することができた。災厄を回避できるかどうかはタイミングの問題だ。そのあと、エンバンクメントに向かい、対岸の暗い建物を見ながら、できるかぎり短い時間で思案をめぐらした。戦略とは九割がたリアクションの早さだ。時間をかけすぎると、思考は堂々めぐりになる。

今回はダイアナ・タヴァナーにすぐさま電話をかけた。「厄介な問題が発生しました」

「ハーパーね」

「お聞きになったんですか」

ため息を噛み殺しているような間があった。「わたしはここのナンバー・ツーよ、ウェブ。あなたはどんなにあがいても単なる使い走りでしかない。ええ、聞いてるわ。あなたよりまえに。ミン・ハーパーが殺されたってことでしょ」

「殺された？」

「轢き殺された。動詞よ」

「状況はいま確認中です」

「素晴らしい。もし死人の容体に変化があれば――」

「そういう意味じゃなくて――」

「そのときは知らせてちょうだい。それは起死回生の一打になる。〝MI5のエージェント、生きかえる〟。来期は保安局への応募者がどっと増えるはずよ」

話が終わったのを確認して、ウェブは言った。「ニック・ダフィーと話をしたんです。彼も現場に来ていました」

「それが彼の仕事でしょ」

「怪しいところはないと思うと言っていました。見かけどおり。つまり事故です」

沈黙。それから、「彼がそういう言葉を使ったの？」

正確に言うと、彼が使ったのは、〝もう少し調べてみないと、断定はできない。でも、酒の臭いは醸造所なみだ。轢き逃げでもない。運転手は現場に残っていた〟だった。

「大きくはちがっていません」

「報告書もそのような内容になると考えてもいいってことね」

「問題はタイミングです。〝ニードル〟での会議が迫っているので――」

「やれやれ。ミン・ハーパーはあなたの同僚だったのよ。あなたといっしょに働いていたのよ。もう忘れたの？」

「でも、あまり親しくはありませんでした」

「あなたは彼の死が自分のキャリアにどんな影響を与えるのかってことだけを考えてるようだけど、わたしにも立場ってものがあるのよ」

「わかっています。もちろん、それも考慮に入っています。あれが交通事故だったという結論が出たら、われわれはハーパーの死を公然と悼むことができるし、今回の仕事に支障をきたすこともない。でも、もしその死に疑問符がついたら、死の直前のことを根掘り葉掘り訊かれるのは避けられません。ロジャー・バロウビーが監査に血道をあげているときに、われわれが秘密裏にハーパーを使っていたことが露見したら――」

「われわれ？」

「あなたとの会話はすべて記録にとってあります。当然です。必要なことですから。ことが順調に運び、アルカディィ・パシュキンをわれわれの側につけることができたら、リージェンツ・パークやホワイトホールの面々はみなそれを自分の手柄にしようとするでしょう。特に……おわかりだと思います」

イングリッド・ターニー、とその沈黙は語っていた。

「誰がこの仕事に最初からかかわっていたのかをはっきりさせておく必要があります」

思案のための間があった。

携帯電話を耳に当てたまま、ウェブは顔をあげた。星は見えないが、ロンドンではめずらしいことではない。空が晴れているときはめったにないし、夜はいつもあらゆる種類の光が街から空へ容赦なく放たれている。明かりの量では勝負にならない。が、だからといって、星が消えてなくなったということではない。

しばらくしてようやくタヴァナーは言った。「それで、わたしにどうしろと言うの？」

「別にたいしたことではありません。電話を一本かけていただきたいだけです」

「誰に？」

「ニック・ダフィー」

「怪しいところはないと言ったんでしょ」

「ええ、言いました。大事なのは、そのことを中間報告書か最終報告書に記載させることです。〝ニードル〟での会議が終わるまで、まわりに波風を立たせたくありません」

ふたたび沈黙。

「それによって、われわれは情報戦の勝利を――」

「先走りしないで」そこでまた少し間があった。「ハーパーの死は今回のオペレーションと本当になんの関係もないのね」

「あれは事故です」

「あとになって、あれが〝よくできた事故〟で、じつは今回のオペレーションと関係があるものだったということがわかったら？」

「そんなことにはなりません。パシュキンはまだこの国に来てもいないんですよ。たとえパシュキンのたくらみに気づいた者がいたとしても、ハーパーが矢おもてに立たされるようなことはないはずです。ハーパーは小さな歯車のひとつにすぎません」

「〈遅い馬〉ってことね」

「石油の取引の話だとしか言ってありませんでした。それ以上のことは何も知らなかったはずです」

「今回のことが露見したら、気にしなきゃならないのは、ロジャー・バロウビーひとりじゃない。ハーパーはただの〈遅い馬〉かもしれないけど、馬小屋を仕切っているのが誰なのかを忘れちゃいけない」

「ご心配には及びません。踏まれたくない足には充分な注意を払っています」

タヴァナーは笑った。「ジャクソン・ラムの足は象と同じよ」そこで受話器を持つ手を変えるか何かしたらしく、小さな雑音が聞こえた。「ダフィーに話しておくわ」そして、電話を切った。

そのときウェブが考えたのは（それ以降もその考えを変える必要があると思ったことはない）、象も年をとれば死ぬということだった。テレビのドキュメンタリー番組で見たことがある。水たまりのそばに、一頭の象の死骸が横たわっている。数時間のうちに、蠅がたかり、ハゲワシやハイエナに食われて、あとには骨しか残らない。若かりしころのジャクソン・ラムは伝説的な存在だったらしいが、それはロバート・デ・ニーロも同じだ。

〝なんの問題もない〟

ルイーザ・ガイは末端の雑事にかかわっているだけで、リージェンツ・パークにも、このことを知る者はレディ・ダイを除いてひとりもいない。明日になれば、自分が——このジェームズ・ウェブが情報部はじまって以来といっていい大物の情報提供者を裏で操るようになるのだ。

あとは段取りをひとつひとつこなしていくだけでいい。

アルカディ・パシュキンは言った。「どうして動かないんだ」

シティの中心部で、前にも後ろにも車が連なっていて、前方に道路工事を示す大きな標識があることも、信号が赤になっていることも、フロントガラスごしにはっきりと見てとれる。車がどうして動かないのかというのは、金持ちだからできる質問だ。

パシュキンは言った。「ピョートル」

「道路が混雑しているんです」

「いつもこんな調子ですか」このときはルイーザに向かって言った。「だとしたら、先導車があったほうがいい。少なくとも明日は」

ルイーザは答えた。「先導車を使えるのは、皇族と大臣と国賓だけです」

「金でなんとかならないものだろうか」パシュキンはマーカスのほうを向いて、その懐具合を推しはかるような視線をやり、それからまたルイーザのほうを向いた。「あなたがたは資本主義の大先輩です。もう少し資本主義の国らしくしてもいいと思うのですが」

「あえて指摘するほどのことではありませんが、あなたたちほどすばやく資本主義を学んだ者はいません」

「英語のニュアンスがいまひとつよくわからない。一本とられたってことだろうか」振りかえりはしなかったが、これはあきらかにピョートルとキリルにも向けられた言葉だった。

キリルが答えた。何を言っているのか、ルイーザにはまったくわからない。おそらく敬語を使っているのだろうが、その口調はニューヨークの路上で交わされる会話のように、時間を尋ねているだけなのに母親を殴ったことをなじっているように聞こえる。

車の運転席と後部座席のあいだには、ガラスのパーティションがついているが、いまは閉まっていない。パシュキンは前を向いてすわり、ルイーザとマーカスは後ろを向いてすわっている。すぐ後ろの赤い大きなバスには、それほど裕福ではない人々がぎゅう詰めになっているが、のろのろ運転に対してそれほど怒りをあからさまにしている者はいないはずだ。パシュキンはいらだたしげに首を振り、フィナンシャル・タイムズ紙を読みはじめた。

車が少し前へ進んだとき、タイヤが何かを踏んだのがわかった。自転車ではない。

ルイーザは目に刺すような痛みを感じたが、まばたきをしていると治った。たいていのものは、なんでもないふりをしていれば、やがて本当になんでもなくなる。

パシュキンは舌打ちをしながら新聞をめくっている。

風貌も話し方も、政治家っぽい。カリスマ性も感じられる。おそらく、マーカスが言ったとおりなのだろう。政治的な野心も大きそうに見える。今回の会議は単に石油の取引のためというより、むしろ将来何かあったとき便宜をはかってもらうために内密の取り決めを結ぶことが狙いなのだろう。思わしい結果が出ればいいが、そうならない可能性もある。政治的ななれあいが裏目に出ることは多い。握手を交わし、武器を売ったはいいが、相手が拷問のプロで、自国の民衆から縛り首にされたのでは、目も当てられない。

隣で、マーカスが身体を動かし、脚が触れあった。一台の自転車が脇を通りすぎ、このときは、目が痛むのではなく、心臓が締めつけられ、これまで何度も考えたことが頭のなかでふたたびうごめきはじめた。口喧嘩のあと、ミンが泥酔したというのはわかる。その原因がなんだったか思いだせないほど他愛もない口喧嘩だったとしても。そして、自転車に乗っていたとき、車に轢かれて死んだ。それもありえないことではない。だが、そのふたつが立てつづけに起きるということがあるだろうか。そんなことはありえない。それを信じるのは、〝宇宙の継続性〟や〝偶発的必然〟といったものを受けいれるに等しい。そこには裏がある。人為的な何かがある。としたら、それは今回のこの仕事であり、この車のなかにいる者がかかわっているということになる。さもなくば、このことを知っている別の者が、会議を阻止しようとしているか、横槍を入れようとしているかのどちらかだろう。

ルイーザは胸のうちで可能性のある者をリストアップしかけてやめた。今日は一日ずっと暇というわけではない。

そのとき、虫歯が歯茎から抜けるように、車は渋滞を脱し、スムーズに動きはじめた。頭上では、ガラスとスティールのビルが天を摩し、歩道では、りゅうとした身なりの男女が肩をぶつけることなく行き交っている。ミンが死んでから三週間。ルイーザはここにいる。ここで仕事をこなしている。

ラムの乗ったタクシーが、スイス・コテージ近くのコインランドリーに着いたときには、持ってきたシャツをゴミ箱に捨てて、新しいのを数枚買える料金になっていた。タクシーが途切れることのない車の流れのなかに姿を消すまで、ラムは煙草に火をつけ、コインランドリーの窓に貼られたビラを眺めていた。地元のパブでのクイズ大会、コメディ・ショー、明日の〝ストップ・ザ・金融街〟のデモ行進、動物を使わないサーカス。だいじょうぶ。こちらを見ている者はいない。煙草を喫いおえると、それを足で揉み消して、なかに入った。

壁の両側に洗濯機が並び、そのほとんどがリズミカルな水の音をたてている。聞き慣れた音だ。飲みすぎて、夜中の三時に目を覚ましたときに、腹から聞こえる音に似ている。店の中央にはベンチが置かれていて、そこに四人の男女がすわっている。組み木パズルのように身体を絡ませあっている若いカップル、うつらうつらと舟をこいでいる老婦人。いちばん奥には、色黒の小柄な中年男。レインコート姿で、イーブニング・スタンダード紙を読んでいる。

ラムはその横に腰をおろした。「使い方を知ってるか？」

男は顔をあげなかった。「洗濯機のってことかい」

「金がいるのはわかる」

「洗剤もいる」男は言って、顔をあげた。「おいおい、ラム。まさかコインランドリーは初めてと言うんじゃないだろうな。われわれの世界で、コインランドリーより使い勝手がよかったのは、ふたつに破って使うポストカードだけだと思ってたんだが」

ラムは手に持っていたバッグを床に落とした。「自分は特別待遇の潜入工作員だったからな。カジノ、五つ星のホテル、ワールドクラスの娼婦。洗濯はたいていルーム・サービスに出していた」

「なるほど。そういえば、おれはジェットパックで職場へ通っていた。馘になるまでは」

ラムが手をさしだし、サム・チャップマンがそれを握った。

バッド・サム・チャップマン——かつては〈犬〉たちを束ねていたが、大金が絡んだ不祥事が発覚して、詰め腹を切らされ、そのポストをニック・ダフィーに譲り渡した男だ。最終的には、解雇され、年金も新しい職場への紹介状ももらえなかった。だが、少なくとも生きて職場を去ることはできた。いまはティーンエイジャーの家出人の捜索を専門とする探偵事務所で働いている。捜索より藁《わら》にもすがりたい思いでいる親たちに金を出させる技術のほうが上と言われているような探偵事務所だが、チャップマンが入社してからは、家出人の発見率は三倍にあがっている。だからといって、行方不明の子供の数が目に見えて減ったということにはならないのだが。

「秘密情報部員としての生活はどんな具合だい」と、チャップマンは訊いた。

「話してもいいが——」

「そのときは、おれを殺さなきゃならない？」

「正直なところ、退屈なだけだ。何かわかったか」

チャップマンは封筒をさしだした。厚みからすると、二枚の折りたたまれた紙が入っているようだ。

「これだけに三週間もかかったのか」

「あんたとちがって、おれにはなんの後ろ盾もないんだ」

「探偵事務所にも、それなりのノウハウはあるはずだ」

「ただじゃ使わせてもらえない。身内に調べさせなかったのはなぜだい」

「信用できないからだ。全員とは言わんが、まともに仕事ができる者はそんなに多くない」

「たしかに。あんたの部下はみんないわくつきだからな」チャップマンはラムが持っている封筒を人さし指で弾いた。「おれより先に調べたやつがいる」

「そうでなきゃ困る。局員が殺されたんだ」

「だが、きちんと調べていなかった」

ベンチにすわっていた若者のひとりが急に立ちあがったので、チャップマンは口をつぐんだ。少年のようにも思えるし、少女のようにも思える。もしかしたら、ふたりとも少年、あるいは少女かもしれない。どちらにせよ、いちばん近くの乾燥機にコインを入れ、機械がふたたび動きはじめると、ベンチに戻って、また身体を絡ませあう。

ラムは黙っている。

チャップマンは言った。「おれより先に調べたやつは、不審な点は認められないという結論を出したはずだ」

「実際になかったからじゃないのか」

「きちんと調べなかったからだ。現状に問題はなくても、過去にさかのぼれば、話はちがったものになる」

「それで、あんたはさかのぼった。そういうことだな」

「でも、おれの後釜にすわった男、あるいは、そいつから仕事を仰せつかった男は、そこまでさかのぼらなかった」チャップマンはだしぬけに新聞紙をベンチに叩きつけた。その音で、老婦人は舟をこぐのを一瞬やめたが、若いカップルのほうはなんの反応も示さない。「くそっ。おれが馘になったのは、単なる帳尻あわせのためだ。おれが無能だったなら、いまも仕事を続けられていたはずだ」

「かもしれん。でも、仕事場は〈泥沼の家〉のすぐそばになっていただろうな」ラムは封筒をポケットにしまった。「これであんたにひとつ借りができた」

「もうひとつ考えられる。遠い過去に何が見つかるかわかっていたから、あえてさかのぼらなかったのかもしれない」

「言っただろ。連中は信用できない」ラムは立ちあがった。「じゃ、またな」

「シャツを忘れてるぞ」

ラムは身体を絡ませあっているカップルにちらっと目をやり、「だいじょうぶ。忘れないよ」と陽気に答えた。

車の流れが途切れることのない円形広場で、タクシーを拾うには五分かかった。

〝ダウンサイド・マン〟へ向かう道すがら、リヴァーは今回の任務について思案をめぐらしていた。ミスター・Bがアップショットへ来たのは、誰かと会うためにちがいない。それは指示を出している者かもしれないし、指示を受けている者かもしれない。どっちにせよ、それが誰なのかは、いまのところ見当もつかない。

村に溶けこむのに、それほど時間はかからなかった。ここへ来るまえは、〈ウィッカーマン〉の展開を予測し、村人は不気味なマスクをかぶっているのではないかとなかば思っていたが、実際はパブに通うか、セント・ジョン教会の夕べの祈りに参加するだけでよかった。誰もが親切で、いまのところいさかいの種になるようなことは何も起きていない。

小説家という職業もツボにはまった。客観的に見て、コッツウォルズのほかの村とちがって、アップショットには、観光の目玉になるものがない。絵のような景観もなければ、画廊もカフェもユニークな書店もない。趣味人が集まって、芸術談義を交わすような場所もない。けれども、コッツウォルズのほかの村と同様、そこが中産階級の安息所であるのは間違いない。州のアートウィークのポスターには、地元の四カ所が会場になっていることが記され、表通りの納屋を模した建物のなかには、法外な値段の陶器が並べられている。小説家との相性は抜群だ。

これまで会った村人の多くは退職者か在宅勤務者で、村で活計《たっき》を立ててはいない。アメリカの空軍基地で働いていた者はずっとまえに村から去っていて、いまも残っているのは少数の農家と、大工や電気屋や配管工など一握りの自営業者だけで、職人気質が強く、手間賃はそれ相応に高い。

生粋のアップショットっ子はいくらもいない。二十代の若者はみな移住者の子供で、ケリーもそのひとりだ。父親はいまも事務弁護士として働いている。ケリー自身は政治学の学位を持っていて、バーテンダーというのは本職ではなく、自分が本当にしたいことを決めるまでの単なる腰かけにすぎない。政治学の学位は見かけほど役に立たないようだ。だが、現状に不満を持っているわけではない。友人も多い。不動産業者やグラフィック・デザイナーや建築家などで、勤務先は遠くてもウスターどまり。夜になると、アップショットに戻ってきて、パブに顔を出すか、軍の演習場のそばにあるクラブハウスに行って、レイ・ハドリーの小型飛行機に乗ったり整備したりしている。村はまさしく〝紐帯〟だ。空を飛ぶという自由を手に入れるためには、どうしても村に帰らなければならない。年齢は自分とそんなに変わらないが、多少の代償を払ってもやりたいことをするのは若さの特権だ。

他方で、ミスター・Bがここに来た理由は依然としてわからない。もしかしたら、ラムが言ったとおり、今回の一件の中心にはアメリカの旧空軍基地があるのかもしれない。当時はどの地図にも載っていなかったが、そもそもアップショットは基地の村だったのだ。だから、小説家になりすまし、基地を小説の舞台にすることにしたのだ。アメリカ軍は撤退し、いまそこはイギリス軍の射撃演習場となっている。アメリカ軍が隠していたものが、十五年後のいまも残っているとは考えにくいが、それでも調べてみる価値はある。いずれにせよ、ほかに調べるべきものはない。ミスター・Bが演習場に行ったとしたら、自分もそれと同じことをする必要がある。夜の闇にまぎれて、フェンスを乗り越えるのだ。それを実行に移すことはすでに決まっている。

だが、土地鑑がないというのはつらい。溝に落ちるか、逮捕されるかして、ジ・エンドという結果になるとまずい。ひとりでは行かないほうがいい。

マーカスが言ったとおり、〝ニードル〟という名前はアンテナ塔に由来するものだが、建物全体もひじょうに鋭い印象を与えている。全高三百二十メートル。陽光に向かってのびる建物の基礎部分は、雛壇状に掘りさげられていて、赤煉瓦が敷きつめられている。ところどころに置かれた大きなブロンズの鉢のなかの樹は、ひょろ長く、貧相だが、鉢のサイズからすると、数年後には、そこに大きな木陰ができるにちがいない。ところどころに石のベンチが置かれ、そのまわりには踏みつぶされた煙草の吸い殻が散らばっている。建物の脇には、スポットライトが等間隔に設置されていて、夜になれば、カーニバルの会場のようになるはずだ。だが、陽の光のなかでは暗い感じがし、見る角度によっては、不気味で、禍々しく、トラブルを招き寄せようとしているように思える。

八十階分の建物のうち下から三十二階まではホテルになっているが、まだ開業していない。でなかったら、パシュキンはそこのスイートを予約していただろう。上層階は賃貸のオフィスになっているが、まだあちこちに空きがある。それでも警備体制はしっかりしていて、テナントの増加により、警戒レベルは最近さらに数段階引きあげられていた。新たに入居したテナントのなかには、アップルのライバルと目され、現在、世界規模の新たな電子書籍のリーダーの市場投入をくわだてているランブル社、ケーニッヒ・ダイヤモンド社、バイフォード・ジェニングス・ホエール社、中国系の証券会社などがある。ほかの多くの銀行や保険会社、金融商品のディーラーやリスク・マネージメントのコンサルタント会社と同様、〝ニードル〟の眩しい光と壮大な眺望に引かれて入居したが、本拠地はいずれも租税回避地域《タックス・ヘイブン》にある。さながら小さな国連だが、そこで社会のために何ができるのかが語られることはない。

はじめてここに来たとき、ルイーザはミンといっしょに階段を降りて、ひとつ下の階まで行った。だが、そこのドアは火事などの非常時以外は階段側から開かないようになっていて、その先に進むことはできなかった。オフィス・フロア用のエレベーターは、ホテル・フロア用のものとは別で、誰でも利用できるわけではない。各階のロビーには防犯カメラが設置されている。今回スパイダー・ウェブが手配した会議用の部屋のオーナーが誰かはわからない。その名前は故意に伏せられている。それが誰であれ、交渉の余地はあったということであり、ウェブはこういうときのために他人の秘密を収集している。ミンに言わせれば、笑いの種というこことになるが、ウェブの場合、笑いものにしたあと、かならず後ろを振りかえって、本人が聞いていないかどうか確認する必要がある。

ルイーザはとつぜん首を振った。いま考えてはいけない。いまミンのことを考えてはいけない。仕事に集中しなければならない。みずからの秘密を顔に出してはいけない。

「何か問題でも?」

「いいえ、なんでもありません」

アルカディ・パシュキンはうなずいた。

そして、考えは頭のなかに隠しておかなければならない。自分を見るパシュキンの目つきは、顔の表情から何かを読みとろうとしているようで、気分が悪い。

エレベーターは高速で空に向かっている。このときは、受付で全員の氏名の記載を求められた。誰が建物内にいるのかを記録に残すことが、セキュリティ上義務づけられているのだ。だが、会議当日には、この手続きは踏まなくていい。業務用のエレベーターを利用するためのカードキーをウェブから預かっているので、地下駐車場からそれに乗りこめば、レーダーに探知されることなくシティの上空にあがっていくことができる。自分たちがそこにいることは誰にも知られない。

だが、この日は誰に見られているかわからない。たとえば、アトリウムのなかにつくられた小さな熱帯雨林の樹のあいだから。それはホテルのエコ戦略の一環で、木々がそこに根をおろしたのは三週間前のことだ。宿泊客は大都会の喧噪に疲れたら緑に包まれ、自然に飽きたらバーやサウナに入ることができる。森のまわりの作業員の数は徐々に少なくなりつつあるが、それでも一カ月後に控えたワールドクラスのホテルのグランドオープンに向けて準備は着々と進んでいる。

「中国では」と、パシュキンが言う。「これだけの規模で、これだけの意匠をこらした……」

パシュキンは言葉に詰まり、ピョートルに助けを求めた。

「しつらえ」と、ピョートルが答えた。

「これだけの意匠をこらしたしつらえでも、一ヵ月でつくってしまいます」

マーカスが言う。「中国では、健康や安全に配慮しなくていいからです」

部屋に入ると、パシュキンは距離を測るようにテーブルの周囲を歩きまわりはじめた。途中、ロシア語で一言二言短い言葉を発したが、それはどうやら質問らしく、そのつどピョートルかキリルがさらに短い言葉をかえしている。マーカスは腕を組んで、ドアの横に立っている。以前は第一線で鳴らしていた男だ。精神に変調をきたしたという噂があるが（真偽のほどは定かでない）、それまでは今回のこんな仕事よりずっと重要な任務をいくつもこなしていたにちがいない。いまは窓外の眺望に目を奪われることもなく、ピョートルとキリルを交互に見つめている。

パシュキンは上着の両ポケットに親指をひっかけ、唇を引き結んで、そこに入居する際の値引き交渉の材料を探すように周囲を見まわしている。それから、ドアの上部に設置された防犯カメラのほうに顎をしゃくって言う。「作動しているんですか」

「いいえ」

「録音装置の類はないと考えていいんですね」

「もちろんです」

頭のなかのチェックリストをつぶしていくみたいに、パシュキンは続けた。「非常時の備えは？」

「北側と南側に非常階段があります」ルイーザは言って、念のため方角を指し示した。「エレベーターは停止し、使えなくなります。非常階段は強化構造になっています。そこのドアはすべて耐火性で、非常時には自動解錠します」

パシュキンはうなずいた。彼がどんな非常事態を想定しているのかはわからない。だが、予測がつかないのが非常事態というものだ。

よそう。つまらない言葉遊びをしている場合ではない。

パシュキンが言う。「ここからだと、階段を降りるのは大変ですね」

「まだましです。あがってくることを考えれば」

パシュキンは笑った。恰幅のいい身体の中心から湧きあがってきたような野太い笑い声だ。

「たしかに。でも、七十階分の階段を駆けあがらなきゃいけない非常事態とは、どんな状態のことを言うんでしょうね」

それがどんなものかはわからない。が、最初はたいしたことがなかったとしても、屋上にたどりつくころには、重大な事態になっているのは間違いない。

ルイーザはマーカスといっしょに窓辺に歩み寄り、ロシアの二人組がそのあとに続いた。

前回ここに来たときは、目の前に広がる光景に圧倒された。大きな空、眼下に広がる街。素晴らしい眺めだが、富の腐臭がする。そういえば、あの日はそんなことばかり考えていた。金がほしかった。ミンとふたりでもっとまともな家に住みたかった。このスペースの一部を自分たちのものにしたかった。あのとき、ミンは手を触れることができるところにいた。充分な金もスペースもなかったが、あのときの自分たちはいまよりずっと多くのものを持っていた。

一台の救急用のヘリコプターが視界に入ってきて、東西を分割するように飛んでいく。音は聞こえない。意図したものではあるまいが、赤トンボに似ていて、なんとなく間抜けに見える。

パシュキンが言う。「階段を降りてみましょうか。非常事態に対応できるかどうか試すんです」

ルイーザは振りかえった。マーカスはテーブルの前に行き、その上に手をついて、身を乗りだしている。何かをやりかけて中断したような感じがしたが、その表情からは何も読みとれない。

「いい考えがあります」と、ルイーザは言った。「エレベーターを使いましょう」

タクシーの後部座席で、ジャクソン・ラムはチャップマンから受けとった封筒を開き、なかから二枚の用紙を取りだして読んだ。それからずっと上の空だったので、もう少しで領収書をもらいそこねるところだった。

〈泥沼の家〉に戻り、自分の部屋に入ると、そこにスタンディッシュがいた。四階分の階段をあがってきたかのように、頬が紅潮している。「ミスター・Bの名前がわかりました」

「驚いたな。まだ調べていたのか」

ラムはコートを脱いで、放り投げた。スタンディッシュはそれを受けとり、自分の腕にかけた。「アンドレイ・チェルニツキーです。出国の際に、その名前のパスポートを使っていました。本部のデータベースにも記載されています」

「言わなくてもいい。下っ端スパイだ」ラムは油で後ろに撫でつけた薄い髪に指を走らせながら、机の向こうの椅子にすわった。「KGBだが、ランクインはしていない。力仕事で手助けが必要なときに呼ばれていただけだ」

「ご存じだったんですね」

「下っ端スパイはみんな知っている。出国したのはいつだ」

「ディッキー・ボウを殺害した翌朝です」

「殺害したという言葉に、括弧はついていないようだな。わしを信用する気になったということか、スタンディッシュ」

「信用していなかったわけじゃありません。ただ、調査のためにリヴァーをひとりで送りだすのが適切な方法かどうか確信できないだけです」

「ああ。もちろん、報告書を作成して、ロジャー・バロウビーに提出することもできた。そうしたら、やつは報告書を三人の部下に読ませて、意見を聞き、問題がないということになれば、対策を検討するための暫定委員会を開いて、それから――」

「よくわかりました」

「よかった。自分でもそろそろ退屈しはじめていたんだ。ところで、その名前はどうやって見つけだしたんだ。ホーに調べさせたのか。勤務時間中はコンピューター・ゲーム以外のことはしないと思っていたのに」

「ホーは〈保管庫〉の仕事に精を出しています」

「わしの尻にも精を出してくれんかのう」一呼吸おいて、「これはいまいちだったな。聞かなかったことにしろ」

「あなたはアンドレイ・チェルニツキーの顔を知っていたんですね」

「知っていたら、そう言ってたと思わんか」

「それはあなたの気分次第でしょう。でも、わたしの質問の意図は別のところにあります。ディッキー・ボウはあきらかに知っていたということを言いたかったのです。ということは、チェルニツキーは以前ベルリンにいたということです」

「意味もなくスパイの巣窟と呼ばれていたわけじゃない。スパイなら、どんな三下でも一度は行っている」ラムは煙草を取りだして、一本を口にくわえた。「何か考えていることがあるのか」

「ええ。わたしの考えでは――」

「聞いてやるとは言ってない」そして、煙草に火をつける。新しい煙草の臭いが部屋に満ち、古い煙草の臭いにとってかわる。「今日の仕事はどうなっている。いまこの机には報告書が載ってなきゃいけないはずだが」

「ディッキー・ボウは拉致されたとき――」

「当時は〝略取〟と言っていた」

「ディッキー・ボウは略取されたとき――」

「どうしても聞かなきゃならんということか」

「そこにふたりの人間がいたと言っています。ひとりはアレクサンドル・ポポフと名乗る男です」手で煙を振り払いながら、「もうひとりは誰か。おそらくチェルニツキーだと思います。そのときはポポフのボディガードか何かだったんでしょう。だから、ボウは取るものも取りあえずあとを追った。相手は昔どこかでちらっと見たことがあるというだけの男じゃなかった。忘れようとしても忘れられない、もしかしたら大きな恨みを抱いていたのかもしれない男だった」

煙草をくわえているにもかかわらず、ラムの口はガムを嚙むように動いている。口のなかで舌を動かしているのだろう。

「それがどういう意味かわかっているのか」

「ええ」

「それはわかっているということなのか。それとも、〝ええ〟と言っておけば、それがどういう意味なのかをわしが話し、きみはそれを最初からわかっていたようなふりができるということなのか」

「連中はボウを拉致し、無理やり酒を飲ませ、それから解放した。大事なのは拉致することではなく、ふたりの姿をボウに見せることだった。そうすれば、通り道にちらっと姿を見せるだけで、ボウは従順なプードルのようにあとを追いかけてくる」

「やれやれ」ラムはため息をついた。「わしのこのとまどいは、どっちのせいだろう。何者かが二十年ごしの作戦を立てていたことか、きみがそれをあばきたてたことか」

「ポポフがイギリス人のスパイを二十年前に拉致したのは、しかるべきときにそれを非常ベルのように使うためです。ほかには考えられません」

「ポポフは実在の人物じゃない」

「でも、ポポフをつくった人物は実在します。今回のことはその人物の計画の一部だったのです。〈蟬〉と呼ばれる潜入スパイの件も同様です」

「ソ連のスパイが二十年前にどんな計画を立てたにせよ、消費期限はとっくに切れている」

「計画の中身は変わっているかもしれません。そのときそのときの状況に応じて。決してご破算になったわけではありません。あなたは過去の亡霊を追いかけているわけじゃない。過去の亡霊のほうが〝こっちを見ろ！〟と大騒ぎをしているんです」

「その目的は？」

「それを知る手がかりはありません。ただ、リヴァーをひとりでアップショットに送りこむだけじゃなく、もっときちんとした対応が必要なのはたしかです。チェルニツキーがアップショットに行ったのは、それなりの理由があったからです。論理的に唯一考えられるのは、そこにネットワークの中心人物がいるということです。あなたの命を賭けてもいいですが、その人物はリヴァーが見せかけどおりの人間でないことに気づいているはずです」

ラムはしかつめらしい顔で言う。「賭けるなら、リヴァーの命にしろ。わしにとっては、そのほうが都合がいい」

「笑いごとじゃありません。リヴァーの報告書に出ている名前をチェックしましたが、ソ連の工作員らしき者は見つかりませんでした。当然でしょう。でなかったら、これだけの長期にわたって潜伏しつづけることはできなかったはずです」

「わしに話しているのか。それとも、しゃべりながら考えているだけなのか」煙草を喫いおえると、吸い殻をコーヒーカップのなかに放りこんで、「ボウは殺された。そりゃ悲しいことではある。でも、珍しいことじゃない。殺害の目的は足跡を残すことであって、リヴァー・カートライトを罠にはめるためじゃない。情報部員なら誰でもいいから、そのひとりをなんらかの理由でそこに呼び寄せたかったんだ。誰がなぜそんなことをしたのかは、遅かれ早かれ、おそらく早かれのほうだろうが、あきらかになる」

「だから、何もしないと？　それがあなたの計画ですか」

「心配するな。そのあいだも考えるべきことは山ほどある。レベッカ・ミッチェルという名前に聞き覚えはあるか」

「ミンを轢いた車を運転していた女性ですね」

「ああ。ミンは酔っぱらっていて、車を運転していたのは女だった。〈犬〉どもが事故と見なすのも無理はない。でも、それは間違いだ」ラムはチャップマンから受けとった封筒をポケットから出して、机の上に放り投げた。「〈犬〉どもは彼女の過去十年を調べている。その間はなんの問題もなかった。われわれの仲間を轢き殺したこと以外は。でも、連中のやり方は間違っていた。本当なら、十年ではなく、彼女の経歴のすべてを徹底的に調べるべきだったんだ」

「で、何がわかったんです」

「わかったのは、以前は別人のようだったということだ。九〇年代には、手のつけられないやんちゃ娘で、男たちと遊びまわっていた。わけてもお気にいりだったのが情熱的なスラブ人で、ウラジオストク出身の男ふたりと六カ月間同棲し、そいつらの力を借りてケータリングのビジネスを始めた。もちろん、そのスラブ人はとうの昔にどこかに姿を消している」そして、付け加える。「もちろん、それは単なる状況証拠でしかない。レベッカ・ミッチェルがシロだという可能性は依然として残っている。ご感想は？」

キャサリンが品の悪い言葉を使うことはめったにない。だが、このときは毒づいた。

「もっともだ。わしもそう思う」ラムはコーヒーカップを口もとに運びかけたが、灰皿にしていたことを思いだしてやめた。「問題は次々に出てくる。スパイダー・ウェブと会うことになっているロシア人が何をたくらんでいるかは知らんが、それがハーパーを殺さなきゃならないほど危険なものであるのは間違いない」そして、カップを机に戻す。「悪いことは続くものだ。ちがうか」

ロシア人の一行をホテルへ送りとどけると、ふたりは地下鉄の駅へ向かって歩きだした。マーカスはタクシーに乗ろうと言ったが、道路は渋滞している。だが、ルイーザがタクシーを拒んだ理由はそれだけではなかった。タクシーに乗れば、マーカスと話をせざるをえない。地下鉄なら、しばらくはおとなしくしていてくれるだろう。そういう読みだった。けれども、駅の階段を降りながら、マーカスは言った。「あの男をどう思う」

「パシュキンのこと?」

「ほかにいるかい」

「仕事の相手。それだけのことよ」ルイーザはオイスターカードを自動改札機にあてがった。ゲートが開き、通り過ぎる。

すぐ後ろからマーカスが言う。「あの男はマフィアだ」

ウェブもそのようなことを言っていた。かつてマフィアだった男。だが、いまはエスタブリッシュメントだ。少なくとも、エスタブリッシュメントで通る財力の持ち主ではある。ロシアではどうか知らないが、イギリスでは、金持ちになれば、かつてマフィアだったことは、属していないクラブのネクタイを締める程度の話で、とりたてて問題視されることはない。

「上物のスーツ、上品な物腰。英語はおれよりうまい。石油会社を所有している。それでも、マフィアだ」

エスカレーターの手前に案内板が置かれ、明日予定されているデモのせいで、ダイヤが乱れる可能性がある旨が告知されている。デモのスローガンは〝反銀行〟で、参加者が増えると、不測の事態が発生する恐れは充分にある。

「かもしれない。でも、ウェブは王族なみに扱えと言っている。わたしたちはそれに従うしかない」

「未成年のマッサージ嬢をあてがうとか、一袋のコカインと引きかえに一物をしゃぶってやるとか？」

「ウェブがイメージしている王族とはちょっとちがうと思うけど」

列車に乗りこむと、ルイーザは目をつむり、思案をめぐらしはじめた。頭に入れておかなければならないことのひとつに、まずはデモ行進のことがある。怒れる市民が二十五万人も集まれば、何も起こらないほうがおかしい……こんなふうに思案は先へ先へと進んだ。だが、それは単なるアリバイ工作でしかない。誰かが頭のなかを覗き見る装置を発明していないともかぎらない。明日までには、〝ニードル〟までの経路やら何やらといったことは、クリスマスのクラッカーほどの意味しか持たなくなっている。

マーカスがまた話しかけてくる。「ルイーザ？」

目を開く。

「着いたよ」

「わかってるわ」ルイーザは言ったが、マーカスは訝しげな目をしている。

プラットホームから通りへ出るまでのあいだ、マーカスはずっとルイーザの一歩か二歩後ろを歩いていた。ルイーザはその視線が首筋に刺さり、熱を帯びるのを感じた。

気にすることはない。明日のことは考えなくていい。明日はない。今夜のことだけを考えていればいい。

リヴァーがパブに入ると、ふたつのテーブルから同時に挨拶の声がかかった。ロンドンなら、自宅の近くのバーに何年通っていたとしても、そこで会った者たちが追悼用の花輪に入れるべき名前を知ることは決してない。いや、それは自分に限ったことかもしれない。うまく友人をつくることができるのは、他人のふりをしているときだけなのかもしれない。挨拶をかえして、スティーヴンとメグ・バターフィールドのテーブルに立ち寄り、一杯おごろうと言ったが、どちらも酒は足りているとのことだった。ケリーはカウンターの向こうに立って、布巾でグラスを拭いている。

「お久しぶり」と、ケリーは言う。

からかわれていることはわかっているが、不愉快ではない。

ミネラルウォーターを注文すると、ケリーはほんの少し眉をあげた。「何かいいことがあったの？」

ケリーがミネラルウォーターを取りにいったとき、胸がうずくのがわかった。良心の呵責でなければいいのだが。たとえどこか別のときに別の場所で出会ったとしても、今回と同じところへたどりつくため最善を尽くしていただろう。それでも、身元を偽っていることがばれたら、ペニスをちょん切られるかも——

「酢漬けの卵はいかが？」

「えっ、なんだって？」

「酢漬けの卵はいかがって言ったのよ。こんな片田舎にも、おいしいものはいろいろある」

なんとなくわざとらしい言い方だ。先ほど堪能したばかりのおいしいものを思いださせようとしているのかもしれない。

「たしかに。でも、いまは遠慮しとくよ。今夜はフライング・クラブのメンバーは来てないのかい」

「ちょっとまえにグレッグが来てたわ。お目当てのひとがいるの？」

「お目当てのひとはここにいる」リヴァーは小声で言う。

「壁に耳ありよ」

「口にチャックをしておくよ」

「そのほうがいい。あなたはいまもまだスパイされてるんだから」

その言葉を耳に残したまま、リヴァーはバターフィールド夫妻のテーブルに戻った。

スティーヴンとメグのあいだには、ダミアンという息子がいる。ダミアンはケリーと同じフライング・クラブのメンバーだ。スティーヴンはかつて出版社を経営していたが、いまはリタイアしている。メグはモートン・イン・マーシュにあるブティックの共同経営者だ。スティーヴンの言葉を借りるなら、田舎にいるが田舎者ではない。一カ月に二度はロンドンに行って、友人を訪ねたり、食事を楽しんだり、芝居を観たりして、〝文化の香りを忘れないようにしている〟。一方で、ハンチング帽をかぶり、緑色のVネックセーターを着て、銀の石突きのステッキを持って村を歩くのも、それはそれで悪くないと思っている。郷に入っては郷に従えというわけだ。

スティーヴンはリヴァーに訊いた。「筆の進み具合はどうだい」

「ぼちぼち。まだ書きはじめたばかりだから」

「まだリサーチ中なの?」と、メグ。目はこちらに向けられているが、長い指はテーブルの上に置かれた喫煙具(煙草の葉の包み、巻き紙、使い捨てのライター)をいらだたしげにもてあそんでいる。この日は、白いものが混じったブロンドの縮れた髪を、黒いシルクのスカーフで包んでいるが、それも、目尻の皺も、服装(銀色の糸がきらきら輝いている足首丈のスカート、深いポケットのついた黒のカーディガン、放浪中のベドウィン族のように身体に巻きつけた赤い房べり飾りのショール)も、いかにも愛煙家っぽい。ロンドンなら時代がかったヒッピー以上のものにはならないが、ここでは非番の魔女で通る。古くさい言い方になるが、恋に悩む若者のために惚れ薬をつくっている姿が目に浮かぶ。都会では考えもしないことだが、ここではもしかしたらと思うから不思議であり、面白い。

夫妻はソファーに並んで腰かけていて、微笑ましい感じがする。「ぼくの仕事はリサーチが九十パーセントなんです」と、リヴァーは言った。小説家のふりをするのは滑稽なくらいに簡単だ。「書くのはそんなに手間じゃない」

「さっきレイとあなたのことを話してたのよ。レイとはもう顔をあわせた?」

まだ会ったことはないが、名前は何度も聞いている。レイ・ハドリー――つねに村の活動の中心にいる人物で、教区会や学校の理事会をはじめ、主だったすべての団体の代表者になっている。そして、フライング・クラブの世話役でもある。元パイロットで、小型飛行機を所有し、軍用地のそばの格納庫に保管している。だが、なぜか会えない。

「いいえ、まだです」

いつも、出ていったばかりだったり、もうすぐ来るはずなのに結局は来なかったりと、すれちがいばかりなのだ。アップショットでの立ちまわり先は、このパブ以外いくらもないが、この数週間は、そのどこかでかなりの時間をつぶしていたということになる。

「レイは軍の幹部連中と昵懇《じっこん》にしていてね」と、メグは言う。「よく基地に出入りしているわ。そうよね、あなた」

「事情が許せば、入隊していたはずだ。いまでもその気持ちは変わってないと思う。アメリカのジェット機を操縦できるのなら、金玉のひとつくらいは喜んでさしだしただろうよ」

「信じられないわ。まだ一度も会ってないなんて。わざと避けられてるわけでもないでしょうに」

「もしかしたら、今朝、店の近くでちらっと見かけたのがレイだったのかもしれない。背が高くて、頭が禿げていて……」

メグの携帯電話が鳴った。着信のメロディーは〈讃えよ、悪魔〉《アヴェ・サタニ》。「息子からだわ。ちょっと失礼。もしもし、ダミアン……ええ、そうよ……さあ、そういったことはよくわからないわ。父さんに訊いてみて」メグはスティーヴンに携帯電話を渡すと、「ごめんなさい。ちょっと一服してくるわ」と言い、喫煙具一式を持って戸口へ向かった。

ダミアンは車のトラブルで困っているらしく、電話が長引きそうだったので、スティーヴンはリヴァーに向かって申しわけなさそうに眉を動かしてみせた。リヴァーは気にすることはないと身振りで伝え、またカウンターのほうに歩いていった。

パブの漆喰の壁には農機具がかけられ、オークの梁には紙幣がべたべたと貼りつけられている。店の隅には、今と昔の村人の写真が飾られている。その多くは緑地で撮影されていて、初期のものはモノクロで、みな慎ましやかな格好をしている。七〇年代には〈くまくんトリオ大脱走〉の〈モジャモジャくん〉・ファッションへ変わり、いちばん新しい写真には、まえの世代より若々しく身ぎれいに見える九人の若者が映っている。三人は女性で、中央にいるのはケリー・トロッパーだ。そこは飛行機の滑走路で、後ろには小型飛行機がとまっている。

はじめてここにやってきた夜、この写真を見て、そこに写っている者のひとりが先ほどビールを出してくれた女性であることに気づいたとき、ひとりの男が近づいてきた。年はリヴァーと同じくらいだが、身体つきは向こうのほうがずっとがっしりしている。髪を短く刈りこみ、顎や唇の上に薄く髭をたくわえているせいで、頭部がボウリングのボールのように見える。眼光は狡猾さと疑い深さをはらんで鋭い。ほかのパブでもこういった目を見たことがある。いつもトラブルを起こしているというわけではないが、何かあったときには、たいていその中心から遠くないところにいる。

「あんたはどこの誰なんだい」

ここは礼儀正しくしておいたほうがいい、とリヴァーは思った。「ぼくの名前はウォーカー」

「ほう」

「ジョナサン・ウォーカー」

「ジョナサン・ウォーカー？」男はそれが軟弱な響きを持つ名前であるかのように節をつけて繰りかえした。

「きみの名前は？」

「なんでおれの名前を教えなきゃならないんだ」

そのとき、もうひとつの声が割ってはいった。先ほどのバーテンダーの女性で、「お行儀が悪いわよ」と、ぴしゃりと言い、それからリヴァーのほうを向いた。「このひとはグリフ・イェーツよ」

「グリフ・イェーツ」と、リヴァーは言った。「ぼくも節をつけて言ったほうがよかったのかな。この村の風習はまだよくわかっていなくてね」

「ほう。聞いたふうな口をきくじゃないか」イェーツは言って、手に持っていたジョッキをカウンターに置いた。

このとき、リヴァーはとつぜん祖父の言葉が聞こえたような錯覚に陥った。〝潜入して五分もたっていないのに、おまえはもうみんなのまえで騒動を起こそうとしている。新しい身元の何がトラブルの原因なんだ〟

「まえにもそんなやつがいた。夏のあいだだけジェームズの代役を務めるために街からやってきたおとぼけ野郎だ。そいつがどうなったかわかるか」

選択肢は限られている。「さあ。どうなったんだい」

「Uターンさ」イェーツは一呼吸おき、それからげらげらと笑いだした。「そうとも。尻尾を巻いてそそくさと逃げ帰ったんだよ」

イェーツが笑いつづけたので、リヴァーも途中でそれに加わり、ビールを一杯おごることにした。

出だしはそんな具合だったが、その後はどれほどの波風もたたなかった。その後わかったところによると、グリフ・イェーツは純粋のアップショットっ子で、この村ではいささか浮いた存在であるらしい。フライング・クラブのメンバーより少し年が上ということもあり、彼らに対する思いの半分はやっかみであり、あとの半分は露骨な対抗心だという。

だが、今夜は来ていない。いまはそのかわりにアンディ・バーネット（九七年の選挙で労働党に投票したことから、渾名はレッド・アンディ）がいる。というより、ついさっきまでいて、カウンターの上には、飲みかけのビールとナンバープレース・パズルの表が置かれている。

近くに誰もいなかったので、このときのケリーは満面に笑みをたたえていた。「今夜はこれで二度目ね」

口のなかにはまだ彼女の感触が残っている。「きみにまだ一杯もおごってなかったと思って」

「ごちそうしてもらうのは、カウンターのそちら側にいるときにするわ」リヴァーが手に持っていたグラスに顎をしゃくって、「そのときはミネラルウォーターじゃ駄目よ」

「明日の夜も仕事?」

「あさっての夜も」

「じゃ、明日の昼間は?」

「我慢ができないってこと?」女性には、一度関係を持った者だけに投げる視線がある。このときのケリーの視線がそれだった。「言ってあったでしょ。明日は飛行機に乗るのよ」

「そうだったね。行き先はどこなんだい」

この質問が面白かったようだ。「行き先は空よ」

「つまり内緒ってわけか」

「気にしないで。すぐにわかるから」身体を前に乗りだして、「今夜は十一時半までなんだけど、それからなら、さっきの続きをするのもありよ」

「ごめん。そうしたいのはやまやまだけど。ちょっと立てこんでいてね」

ケリーは眉を吊りあげた。「立てこんでいる？　こんな田舎で、パブの閉店時間を過ぎたあと、何をすることがあるというの？」

「きみが考えてるようなことじゃないよ。ただちょっと――」

「若い衆はいいね。彼女を口説いているところかい」

声をかけたのはレッド・アンディだった。ジャケットにまとわりついた臭いからすると、どうやら煙草を喫いにいっていたようだ。

「やあ、アンディ」と、リヴァーは言った。

「さっき店の前でメグ・バターフィールドと話をしていたんだ」ビールを飲みほすために一呼吸おいて、「おかわりを頼む、ケリー。それから、この若者にも一杯おごろう。メグが言ってたが、仕事のほうは順調らしいね」

「せっかくだけど、帰ろうと思ってたところなので」

「それは残念だ。仕事の話を聞きたかったんだが」アンディ・バーネットは村の鼻つまみ者だ。自称作家で、自叙伝を自費出版したことがあり、〝その筋の専門家に高く評価されてね〟というのが口癖になっている。初対面の者は、会って二分後にかならずその台詞《せりふ》を聞かされることになる。

「ある程度まとまったら、ぜひ読ませていただきたいね」

「真っ先にお見せしますよ」

背後に風を感じ、誰かが店に入ってきたことに気づいたとき、バーネットは言った。「おっと、厄介者の登場だ」

それが誰のことなのかは、振りかえるまでもなくわかった。

日が翳りはじめたころ、ルイーザは若い外国人観光客の一団といっしょにマーブル・アーチ駅で地下鉄を降りた。大きなリュックサックのあいだを縫って歩きながら、夜の空気を吸いこむと、車の排ガス、香水、煙草、そして公園の木のかすかな匂いがした。階段の上で立ちどまると、地図を広げ、二分ほど見つめてから閉じる。誰かがあとを尾けているとすれば、並みの腕前ではない。

もっとも、尾行される理由があるわけではない。この夜のルイーザは夜遊びをしている普通の女だ。通りには、ぴちぴちの若い女もいれば、それほどぴちぴちでも若くもない女もいる。このときのルイーザはこれまでとは別人のように見える。黒いワンピースは膝上の丈で、ジャケットを脱げば、肩があらわになる。買ってから四年、いや五年はたっていて、それなりの使用感はあるが、目立つほどではない。ストッキングは薄手の黒。髪は赤いヘアバンドで後ろに流している。いい感じだ。男受けするのは間違いない。

肩にかけているストラップ付きのバッグは、女の七つ道具を入れるのにちょうどいいサイズだ。ただし、七つ道具の品目はひとによって違う。ルイーザの場合は、携帯電話、財布、口紅、クレジットカード。それに、インターネットで購入した催涙スプレーと樹脂製の結束バンドが加わる。ネットでこのような買い物をするのは、いかにも素人くさいし、思慮に欠ける行為で、頭の片隅ではミンがいたらなんと言うだろうと思ったが、それはナンセンスというものだ。ミンがこのことを知りうる状態にあれば、こんな馬鹿げたことをするはずはない。

夜のアンバサダー・ホテルは昼間とはちがった表情を見せている。もう少し早かったら、スティールとガラスの巨大な石柱のようにしか見えなかっただろうが、このときは十七階分のすべての窓が、行き交う車のライトを反射させて光り輝いている。そっちのほうに歩いていきながら電話をかけると、二度目の呼びだし音で返事がかえってきた。「すぐに降りていく」

あがってきてくれという言葉を期待していたが、焦ることはない。そうなることはわかっている。

ロビーの壁はミラー張りで、自分の姿を見ないでいることは不可能だった。それでまた考えてしまう。ミンはこの格好をどう思うだろう。このワンピースも、ストッキングごしのふくらはぎも、きっと気にいってくれるだろう。けれども、それがほかの男のためのおめかしだとわかれば、心臓を氷で刺し貫かれたような思いをするにちがいない。

しばらくして、エレベーターが降りてきて、なかからアルカディ・パシュキンが出てきた。ひとりだ。いいぞ。

ロビーを横切りながら、パシュキンは歯を見せないよう気をつけていたようだが、ルイーザの手を取って唇に当てたとき（ますますいい！）、その目には狼のような光が宿っていた。

「今夜はいちだんと魅力的だ、ミズ・ガイ」

「ありがとうございます」

このときのパシュキンのいでたちはダークスーツに、襟なしの白いシャツ。そのいちばん上のボタンをはずして着ている。首には真紅のスカーフ。

「ちょっと歩きませんか。今夜は暖かいから」

「程よい暖かさです」

「街を見てまわりたいんだが、なかなか外へ出る機会がなくてね」と言いながら、パシュキンは若いフロント嬢に会釈し、ルイーザといっしょにパーク・レーンに出た。「モスクワでもロンドンでもパリでもニューヨークでも、大都市は歩いて楽しむのがいちばんだ」

「みんなそう思ってくれたらいいんですが」ルイーザは車の音に掻き消されないよう大きな声で言った。まわりを見まわしたが、尾けている者はいない。「今夜はわたしたちだけなんですね」

「そう。ふたりだけです」

「じゃ、ピョートルと……ええっと、もうひとりの――」

「キリル」

「そのふたりは骨休めってことですか。部下思いなんですね」

「そういうご時勢なんです。部下を大事しないと、すぐに逃げられてしまう」

「たとえゴロツキであっても？」

ちょうど道路を渡るところだったので、パシュキンに腕をとられていたが、手の力に変化は感じられなかった。反対に、そのときの返事には面白がるような響きがあった。「そう。あなたが言うように、たとえゴロツキであっても」

「冗談です。茶化しただけです」

「茶化されるのは嫌いじゃありません。おのずと限度というものはあるが。ええ、わたしはふたりに休みをやりました。今夜は仕事じゃないと思いたかったからです。でも、驚きましたよ。まさかあなたから電話がかかってくるとは思わなかった」

「本当に？」

パシュキンは微笑んだ。「本当に。嘘をつくつもりはありません。もちろん、女性から電話をもらうことはある。イギリス人からも。イギリスの女性は少し……控えめ、というのは適切な表現でしょうか」

「ええ、適切な表現です」

「昼間のあなたはひじょうにビジネスライクだった。なにも非難しているわけじゃない。むしろその逆です。念のために尋ねておくが、今回のことはわたしの解釈どおりでいいんでしょうか」

「今夜は仕事じゃないってことですか」

道路はすでに渡りおえていたが、パシュキンは手を離そうとしない。

「わたしがここにいることは誰にも伝えていません、ミスター・パシュキン。これは完全にプライベートなものです」

「アルカディと呼んでください」

「じゃ、わたしはルイーザと」

ふたりは公園のなかの街路灯に照らされた小道を歩いていた。ルイーザが言ったとおり程よい暖かさで、通りの車の音もほとんど聞こえない。昨年の冬には、そこをミンといっしょに歩いた。ふたりでクリスマス・フェアに行ったのだ。会場には観覧車やスケート・リンクが設置され、ホットワインやミンスパイが売られていた。射的小屋で、ミンは五回続けて的《まと》をはずし、「わざとだよ。射撃の名手だとみんなに思われるわけにはいかないからね」と言っていた。思いだしてはいけない。思い出は砂にうずめよう。

ルイーザは言った。「どこかへ向かっているようだけど、あてがあるんですか。それとも、足の向くままってことかしら」

「いいや。わたしにはいつも下心があるんですよ」

それはおたがいさま、とルイーザは心のなかでつぶやき、バッグのストラップをつかんでいる手に力をこめた。

その二百ヤード後ろの街路灯の明かりの外には、ポケットに手を入れて、ふたりのあとを静かについてくる人影があった。

空気は湿っぽく、空には雲が低く垂れこめ、星を隠している。グリフ・イェーツが歩調を速めたので、リヴァーも同じようにした。表通りに人影はなく、家の明かりはほとんど消えている。まるでタイムスリップしたみたいだと思ったのは、このときがはじめてではない。リヴァーの心のうちを読みとったかのようにイェーツは言った。「ロンドンが恋しくなったのか」

「いい気分転換になっているよ。のどかだし、静かだし」

「死んでるようなものさ」

「そんなにここが嫌いなら、どうして出ていかないんだい」

「嫌いだなんて誰が言った」

ふたりは食料雑貨店の前を通りすぎ、村はずれの家々の前を通りすぎた。セント・ジョン教会は黒い影法師になって、さらに大きな闇に呑みこまれている。アップショットは夜の訪れとともに姿を消す。教会の脇のカーブを曲がると、もう何も見えなくなる。

「嫌いな人間はいる。消えてほしいと思ってるよ」

「よそから移ってきた者たちのことだな」

「みんなそうさ。もちろんアンディ・バーネットも。自分では畜産農家の生まれみたいに言ってるが、実際は雄牛の識別の仕方さえ知らない」

そんなものに興味があるのは雌牛だけだろう。「フライング・クラブの連中はどうなんだい」

「どういうことだ」

「みんな若いから、ここで生まれた者もいるんじゃないか」

「いいや。みんな、小さいころ、パパとママに連れられてここに来たんだ。〝子育ては自然のなかで〟ってやつさ。根っからの田舎者が、飛行機を操縦したいなんて思うわけがないだろ」

「それでも、ここは故郷だ」

「いいや。ただ単にここに家があるっていうだけだ」イェーツはとつぜん立ちどまり、指さした。リヴァーはそっちのほうに目をやったが、見えるのは生け垣に縁取られた暗い小道だけだった。ところどころに、高い木が空に向かって聳《そび》え、揺れている。「あそこにニレの木があるだろ」

「ああ」リヴァーは答えたが、どれがその木かはわからない。

「おれの爺さんはあそこで首を吊ったんだ。農場を失ったときに。わかるだろ。ここには歴史があるんだよ。この土地には家族の血がしみこんでいるんだ。金を出しゃいいってもんじゃない」

「法律的にはなんの問題もない」

ふたりは歩きつづけた。

「さっきの首吊りの話は嘘なんだろ」

「ああ」

十字路に出る。そのひとつは二本の轍《わだち》がついた農道で、イェーツは歩調を変えることなくその道をたどりはじめた。地面はつるつるしていて滑りやすく、ところどころ岩が突きでている。リヴァーはペンシル型の懐中電灯を持っていたが、それを使いたくはなかった。ひとつには、軍用地が近いからだったが、それ以上に、イェーツに茶々を入れられたくなかったからだ。周囲の闇は深い。月は雲に隠れていて、どこにあるのかも、どんな形をしているのかもわからない。イェーツはつまずきもせず、歩調を緩めもせず、どんどん進んでいく。ここは自分の家の庭のようなものであり、目をつむっていても歩けるはずだ。リヴァーは気を引きしめ、膝を高くあげて歩いた。そうすれば、つまずく可能性は減る。

イェーツが足をとめる。「いまどこにいるかわかるか」

わかるわけがない。「どこにいるんだい」

イェーツは左のほうを指さした。

リヴァーは目をこらす。「何も見えないけど」

「最初に地面を見て、それからゆっくり視線を上にあげていってみな」

言われるとおりにすると、地面から八フィートほど上のところに、境目があることに気づいた。そこで生け垣が別のものに変わっている。そのとき、どこかで何かが光り、そこに反射した。それでわかった。軍用地のフェンスだ。上部にコイル状の有刺鉄線が巻きつけられている。

「あれを乗り越えるつもりかい」リヴァーは小さな声で訊いた。

「乗り越えたかったらどうぞ。おれは遠慮する」

ふたりはまた歩きはじめた。

「あそこはもともと村の公共用地だったんだ。でも、戦争が始まると、国に接収され、軍事訓練に使われるようになった。そして、戦争が終わると、今度はアメリカ軍に貸与された。アメリカ軍が撤収すると、国防省がまたそこを使うようになった」イェーツは咳をして痰を吐いた。「訓練はこれからも必要だってことで」

「射撃の演習場らしいね」

「ああ。裏で何をやってるか知らないが」

「たとえば」

「新兵器の開発とか。化学兵器とか。とにかく表沙汰にはしたくないものだ」

リヴァーはあいまいな相槌を打った。

「おれが冗談を言ってると思ってるのか」

「正直なところ、まったくわからない」

「すぐにわかるさ」

一瞬の間のあと、ふと気がつくと、イェーツは暗い灌木の茂みを指さしていた。それはこの三十分ほどのあいだふたりのまわりにあったものと何も変わらなかった。だが、イェーツがここに来たのは、そのためだった。そこにあるものは、リヴァーひとりでは決して見つけられなかっただろう。

「お先にどうぞ」と、リヴァーは言った。

「エネルギー省は長いんですか」

「仕事の話はしないという約束だったでしょ」

「これは失礼。どうしても仕事から離れられない。わたしの悪い癖です」ルイーザの大きく開いた胸もとにちらっと目をやって、「不可能というわけじゃないが、それはそんなに簡単なことじゃない」

「ふたりでなんとか手立てを講じましょう」

「そのために乾杯」パシュキンはグラスをあげた。

ルイーザはそのワインの名前をすでに忘れてしまっていた。ボトルはアイスバケツのなかで、ラベルは見えない。注文の際に、パシュキンは何年物かを指定していたが、そんなものにこだわったことは一度もない。気にするのはせいぜい賞味期限くらいなものだ。

「このたびはご愁傷さま。ミスター・ハーディングだったかな」

「ハーパーです」

「失礼。ミスター・ハーパーでしたね。お気の毒なことをしました。親しかったんですか」

「仕事仲間でした」

「わたしの親友の多くは仕事仲間です。悲しみは察するに余りある。今度はお仲間を偲んで乾杯しましょう」

パシュキンはまたグラスをあげた。一呼吸おいて、ルイーザもグラスをあげ、乾杯をした。

「いいひとだったんでしょうね」

一呼吸おいて、ルイーザも一口飲んだ。

パシュキンはワインを一口飲んだ。「ミスター・ハーパーに」

「ミンに」

「ミスター・ハーパーに」

ウェイターがやってきて、料理をテーブルに置いた。その光景と匂いに思わず吐きそうになる。いま哀悼の意を表した男がミンの死にかかわっているのは間違いない。だが、ここで吐くわけにはいかない。先は長い。この男のご機嫌をとり、喜ばせ、その気にさせなければならない。そして、ふたりでホテルの部屋に入らなければならない。勝負はそこからだ。

知りたいのは、〝誰が〟と〝なぜ〟だ。ミンがここにいたら、やはりそれを知りたいと思うだろう。

「ところで」ルイーザは言いかけたが、心ここにあらずといった口調になってしまい、咳払いをした。「明日の会議のことですが、何か問題はないでしょうか」

パシュキンは落胆した神父のように人さし指を振った。「さっき言ったことを忘れたんですか、ルイーザ」

「〝ニードル〟のことを考えていたんです。あまりに印象的だったので」

「とにかく食べましょう」パシュキンは言って、オードブルを取りわけた。

だが、食欲はまったくない。胃にさしこみを覚えるが、必要なのは食べ物ではない。無理に笑みを浮かべたが、きっと口の端に釣り針を引っかけられたようなひどい顔になっているにちがいない。だが、パシュキンは金持ちであると同時に紳士でもあり、そんなことを口にしたり、肩をすくめたりするようなことはしなかった。

「たしかに印象的だ」

ルイーザはあわてて頭のギアを入れかえた。いまは〝ニードル〟の話をしているのだ。

「むきだしの資本主義が街から空にそそりたっている。わざわざ指摘するまでもないと思うが、いかにもフロイト的です」

「そういう話をするのは少し早すぎるような気がします」

「それでも、やはり避けて通ることはできない。金のあるところ、セックスありです」フォークで皿をさして、「さあ、食べましょう」

まわりにいる者の必要を満たし、喜びを与えることができるのは自分だけだと思っているような口ぶりだ。それは富の症状のひとつかもしれない。

口のなかに入れて、出されたオードブルがホタテであるとはじめてわかった。上にかかっているのはナッツソースのようだが、多くの味が混じりあっていて、食材を特定することはできない。それでも、何かを食べて直るとは思っていなかった胃のさしこみが、嘘みたいにすっと消えた。食べよう。もっと食べよう。食欲があるのは悪いことではない。

パシュキンは話を続けた。「そして、セックスあるところ、トラブルあり。トラブルというと、あちこちで〝ストップ・ザ・金融街〟のポスターを見たり、ニュースを耳にしたりしているんだが、エネルギー省のあなたの上司はそのことを気にしていないのでしょうか」

ジョークのつもりだろうが、面白くもなんともない。「たしかにタイミングがいいとは言えません、でも、わたしたちはそれを避けるルートをとります」

「よく許可がおりたものです。平日なのに」

「デモ行進の主催者は、週末にシティで気勢をあげても意味がないと思ったのでしょう。週末のシティはゴーストタウンみたいなものですから」バッグが音を立てた。携帯電話にメールが入ったのだ。でも、いまはそれどころではない。無視して、もうひとつのホタテにフォークを突き刺す。

「手に負えなくなるようなことはないってことですね」

過去には、デモ隊が車を焼いたり、窓ガラスを割ったりしたことがある。でも、最近ではそういった暴力行為は減少傾向にある。「厳重な取り締まりが行なわれます。たしかにタイミングは悪いけど、デモなんてべつに珍しいことじゃありません。大船に乗ったつもりでいてください」

パシュキンは思案顔でうなずいた。「これで行きも帰りも安心だってことですね。あなたたちを信用しましょう」

ルイーザはふたたび微笑んでみせた。このときはまえより自然に微笑むことができた。夜が明けたら、パシュキンは何も信用できなくなる。

生きていればの話だが。

フェンスの向こうはもっと明るくて、もっと歩きやすくなるだろうと、リヴァーは理由もなく思っていた。だが、イェーツのあとに続いて、尖った葉の茂みの隙間を抜け、切断された金網をめくってなかまで入っても、ほとんど何も変わらなかった。変わったのは道がなくなり、足がこれまで以上に泥まみれになったことだけだ。

「ここはどこなんだい」リヴァーは荒い息をつきながら訊いた。

「二マイルほど先に軍の建物がある。あっちだ」イェーツは指さしたが、それがどっちの方向なのかはわからない。「その手前に、数件のあばら家がある。ここから半マイルほど行ったところだ。いまは使われておらず、廃屋になっている。どんな家でも、使わないと、みんなそうなる」

「ここにはよく来るのかい」

「気が向いたらな。ウサギ狩りにもってこいの場所なんだよ」

「ほかに入り口は？」

「さっきのところがいちばん入りやすい。まえはアップショット寄りにいい抜け道があって、ポールを引っこぬけば、簡単に入れたんだが、いまはもう使えない。ポールがセメントで地面に固定されてしまったんだ」

ふたりはまた歩きはじめた。地面はつるつるしていて、しかも下り坂になっている。途中で足を滑らせて転びそうになったが、イェーツが身体を支えてくれたので、なんとか踏んばることができた。「気をつけろよ」ちょうどそのとき、薄くなった雲のあいだから細い月の光がさしこみ、パブを出てから一度も見えなかったイェーツの顔がこのときはじめて見えた。あばただらけで、頭皮はしみだらけ。細い月が反射しているように見える口から、灰色の歯をむきだして、にやにや笑っている。

坂の下には、さっきよりもさらに黒い陰が待ち受けていた。木のようにも建物のようにも見える。しばらくしてようやくわかった。その両方だ。建物は四つで、どれも屋根はほとんど崩れ落ち、壁の内側から長い木の枝が幽霊のように突きでている。それを見ていたとき、枝に風が当たって、手招きするように揺れはじめた。また雲が動いて、月が隠れた。

リヴァーは訊いた。「もし誰かふらりとやってきて、基地内に入りたいと思っても、入り口を見つけるのはむずかしいってことだね」

「ああ。よほど利口か、運がいいか、あるいはその両方でなくちゃ、無理だろうな」

「ここで誰かに出くわしたことは?」

鼻で笑ったような音がした。「怖いのか」

「警備の状況を知りたかっただけだよ」

「定期的にパトロールしている。ところどころ仕掛け線もある。これは要注意だ」

「仕掛け線?」

「触れると、明かりがついたり、サイレンが鳴ったりする。たいていは演習場の近くに設置されている」

「このあたりには?」

「さわったら、わかる」

笑いごとではない。

リヴァーは片方の手をあげてバランスをとりながら、イェーツのあとについて廃屋のほうへ歩いていった。


パシュキンが言った。「失礼だが、ご結婚は」

ルイーザは答えた。「仕事と結婚しています」

「としたら、さっきのメールは？　短気な恋人から？」

「恋人はいません。短気なのも、短気でないのも」

メールはあれからさらに三回来ていたが、どれも読んでいない。

食事はオードブルからメインになり、ワインは一本目が空《から》で、二本目もあとわずかとなっていた。ミンの死後、食事らしい食事をしたのはこれがはじめてだ。しかも、値段は半端じゃない。でも、石油会社のオーナーにとっては、気にとめるような金額ではないにちがいない。このときふと思ったのだが、死刑囚は最後の食事の感想を述べるのだろうか。死刑台に向かう途中でシェフに賛辞を送るのだろうか。たぶん、そんなことはしないだろう。これから死刑に処せられようとしている者なら、言いわけはいくらでもできる。

まず催涙スプレーを目に吹きかける。それから、結束バンドで手と足を縛る。あとはタオルとシャワーホースがあればいい。保安局では、拷問に耐える訓練を受けさせられる。裏をかえせば、拷問をする方法を教わるということだ。パシュキンは大柄で、健康状態もよさそうだが、おそらく五分ともたないだろう。ミンの死の真相を問いただし、パシュキンの部下が手を下したとわかったら、容赦はしない。道具はすぐに見つかる。レターオープナーでもいいし、額《がく》を吊るワイヤーでもいい。臨機応変の対応策も保安局で教わったことのひとつだ。

「わたしにも同じ質問をしないんですか」

「アルカディ・パシュキン——二度の結婚、二度の離婚。つねにまわりに魅力的な女性をはべらせている」

パシュキンは頭をのけぞらして大笑いした。レストランの客全員が振りかえる。男は一様に顔をしかめているが、女はみな面白がって、なかにはそのままじっとなりゆきを見守りつづけている者もいる。

パシュキンはひとしきり笑ったあと、ナプキンで口もとを拭った。「グーグルで調べたんですね」

「有名税です」

「気にならなかったんですか。わたしがいわゆるプレイボーイだという話を聞いても」

「わたしもその〝魅力的な女性〟のひとりだとしたら、光栄です」

「もちろん。疑う余地はない。〝はべらせている〟というのは、どうかと思いますが。受けを狙って面白おかしく書いてあるだけです」

ウェイターがやってきて、デザート・メニューがいるかどうか訊いた。パシュキンはいると答え、ウェイターがそれを取りにいくと、ルイーザに向かって言った。「あるいは、公園を歩いて、ホテルに戻ってもいい」

「そうしましょ。ちょっと待っててもらっていいかしら」

〝化粧室〟はひとつ下の階にあった。トイレが〝化粧室〟と呼ばれるのは、高級レストランの証拠だ。木の台にクラシカルなピューターのシンクが据えつけられていて、照明は程よく薄暗く、壁には、ハンドドライヤーではなく、コットンのタオルがかかっている。ほかには誰もいない。ドアごしに、食器の音や、謀議をこらしているような客の話し声や、空気清浄器の低い動作音が聞こえてくるだけだ。個室に入り、用を足し、バッグをあける。樹脂製の結束バンドは一見チャチで、実用的ではなさそうだが、引っぱってみると、意外にしっかりしていることがわかる。これを留めたら、誰かに切ってもらわないと、はずすことはできない。催涙スプレーのラベルには、目にかけるとひじょうに危険であると書かれている。わかっている。

個室を出て、手を洗い、コットンのタオルで拭く。ドアをあけて、廊下に出る。そのとき、とつぜん何者かに腕をつかまれ、別のドアから暗く狭い部屋に引きずりこまれた。喉に腕をまわされ、手で口をふさがれる。耳もとで誰かがささやく。「バッグを渡せ」

坂をくだりきったところは岩場で、あちこちに草むらがあった。水のしたたる音が聞こえる。目が暗さに慣れてきたのかもしれない。あるいは、ただ単に目に見えるものが増えただけかもしれない。最初の家はすぐ目の前にあった。片側が虫歯のように崩れ落ち、そこからなかの様子が見える。木の梁は残っているが、その上には何もない。床には、煉瓦やタイルやガラス、それに割れた石材が散乱している。残りの三つの家は、すべてここから百ヤード以内にある。状態はどれも似たりよったりだ。ひとつ先の家から、かさかさという音が聞こえてくる。木が揺れ、枝が壁をこすっているのだろう。

「ここはもともと農家だったのか」

イェーツは答えない。自分の手首に目をやり、それからふたたび先へ歩を進めはじめる。

あとを追うのはやめて、リヴァーは最初の家のまわりを歩きはじめた。壁の内側に生えている木は大きく、上のほうの枝は建物の残骸より高いところにある。一本の木がここまで成長するのにどのくらい時間がかかるのだろう。この家は使われないようになってからもう何十年もたっているにちがいない。誰かが足を踏みいれた形跡はどこにもない。足もとには灰が散らばっている。そこで火を焚いたということだろうが、それはもちろん最近のことではない。

もしミスター・Bの狙いが国防省がらみの何かであったとすれば、ここで仲間と落ちあった可能性は充分にある。もしそうだとすれば、この窪地の一画に立って、勝ち誇ったように生い茂る木々と廃墟となった家々を見ていたにちがいない。ここはパトロールの対象範囲内なのだろうか。それとも、巡回は軍用地の外縁部に限られているのだろうか。イェーツなら知っているだろう。イェーツはどこに行ったのか。

家の前に戻ったが、視界は十ヤードほどしかなく、かといって大声を張りあげるわけにもいかない。それで、地面から石を拾い、家に向かって投げた。石は何かに当たって小さくはない音を立てたが、それでもイェーツは姿を現わさない。一分ほど待って、もう一度同じことを繰りかえし、それから腕時計に目をやった。あと数秒で午前零時だ。

急に闇が消えた。それまではスイッチがオフになっていたみたいだった。絹を引き裂くような音がして、火の玉が頭上に現われた。それは空中にとどまって、不気味な光を放ち、目の前の光景を一変させた。樹木に侵略された廃屋、でこぼこの地面。そのすべてが尋常ではなく、別の惑星のもののように見える。光はオレンジ色で、周辺部が緑色になっている。音は徐々に小さくなって消えた。これはいったいどういうことなのか。後ろを振り向いたとき、今度は世界を揺るがすような轟音が響き、このときは両手で耳をふさがなければならなかった。その音がどこから聞こえてきたのかはわからない。残響が耳に残っているうちに、また別の轟音が闇を貫き、後ろにのびる真っ赤な尾のようなものまで見えた。そして、また一発。さらに一発。最初の一発で、地面が揺れ、爆風で身体が吹き飛ばされそうになった。それが二発、三発、四発と続いたのだから、たまらない。廃屋がシェルターになるとは思えないが、贅沢は言っていられない。

崩れた壁を飛び越え、散乱するタイルの上に降りたつ。床の上を這って進みはじめたとき、すぐ近くですさまじい爆音が響いた。いま考えられるいちばん安全な場所は木の陰だ。そこまで這っていき、目を閉じ、できるだけ身体を小さくする。頭上では、光と音が夜の空に飛び交っている。

なんてことだ、と恐怖におののきながら、リヴァーは思った。よりによって演習の日を選んでしまうとは。

また爆音が響き、リヴァーは息をのんだ。それ以上は何も考えられなくなった。

今夜は、他人の心を変える。

ローデリック・ホーにとっては、はじめての試みだ。もちろん、これまでにも裏でいろいろなものを変えてきた。他人の信用格付けとか、履歴とか、フェイスブックのステータスとか、銀行口座の自動引き落としの設定とか。ふたりの同級生が税対策に開設していた租税回避地域《タックス・ヘイブン》の口座を、ひそかに閉じたこともある（誰が鼻つまみ者なんだ、馬鹿野郎）。八歳のときには、なかば事故で、六歳の女の子の腕の骨を折ったこともある。だが、他人の心を折ったことはまだ一度もない。今夜が初体験となる。

シャーナとはじめて会ったのは――正確に言うと、はじめてシャーナを見かけたのは、アルダーズゲート通りを歩いているときだった。それぞれ自分のオフィスに戻るところで、シャーナはホーの存在にほとんど気づいていなかった。いや、〝ほとんど〟ではなく、〝まったく〟のほうが正しい。だが、ホーのほうは間違いなく気づいていて、二度目に見かけたときには、それとなく観察し、三度目は待ち伏せをし、こっそりあとを尾《つ》け、勤務先がスミスフィールド近くの人材派遣会社であることを突きとめた。そこの企業内ネットワークにアクセスするのは簡単だった。社員名簿をチェックすると、写真つきで出ていた。シャーナ・ベルマン。そのあと、彼女のフェイスブックを見ると、いくつかわかったことのなかに、エクササイズ・フリークであるというのがあった。そこで、近くのジムの会員リストをひとつひとつチェックしていくと、三つ目で住所がわかった。それから二時間後に、ふたりは懇意になっていた。つまり、ローデリック・ホーはシャーナ・ベルマンについて知るべきことをすべて知ったということだ。ボーイフレンドの名前も含めて。

心を壊す作業が始まったのはここからだ。ボーイフレンドに用はない。

ホーはシャーナの写真に微笑みかけた。かわいそうだが、幸福には痛みが伴うものだ。写真を最小化して、画面の下部に置くと、指を曲げて、指の関節を鳴らす。さあ、始めよう。

手順はこうだ。彼女のボーイフレンドがネットのチャットサイトでふたりの娘と親しくなり、そこでの話の内容はすぐに〝いかがわしい〟ものから〝破廉恥な〟ものへとエスカレートしていく。そのとき、まるで浮気現場を見つけられることを望んでいるとしか思えないように、キーを打ち間違え、その結果、チャットの履歴が全部シャーナに転送される。それで、そのボーイフレンドとはおしまいになる。

あとは簡単だ。明日の朝、いや、ほとぼりが冷めるのを待って、明後日の朝、出勤途上のシャーナをつかまえ、親しげに声をかける。「やあ。どうしてそんなに悲しそうな顔をしているんだい」そして、「馬鹿な男のせい？　詳しい話を聞かせてくれないか」夕食でも映画でも、誘えば喜んでついてくる。「ねえ、きみ、もしよかったら、今夜は――」

キャサリン・スタンディッシュは隙間風ほどの音も立てずに入ってきていた。「お忙しいところ悪いんだけど、あなたにやってほしいことがあるの」
「うわっ！」
「ロディ」

スパイダー・ウェブの部屋のまんなかに立つと、そこからいちばん近い家具までには、三歩の間隔がある。その家具というのはソファーのことで、脚をのばして横たわっても、まだ両端に余裕がある。そして、そのまわりにはさらに広いスペースがある。そこからさらに二歩進むと、壁があり、そこにもたれかかって両手を広げても、触れるものは何もない。そこから目を前方に向けると、バルコニーの大きなガラスのドアごしに、木の梢と空が見える。木は一列に並び、その向こうには運河が流れ、赤や緑の平底船が静かに行き来している。

〝まいったか〟と、ウェブは心のなかでつぶやいた。もちろん、これはどんな相手にでも使える言葉だが、スパイダー・ウェブの私的辞書のなかでは、使用対象はひとりに限定される。

まいったか、リヴァー・カートライト。

リヴァー・カートライトの住まいは、ワンルームの狭いアパートで、イーストエンドにある。窓から見えるのは、通りぞいに立ち並ぶ貸し倉庫だけで、反吐《へど》が届く距離に、パブが三軒とナイトクラブが二軒ある。家に帰るときには、チンピラや売春婦や酔っぱらいやヤク中を避けながら歩かなければならず、ベッドに入っても、彼らが失業手当が届いているかどうかをたしかめるために家に帰るまでは、うるさくて眠れないにちがいない。でも、それが世の道理というものだ。リヴァーは負け犬であり、こっちはスパイダーマンの利口な弟のように高みをきわめつつある。

だが、それはたまたまそうなっただけだ。以前は親しく付きあっていた。いっしょに訓練を受け、ともに保安局の新星になるはずだった。だが、あるときからそうでなくなった。リヴァーを〈遅い馬〉にするためのたくらみのお先棒をかつがされることになり、それから何カ月もたってから、今度はリヴァーに拳銃のグリップで顔面を殴打され、負け犬の意地を見せつけられることになったのだ。

痛さはすぐに消える。いや、すぐには消えなかったが、基本的な構図は変わらない。自分はここに住み、リージェンツ・パークで仕事をし、ダイアナ・タヴァナーの連絡先のリストに名前を載せてもらっている。一方、リヴァーは〈泥沼の家〉でくだらない雑用に追われ、夜は場末の安アパートで眠れない夜を過ごしている。優れた者は勝つということだ。

そして、明日の朝には、ロンドンの最先端を行くビルでアルカディ・パシュキンと会うことになっている。すべてが計画どおりに進めば、保安局の過去二十年間の誰よりも重要な情報提供者を手に入れることができる。将来ロシアの指導者になるかもしれない人物をリージェンツ・パークの意のままに操れるようになるのだ。そのために自分が支払わねばならない代償はタヴァナーとの口約束だけだ。

そのときには、タヴァナーの連絡先のリストなど紙くず同然になる。彼女の盟友はみな連立政権を組んだ自民党のニック・クレッグと同じ運命をたどることになる。だとしたら、いまからイングリッド・ターニーにすり寄って、誼《よしみ》を通じておいたほうがいい。そうすれば、大抜擢も夢ではない。保安局が称揚する〝システムの近代化〟とは、所詮この程度のものでしかない。

パシュキンが接触をはかってきたときから、これは面白いことになると思っていた。だからこそ、全力をあげてことにあたってきたのだ。これまでのところは万事順調に進んでいる。運も味方してくれた。ロジャー・バロウビーの監査のおかげで、警護の仕事を〈泥沼の家〉に委ねる格好の口実ができた。あそこのごくつぶしどもなら、保安局のどこにも記録を残さずに使うことができる。会場も簡単に確保することができた。パシュキンは〝ニードル〟を指定してきたが、その一室を押さえるには三日とかからなかった。テナントは大手の貿易コンサルタント会社で、いまはイギリスの某企業とアフリカの某共和国とのあいだの武器取引を仲介しているということもあって、保安局の一員に協力するにやぶさかではなかった。日程もパシュキンの都合にあわせて調整できた。ウェブは考えながら、リヴァー・カートライトの蛮行のせいではとんどすべてが新しくなった歯に舌を這わせた。これまでのところはなんの問題もない。ミン・ハーパーの死がなければ、教科書に載せてもいいくらいだ。

ハーパーが死んだのは、飲んだくれていたからで、それ以上でも以下でもない。いざというときに、思わぬ横槍が入りそうな気配もない。だから、いまやるべきことは、横になって、ぐっすり眠ることだ。リヴァー・カートライトにとっては夢物語としか思えないような成功の予感に満ちた、楽しい夢を見ることができるにちがいない。

寝よう。あと少ししたら寝よう。

そう思いながら、スパイダー・ウェブはひとつところに立ったまま、小ぎれいな部屋を見まわし、強運に恵まれた自分を祝福し、そして、どこかで間違いが生じないことを祈った。

シャーリーの部屋からは、キャサリン・スタンディッシュがホーのオフィスに入り、ドアを閉めるところが見えた。何かが起きている。いつもこうだ。何かしたいと思ったときには、いつもくだらない仕事に忙殺されている。手があいているときには、ほかに何もすることがない。

マーカス・ロングリッジにさえ先を越されている。彼はいまミン・ハーパーの後釜にすわっている。もちろん、仕事の上でという意味だ。個人的には、ルイーザ・ガイの心にあいた穴を埋めることは決してできない。ハーパーが死んでから、ルイーザは幽霊のようになってしまった。まるで、そうやってふたりの共生関係を維持しようとしているかのように。一方が死者で、もう一方は幽霊というわけだ。それでも、ルイーザは現場に出ている。自分はコンピューターの画面ごしに他人の閉まったドアを見つめているだけだ。

ミスター・Bを見つけたのは自分だ。一度目はアップショットまで足跡をたどり、二度目はガトウィック空港でその姿を確認した。それは大海で一匹の小魚を見つけだすようなものといっていい。なのに、それが内々どれほどの評価を受けているのかもわからない。誰も何も言ってくれない。

もう遅い。本当なら、もうとっくに帰宅の途についている時間だ。だが、帰りたくない。何が起きているのか突きとめたい。

大事なのはひそかに動くということであり、座して待つことではない。廊下に出て、ホーの部屋のドアに耳を当てると、小さな声が聞こえた。何を言っているかはわからない。キャサリンはささやくように話し、ホーは返事をかえさない。何かがきしむ音も聞こえる。かすかだが、間違いない。問題はそれが後ろから聞こえてくるということだ。

ゆっくり振りかえる。

ジャクソン・ラムが階段の上の踊り場に立ち、一匹の羊を群れから引き離した狼のような目で見ている。

ふたりは公園を歩いていた。車の騒音は昆虫の鳴き声レベルで、空にはヒースロー空港への着陸待ちの飛行機が旋回している。パシュキンに腕をとられる。バッグは来たときよりも軽くなっている。腰に当たっても、違和感はない。なかに入っているのはありふれたものばかりだ。携帯電話、口紅、財布……それでも、胸は激しく鼓動を打っている。

パシュキンはまわりの木々を指さし、風に揺れる葉ごしに見える街路灯は幽霊の列のようだと言った。ロシア人ならではの言いまわしだ。近くでオートバイが大きくエンジンをふかしたとき、腕を握っているパシュキンの手に一瞬力がこもった。だが、言葉を発することはなく、すぐにまた強く握りなおした。先ほどはそうしたときにたまたま爆音があがっただけで、べつに肝をつぶしたわけではないと言おうとしているかのように。

「すっかり遅くなってしまいましたわ」ルイーザは鏡の廊下のはずれから聞こえてくるような声で言った。

ふたりは通りに戻った。目の前をタクシーが大きな音を立てて次々に通りすぎていく。その流れのなかに、ときおりバスがまじっている。乗客は着色ガラスの窓ごしにロンドンのきらびやかな街並みを眺めている。

「だいじょうぶですか」と、パシュキンは訊いた。もしかしたら、それは二度目だったかもしれない。

どうだろう。ドラッグをやっているような気がする。

「寒くありませんか」パシュキンは言って、自分の上着をルイーザの肩にかけた。まるでロマンス小説のなかの紳士のように。最近では、そんなことをする者はめったにいない。相手に好印象を与え、ベッドに誘おうと考えている場合を除いて。

ふたりはホテルのすぐ前まで来た。広くなった歩道にテラコッタの鉢植えが並んでいる。ルイーザは立ちどまり、一瞬腕を引っぱられたが、すぐにパシュキンも足をとめた。

その顔には控えめな当惑の表情がある。

「今夜はこれで失礼します。明日がありますから」

「部屋で軽く一杯ひっかけていきませんか」

彼はこのフレーズを何カ国語で言えるのだろう。

「もう遅すぎます」ルイーザは上着を肩から取った。それを受けとろうとしたとき、パシュキンの目はこれまでより冷たいものになっていた。今夜の会話をチェックし、自分のほうに落ち度はなく、今回思いどおりの結果が得られなかったのは、身持ちの悪い男という予備知識のせいだと判断したにちがいない。「ごめんなさい」

パシュキンは軽く頭をさげた。「いいんですよ」

本当は部屋まで行くつもりだった。そう言っても、彼は驚かなかっただろう。女王でも及ばないほどの金を持っている男なのだ。本当は部屋まで行き、酒を飲み、必要とあらば、セックスも厭わなかった。ロースト用のガチョウのように手足を縛り、話を聞きだせるようにするためなら、なんだってするつもりだった。〝ミンは何を見つけたの？　どうして殺されなきゃならなかったの？〟

「タクシーをつかまえましょう」

ルイーザは頬にキスをして、「これで終わったわけじゃありません」とささやいた。その言葉の本当の意味を知らなかったのは、彼には幸いなことだった。

タクシーに乗りこむと、ルイーザは次の角を曲がったところで降ろしてくれと運転手に言った。運転手はわざとらしくため息をついたが、バックミラーで客の表情を見て、開きかけていた口をつぐんだ。それから一分もしないうちにタクシーを降りたとき、夜の空気はさっきまでとちがったものになっていて、濃く苦く感じられた。タクシーが走り去ると、足音が近づいてきた。ルイーザは振りかえらなかった。

「どうやら正気にかえったようだな」

「仕方がないでしょ。必要な道具を全部取られてしまったんだから」

やれやれ。われながら、小学生が駄々をこねているようだ。

マーカスも同じように感じたのだろう。「そう言うなよ。何度メールしても、なんの応答もない。放っておいたら、大怪我をするか、へたをすりゃ死んでいた」

ルイーザは黙っていた。疲れがどっと押し寄せてきた。早く家に帰って、ベッドにもぐりこみたい。二度と朝が来なければいい。

パーク・レーンは車の轟音にあふれ、暗い空では、雲を突っ切ろうとしている飛行機の尾灯がルビーのように輝いている。

「地下鉄はこっちだ」マーカスが言った。

シャーナのことはいったん忘れよう。ボーイフレンドにはしばしの猶予を与えよう。あと一晩はふたりで戯《ざ》れあっていればいい。いまはほかにすることがある。

いつかキャサリン・スタンディッシュをここにすわらせて、思い知らせてやる。そのときには、もうこれ以上言いなりにはならないわけを話してきかせてやる。話はすぐにすむ。彼女は負けを認めざるをえなくなる。そのときが来るのを待ち望みながら、ホーは教えられた名前をコンピューターに打ちこみ、先ほど頼まれた仕事にとりかかりはじめた。

だが、ホーはやはりホーである。頭のなかには、デジタルの世界がいやましに広がっていき、怒りは次第に薄れていった。途中で、キャサリンがやってきて、ホーの後ろに立ったが、すぐに出ていった。手もとにある名前のリストは、いつもやっているオンライン・ゲームと同列のものになった。

今回も負けるつもりはない。

ラムは言った。「きみがホーと話をしていたのを、シャーリー・ダンダーが部屋の外で立ち聞きしていたぞ」

キャサリンは言った。「あなたがそれを見つけたとき、わたしは部屋の内側にいたんですよ。なのに、八つ裂きにされるときの声が聞こえなかったのは、どうしてなんでしょう」

「立ち聞きするわけがあったからだ」

キャサリンは待った。

「きみたちが何を話してるのか知りたかったらしい」

「納得です。彼女がレディ・ダイのスパイだと考えているんですか」

「きみはどう思う」

「候補者はもうひとりいます」

「ロックリッジのことだな」

「ロングリッジです」

「きみは人種差別主義者なのか、スタンディッシュ」

「ちがいます。わたしは――」

「どっちかがスパイだと言うなら、おなべ《ダイク》のほうがまだましだ」

「差別用語の格付けをしていただいたことに感謝の意を表します」

「ホーはアップショットの珍獣どものことを調べているんだな」

ラムがいきなり話題を変えることには慣れている。「できることは自分でやったんですが、人数が多すぎるし、とりたてて怪しいと思える人物も見つからなかったので」

「最初からホーにやらせたほうが早かったんじゃないのか」

「そもそも、これはわたしがすべきことじゃありませんでした。リヴァーから連絡はありましたか」

「少しまえに」

「無事でしたか」

「決まってるだろ。何が起きているのかは知らんが、リヴァー・カートライトを殺害するといった大それたことじゃないのはたしかだ」

「パシュキンの一件ですが、会議は明日の朝です」

「何か関係があると言うのか」

「アルカディ・パシュキンとアレクサンドル・ポポフ。気がつきませんか」

「冗談はよせ。イニシャルが同じというなら、わしだって……たとえば、ジーザス・ライストとか」

「クライストです」

「とにかく、イニシャルなんて、どうだっていい。アガサ・クリスティーじゃないんだ」

「ダン・ブラウンでもありません。両者のあいだになんらかの関係があるとしたら、近々アップショットで何か起こるはずです。リージェンツ・パークに話を通しておいたほうがいいんじゃないでしょうか」

「もし、ダンダーがタヴァナーのスパイなら、話はすでに伝わっているはずだ。きみがあくまでイニシャル説にこだわりたいと言うなら、もちろん話は別だがね」ラムは思案顔で顎を掻いた。「でも、話を通したからといって、連中が緊急対策本部を設置してくれるかどうかはわからない」

「火つけ役はあなたなんですよ。なのに、何もせずに、次に起きることを待つだけって言うのですか」

「ちがう。わしはカートライトからの電話を待っているんだ。国防省の管轄地から戻ったら連絡をよこすことになっている。それとも、わしがこんな夜遅くまでここに残っているのは、ほかにやることがないからだと思っているのか」

「思っていなくもありません。国防省の管轄地で何が起きるんですか」

「たぶん何も起きん。だが、何かが起きるとすれば、それは何かを隠すことじゃないはずだ。だから、手がかりはかならず見つかる。もういいだろう。ここから出ていって、わしをひとりにしてくれ」

キャサリンは歩きかけたが、ドアの前まで来ると、そこで立ちどまった。「あなたの言ったとおりだといいんですが」

「なんのことだ」

「連中がたくらんでいるのはリヴァー・カートライトの殺害じゃないってことです。でも、わたしたちはすでにミンを失っています」

「ここは出来そこないの掃きだめだ。欠員はすぐに補充される」

キャサリンは立ち去った。

ラムは椅子を後ろに傾けて、ひとしきり天井を見つめ、それから目を閉じ、動かなくなった。


作業を進めながら、ホーは舌打ちをした。キャサリンのデータ処理の仕方は、あまりにもお粗末すぎる。手持ちの情報から共通点を見つけだすだけなら、データをプリントアウトし、手にペンを持って見ていったほうが早い。

コンピューターをまともに使えない者は、文明の利器を拒絶する宗教集団の名前にちなんで〝アーミッシュ〟と呼ばれている。いつも帽子をかぶっているキャサリン・スタンディッシュには、ぴったりの表現だ。

ホーが採用しているメソッドに名前はついていない。つけようとも思わない。それは魚が水のなかを泳ぐように自然にやっていることだ。キャサリンから与えられた情報から名前と生年月日だけを抜きだし、それ以外のものはすべて無視し、表と裏の両方からできるだけ多くのサイトにアクセスして、検索にかける。表側にあるのは、ネット上で公開されているものすべてと、保安局員という身分で閲覧可能な種々の公的機関のデータベース（税金、社会保険、健康保険、運転免許など）だ。ホーに言わせると、それは〝情報の飼い葉〟で、掘り出し物に出くわすことはめったにない。

どっちが有望かというと、もちろん裏側のほうだ。まずは国家犯罪捜査局から。ここはセキュリティが強化されつつあるので、深入りはしなかったが、それでもほぼ一瞬のうちに周辺情報を含む多くのデータが開示された。そんなところに潜入スパイの名前が出ているとは思えないが、可能性はゼロではない。いずれにせよ小手調べはすんだ。ここからが本番だ。以前リージェンツ・パークで分析官をしていたころ、一回限りという条件つきで通信本部のネットワークへのアクセスを許可されたことがある。そのときに、臨時のパスワードをコピーし、のちにそれをシステム管理者用につくりかえておいたので、いまではどんな人物の背景情報でもすぐに取りだすことができる。そこには、要注意人物リストに載っている外国人との交友関係とか、非友好国（歴史的理由によりフランスも含む）への渡航記録とか、毎日更新される監視リストに名前が出ている人物との親密度（家が近いことも含む）といったことだけではなく、ネットや電話の使用状況、信用格付け、訴訟記録、ペットの有無といった破壊活動とは直接関係のない情報まで含まれている。もし通信本部がその情報をＤＭ会社に横流しすれば、それだけでテロとの戦いに必要な財源を確保することができるだろう。実際のところ、個人として、それを利用することも不可能ではない。いまでなくてもいいが、検討の余地はある。

ホーはシステムに侵入すると、調査対象の名前を入力し、検索結果を書きこむためのフォルダーを作成して、すぐにそこから抜けだした。長居は無用だ。放っておいても、マトリクスにまかせておけば、情報を拾い集め、評価し、相互参照し、アーミッシュにも理解できるよう重複箇所を強調表示するところまで全部やってくれる。そこでは情報の小さなブロックを隙間ができないようにはめこんでいくという作業が繰りかえされる。いわばテトリスのようなものだ。

ただし、こちらのほうがずっと洗練されている。シャーナがこれを見たら、いまのボーイフレンドなんか物の数ではない。ローデリック・ホーは幸せな白昼夢の世界に浸り、機械は仕事に精を出しつづけた。

「どうして邪魔をしたの」

地下鉄の車内は静かだった。乗客は、車両のはずれに帰宅途中の通勤客が数人と、モバイル端末に没頭している女性がひとり、あとはドアのそばに立っている酔っぱらいの男だけだ。それでもルイーザは声を落とした。誰が聞いていないともかぎらない。

「言っただろ。ひとりでパシュキンに向かっていっても、返り討ちにあうだけだって」

「あなたには関係ないわ」

マーカスは涼しい顔をしている。「おれはオペレーション部門にいたんだ。あそこじゃ、みんな仲間うちでおたがいの背後を見張りあっていた。パシュキンがミンを殺したと思ってるのかい」

「でなきゃ、殺せと誰かに命じたか。そうじゃないと言うの？」

「いいや。でも、パシュキンはずっと見張られていた。そう思わないか」

「スパイダー・ウェブに？」

「食えない男だ」

「背広組よ。リージェンツ・パークの。ええ、煮ても焼いても食えないわ」ルイーザは立ちあがった。「ここで乗りかえなきゃ」

「まっすぐ家に帰るんだろうな」

「今度は父親になったつもり？」

「またパシュキンのところへ舞い戻ったりしないと約束してくれ」

「結束バンドも催涙スプレーも取りあげられちゃったのよ。手ぶらじゃ、戻りたくても戻れないわ」

「明日は仕事だ」

ルイーザはマーカスを見つめた。

マーカスは深い意味は何もないと言うように両手を広げた。「やつはミンを殺したかもしれないし、殺していないかもしれない。どっちにしても、おれたちにはしなきゃならない仕事がある」

「わかったわ」ルイーザは噛みしめた歯のあいだから言った。

「それでいい。念のためにひとつ言っておく」

列車が駅に入り、とつぜん白いタイルと色鮮やかなポスターが窓の向こうに現われた。

「明日、おれは要人警護の仕事を仰せつかっている。警護対象への脅威はどんなものでも取り除かなきゃならない。どういう意味かわかるな」

「おやすみ、マーカス」ルイーザは言って、プラットホームに降り、列車が動きだしたときには、出口の通路に姿を消していた。

マーカスは座席にすわったままだった。同じ車両の乗客のうち、ルイーザといっしょに列車から降りたのはふたり、乗ってきたのは三人。確認はできている。怪しげな人物はいない。列車が速度をあげると、マーカスは目を閉じた。ほかの者には、眠っているようにしか見えないだろう。

目を覚まし、顔をあげたとき、口の端から肩まで糸を引いていたよだれがぷつりと切れて、シャツの胸もとに染みができた。ホーは寝ぼけまなこで口とシャツのよだれを拭うと、それをシャツにこすりつけてからコンピューターのほうを向いた。

コンピューターはブーンという低い音を立てている。与えられたタスクが終わったことを示す耳に心地よい音だ。

ホーは立ちあがった。寝汗をかいたのか、服が椅子にへばりついている。廊下に出て、そこで立ちどまり、様子をうかがう。〈泥沼の家〉は静かだが、からっぽではない。ラムと、おそらくスタンディッシュが残っているのだろう。欠伸《あくび》をして、トイレに行き、小便を便器の内と外にまき散らすと、ふたたびオフィスへ戻って、椅子に沈みこむ。またシャツで手を拭き、栄養ドリンクを飲む。それから、調査結果をチェックするためにモニターの向きを変える。

画面をスクロール・ダウンしながら、身体を前に乗りだす。ホーが興味を示すのは、自分にとって有益と思える情報だけで、いま目の前にあるものはなんの意味も持っていない。だが、キャサリン・スタンディッシュにとってはちがう。そのなかに、ミスター・Bの仲間であり、ソヴィエト時代の潜入スパイの名前があるかもしれないと思っているのだ。それを突きとめたら、きっと小躍りして喜ぶにちがいない。彼女は自分の才能を認めてくれているし、この出来損ないの掃きだめのなかで、ほかの誰より自分に好意的な人物でもある。それでも、今回の脅迫まがいの要求は……

おやっと思ったのはこのときだった。画面をスクロール・アップし、気になった箇所をチェックし、ふたたび元の画面に戻る。

「まさか」

指で眼鏡を鼻の上へ押しあげ、その指の臭いを嗅ぐ。顔が歪む。指をシャツで拭い、それからスクリーンに視線を戻す。そして、またスクロール・ダウンし、すぐにとめる。

「本当かよ」

さらにスクロール・ダウンし、またすぐにとめる。

「信じられない」

一呼吸おいて、思案をめぐらす。それから、あるフレーズを検索ボックスに打ちこみ、その結果に目をこらす。

「信じられない。嘘だろ」

このときは、もう椅子にすわっていなかった。

声が聞こえる。

「ウォーカー」

轟音はまだ響いている。頭のなかで。金属のドラムの音が頭蓋骨に跳ねかえって、はずんでいる。身体が何かに触れるたびに、星が生まれ、消え、また生まれる。自分の身体がひとつの大きな拳《こぶし》になり、その関節が赤むけ、ひりひりと痛んでいるような気がする。

「ジョナサン・ウォーカー」

目をあけると、小人がいた。

リヴァーは先ほどと同じ場所にいて、地と空をつないでいる大きな木の根もとで身体を丸めていた。あばら家は縮んで小さくなり（あるいはほかのものが大きくなったのかもしれない）、心臓は胸から飛びだしそうになっている。

どれくらいのあいだここにいたのだろう。数分間？　数時間？

この小人はいったい誰なのか。

リヴァーは身体をのばした。小人は赤い帽子をかぶっていて、意地悪そうに微笑んでいる。

「ショーは楽しかったかい」

リヴァーは口をあけた。言葉は口を出た途端に膨張した。頭にゴム風船をかぶせられているような気がする。

「グリフ？　とっくに帰ったよ」小人は起きあがりこぼしのように身体を後ろに傾け、すぐまた元の位置に戻ってくる。「演習が始まったんだ。いつまでもぐずぐずしているわけにはいかないさ」

小人に手を引っぱられて立ちあがったとき、その背丈が小さくはなく、ごく普通であることがわかった。自分のほうが急に縮んだのでなければ。恐怖はしばしばこのようないたずらをする。リヴァーは首を振った。だが、首を振るのをやめたあとも、世界は揺れつづけていた。顔をあげると、揺れはさらにひどくなった。だが、少なくとも空は引き裂かれておらず、ふたたび静けさを取り戻していた。リヴァーはもはや小人でなくなった男に視線を戻した。

「あんたの顔にはなんとなく見覚えがあるんだが……」リヴァーは言った。このときはこれまでより多少は言葉らしくなっていた。

「それより、早くここから離れたほうがいい」

リヴァーは両手でこめかみを押さえた。一瞬、揺れがおさまる。「ここにいると危険だってことかい」

「夜はこれからだ」

赤い帽子の男（小人ではないが、赤い帽子はたしかにかぶっている）は身体の向きを変え、廃屋からゆっくり出ていった。リヴァーはよろめきながらそのあとを追った。

「いい話なんだろうな」ラムは肉づきのいい手で顔を拭った。さっきまで椅子にすわって寝ていたようだが、いまも起きているかどうかは判然としない。だが、先ほどローデリック・ホーがプリントアウトを持って戸口に姿を現わしたときに、たしかに目をぱっちり開いていた。ホーはライオンの檻に入りこんだウサギになったような気がした。

「ひとつわかったことがあるんです」

そのとき、キャサリンが部屋に入ってきた。同じように寝ていたのかもしれないが、ラムとちがって、その顔は赤らんでいない。「何がわかったの、ロディ」

ホーのことを〝ロディ〟と呼ぶ者はほかにいない。彼女にだけそう呼ばれたいのか、みんなからもそう呼ばれたいのかは、自分でもわからない。

「それはわからない。でも、そこに何かがあるのは間違いない」

ラムは言った。「そんなに気持ちよく眠っていたわけじゃないが、〝二十の質問〟をするためにわしを起こしたのなら、カートライトとおまえを同室にするからな」

「アップショットの件です。村の人口の流入に関することです」

「流入というほどたいしたもんじゃないと思うけど」と、キャサリン。

ラムは言った。「片田舎の寒村だ。呼び物などは何もない。まだわかっていないことがどこにあるというんだ」

「たしかに呼び物は何もありません」ホーはふたたび自信たっぷりな口調になった。臆することはない。自分はデジタル戦士なのだ。「本当に何もないところです。もちろん過去にはありました。アメリカ軍の基地です。でも、リストのなかにアメリカ軍の基地とかかわりがあった者はひとりもいませんでした」

ラムは煙草に火をつけ、キャサリンが睨むと、「今日最初の一本だ」と、弁解がましく言った。時刻は午前〇時十分。

ホーはもったいをつけるようにしばらく黙っていた。

「ねえ、ロディ」キャサリンはなだめるような口調で言った。「まだ怒ってるの？　さっきわたしに言われたこととか、ロディと呼ばれたこととか、脅されたこととかを」

「べつに。本気じゃないってことはわかってる」

「わしが言ったことはすべて本気だ」ラムは言った。「そろそろ意味のある話をしないと、タダじゃおかんぞ。わかったな」

デジタル戦士はたじろいだ。「アメリカ軍の基地とかかわりがあった者はひとりもいなかった。としたら、なぜアップショットに来たのか。あそこには何もない。ということは――」

「都会からの脱出？　よくあることだ。都会には厄介事や厄介者が多すぎる」そこで一呼吸おいて、「気にするな。何もおまえのことを言ってるわけじゃない」

「徐々にということであれば、そうかもしれません。でも、実際はそうじゃない」

ラムの煙草の煙は空中で動きをとめている。

キャサリンが言った。「どういう意味なの、ロディ」

ついに勝利のときが来た。できれば、この場に何人かのブロンド美人がいてくれればいいのだが。「彼らは数カ月のあいだにまとまって村へ越してきているんです」

「その数は？」ラムが訊く。

ホーはプリントアウトをキャサリンに渡した。「十七。十七世帯です。全員が一九九一年の三月から六月のあいだにアップショットにやってきています」

ラムがかえす言葉を失っているのを見て、ホーはいつにない満足感を覚えた。


さっきグリフ・イェーツについて下った坂を今度はのぼっていかなければならず、リヴァーは途中で一休みしなければならなかった。だが、頭の痛みは幾分やわらぎ、ようやく生きた心地がしはじめている。まかり間違えば、この風景のなかに細かい血しぶきが飛び散っていたとしてもおかしくなかったのだ。

イェーツのことを考えると、向かっ腹が立ってならず、それもまたエネルギーの源泉となった。

赤い帽子の男は坂をのぼりきったところで待っていた。いまは黒いシルエットが見えるだけだが、頭がいつのまにかまた働きはじめていたらしく、このときは名前がすぐに出てきた。トミー・モルト。村の食料雑貨店の前に自転車をとめて、そこでリンゴや袋入りの種子を売っている男だ。以前そこで顔をあわせたときは挨拶をしただけで、話はしていない。

「こんな時間にこんなところで何をしていたんだい」

「迷子を探していたんだよ」帽子からは白髪が飛びでている。年は七十代。皺だらけの顔で、垣根の下で暮らしているような格好をしている。アウトドア系の古びたツイードの上着に、サイクリスト用のクリップで裾を絞ったズボン。泥だらけの荒れ地を歩く格好ではない。がらがら声で、その言葉には地元の訛りがある。救世主らしくはないが、救世主とはたいていそういうものだ。

「なるほど。ありがとう」

モルトはうなずき、前を向くと、ふたたび歩きだした。リヴァーはそのあとに続いた。どっちの方向に進んでいるのか見当もつかない。体内コンパスは狂ったようにまわっている。

モルトは前を向いたまま言った。「きみがいたところは安全だった。連中は建物を狙わない。そんなことをしたら、破片が飛び散って、まわりの木がマッチ棒のようになっちまうからね。近くに土が盛りあがったところがあっただろ」

「いいや、見ていない」

「それは青銅器時代の塚だ。連中はそこも狙いからはずしている。どこからも批判を受けることのないように」

「グリフはそれを知ってたってことだな」

「きみを吹き飛ばしてやろうと考えていたわけじゃない。それがきみの質問なら」

「今度グリフと会ったときには、そのことを思いだすようにするよ」

「ただ単にびびらせたかっただけだ」モルトが急に立ちどまったので、もう少しで身体がぶつかりそうになる。「ひとつ教えておいてやろう。グリフはケリー・トロッパーにぞっこんなんだよ。彼女の自転車の補助輪が取れたころからずっと。そこへきみがやってきて、急に仲むつまじくなり、昼のひなかに……やつが気を悪くするのは当然だ」

「恐れいったな。今日の話なのに」

モルトは暗い空に目をやった。

「いや、昨日の話か。グリフはそのことを知っているんだな。あんたも知っているんだな」

「〝地球村〟という言葉を聞いたことはあるかね」

リヴァーは答えなかった。

「アップショットはそのミニマム・バージョンだ。隠しごとはできない」

「ぼくを殺そうと思えば、殺すこともできたはずだ」

「たとえきみが死んだとしても、やつは自分のせいだと思わないだろうね」

モルトは先を急ぎ、リヴァーはあとを追いかける。

「来たときより遠く感じるけど」

「距離自体はいくらも変わらない」

それで合点がいった。「来た道を後戻りしてるんじゃないんだね」

「苦労してここまで来て、とんでもない目にあいながら、尻尾を巻いて家に逃げ帰るのはあまりにも情けないだろ」

「どこへ向かっているんだい」

「このあたりで唯一訪ねる価値のある場所だ。言っておくが、トップ・シークレットだぞ」

リヴァーはうなずき、ふたりは闇のなかをまた歩きはじめた。


「なるほど」ラムはようやく言葉を発した。「それが言いたくて、おまえはいままでここにいたんだな。わかった。自分のおもちゃに戻れ、坊や。そいつらがみな潜入スパイだとしたら、ずいぶん長く潜んでいたってことになる。書類に不備があるとは思えない。だが、もしかしたらってこともある。それを見つけだせ」

「もう十二時をまわっています」

「だから？　わしの時計は進んでいる。それが終わったら、アルカディ・パシュキンの経歴をチェックしろ。スペルは今わしが言ったとおりだ」一呼吸おいて、「まだここにいる理由が何かあるのか」

キャサリンは言った。「ご苦労さま、ロディ。お手柄だったわ」

ホーは出ていった。

「〝ご苦労さま〟くらい言っても、罰は当たらないと思いますけどね」

「するべき仕事をしなきゃ、ただの場所ふさぎだ」

「ホーはこれを見つけたんですよ」プリントアウトを振りながら、「それにもうひとつ。大のおとなを坊や呼ばわりするのは失礼じゃありません？」

一瞬の沈黙。

「ああ。つい口が滑ってしまった。でも、わしがそう言っていたと本人に伝える必要はないぞ」

キャサリンはキッチンへ行き、ポットのスイッチを入れた。部屋に戻ったとき、ラムは椅子を後ろに引いて、天井を見つめていた。口には火のついていない煙草をくわえている。キャサリンは待った。

しばらくしてようやくラムは言った。「きみはどう思う」

それは本物の質問のようだった。

「偶然の一致ではないと思います」

「アップショットで不動産のセールをやっていたとも思えない。ホーも言っていたように、とりたてて移り住みたいと思うところでもない」

「では、潜入スパイの一団がとつぜんコッツウォルズの村に現われ、そこを乗っとったということでしょうか」

「まるで《トワイライト・ゾーン》だな」

「狙いは？　あそこは基本的には定年退職者の村です」

ラムは答えない。

ポットの湯が沸いたので、キャサリンはキッチンへ戻り、紅茶をいれた。ふたつのマグを持って戻ると、そのひとつをラムの机の上に置いた。なんの反応もない。

「そこはベッドタウンでさえありません。ロンドンやほかの都市につながる鉄道もありません。あるのは、教会と食料雑貨店、メールオーダーの取りつぎ店。窯元。パブ……標的になりそうなものが出てきたらとめてください」

「彼らが移ってきたとき、アメリカ軍の基地はまだあった」

「アメリカ軍の基地に関係があることだったとしたら、とうの昔に村から出ていっているはずです。もしくは、基地があった時点で、計画を実行に移しているはずです。そもそも秘密のオペレーションのために家を買う者がいるでしょうか。彼らの半数は住宅ローンを組んでいるんですよ。そこからホーは今回のことを見つけだしたんです」

「続けてくれ。話が途切れると息苦しくなる」ラムは天井を見つめたまま、ポケットに手を入れて、ライターを探しはじめた。

「煙草に火をつけたら、窓をあけますよ。いまだって臭くてたまらないんです」

ラムは口にくわえていた煙草を手に取り、頭の上に持っていくと、指のあいだで転がしはじめた。何を考えているかは手に取るようによくわかる。

「十七世帯か」

「ええ。十七世帯です。ほとんどが家族持ちです。子供たちは知っていると思いますか」

「子供は何人いるんだ」

キャサリンはプリントアウトに目をやる。「十人ちょっとです。ほとんどが二十代になっています。そのうち少なくとも五人はいまでも村と強いつながりを持っています。リヴァーの話だと――」ラムがとつぜん前を向いたので、思考が途切れ、キャサリンは話をやめた。

「どうしたんです」

「わしらは連中がおたがいのことを知っていることを前提にして話をしているようだが、それはいったいなぜなんだ」

「簡単です。ひとつところに二十年も住んでいるからです」

「なるほど。いつもディナー・パーティでそういう話が出るってことだな」そこから声のトーンがあがる。「わしがセバスチャンといっしょにクレムリンを調査していたときのことを話したことがあったかな。そこでの会話は〝ジャブリはいかが〟くらいなものだ」そして、またライターを探しはじめる。「潜入スパイは単独で行動する。指揮官はいない。ただ暗号化された指令があるだけだ。〝決行せよ〟とか、〝脱出せよ〟とか。何年ものあいだ、なんの連絡もない。仲間とはいっさい接触しない」

ラムはウシガエルのような表情になっている。ライターを見つけると、自動操縦装置が作動したかのように煙草に火をつける。キャサリンが部屋を横切って、ブラインドをあげ、窓をあけたときも、あえて何も言おうとしない。暗い夜の空気が吹きこみ、室内を行き来しはじめる。

ラムは言った。「こう考えたらどうだろう。壁は崩れた。ソ連は瓦解した。その時点で、潜入スパイが送りこまれた意味はなくなった。裏で糸を引いていたのは、おそらくアレクサンドル・ポポフをでっちあげた人物でもあるんだろう。計画は白紙に戻った。だが、潜入スパイは帰国させられるかわりに、辺鄙な片田舎に送りこまれた。ありえない話じゃない」

キャサリンは話を引きとった。「彼らは何年もかけてイギリス社会に溶けこんでいった。みなまっとうな職業につき、それぞれの分野で成功し、そしてそれから、田舎に移り住めという指示を受けた。それは中流階級のライフスタイルのひとつであり、べつに珍しいことでもなんでもない。彼らはもう潜伏しているんじゃないのかもしれない。見せかけようとしてきた人間になりきってしまったのかもしれない」

「いまは普通の生活を送っているってことだな」

「さっきわたしが言ったとおりです。あそこはやはり定年退職者の村です」

「だが、彼らを眠りから覚まそうとしている者がいるようだ」

「どっちにしても、リヴァーに知らせたほうがいいと思います」

モルトは冷蔵庫をあけ、冷凍室から酒のボトルを取りだした。霜がついていてラベルを読むことはできない。棚からふたつのグラスを取って、作業台の上に置く。ボトルの蓋をあけ、グラスに注ぎ、ひとつをリヴァーに渡す。

リヴァーは言った。「これだけ?」

「レモンのスライスがほしいのかい」

「真っ暗な荒れ地を七マイルも歩いてきたのに。タダ酒が飲めるところというのがトップ・

シークレットだったのかい」

「二マイルも歩いていない。月も出ていた」

荒れ地では、地面に突っ伏さなければならなかった。巡回のジープが夜を切り裂くように走ってきたからだ。宙を舞う虫がヘッドライトに照らされて、ガラスの小さな破片のように見えた。それからしばらくして、グリフ・イェーツに連れられてきたときとはちがうフェンスの切れ目を通り抜けると、舗装路に出たので、そこを一分ほど歩いたとき、ようやく自分がどこにいるかわかった。それは道路ではなく、滑走路だった。前方に見える建物も少しずつ形をとりはじめてきて、小型飛行機の格納庫だということがわかった。その隣にある小さな建物はフライング・クラブのクラブハウスだ。クラブハウスといっても、ガレージに毛が生えたようなもので、家具調度の類もかたちばかりしかない。モルトが酒を取りだした冷蔵庫、数脚の椅子、書類が散らばった古い机、半分ほどビニールシートで覆われた段ボール箱の山。明かりは天井からぶらさがっている裸電球だけ。ドアの鍵は庇《ひさし》の上にあった。トミー・モルトが鍵の隠し場所を知らなかったとしたら、リヴァーは真っ先にそこを調べていただろう。

モルトはいま空《から》になったグラスを見つめている。いつのまにグラスの中身がなくなったのかと不思議に思っているような顔だ。

リヴァーは言った。「あんたはクラブの正式メンバーじゃないんだろ」

「クラブというほどのものじゃない。規則もなければ、名簿もないんだから」

「やっぱりメンバーじゃないんだね」

モルトは肩をすくめた。「部外者立ち入り禁止なら、誰でも見つけられるところに鍵を置いたりしないさ」

冷蔵庫には、請求書や新聞の切り抜きといっしょに数枚の写真がマグネットでとめてあった。そのうちの一枚には、ケリーが写っている。ジャンプスーツ、ヘルメット、そして大きな笑み。ケリーの友人たちの写真もある。ダミアン・バターフィールド、ジェズ・ブラッドリー、シーリアとデイヴ・モーデン。ほかにも何人かいるが、名前はわからない。フライト・クラブの夢であり誇りである美しい小型飛行機の横に立っている年配の男の写真もある。プレスされたズボンに、シルバーのボタンが付いたブレザーを身につけ、いかにもパイロット然としている。髪は白いが、丁寧に整えられ、靴はぴかぴかに磨かれている。

「レイ・ハドリーだね」

「そうだ」

「飛行機を買う金はどうやって工面したんだろう」

「さあ。宝くじでも当てたんじゃないか」

クラブというほどのものではないクラブにも設立者がいるとしたら、それは間違いなくレイ・ハドリーだ。彼がいなかったら、ケリーとその仲間たちが飛行機に乗ることはできなかっただろう。彼がいたから、ケリーとその仲間たちはこのクラブハウスと隣の格納庫に生活の中心を置くようになったのだ。

ケリーと出会ったばかりのころ、費用はどうやって捻出しているのかという質問をしたことがある。彼女はちょっと困ったような顔をし、それから、金はそれぞれの親が払っていると答えた。なんでも、金額は〝乗馬のレッスンを受けるのとそんなに変わらない〟らしい。

机の上方には、カレンダーがかかっていた。それぞれの日にちが四角い枠で囲われているもので、そのいくつかには太い赤のマーカーでバッテンが記されている。先週の土曜日。そのまえの火曜日。ビーチ、夕日。そして明日。カレンダーの下には、旅先からの絵葉書が何枚か貼りつけられている。遠い異邦の地。

携帯電話がポケットのなかで振動した。

「ちょっと失礼するよ」リヴァーは言って、建物の外へ出ると、電話に出るまえに着信番号をチェックした。

ラムではなく、キャサリン・スタンディッシュからだった。

「どうも変なの」

キャサリンが出ていくと、ラムは窓を閉めて、ブラインドをおろし、ごくあたりまえのことのように机の引出しからタリスカーを取りだして、グラスに注いだ。飲んでいるうちに、目がとろんとしてきた。それを見ていた者がいたとすれば、酔っぱらってうたた寝をしはじめたと思っただろう。しかし、本当に眠っているときには、こんなにおとなしくしていない。とつぜんパニックを起こしたように暴れたり、ときには寝言で毒づいたりする。だが、いまは動かないし、何も言っていない。唇はてかてか光っている。人間が大きな岩の役を演じたら、こんなふうになるにちがいない。

しばらくしてから、ラムは声に出して言った。「なぜアップショットなんだ」

キャサリンがそこにいたら、こう答えていただろう。〝なぜいけないんです。それはどこかじゃなきゃならないんです〟

それがほかのどこかだったとしたら、なぜそこだと訊いていたはずだ。だが、それはほかのどこでもなく、アップショットだった。

そこにすると決めた者は、それが誰であれ、クレムリンの頭脳を持っていたはずだ。彼らがあと先のことを考えないで物事を決めることはない。つまり、地図とピンを使って適当に選んだのではなく、アップショットでなければならない理由があったということだ。

ラムは目を閉じ、リヴァー・カートライトをそこに送りこんでから一日に一度はかならず見ているアップショットの地図を頭に思い描いた。アップショットは小さな村で、そのまわりにはより大きな町や村がいくつかあるが、いずれにも戦略上の重要性はまったくない。観光客や写真家たちを魅了する、イギリスの田園地帯の中心に位置しているというだけのことだ。都会に疲れたときに訪れ、つい骨董品や高価なセーターを買ってしまうところ。イギリスらしいところへ行きたいが、バッキンガム宮殿にビッグベンや議事堂ではありきたりすぎるという者のための行楽地。

あるいは、ただ単に、クレムリンの頭脳を持つ者がイギリスと聞いてすぐに頭に浮かべる場所、というだけのことかもしれない。

ラムはもぞもぞと身体を動かし、背筋をのばした。スコッチをもう一杯グラスに注いで、飲む。このふたつの動きは、ひとつのもので、途中に切れ目はない。それから、肉づきのいい手を胸もとにやり、自分がすでにコートを身につけていることを確認する。

時間は遅いが、あの男はまだ起きている。ラムに言わせると、自分が起きているときに、ほかの者が眠っていていいという理屈は成りたたない。

ロシアの頭脳に探りを入れるために、ラムは〈泥沼の家〉を出て、西へ向かった。

リヴァーは言った。「なんだって？」

キャサリンは繰りかえした。「あなたがあげた名前の半分がそうよ。バターフィールド、ハドリー、トロッパー、モー――」

「トロッパー？」

「それがどうかしたの？」

「いいや。ほかにには？」

キャサリンは全員の名前を読みあげた。バターフィールド、ハドリー、トロッパー、モーデン、バーネット、サーモン、ウィングフィールド、ジェームズ……全部で十七世帯。ほぼ全員と面識がある。ウィングフィールドとはセント・ジョン教会で会った。年は八十代。鋭い眼光。尖った鼻。見ようと思えば鳥のように見える老婦人だ。以前はＢＢＣに勤務していたらしい。

「リヴァー?」

「聞いてるよ」

「ミスター・Bが仲間に会うためにアップショットに行ったのだとすれば、相手はこのなかのひとりかもしれない。〈蟬〉と呼ばれるネットワークは実在しているように見える。その村に。いまも」

「そのリストにトミー・モルトという男の名前は入ってないかい。スペルはM‐O‐U‐L‐T」

電話の向こうから紙をめくる音が聞こえてくる。「いいえ、ないわ」

「わかった。だったら、それでいい。ところで、ルイーザはどうしてる」

「変わりないわ。明日は例の会議がある。あなたの昔なじみのスパイダー・ウェブとロシア人の。ただ――」

「ただ、どうしたんだい」

「ラムがミンを轢いた女の経歴を洗いだしたの。〈犬〉たちが事故と結論づけたのは早計だったみたい」

「なんてことだ。ルイーザはそのことを知ってるのか」

「いいえ」

「気をつけたほうがいい、キャサリン。ルイーザはミンが殺されたと考えている。証拠が見つかったら……」

「そうね、気をつけるわ。でも、どうしてルイーザがそんなふうに考えてるとわかるの？」

「ぼくならそう考えるだろうから。まあいい。とにかく、ぼくのほうも油断しないようにするよ。ただ、いまのところアップショットは地図で見たとおりのところにしか見えない。どこにでもある、のどかで、美しい小さな村のひとつだ」

「ホーはいまも調査を続けている。何かわかったら知らせるわ」

そのあとも、リヴァーはしばらくのあいだ暗闇のなかに立ちつくしていた。ケリー・トロッパー。父親はかつてロンドンで鳴らしていた弁護士であり、もしかしたらクレムリンから送りこまれた長期の潜入スパイかもしれない。でも、娘はちがう。生まれたときには、ベルリンの壁さえもうなかったのだ。ネットワークの一員であると疑う理由は何もない。このなんの変哲もない小さな村が新世代の冷戦の戦士を育んでいたなどということが、はたしてあるだろうか。あるとしたら、それはなんのためなのか。ソヴィエト連邦の再興？

窓ごしに、トミー・モルトがグラスにウォッカを注ぎ、ポケットから何かを取りだして、口に入れ、アルコールで喉に流しこんでいるのが見えた。いまも赤い帽子をかぶったままで、そこからはみでた白い髪が滑稽に見える。頰はこけ、顎は白い無精ひげに覆われている。目には鋭い光があるが、全体的にはどこかくたびれた感じが漂っている。そのために赤い帽子がひどく浮いて見える。

リヴァーは格納庫のほうを向いた。滑走路側の大きな扉には南京錠がかかっているが、建物の脇のドアに錠はついていない。そこからなかに入り、耳をすましたが、無人の建物はどこまでも静かで、小さな懐中電灯の光を当てても、動くものはない。暗がりの向こうに小型飛行機が翼を休めているのが見える。セスナのスカイホーク。アップショットの上空を飛んでいるのを見たことは何度かあるが、これほど近くで見るのははじめてだ。空の上にあるときは子供の玩具のようにしか見えなかったが、いまもそんなに大きい感じはしない。高さは自分の背丈の一・五倍ほどで、長さは三倍ほど。四人乗りの単発飛行機で、白い機体に青い線が入っている。翼に手をあてると、本当は冷たいはずなのに、奇妙な熱を感じる。そこに多くの者の夢が詰まっているからだろう。これまではケリーが空を飛ぶということを本当には理解できていなかった。事実として知っていただけで、実感することはできなかった。いまはできる。

格納庫の中央部にあるのは飛行機だけで、それ以外のものはすべて壁際に寄せて置かれている。馬の頭の遊具のようなハンドルがついた台車もある。その上に載せられた荷物には、粗布がかけられ、物干し用のロープで台車に結びつけられている。懐中電灯を口にくわえて、結び目をほどき、布をめくったが、そこにあるのが何なのか一瞬わからなかった。それは重ねて置かれた三つの布袋だった。そこに手を当てると、やはり冷たいが、さっきと同じような奇妙な熱が伝わってくるのがわかった。

とそのとき、矢のようなものが首に突き刺さった。

閃光が頭に火をつけ、世界は煙に包まれた。

ウェントワース語学スクールはしんと静まりかえっている。ハイ・ホルボーン通りの文房具屋のふたつ上の階から明かりはこぼれていない。ラムにとっては、そのほうが好都合だ。ニコライ・カチンスキーはたぶん眠っているだろうが、それはそれでかまわない。この時間に叩き起こしたら、忘れていたことを急に思いだすかもしれないし、素直に質問に答えようという気になるかもしれない。

建物の正面ドアは〈泥沼の家〉のそれと同じように黒く、重く、風雨にさらされて傷んでいる。だが、〈泥沼の家〉のドアが何年も閉まったままであるのに対し、こちらは日常的に使われている。ピック棒で鍵穴をほじってもタンブラーががたつくことはなく、ドアをあけたときに蝶番《ちょうつがい》がきしることもなかった。なかに入ると、暗闇と建物の息遣いに慣れるまで一分ほど待ってから、階段をあがりはじめる。

ラムはその気になれば音を立てずに歩くことができるし、そうしているところをしばしば目撃されてもいる。ミン・ハーパーに言わせると、それはホームグラウンドに限った話で、ラムは〈泥沼の家〉の階段のきしむところを知っているからであり、どうしても避けて通れない箇所は自分でこっそり修理しているということになる。だが、ハーパーは死んだ。ハーパーが何かを知っていたとも思わない。ラムは音を立てずに階段をあがると、ドアの前で立ちどまり、ほんの一瞬だけ擦りガラスごしになかの様子をうかがい（あるいは、うかがうふりをしただけかもしれない）、ドアをあけてもいいという判断を下した。そして、なかに入ると、ドアをあけたときと同じように静かに閉めた。

そこでもまた立ちどまり、みずからの侵入によって乱れた空気が落ち着くのを待った。だが、それは無駄な用心だった。そこには誰もいなかった。隣の部屋のドアはあけっぱなしになっていたが、その向こうにも誰もいない。動いているものはラムだけだ。ブラインドの隙間からは街路灯の明かりがさしこんでいる。目が慣れてくると、机の下に折りたたみ式のベッドがあるのが見えた。薄っぺらなマットレスが折りたたまれ、金属製のフレームに人間離れしたヨガのポーズのようにかけられている。

懐中電灯は持ってきていない。暗い建物のなかで懐中電灯をつけたら、泥棒だと大声で叫ぶようなものだ。そのかわりに卓上ランプのスイッチを入れると、黄色い光が机の上にあふれ、部屋に拡散した。このまえここを訪ねたときと何も変わっていないように見える。書棚には同じように分厚いパンフレットが並び、机の上には同じように書類が散らばっている。引出しをあけ、なかのものをざっと見てみると、ほとんどが請求書の類だったが、そのなかに一通の手紙がはさまっているのがわかった。封筒の頭から手書きの便箋が覗いている。それは意外なことにラブレターだった。あからさまではないが、別れを悲しむ気持ちが文面から滲みでている。どうやら別れを切りだしたのはカチンスキーのようだ。カチンスキーが女性と別れたという事実にも、そもそも女性と付きあっていたという事実にも驚きはしないが、その手紙がそこに置かれていたことには興味を覚えた。誰かが部屋にこっそり入ってきたら、引出しをあけるだけで、簡単に見つかってしまう。カチンスキーは暗号課の職員であり、現場に出たことは一度もない。亡命を願いでるまで、リージェンツ・パークはその名前を知りもしなかった。それでも、情報部に籍を置いていたのであれば、モスクワ・ルールを知らなかったはずはない。そして、モスクワ・ルールは簡単に忘れ去られるようなものではない。

手紙を元に戻し、スケジュール帳に目を通す。今日のページには何も書かれていない。ほかの日も同様で、なんの予定もない日がずっと続いている。ページを前のほうにめくると、メモ書きのようなものがあった。二、三の単語、イニシャル、時間、場所。スケジュール帳を机に戻して、隣の小さな部屋に向かう。ファイル・キャビネットには衣類がしまいこまれ、棚にはカミソリと歯ブラシの入ったマグカップが置かれ、ドアの後ろ側にはシャツがかけられている。部屋の隅のほうには青いクーラーボックスが置かれていて、なかにオリーブ、ヒヨコ豆のディップ、ハム、黴かけたパンなどが詰めこまれている。食器棚をチェックすると、いくつかの空《から》の薬瓶が見つかった。処方ラベルはないが、そのうちのひとつには〝ゼモフラヴィン〟と記されている。それをポケットに入れて、もういちど室内を見まわす。カチンスキーはここで普通に暮らしている。だが、いまはいない。

ラムは卓上ランプを消すと、外に出て、ドアに鍵をかけた。

ロンドンは眠っている。だが、その眠りは途切れ途切れで、しばしば目をあける。テレコムタワーのてっぺんのイルミネーションはついたり消えたりし、交通信号は一定の間隔でまばたきを繰りかえしている。バス停の電子ポスターは流れてはとまり、流れてはとまりして、誰も見ていないのに、超低金利の住宅ローンの宣伝を続けている。車の数は減ったが、カーオーディオの音はより大きくなり、重低音のビートは車が走り去ったあとも道路を震わせている。動物園からはくぐもった金切り声やうなり声が聞こえてくる。街路樹の下の舗道では、男が鉄柵に寄りかかって喫っている煙草の先端が、明るくなったり暗くなったりしている。その男も街の鼓動の一部であり、夜っぴて同じことを繰りかえしているように見える。

誰かが見ていることはわかっている。どこからかはわからないが、そこはつねに監視されている。この男が長時間にわたって誰にも咎めだてされずにそこに立っていられたのは不思議というしかない。それから三十分が過ぎ、ようやく一台の車がやってきてとまった。男が車の窓をあけて、声をかける。その声には疲れが滲んでいるが、それは夜のこの時間のせいというより、このとき声をかけなければならなかった男のせいといったほうがいい。

「ジャクソン・ラム」

ラムは鉄柵の向こうに煙草を放り投げた。「ずいぶん遅かったな」

意識を取りもどしたときには、空が見え、身体の下で地面が動いていた。リヴァーは台車に乗せられている。間違いない。さっき格納庫で見たものだ。同じところにあった物干し用のロープを手足と胸と喉もとにかけられ、台車に縛りつけられている。まるでガリバーだ。口には丸めたハンカチを詰めこまれ、その上からテープを貼りつけられている。

台車を押しているのはトミー・モルトだ。

「興味があるなら教えてやろう。テーザー銃だよ」

リヴァーは背中をそらして手首を動かそうとしたが、ロープは固く、きしんだのは筋肉だけだった。

「じっとしてろ。またテーザー銃を撃ちこまれたいのか。カートリッジはないが、空撃ちでも、痛いのは痛い」

リヴァーは動きをとめた。

「きみのお行儀しだいだ」

キャサリンのリストにトミー・モルトの名前はなかった。ここにきてはじめて疑問に思ったことだが、そもそも週末にしかアップショットに来ない男が、どうして火曜日の夜にここにいるのか。

台車の車輪が岩にぶつかる。身体を縛りつけられていなかったら、放りだされていただろう。ロープが喉に食いこみ、声にならない声があがる。痛みも、怒りも、恐怖も、口に突っこまれたハンカチのせいですべてくぐもっている。

「おっと」モルトは台車を押すのをやめ、ズボンで両手を拭った。ほかにも何か言ったが、その声は風にさらわれた。

リヴァーは喉にかかる圧力をやわらげるために頭を横にひねった。地面からは一フィートも離れていない。見えるのは暗闇のなかの雑草だけだ。

このとき、格納庫で見た別のもののことをふと思いだした。それはこの台車に載せられていた。ということは、いまはもう台車の上に載せられていないということだ。

もしかしたら、飛行機に積みこまれたのかもしれない。


ふたりは車のなかにいた。ニック・ダフィーの頰には枕のあとがついている。「いったいなんのつもりなんです。夜中の二時にリージェンツ・パークの正面玄関の前に立ち、意味もなく煙草を喫いつづけるなんて。〈執行人〉が出てきてもおかしくはなかったでしょう」

〈執行人〉というのは事態が暴力化しかけたときのために待機している黒ずくめの男たちのことだ。

「わしは入館証を持っている」ラムは言った。

「それには決して使わないという条件がついているはずです。当直官はあなたがまた何かやらかすんじゃないかと心配しています。だから、わたしをベッドから引きずりだしたんです。去年の爆弾騒ぎのことを忘れた者はいません」

ラムは満足げにうなずいた。「わしはまだ忘れられてないってことだな」

「もちろんです。あなたの記憶はヘルペスみたいなものです。そう簡単には消えてくれません」ダフィーは目の前の建物に顎をしゃくった。「とにかく、なかに入ることはできません。どうしてもと言うのなら、メモを残してください。そうすれば、レディ・ダイのご機嫌を損なうこともありません。帰りの足がないということなら、あなたを近くのタクシー乗り場までお送りしてもいい。それがわたしの帰り道の途中にあればですがね」

ラムは手を叩いた。一回、二回、三回。それを何度か繰りかえし、そこにこめられたユーモアが息切れして、あえぎだすまで続けた。「おっと失礼。きみの話はもう終わったのか」

「糞くらえです」

「そうしてもいい。きみがわしをなかに入れてくれたあとでなら」

「わたしの話を聞いていなかったんですか」

「一言も聞きのがしていない。いいか。きみの言うようにしてもいいが、そのときはタクシー乗り場から歩いて戻ってきて、もう少し手荒な真似をしなきゃならなくなる。つまり、ここで一騒動起こし、その上で、きみのキャリアを叩きつぶすということだ」ラムは煙草の箱を取りだしたが、なかに何も入っていなかったので、そのまま後部座席に放り投げた。「きみしだいだ、ニック。この数カ月は他人のキャリアに横槍を入れるようなことはしていない。

愉快だが、書類を揃えるのは一苦労だからな」

　ダフィーは車の運転中のように道路前方を見つめている。難儀の種は次第次第に大きくなりつつある。

「まだ自分の失敗に気づいていないなら、教えてやろう」ラムは手をのばし、ハンドルを握りしめて青白くなったダフィーの手を軽く叩いた。「誰だって失敗はする。きみの直近の失敗例は、レベッカ・ミッチェルの過去をおざなりにしか調べなかったことだ」

「問題は何もありませんでした」

「ああ。それで、きみはシロという判定を下した。たしかに、いまはなんの問題もないのだろう。でも、昔はちがった。若いころは、ふたりのロシア人と乳繰りあっていた。その彼女に轢き殺されたミン・ハーパーは、誰の子守りをしていたか？　この先をまだ話さなきゃならないのか」

「レディ・ダイはわたしの報告書に満足しています」

「ああ。いまも、これからも。誰かがそれを光にかざして、ひびが入っていることを指摘するまでは」

　ダフィーは指でハンドルを叩きながら言った。「わからないんですか、ミスター・ラム。レディ・ダイがそれでいいと言ったんですよ。リボンをかけて、しまっておけと言ったんですよ。責めを負わなきゃならないのはわたしじゃなくて、レディ・ダイなんです。健闘を祈ってますよ」

「大人になれ、ニック。上からどんな命令が出ていたにせよ、それを実行したのはきみだ。生贄をさしださなきゃならなくなったら、誰に白羽の矢が立つと思う？」

沈黙が垂れこめ、ダフィーはまたハンドルを叩きはじめた。心のなかでつぶやいているにちがいない言葉と歩調をあわせるように、その動作は次第に力を失い、途切れ途切れになり、やがてやんだ。

「やれやれ。わたしの失敗は真夜中に電話の受話器をとったことです」

「いいや、ちがう。きみの失敗はミン・ハーパーがわしの部下のひとりだったということを忘れていたことだ」

ふたりは車から降り、リージェンツ・パークの正面玄関へ向かった。


先は長そうだが、リヴァーの身体はいたるところで悲鳴をあげていた。タンバリンになって、誰かに叩かれているような気がする。

モルトもつらそうに見えた。五分ごとに立ちどまって休んでいる。さっきクラブハウスに向かっていたときは、ジープが走ってきたので、あわてて地面に身を伏せた。いまは来ない。モルトは巡回の時間を知っているのだろう。彼が何者であるにせよ、計算ずくであるのはたしかだ。

どこへ向かっているかは依然としてわからない。

途中でモルトは立ちどまって、帽子の上から頭を掻いた。頭が回転軸からはずれたように髪が動く。リヴァーが見ていることに気づくと、口もとに邪悪な笑みが浮かんだ。

「もうすぐだ」


「〈書架〉は？」

建物のなかで、ダフィーはさらに青白くなっていた。顔はこわばっていて、そこに穴があいたら、空《から》になった袋のようにしぼんでしまいそうだ。

「〈書架〉はどこなんだ」

「以前と変わっていません。下です」

ダフィーはエレベーターのボタンをラムの喉もとと見立てているように乱暴に叩いた。

「〈保管庫〉の管理はあなたの部下のホーにまかされているんじゃないんですか」

「ああ。でも、あの男は仕事をしていない。しているように見せかけているだけだ」

ふたりは地下に向かい、いちばん下からいくつか上の階で降り、青い光に照らされた廊下に出た。突きあたりのドアが開いていて、そこからは図書館のような暖かい光がこぼれでている。その一角に、ずんぐりした奇妙な人影がある。車椅子に乗った女だ。丸々と太った身体、灰色のもじゃもじゃの髪、道化師のような白塗りのメイク。ふたりが歩いていくと、その表情は訝しげなものから喜色に変わり、次の瞬間には両手を大きく広げていた。

ラムはかがんでハグをした。ニック・ダフィーはそれを異星人との遭遇場面のように見つめている。

女が手を離すと、ラムは言った。「モリー・ドーラン。きみはまったく年をとらないね」

「でも、太ったわ。あなたもよ、ジャクソン。それに、何そのコート。浮浪者みたいじゃない」

「おろしたてなんだが」

「いつおろしたの？」

「最後にきみに会ったときだ」

「十五年前よ」モリーは言い、それからダフィーに目をやって、軽い口調で言った。「あなたに用はないわ、ニック。このフロアに〈犬〉はお呼びじゃないのよ」

「われわれには好きなところへいく権利が──」

「聞こえなかったの？」短く太い指を振りながら、「このフロアに〈犬〉はお呼びじゃない」

「やつは出ていくよ、モリー」ラムは言って、ダフィーのほうを向いた。「どこへ行くべきかわかってるな」

「こんな時間に──」

「待っているぞ」

ダフィーはラムを睨みつけ、それから首を振った。「あなたのことはサム・チャップマンからいろいろ聞いています」

「きみのことも聞いている。彼にレベッカ・ミッチェルの身辺調査を頼んだときにな。それから、これを」カチンスキーのオフィスから持ってきた薬の瓶を取りだして、「きみがやるべきことをやってるあいだにこれを調べさせてくれ」

ダフィーはエレベーターに乗りこむと、何か捨て台詞を残そうとしたようだが、口を開くまえにドアが閉まった。

ラムはモリー・ドーランのほうを向いた。「どうしてきみは夜間のシフトにまわされたんだい」

「若手に不安を与えないようにするためよ。みんなわたしを見ると、それが自分たちの未来だと思って、新しい職場を探しだすから」

「そんなところだろうと思ったよ」

車椅子はサクランボ色で、分厚いビロード張りの肘掛けとドーナッツ状の車輪がついている。モリーはすぐに車輪をまわして、細長い部屋に入った。床一面にずらりと並んだ縦長のキャビネットは、路面電車のようにレールの上に設置されていて、使わないときは脇に寄せておくことができるようになっている。巨大なアコーディオンのようなものだ。そこには種々雑多な情報のファイルがぎっしりと詰まっていて、なかには、最後の閲覧者がとうの昔に死んでしまったような年代物もある。ここにはリージェンツ・パークの過去の秘密のすべてがあるということだ。もちろん、それをピンの頭ほどのスペースに収めることは可能だが、そのためにかかる費用は半端ではない。

上階では〈クイーン〉たちがデジタルの世界を支配している。ここではモリー・ドーランが忘れられた歴史の番人をしている。

モリーのデスクがある部屋は狭い。片側に三本脚のスツールがひとつ置かれているだけで、車椅子が入ったら、空いたスペースはほとんどなくなる。

「なるほど。ここがきみの行きついた場所か」

「まるで知らなかったような言い草ね」

「今夜は表敬訪問だ。人づきあいはあまりいいほうじゃないんだがね」

「わたしたちは一つ穴のむじなよ、ジャクソン」モリーは車椅子を定位置に進めた。「かけてちょうだい。あなたの体重を支えることくらいはできるわ」

ラムは車椅子を睨みつけながら、恐る恐るスツールに腰をかけた。「すわり心地はそっちのほうがよさそうだな」

モリーは鈴のような笑い声をあげた。「変わってないわね、ジャクソン」

「変わる必要を感じたことはない」

「何年ものあいだ、別人になりすましつづけてきたので、これ以上は装うことができなくなったってわけね」何かを思いだしたように首を振りながら、「あれから十五年。そして、あなたはいまここにいる。何がお目当てなの？」

「ニコライ・カチンスキー」

「雑魚《ざこ》よ」

「そうだ」

「暗号課の職員。その他大勢のひとりだけど、九〇年代には拾いあげないわけにはいかなかった」

「そいつがジグソーパズルのピースを持って姿を現わした。でも、そのピースはいまのところどこにも嵌《は》まらない」

「端や角のピースじゃなく、内側の空の一部とかってことね」話が進むにつれて、モリーの顔には変化が現われはじめていた。真っ白だった頬が、地肌の色が透け、赤みを帯びて見えるようになってきたのだ。「彼は〈蟬〉の話をした。架空の人物が作った架空のネットワークのことよ」

「架空の人物というのはアレクサンドル・ポポフだな」

「そう、アレクサンドル・ポポフ。でも、それはモスクワが仕掛けたゲームのひとつにすぎなかった。ゲームの盤面はすでにひっくりかえされてしまっている」

ラムはうなずいた。部屋は暖かく、湿っぽい感じがする。「ここにはどんな書類が保管されているんだい」

「〝獣《ビースト》〟にはなかったってこと?」

モリー・ドーランは保安局の各種データベースを十把ひとからげにして〝獣〟と呼び、それぞれの違いを認めようとはしない。たしかに、システムがクラッシュしたら（いつかはかならずクラッシュする）、違いも何もあったものではなくなる。スクリーンは次から次へと黒くなっていく。そのときに蠟燭を持って立っているのがモリーだ。

「情報は生《なま》のものに限る。聴取のテープを聞いておきたいんだ。若い連中は二十分のビデオに何千何万の言葉と同じ価値があると考えている。でも、われわれはそうじゃないことを知っている。ちがうか」

「わたしを甘言で釣ろうとしているの？」

「必要とあらば」

モリーはまた笑った。このときの笑い声は蝶のようにひらひらと飛んでいった。「むかし考えたことがあるの。あなたはいつか誰かに身を売り渡すんじゃないかって」

ラムは虚をつかれたみたいだった。「ＣＩＡに？」

「民間によ」

「ほう」ラムはちらっと下を向いた。シャツは染みだらけで、ズボンから出ている。靴は擦り減り、ズボンのチャックは開いている。だが、それを見ても、涼しい顔をしていて、チャックをあげようともしない。「これを見なくてすむように、両手を開いて迎えてくれたってわけだな」

「そうよ。いまのあなたの様子からすると、気を使う必要などなかったみたいだけど」モリーは車椅子を机から離した。「何があるか見てくるわね。あなたもぼんやりしてないで、少しは気をきかせたらどうなの。ポットにお湯を沸かすとか」車椅子は部屋から出ていき、声だけが戻ってきた。「煙草に火をつけたら、あなたを鳥の餌にするわよ」

また元のところに戻ってきている。

眠ってしまったのか。そんなことがあっていいのか。身体がこれ以上の苦痛を感じるのを拒否して、感覚が自然に麻痺し、いつのまにか眠りに落ちたにちがいない。眠っているあいだ、頭のなかではさまざまな悪夢が駆けめぐっていた。そのなかには、ケリー・トロッパーのスケッチブックに描かれた絵もあった。都会の超高層ビルに雷が落ちているところだ。

そして、いまはまた元のところに戻ってきている。身体中の骨がきしむ音が聞こえる。いや、もしかしたら、木の枝が風に揺れ、廃屋の崩れかけた壁をこすっている音かもしれない。

「ここがあんたのスイートホームだ」トミー・モルトは言った。

ラムはボールペンを口にくわえて、カチンスキーのファイルをめくりはじめた。時間はいくらもかからなかった。「ずいぶん少ないな」

「〈蟬〉の話をしていなければ、ロシアに送りかえされていたでしょうね。でも、なんとか下級ランク扱いで滞在を許可された。つまり自己申告どおりの人物ってことよ。〈バックグラウンド〉はもっと大物を釣りあげたがっていた」

「生まれたのはミンスク。前職は地元の交通局の職員。KGBにリクルートされ、以来二十二年間モスクワの本部に勤務」

「わたしたちがその存在をはじめて知ったのは一九七四年の十二月。KGBの職員名簿を入手したときのことよ」

「でも、こちらから接触をはかることはなかった」

「そうしていたら、そのファイルはもっと分厚くなっていたでしょうね」

「どうも変だな。ちらっと見るくらいのことはしてもいいはずなんだが」

ラムは机の上にファイルを置いて、キャビネットの陰を見つめた。口にくわえたボールペンがゆっくり上下に動いている。おそらく無意識のうちにそうしているのだろう。無意識のうちにしていることはほかにもある。開いたままになっているズボンのチャックの内側に手を入れて、股間をぼりぼりと掻いている。

モリー・ドーランは紅茶のカップを口に運んだ。

「まあいいだろう」しばらくしてラムは言った。〈書架〉はもともと静かだが、いまはこれまで以上に静かに感じられる。モリーは息をこらしている。「もしやつが雑魚でなかったら？　本当は大物なのに、雑魚のふりをしているだけだとしたら？　そういった可能性はあると思うか、モリー」

「それはちょっとおかしいかも。どうしてわざわざ自分の価値をさげなきゃいけないの。そんなことをしたら、ほかのクズといっしょに捨てられるかもしれないのに」

「たしかに。でも、ありえない話じゃない」

「暗号課の職員になりすますってことが？　ええ、ありえない話じゃないわ。大物なら、それくらいのことはもちろんできる」

ふたりは目をあわせた。

「つまりこういうことね。カチンスキーは消えたスパイのひとりだったのかもしれない。ソ連崩壊後に消息を断った大物スパイのひとりだったのかもしれない」

実際にそういった者は少なからずいた。そのなかには、ひそかに墓場に送られた者もいただろうが、ほとんどはさまざまな偽装を施して、まったくの別人になりすまし、いまも悠々自適の日々を過ごしている。

「かもしれない。やつはわれわれをさんざん手こずらせた大物スパイだったのかもしれない。冷戦終結後に、国外への亡命を望んだが、かつての敵にこれ以上は付きまとわれたくはなかったということかもしれない」

「だとしたら、どうして何年もまえに職員名簿に名前を載せなきゃならなかったのか。それがわれわれの目に触れるという確信もなかったはずなのに……」そこで言葉を切って、「なるほど。そういうことね」

「ああ、そういうことだ。その職員名簿の入手経路は？」

「調べたら、わかると思うわ。たぶん」

ラムは首を振った。「たいした問題じゃない。いまじゃなくていい」

「それでも、疑問は依然として残る。職員名簿に名前を載せたのは、実際にそれが必要になるとわかる何年もまえのことよ。一九七四年の十二月？　そんなときから、冷戦の終結を予測していた者がいると思う？　時間的にそんなことはとうていありえないわ」

「はっきりわかっている必要はない。そういうときがいつか来るかもしれないと思っているだけでいい」ラムは手に持っているボールペンを見つめている。それがどこから出てきたのだろうと考えているような顔にも見える。「スパイにとって何より大切なのは、退路を確保しておくことだ」

「話はまだ終わってないんでしょ。顔にそう書いてあるわ」

「ああ、たしかにそれだけじゃない」


トミー・モルトの息遣いはすでに元に戻っていた。台車が廃屋の瓦礫の上を横切っていたとき、リヴァーは身体中の骨が折れたのではないか、このままでは歯が全部抜けてしまうのではないかと思っていた。台車がとまったあとも、身体の震えはとまらなかった。物干し用のロープが肌に食いこみ、燃えるように痛い。胸の鼓動にあわせて耳鳴りがする。それでもなんとか正気を保っていられるのは怒りのせいだ。一晩で二度もドジを踏んだ自分自身への怒りのせいだ。モルトが何をたくらんでいるか薄々勘づいていながら、それを否定することも肯定することもできなかった。

口からテープが剝がされた。ハンカチが引き抜かれる。とつぜん口に空気が入ってくる。それまでの不足分を取り戻すように大きく息を吸い、そのせいで逆に息が詰まりそうになる。

モルトが言う。「こうするしかなかったってことはわかるな」

リヴァーはなんとか言葉を絞りだした。「こ、これは、いったいどういうことなんだ」

「聞かなくてもわかっているはずだ、ウォーカー。それにしても、ジョナサン・ウォーカーとはえらく古風な名前じゃないか」

「そういう名前だから仕方がない」

「たぶんジャクソン・ラムがつけた名前なんだろう。どっちにしても、そんなものはすぐに必要でなくなる。ちがうか」

モルトはラムを知っている。身元は割れているということであり、もうシラは切れないということだ。「一時間前に連絡を入れることになっていたんだ。すぐにぼくを探しにくる」

「それはどうかな。一度連絡がなかっただけで、沿岸警備隊が出動するだろうか」モルトは頭から赤い帽子を取った。と同時に、帽子の下からはみだしていた白い髪も消えた。頭に残っているのは、耳の上の短い髪だけだった。それ以外は完全に禿げている。「明日も連絡がなかったら、心配になるかもしれん。でも、そのころにはもうそれどころじゃない事態になっている」

「あんたはこの台車に何かを積んでいたな」

「ああ。それが何を意味するのかゆっくり考えるがいい」

「モルト」

だが、そのときには、モルトの姿は視界から消えていた。聞こえてくるのは、荒れた地面を歩いていく足音だけだった。

「モルト！」

しばらくして、その音も聞こえなくなった。

リヴァーはゆっくりと顔を空のほうに向けた。そして、深く息を吸いこむと、腹にたまった怒りを吐きだすようにうなり声をあげ、また背中をそらした。台車はほんの少し揺れただけだった。ロープはさらに深く肌に食いこみ、うなり声は悲鳴に変わり、頭上の木の枝を震わせ、まわりの崩れかけた壁にこだました。そのあとは何も変わらなかった。暗闇のなかで、身体は依然として台車に縛りつけられたままだ。逃れようはない。声が聞こえるところに、ひとは誰もいない。

命運は尽きかけている。

パンにバターを塗ったような化粧の下で、モリー・ドーランの顔は動かなかった。ラムが話しおわったあとも、一分以上の沈黙の時間があった。それから、「それで、あなたはカチンスキーがやったと考えてるのね。その昔ディッキー・ボウを拉致したのは、カチンスキーだったというわけね」

「そうだ」

「そのあとは、次の行動を起こすために何年も地下に潜っていた」

「いいや、それはちがう。当初のもくろみがなんであれ、それは冷戦の終結とともに潰えたはずだ。やつがいま考えているのは別のことだ。ディッキー・ボウはそのために利用された」

「〈蟬〉はどうなの。あれも実在するというわけ？」

「スパイ網を隠すいちばんの方法は、それがでっちあげた架空のものだと敵に思わせることだ。アレクサンドル・ポポフの組織を誰も追いかけようとしなかったのは、それが単なる伝説だということを知っていたからだ。ポポフ自身と同じように」

「そのポポフをつくりあげたのもカチンスキーってことね」

「そうだ。どう考えても、そうとしか思えない。ニコライ・カチンスキーこそがアレクサンドル・ポポフだったんだ」

「信じられないわ、ジャクソン。あなたは怪物を目覚めさせてしまったのよ」

ラムは椅子の背にもたれかかった。頭上の柔らかな明かりの下で、いつもより若く見える。もしかしたら、昔の記憶をたどっているからかもしれない。

モリーは横槍を入れるのを控えた。窓のない地下室で、キャビネットの影はさっきより少し長くなっているように見える。これまでの経験から、もちろんそれは目の錯覚だとわかっている。心のなかで無意識のうちにそのような小細工をして、室内の環境を通常の一日のリズムに合わせようとしているのだ。外はもうすぐ朝になろうとしている。夜のあいだ建物のあちこちで虫が蠢いているような感覚は、あと少しで消えていく。そんなものがここにあると知ったら、日勤の者はさぞ驚くだろう。

ラムがわずかに身体を動かすのを見て、モリーは訊いた。「ポポフの狙いはなんだと思う？」

「さあ。いまのところはまったくわからない。狙いも、理由も」

「アップショットに拠点を置いた理由も」

「ああ」

「まるで〝死んだライオン〟ね」

「なんのことだ」

「子供の遊びよ。寝転がって、じっと動かないで、死んだふりをするの」

「最後はどうなるんだ」

「しっちゃかめっちゃかよ」


ポケットのなかに携帯電話が入っている。

だが、情報としては、ペンギンのつがいに関するものに等しい。一瞬気慰めになり、一瞬戸惑いを覚えたが、それだけのことで、実際のところはなんの役にも立たない。戸惑ったのはモルトがそれを持ち去らなかったからだが、いずれにせよ、状況は携帯電話が頭上の木の枝に引っかかっているのと少しも変わらない。

リヴァーはもがくのをやめていた。もがけばもがくほど、痛みは増す。そのかわりに、モルトの狙いについてわかっていること、あるいはわかっていると思っていることを頭のなかで整理しはじめた。だが、何をどんなふうに考えても、結局は同じところに戻ってくる。格納庫のなかで、台車に乗せられていたのは化学肥料の袋だ。

それが秘密にしておきたいものだとしたら、なぜあそこへ連れていかれたのか。キャサリンが言ったとおり、この村のいたるところにソ連のスパイが潜んでいるとしたら、それとモルトはどのような関係にあるのか。だが、空が白むにつれて、そういった疑問は奥のほうに引っこみ、かわりに肥料の袋が前へ前へと出てきた。

一部の肥料は、ほんの少し手を加えるだけで爆弾になる。

さっき格納庫にいたとき、それは飛行機のそばに置かれていた。積みこまれるのを待っている荷物のように。

煙草を喫うために建物の外に出たところで、ラムは最後の一本をすでに喫ってしまっていたことを思いだし、地下鉄の駅まで歩いていって、終日営業の売店で一箱買った。リージェンツ・パークの正面の前まで戻ってくると、短くなった一本目の煙草から二本目に火を移して、徐々に明るくなっていく空を見あげた。この時間になると、車の音が途絶えることはない。最近はこんなふうに小さなことがひとつひとつ積み重なって一日がゆっくり動きだす。若いころはベルの音のようにすべてが一気に始まったものだが。

先ほどと同じようにニック・ダフィーが姿を現わした。とめてあった車から降りて、向かってくる。

「喫いすぎですよ」

「だったら、喫いすぎにならない一日の本数を教えてくれ」

鋪道の向こうでは、街路樹が悪夢にうなされているようにざわざわと揺れている。ダフィーは顎をこすった。指の関節が擦りむけて、赤くなっている。

「例の女のことですが、毎月小切手を受けとっています。ときどきアルバイトをしているんです。どこの誰とも知れない者を家に泊めてやったり、書類の受け渡しをしたり、電話の代行をしたり。本人の言葉を借りるなら、〝雑用〟ということになる」

「ミン・ハーパーの一件までは」

「夜遅くに電話があったそうです。いつもどおり符号を使ってのやりとり。〝車を持ってこい、場所はエッジウェア・ロードの地下駐車場〟」ダフィーは言葉を惜しむように電文調を採用して言った。「そこにいたのはふたりの男、プラス、本人の言葉を借りるなら、〝無理やり連れてこられた酔っぱらいがひとり〟」

「見覚えのある顔だったと言ってたか」

「いいえ」

ここで短い間があった。そのあと、ダフィーはレベッカ・ミッチェルから聞いたことをふたたび話しはじめた——駐車場で、ひとりが酔っぱらいの頭を駐車場のコンクリートの床に叩きつけ、そのあいだに、もうひとりがレベッカの車に乗りこんだ。その次のシーンは子供の遊びを見ているようだった。酔っぱらいを自転車に乗せて、そこに車を突っこませたのだ。そして、首の骨が折れているのをたしかめると、自転車と死体を自分たちの車に乗せ、もうひとつの事故現場に移した。

話が終わると、ダフィーは木の葉に陰口を叩かれているのではないかと思っているかのように街路樹を見つめた。

「その程度のことは最初からわかっていなきゃならなかったんだ」

「やつらは駐車場で写真を撮って、そのとおり路上に死体と自転車を置いたんです」

「そんなことが理由になるか」ラムは煙草を投げ捨てた。地面に火の粉が散る。「お粗末すぎる」

「弁解はしません」

「あたりまえだ」煙草の臭いがこびりついた指で顔を拭って、「それにしてもよく話を聞きだすことができたな。しゃべりたくてうずうずしていたってことか」

「いいえ、そんなことはありません」

ラムはうなった。

しばらくしてダフィーは言った。「ハーパーは見てはいけないものを見たにちがいありません」

あるいは、見てはいけない人間かもしれない。ラムはまた一うなりしてから、建物のなかに入っていった。

エレベーターを降りると、このときは異様なほど背の高い若者が待っていた。胸に〝アルカトラズ刑務所〟とプリントされたトレーナーを着て、太い黒縁の眼鏡をかけている。「ジャクソン・ラムですね」

「なんでわかった」

「いちばんはそのコートです」若者はダフィーから預かった薬の瓶を振ってみせた。「これが何か知りたいんですね」

「それで？」

「薬の名前はゼモフラヴィンです」

「わしがラベルを見てなかったと思うのか」

「名前がわかれば、情報収集は簡単です。とりたててどうのこうの言うほどの薬じゃありません。主成分はアスピリンで、糖衣コーティングされてます。参考のために言っておくと、オレンジ・フレーバーです」

「みなまで言わなくていい。それはネットで売られてるんだな」

「当たりです」

「なんの薬なんだ」

「肝臓癌です。効きませんけどね」

「そりゃ驚いた」

若者は薬の瓶をラムに渡すと、眼鏡を上にあげ、その階にとまっていたエレベーターに乗りこんだ。

ラムは唇をすぼめて、モリー・ドーランの部屋に向かった。

モリーは紅茶のおかわりを入れ、両手でカップを包んで持っていた。細い湯気が渦を巻きながら、暗い天井のほうへ消えていく。

「まだ話してなかったと思うが、やつの机の上にあったスケジュール帳に、先の予定は何も書かれていなかった」

モリーは紅茶を一口飲んだ。

「そして、これまで付きあってた女と別れていた」

モリーはカップをテーブルに置いた。

「そして、癌の薬を飲んでいた」

「なるほど」

「そうなんだ」ラムは言って、薬の瓶を屑かごに捨てた。「狙いはわからないが、少なくとも動機はわかった。やつは死にかけている。それで、最後に一花咲かせようってわけだ」

朝。光がカーテンの隙間からさしこんでいる。びっくりするほどまぶしい。このところ晴天の日が続いていて、季節はずれに暖かい。だが、四月のぽかぽか陽気は要注意だ。ふと気がついたら、急に寒くなっているので、気は抜けない。

ルイーザは起きていると思っているが、実際にはそんなに起きていない。目はあいているし、頭も動いているが、特に何かを考えているというわけではなく、ただその日やるべきことを心のなかでぼんやりとポストイットしているだけだ。まずはベッドから出て、シャワーを浴び、コーヒーを飲む。面倒なのはそこからだ。家を出て、マーカスと落ちあい、パシュキンを迎えにいかなければならない。ほかのことは昨日の夜と同じように意識の奥まったところで黒い塊になっている。晴れた日のとつぜんの雲のように、そんなものは可能なかぎり無視するに如《し》くはない。

ルイーザはベッドから出て、シャワーを浴び、服を着て、コーヒーを飲んだ。そして、マーカスに会いにいった。

昨日から泊まりがけでそこにいるのではないかと思うくらい、キャサリンの出勤は早かった。だが、その時間に市内を通ったときには、すでに導火線に火がつきかかっているのがわかった。地下鉄の乗客は声高に議論していた。なかには、プラカードを持っている者もいた。いちばん多いのは〝ストップ・ザ・金融街〟で、次は〝銀行・ノー〟だ。バービカン駅では構内で煙草に火をつける者もいた。不穏な空気が漂っていたのは間違いない。今日は窓ガラスが何枚も割られるだろう。

しかし、こんなに早く出勤しても、ローデリック・ホーにはかなわない。いつものことだ。ここに住んでいるのではないかと思うことさえある。たぶん、ネット上で何かをするのは保安局のアドレスを利用したほうがいいと思っているのだろう。だが、今朝がいつもとちがうのは、ホーが仕事をしていたことだ。あけっぱなしになったドアの前を通ったときには、顔をあげてこう言った。「面白いことがわかった」

「わたしが頼んだリストのこと?」

「そう、アップショットの住人のことだ」ホーはプリントアウトを振ってみせた。「とりあえず三人。経歴をさかのぼって調べてみたんだ。たしかに記録はいろいろ残っていた。充分すぎるくらいに。でも、初期の記録は靴だけあって、足跡は残ってない」

「それってインターネット用語のひとつ?」

ホーは大きな笑みを浮かべた。それは地下鉄の列車のなかでの議論より珍しい。「これからそうしよう」

「で、その意味は?」

「たとえば、アンドルー・バーネット。履歴書では、六〇年代初頭にチェスターのセント・レナード・グラマースクールに通っていたことになっている。いまは総合制中等学校《コンプリヘンシブ・スクール》という名称に変わっているが、優秀なIT科を持っていて、そこの生徒たちがいま学校の歴史のオンライン化を進めつつある」

「そこに記録がなかったということね」

ホーはうなずいた。「昔はそれでなんの問題もないはずだった。過去の経歴に紙を貼りさえすればよかった。インターネットなんてなかった時代の話だ。紙が剝がれるときが来るとは思ってもみなかったにちがいない」

キャサリンはプリントアウトに目を通した。バーネットと同じく、バターフィールドやサーモンについても同様の不審点が見つかっている。そういう者はほかにも何人かいる。やはり本当だったのだ。ソ連の潜入スパイたちはアップショットというイギリスの小さな村に根をおろした。それは当初の目的を失ったからかもしれない。でなかったら、何かはわからないが別の理由があるということだ。

「お手柄よ、ロディ」

「まあね」

ラムとの付きあいが長いせいか、キャサリンはひとこと付け加えずにはいられなかった。

「いつもの仕事ぶりとはえらい違いね」

「当然じゃないか」ホーは顔を赤らめて、目をそらした。「〈保管庫〉の仕事なんか、一晩で全部できる。そういうのとはわけがちがう」

ホーが振り向くのを待って、キャサリンは言った。「たしかにそうね。とにかくありがとう」それから腕時計に目をやった。九時。ルイーザとマーカスがアルカディ・パシュキンを迎えにいく時間だ。それで思いだした。「パシュキンのことも調べてくれた？」

ホーの顔に見慣れた表情が浮かんだ。不当な扱いを受けたと思ったときに見せるいつもの膨れっ面だ。人生の大半をコンピューターの前で過ごしていると、大人になるのが遅れる。そんな研究結果をどこかで見たことがある。たぶんネットだろう。

「そこまで手がまわらなかったってことね」

「そうだ。これからとりかかる」

ホーはご機嫌斜めだが、気にすることはない。ホーにはホーの流儀がある。

ふたりは九時少しすぎにホテルのそばで落ちあった。そのころには地下鉄は満員で、通りには人があふれていた。動員された警官の数は半端でない。テレビ局のスタッフやヴァンも出ている。もちろん野次馬もいる。ハイド・パークにはぞくぞくと人が集まってきていて、いろいろな朝食の匂いが漂ってくる。拡声器からは〝この集会にはCO11の通達が出されています。行進中は警察の指示に従ってください〟というアナウンスが流れているが、音楽や話し声に掻き消されてほとんど聞こえない。世界一大きなパーティの席でＤＪの到着を待っているように、興奮の度合いは刻一刻と増していく。

「ひと暴れしてやろうと思っている連中も混じっているようだな」マーカスは挨拶がわりに言った。その目は〝銀行をぶっつぶせ〟と書かれた横断幕を掲げている二十代のグループに向けられている。

「みんな普通の市民よ。ただ少し怒っているだけ。準備はいい？」

「もちろん」この日のマーカスの装いは、グレーのスーツにサーモンピンクのネクタイ。絶妙な色使いで、よく似あっている。といっても、それはほかの数多の事柄に対する評価と同レベルのものであり、それ以上の意味はない。「そっちは？」

「だいじょうぶよ」

「本当に？」

「そう言ったでしょ」

ふたりは通りの角を曲がった。

「いいかい、ルイーザ、夕べおれが言ったことだけど――」

そのとき、マーカスの携帯電話が鳴った。


それは眠りというより、容量オーバーと言ったほうがいい。痛みもストレスも何もかもが、まるで洗濯機のなかに突っこまれた議論のように、頭のなかでぐるぐるまわっていて、そのリズムに揺さぶられているうちに、意識が遠ざかり、リヴァーはみずからつくりだした井戸に落ちていった。回転する闇のなかで、消化しきれない事実が毒蛇のように嚙みついてくる。肥料を積んだ飛行機。朝になれば、ケリーがそれに乗って空に飛びたつ。彼女のスケッチブックには、稲妻が超高層ビルに突き刺さるところが描かれていた。飛行機を見て、そこからすぐに爆弾を連想する者はあまりいない。だが、窒素を大量に含んだ肥料がそこに積みこまれたら、それは間違いなく空飛ぶ爆発物になる。

ぐるぐるまわる意識のなかで、ひとつの映像が繰りかえし現われる。ケリー・トロッパーが（どうしてきみなんだ）飛行機を駆り、ロンドンでいちばん高いビルに突っこんでいく。世界中の人々の目に、新たなグラウンド・ゼロの光景が焼きつけられる。

ぐるぐるまわりながら、リヴァーはかろうじてつかんでいた現実の縁から手を離し、完全に意識を失った。

マーカスが携帯電話で話をしているあいだ、ルイーザは公園にやってくる人々を見ていた。まるで集団意識の発生の現場に立ちあっているようだ。それぞれはまったく異なる人間なのに、ひとつにまとまると、そこから単一の意識が生まれる。マーカスの言ったとおり、たぶんデモは荒れる。でも、それはたいした問題ではない。頭の片隅にとどめておくだけでいいことで、無視してもかまわない。問題はパシュキンだ。パシュキンとふたりだけになるチャンスが来なかったらどうすればいいのか。会議が終わったあと、その足でただちに帰国の途についたら、ミンが死んだ理由を知ることは永遠にできなくなる。

「すまなかったね」

「終わった？　これは仕事よ。ピクニックじゃないのよ」

「携帯電話は鳴らないようにしておく。ところで、きみはパシュキンを〝ニードル〟の窓から突き落とそうとしているんじゃないだろうな」

ルイーザは答えなかった。

「どうなんだ」

「ラムに言われたの？」

「ラムのことはきみのことと同様に何も知らない。でも、あの男が部下の身の安全を第一義としているとは思えない」

「あら、あなたはわたしの身の安全を気にかけてくれてるの？」

「パシュキンに飼われているゴリラたち。あいつらは虚仮《こけ》おどしじゃない。ボスに手を出そうとしたら、ズタズタに引き裂かれるぞ」

「ミンみたいに」

「ミンのことは、あとで考えればいい。とにかく、復讐のことは忘れろ。そんなことをしたら、何もかも失うことになる。嘘じゃない。昨日きみが計画を実行していたら、きっとそうなっていた。たとえパシュキンの用心棒どもの手から逃れることができたとしても、保安局が見て見ぬふりをするとは思えない」

とつぜん通りの反対側でシュプレヒコールがあがり、大きな笑い声がそれに続いた。

「聞いているのか」

「あなたはどうして〈泥沼の家〉に来たの？」ルイーザは自分でも気がつかないうちに尋ねていた。

「それは大事なことなのか」

「あなたがわたしの世話係を買ってでるつもりなら、大事なことよ。あなたは精神的におかしくなったって話を聞いたわ。なんらかの重圧に抗しきれなくなって。としたら、わたしのことを心配するわけもわかる。わたしが何かしでかして、その火の粉が自分に降りかかるのを避けたいってことね」

マーカスはサングラスの上から目をこらした。それから、サングラスをあげ、その表情以上に優しい声で言った。「なるほど。もっともらしい話だ。まったくのでたらめだが、説得力はある」

「つまり、頭がおかしくなったわけじゃないってこと？」

「いいや、ちがう。ギャンブルのせいだ。それだけのことだ」


誰かが名前を呼んでいる。

それは自分の名前のようだ。いや、自分の名前ではない。それでも、呼ばれているのはたしかだ。リヴァーは闇から引きずりだされて、目をあけた。頭上に張りだした枝のあいだから陽の光が飛びこんでくる。空が広い。青さがまぶしい。それで、またすぐに目を閉じた。

「ジョニー。ジョニー・ウォーカー」

誰かの手に身体をまさぐられているような感じがし、それからとつぜん身体を締めつけていた力が消え、自由に動けるようになった。と同時に、手足に新たな痛みが走る。

「やれやれ。ひどいありさまだな」

救世主の姿はぼんやりとしか見えない。ロールシャッハ・テストの絵のように、いくつかのパーツに分かれたものが、ところどころでつながっているだけだ。

「しっかりしろ」

両腕で抱き起こされ、身体が悲鳴をあげたが、それは自由になるための痛みであり、このときは心地よさささえ感じた。

「飲め」

ボトルが口に押しつけられ、水が喉に流れこむ。リヴァーは咳きこみ、身体をふたつに折り、飲んだものをほとんど全部吐きだした。それから、ボトルを奪うようにして手に取ると、残りを一気に飲みほした。

「ほんとにひどいな」と、グリフ・イェーツは言った。「信じられないよ」

「ギャンブルのせいだ。それだけのことだ」と、マーカス・ロングリッジは言った。

「何のせいって？」

「ギャンブルだよ。カード、競馬……なんでもいい」

ルイーザは目をこらした。「それだけ？」

「度が過ぎた。オペレーションに支障をきたすほど、はまってしまったんだ。笑えるじゃないか。オペレーションこそいちばんのギャンブルなのに」

「どうして馘にならなかったの」

「判断ミスとしか言いようがない。人事部の判断で、一種の依存症だってことになり、カウンセリングを受けさせられることになった」

「それで？」

「いちおう受けた」

「それで？」

「完治はしていない。少なくとも百パーセントは。じつは、さっきの電話も胴元からだったんだ」このとき、車のクラクションが立てつづけに鳴った。今日はこの即興演奏が街のBGMになるにちがいない。この日の通りの主《ぬし》は自動車ではないのだ。「いずれにせよ、精神科医にかかった者を馘にすることはできない。訴えられると、厄介だからね。それで、かわりに……」

かわりに〈泥沼の家〉送りになった。

ルイーザはホテルのほうにちらっと目をやった。そろそろパシュキンたちがあの大きなガラスのドアから出てくるころだ。「あなたはタヴァナーのまわし者なの？」

「いいや。どうして？」

「キャサリンがそう言ってたのよ」

「わからないな。あそこはリージェンツ・パークの屋外トイレだ。何か知りたければ、ラムに訊けばいいだけじゃないか」

「できることなら、そんなことはしたくないのかもね」

「気持ちはわかる。でも、おれは誰のスパイでもない」

「わかったわ」

「おれの言葉を信じるのか」

「わかったと言っただけよ。ギャンブルに関してはもうなんの問題もないってこと？」

「去年、二週間ばかりローマ観光に行った。おれとキャシーと子供たちで。その費用の出所は、おれの依存症ってわけさ」マーカスはまたサングラスをあげた。「なんの問題もない」

家族の話を聞いたのはこれがはじめてだった。相棒の信頼を得るための方便かもしれない。

マーカスは腕時計に目をやった。

「わかったわ」ルイーザは繰りかえした。このときは同意を示すためだ。

時間が来た。ルイーザは先に立って、ホテルのロビーへ入っていった。

もちろん、相棒であれば、まともな頭でいてもらいたい。

だが、今日は単なる子守りだ。オペレーション部門の経験が必要になることはないだろう。

キャサリンはリヴァーに電話をしたが、通じなかった。ラムにも電話をしたが、同じだった。そこで、プリントアウトに目を通すことにした。〝靴だけあって、足跡は残っていない〟。抱える荷物が重ければ重いほど、足跡は深くなる。だが、アップショットの住人のなかには、昔の記録に粉砂糖の上の足跡のようなものさえ残っていない者が何人もいる。

スティーヴン・バターフィールドは出版社の元オーナーであり、ネットで得られる情報によると、いっぱしの論客として通っていて、しばしばラジオ4やオブザーバー紙で折り折りの時事問題についての意見を述べている。以前は識字率向上のための行政管理官を務めたこともあるし、発展途上国の学校へ教科書を贈るボランティア団体の役員をしていたこともある。だが、若いころの経歴となると、途端に靄がかかる。リストに名前が挙がっているほかの住民も、みな似たり寄ったりだ。それぞれライト級からミドル級の重要人物で、エスタブリッシュメントの一角を占め、有名企業の経営者や政府閣僚と会食をすることも珍しくなかった。支配力と影響力は同義語であり――

驚いたことに、ホーが戸口に立っていた。いつからそこに立っていたのだろう。

「冗談も休み休みにしてもらいたいね」と、ホーは言った。

「冗談？　どういうことなの」

「ふざけた話ってことだよ」

キャサリンはその気がなくてもため息をつくことができる。このときもそんなふうにため息をついた。「ふざけた話って、どんな話なの、ロディ」

ホーは答えた。

「冗談のつもりだったんだよ」

冗談にもほどがある。

「あの廃屋が標的になることはない。そのことを知ってさえいれば、あわてることなんか何もないんだ」

聞いてあきれるとはこのことだ。

「それにしても、トミーがこんなことするとは……」

身体中があちこち痛むので、リヴァーは思うように歩けない。上り坂だが、まだ窪地なので、携帯電話はつながらない。

「ケリーのことを根に持っているのか」まいった。口から出てくるのは九十歳の老人の声だ。

イェーツは立ちどまった。「あんたは何もわかっちゃいない」

「わかってるさ。でも、ぼくの知ったことじゃない」

「おれにとってケリーは――」

「もう少し大人になったらどうなんだ」ケリーには選ぶ権利がある。リヴァーはそう言おうとしたが、ケリーが何を選んだのかということを考えると、言葉に詰まってしまった。

もう一度ぎこちない手つきで携帯電話のボタンを押す。だが、やはり圏外のままだ。エンジン音がかすかに聞こえたような気がしたので、もしかしたらケリーが操縦している飛行機ではないかと思って、空を見あげた。それには爆発物が積みこまれている可能性がある。だが、だとしたら、いつまでもアップショット上空を旋回してはいないだろう。

ただ、ケリーがすでに空の上にいるのは間違いない。警告を発しなければならない。

一機の飛行機が〝ニードル〟をめざしている。イギリス版の九・一一。

しかも、そのビルの七十七階には、政治的野望を抱いたロシアの大実業家がまもなく姿を現わそうとしている。

もちろん、もしこれが思いちがいだったら、キングス・クロス駅での大失態すら、自分のキャリアの頂点だったと思えるようになるにちがいない。

でも、思いちがいではなく、警告を発するのが遅れたら、この先死ぬまで、大量の犠牲者の死を悼んで過ごすことになる。

「行こう」

「方向がちがう」

「いや、こっちでいいんだ」

格納庫だ。格納庫へ行かなければならない。肥料がそこにあるかどうかをたしかめなくてはならない。

二歩前へ進んだとき、手に持っていた携帯電話が鳴った。電波が通じるようになったのだ。

そのとき、前方の丘のいただきから一台のジープが姿を現わした。

エレベーターから出てきたとき、パシュキンは昨夜のことなどまったく覚えていないような顔をしていた。ルイーザにとってはどうかわからないが、少なくともパシュキンの身には実際に何も起きていない。昨日とはちがうスーツを着ている。襟もとの開いた輝くような白さのシャツ、シルバーのカフスボタン。コロンの匂いがかすかにし、手にはブリーフケースを持っている。

「おはよう、ミズ・ガイ、ミスター・ロングリッジ」

ロビーは教会のように声をこだまさせた。

「車は外で待っています」

パシュキンの言葉どおり、車は外で待っていた。一同は昨日と同じところにすわり、車は昨日と同じゆっくりとしたスピードで進んだ。だが、十分やそこら遅れても問題はない。待っているのはウェブだけだ。重要な会議というふれこみの割りには役者不足の感は否めない。それでも、ルイーザはウェブにメールを送り、すぐ近くまで来ていることを伝えた。

シティのはずれの交差点で、三台の警察の黒いヴァンと擦れちがった。窓ガラスに貼られた黒いフィルムの向こうのぼやけた人影は、警備服とヘルメットでいびつなかたちをしていて、公園でサッカーをするのに、アメリカン・フットボールの防具をつけているみたいに見える。

パシュキンが言った。「厄介なことになりそうですね」

ルイーザは黙っていた。自分が出す声をコントロールする自信がなかったのだ。

パシュキンは続けた。「あなた方のリベラルな価値観は、銀行や高層ビルに危害が加えられそうになると、急に後ろに引っこんでしまう」

マーカスが答えた。「わたし自身はリベラルな価値観など持ちあわせていません」

パシュキンは興味を覚えたようにマーカスを見つめた。

「何人かの暴徒が頭を割られたり、一晩留置場で過ごすことはあるかもしれません。でも、天安門のようにはなりません」

「蟻の一穴という言葉もあったと思うがね」

警察のヴァンは走り去ったが、歩道にはおびただしい数の警察官が出ている。その大半は、ものものしい防護服ではなく、蛍光反射ジャケットを着用している。最初に表に出てくるのは〝優しいおまわりさん〟であり、強面《こわもて》の〝ロック軍曹〟が登場するのはデモが荒れたときだけだ。

だが、この種のデモはそうなる傾向が強い。抗議の対象になっているのは銀行だけではなく、企業の強欲さそのものなのだ。富める者はますます富むが、そうでない者はますます貧しくなる。給料は減り、借金はかさむばかりで、合理化が最優先され、そこで働いている者の利益が顧みられることはない。

だが、そういったことは、いまのルイーザの関心事ではない。少なくとも今日のところは。闘わなければならない相手はほかにいる。

ピョートルが何か言い、パシュキンがそれに答えた。ふたりが使っている言葉は、糖蜜のようにねっとりとしている。ルイーザの顔に訝るような表情が浮かんだのを見てとったらしく、パシュキンはふたりのやりとりを説明した。「そろそろだという話をしただけだよ」

「そろそろ?」

「あと少しで着く」

ルイーザは自分がどこにいるのかわからなくなっていた。だが、窓の外を見ると、車はたしかに〝ニードル〟の真下まで来ていて、いまは巨大な影の付け根から地下駐車場へ入るところだった。

その車はホテルに出入りする業者のものとして登録されていて、表向きは、ロビーの下の階にあるユーティリティ・ルームで厨房の責任者と会うことが目的になっている。

彼らが〝ニードル〟に入った記録はどこにも残らない。


その少しまえに、ジェームズ・ウェブも同じ方法で建物に入っていた。いまは七十七階の部屋で席次について考えている。楕円形のテーブルで困るのは、どちらが上座かはっきりしないということだ。とりあえず、窓のほうを向いた椅子にすわってみる。そこから窓ごしに見えるのは、青い空を突っ切っている一機の小型飛行機だけだ。日によっては、雲海の中心にいるように思うときもあるだろう。いまはそれより高いところにいる。

もちろん、自分がめざしているのはさらなる高みだ。

〝それで、ミスター・パシュキン、われわれにどのようなお手伝いができるでしょうか〟

今回はこの線でいくつもりだ。こちらからは何も要求しない。まずはパシュキンのために地ならしをする。借りはそのあとでゆっくりかえしてもらえばいい。どうすればこちらの好意に報いられるかを理解させるのは、そんなにむずかしいことではない。もちろん、いま恩を売らなければならないということではない。顔をつないでおくだけでも損はしない。パシュキンは強い権力志向の持ち主だ。野心は暴走する。それは自分がこれから掘り進んでいこうとしている鉱脈なのだ。

〝なんでもご用命ください。わたしは政府を公式に代表する者ではありませんが〟ここで軽く咳払いをして、〝どんなご要望でも、しかるべき部署の者に前向きに検討させるようにいたしますので、ご安心ください〟

パシュキンの望みは箔《はく》を付けることだ。政財界の大立て物といっしょにいれば、自分も同列の人間と見なされる。首相といっしょに写真におさまり、官邸で酒を飲めば、少なからずメディアの注目を集めることができる。ひとたび大物扱いされたら、あとはずっと大物で通すことができる。西の空にあがった星は、東の空にも光を放つ。

携帯電話が鳴った。マーカス・ロングリッジからだ。駐車場に着いたらしい。ウェブは話を聞き、それから言った。「馬鹿なことを言うんじゃない。相手は大事なお客さまなんだぞ。危険人物でもなんでもない。常識で判断しろ」

電話を切ると、立ちあがって、テーブルの反対側にまわり、今度は窓を背にしてすわる。これで決まった。パシュキンは窓のほうを向いてすわらせよう。空を見て、可能性は無限であると感じさせ、餌に食いつくのを待とう。

ウェブはロビーに出て、エレベーターを待った。

遠く離れたところで、小型飛行機の翼に太陽が反射して光った。一瞬、その機影は実際よりもずっと大きく見えた。

「アルカディ・パシュキンてやつのことだ」と、ホーは言った。

キャサリンは恐る恐るといった感じで尋ねた。「それがどうかしたの」

「例の記事のことだ。テレグラフに載っていたとされている」

「されている?」

「あんたはその記事を読んだはずだ。念入りに」

「もちろんよ、ロディ。みんな読んでるわ」書類やフォルダーの下からプリントアウトを引っぱりだし、それを振ってみせる。「去年の七月七日付けのテレグラフ紙よ。この記事の何が気にいらないの」

「すべてが気にいらない」ホーは言って、プリントアウトをひったくった。プリントアウトは全部で三枚で、写真も入っている。「ここだ」いちばん上に印字されたアドレスを指して、「ここを見ろ」

「いったい何が言いたいの、ロディ」

「ぱっと見たところ、たしかにこれはテレグラフだ。記事を読んでも、そう思うだろう。丸めて口に入れたら、テレグラフの味がするかもしれない。でも、実際はそうじゃない」プリントアウトを前に突きだして、「これはパシュキンのサイトからとってきたものだ。元ネタにはあたってないんだろ」

「その記事はネットのいたるところに出てたのよ」

「当然さ。どこかのおふざけ野郎がネットのいたるところに貼りつけてまわってるんだから。でも、一カ所だけ貼ってないところがあった。それがどこかわかるか。テレグラフ社の記録保管庫だ」

「ロディ――」

「つまり、この記事はでっちあげってことだよ。そして、この記事を除いたら、アルカディ・パシュキンが実在の人物であり、ロシアの大実業家であるという証拠がどこにどれだけあると思う?」

ホーは親指と人さし指でゼロをつくった。

「そんな馬鹿な」

「たしかに検索すればあちこちでヒットする。フェイスブックもウィキにも載っている。その名前は多くのサイトに出てくる。それを見たら、誰だって、そこに記されているとおりの人物だと思うはずだ。でも、よく見たら、そういった情報はみなどこかから引用されたものであることがわかる。ネット上にはこの種のチンカス野郎がうようよしている」ホーの顔はほんの少しだが紅潮している。興奮しているのだろう。「パシュキンもそのひとりだ」

「でも、どうして……」だが、答えは聞くまでもない。パシュキンの身辺調査をしたのはスパイダー・ウェブだ。〈バックグラウンド〉には、例の監査があるので、声をかけさえしなかったはずだ。先にコンタクトをとったのは、おそらくパシュキンのほうだ。だとしたら……

「〝ニードル〟での会議。どういうことかはわからないけど、狙いはそこにあるにちがいない。あとのことはわたしがするから、ロディ、あなたはすぐ〝ニードル〟に行ってちょうだい」

「ぼくが？」

「シャーリーといっしょに」

ホーは外国語で話しかけられたような顔をしている。

「早く行きなさい」キャサリンは言いながら、机の上の電話に手をのばした。と同時に、その電話が鳴った。「言っとくけど、ロディ、〝チンカス野郎〟なんて言葉は二度と使っちゃ駄目よ」と、ホーの背中に向かって言い、それから受話器を取る。

「キャサリン？」リヴァーからだった。「本部に連絡してくれ。コード・セプテンバーの可能性がある」

双方の電話口のあいだのどこか遠いところで、ケリー・トロッパーは澄みわたった空に青と白のセスナ・スカイホークを駆っていた。前方には何層にも重なった無が広がっていて、その層を突き破るたびに、裂け目が背後で順々に閉じていくような気がする。苦々しい事実が心のなかに侵入しかけたことはこれまで何度となくある。過去の傷は、目には見えないが、永遠に消えることはない。だが、なんとか耐えてきた。自分の存在の核にあるものは邪悪ではないという確信が揺らぐことはなかった。

ケリーは同乗者にちらっと目をやった。彼が自分に好意を抱いていることはわかっている。だから、いっしょに来ることに同意してくれたのだ。昨日の午後、自分がアップショットのいちばん新しい住人と寝たことを彼は知っているだろうか。可能性はある。村のプライバシーは隙間だらけだ。だが、そんな話をあえてこちらから持ちだす必要はない。いまはそれどころではない。明日になったら、人々は今回のことを新聞で知る。記事を読み、写真を見、起こりえないことが起きたことを知る。もしかしたら、その飛行機がこうやって空を飛んでいたことを思いだす者もいるかもしれない。

思わず身体が震えた。同乗者が怪訝そうな顔で見ている。

地上のことは忘れよう。いま自分は本来いるべき場所にいる。ここは地上よりずっと明るい。仲間もいる。

ここにいるのはふたりの人間だけであり、ここにあるのはこの日のために積みこんだ荷物だけだ。

遅い朝の陽は燦々と輝き、雲はロンドン中央部の空に申しわけ程度に浮かんでいるだけだ。天気予報どおり、この日は今年いちばんの陽気となるだろう。そのことを夕方のニュースで取りあげない局はいくらもないはずだ。

群衆は東に向かって進んでいる。それは群衆であって、暴徒ではない。全体的にきちんと統制がとれていて、警察の警備だけに頼らず、なんとか自主的に秩序を保とうとし、テレビ局のカメラの列に向かって、これは自然発生的な市民の怒りであり、社会的な不安を故意に煽ろうとしているのではないということを訴えようとしている。先頭のグループはプラカードを振りかざしながら、シュプレヒコールを繰りかえし、ドラムの音にあわせて行進している。プラカードには〝ストップ・ザ・金融街〟とか〝銀行をつぶせ〟とか〝減給反対〟といったスローガンが書かれている。シルクハットをかぶり、葉巻をくわえ、五十ポンド札の束を持ったデブ猫の絵が描かれているものもある。人々の頭の上では、欲深そうな顔をした、山高帽にピンストライプのスーツ姿のボロ布や粘土の人形が、あちこちで揺れていて、季節はずれのガイ・フォークスの祭りを思わせる。リーダーたちは拡声器を持って、ときおり思いついたように演説をぶっている。脇のほうでは、分厚い防寒用ジャケットを着た男たちが社会主義労働党の機関紙を売って歩いている。ドレッドヘアに安全ピンのパンク風の若者もいるが、小ざっぱりとした身なりの普通の若者のほうが圧倒的に多い。それは怒れる声の〝虹の連合〟であり、その声は時とともに大きくなっていく。

なかほどのグループはもっとおとなしい。プラカードは手作りで、書かれた標語も〝倍返しだ〟とか〝銀行の救済、てか？〟といった庶民臭の強いものばかりだ。子供たちはハイド・パークで猫や犬や魔法使いのフェイスペイントをしてもらったようで、ピンクやグリーンの顔を輝かせ、笑いながら人々のあいだを走りまわったり、騎馬警官に〝乗せて〟とせがんだりしている。一方、親のほうは久方ぶりの異議申し立ての興奮を楽しみ、遠い記憶の小道をたどりながら、〝マギー、マギー、マギー——やめろ！　やめろ！　やめろ！〟というサッチャー時代のシュプレヒコールを冗談半分に叫んでいる者もいれば、ボブ・マーリーの〈ワン・ワールド〉や〈エクソダス〉や〈リディンプション・ソング〉を照れくさそうに歌っている者もいる。上空にヘリコプターが現われると、喝采の声があがるが、なぜと問われても答えられる者はいない。

後ろのほうのグループはより非政治的で、社会的な怒りを表明しようとしているというより、車道をぶらぶら歩くことを楽しんでいるように見える。カメラに手を振ったり、観光客にポーズをとったり、警備の警官とおしゃべりをしたり、誰にともなく投げキスを送ったりしている。だが、そのなかには、あるいはほかのグループのなかにも、ポケットに覆面をしのばせて、略奪の機会をうかがっている者が少なからずまぎれこんでいるはずだ。彼らの言い分によると、銀行は悪であり、銀行家は私腹をこやすことしか頭にない。そんな金の亡者たちは整然としたデモ行進になんの痛痒も感じない。改革のためにはガラスを割る必要がある。この日は多くのガラスが割られることになるはずだ。

その数が予想を遥かに上まわる可能性もある。

群衆はオックスフォード通りをハイ・ホルボーンのほうに向かって進んでいく。

「ミスター・パシュキン」

「ミスター・ウェブ」

「ジムと呼んでください。〝ニードル〟へようこそ」二重の意味で間の抜けた言い草だ。スパイダーのことをジムと呼ぶ者はひとりもいないし、パシュキンが〝ニードル〟に来るのはこれがはじめてでもない。パシュキンは何食わぬ顔でブリーフケースを床に置くと、ウェブの右手を両手で握った。期待していたハグではないが、挨拶としてはそれで充分だ。「何かお飲みになりますか。コーヒーは？　甘いものはいかがです」すでに両方の匂いがキッチンから漂ってきている。

「ありがとう。でも、結構です」パシュキンは言い、それから先のウェブの言葉に遅ればせながら応えるために、まるではじめて来たかのように部屋を見まわした。「素晴らしい。じつに素晴らしい」

部屋にはほかの者もいる。ルイーザ・ガイ、マーカス・ロングリッジ、それに、ふたりのロシア人。ウェブはキッチンのほうへ手をやった。「よろしかったら、みなさんもどうぞ」

誰も動かない。

さっき地下の駐車場にいたとき、一同は武器を持っていないことを確認するためにおたがいに身体検査をしあっていた。まずはキリルとピョートル。それから、マーカスとルイーザ。最後にパシュキン。そのあと、マーカスはパシュキンが持っていたブリーフケースを指さした。「それもお願いします」

「お断わりする」パシュキンはあっさり言った。「大事な書類が入っているんです。あなたたちに見せる必要はありません」

マーカスはルイーザにちらっと目をやった。

「ウェブに電話して」

ウェブは言った。「馬鹿なことを言うんじゃない。相手は大事なお客さまなんだぞ。危険人物でもなんでもない。常識で判断しろ」

というわけで、ブリーフケースは中身を調べられることなく部屋に持ちこまれていた。パシュキンはそれをテーブルの上に置くと、ピョートルとキリルに向かって母国語で何か言った。それを受けて、ふたりがその場を離れようとしたとき、マーカスはすぐ横にいたキリルの腕を反射的につかんだ。キリルが振り向き、拳をふりあげ、一触即発の険悪な状況になったとき、パシュキンが一喝した。「やめろ!」

キリルは拳をおろし、マーカスは腕を離した。

ピョートルは笑った。「ずいぶん素早いな」

「お許しください」パシュキンは言った。「わたしはふたりにカメラをチェックするよう言っただけです」

「カメラは作動していません」ウェブが言う。「そうだな？」

ルイーザはパシュキンのほうを向いた。「カメラは作動していない。昨日そう言ったはずです」

パシュキンはうなずいた。「わかっています。でも、念のために……」

マーカスは片方の眉を吊りあげたが、ウェブはこの場を取り仕切っているのが自分であることをわからせようとしているかのように言った。「どうぞお調べになってください」

ピョートルとキリルはさっそく作業にとりかかり、ドアの上と天井の隅に設置されたカメラのコードを乱暴に引き抜いた。あとで元に戻すことなどまったく考えていないようだ。

パシュキンは言った。「恐縮です。どうやらご理解いただけたようですな」

ウェブは理解しているふりをしつつも、この防犯設備の破壊のツケが自分にまわってくるのではないかという思いのために、心のなかは穏やかでなかった。そのあいだに、パシュキンはブリーフケースをあけ、なかからマイクのようなものを取りだした。それはテーブルの上に置かれると同時に小さなノイズを発しはじめた。

マーカスは実際に一発お見舞いしたかのように片方の手をもう一方の手にあてがっていた。

テーブルに置かれたものに顎をしゃくって言う。「昨日も申しあげたとおり、ここでの会話は録音されていません」

「わかっています。でも、これで百パーセント確実になる」

その装置によって、すべての音声は盗聴器に拾われるまえにシャーという雑音《ホワイトノイズ》に変換されることになる。

キリルは大きな手を腹の前で組み、なかば楽しむようにマーカスを見つめている。

ルイーザが言う。「われわれが知っておかなければならないものは、ほかに入っていませんか」

「警戒を要するようなものは何もありませんよ」それから、パシュキンは鳩を空に放つように両手を大きく広げた。「さあ、みなさん、すわってください。始めましょう」ちらっと腕時計に目をやって、「わたしはやはりコーヒーをいただくことにしよう」

やってきたジープから、肩幅の広い、筋骨隆々の若い兵士が飛び降りたとき、リヴァーは携帯電話を耳にあてていた。

「キャサリン？」

「電話を切れ」

「何かまずいことでも？」と、グリフ・イェーツは言った。「おれたちは散歩していて、ここに迷いこんでしまっただけだ」

「本部に連絡してくれ。コード・セプテンバーの可能性がある」

「聞こえないのか。電話を切れ」

兵士が近づいてくる。

「今日。午前中だ」

「電話を切るんだ。いますぐに」

肩に兵士の手が触れた瞬間、一晩分の緊張と恐怖がはけ口を見いだした。リヴァーは兵士の腕を払いのけ、その身体が横を向くと、膝を蹴飛ばし、兵士がよろけると、携帯電話を持っていないほうの手で喉もとに突きを入れた。

「よせ！」イェーツが言ったとき、もうひとりの兵士がジープから飛びおり、拳銃を抜いた。

「リヴァー」キャサリンの声は落ち着いている。「コード発令のための手順を踏んでちょうだい」

「電話を切れ！　手をあげろ！　早く！」話しているのではなく、叫んでいる。そうするように教えられているのかもしれないし、興奮して我を忘れているのかもしれない。

「マンダ――」

リヴァーの言葉は銃声によって掻き消された。

ホーは言った。「車を持ってるのかい」

「冗談でしょ」

冗談ではなかった。タクシーを呼びとめるために通りの左右を見やり、それから前を向いたとき、シャーリー・ダンダーは道路の反対側を疾駆していた。

くそっ。最悪だ。

ホーは一瞬の間を置き、これがジョークであることを祈ったが、シャーリーの姿が角を曲がって見えなくなると、この苦々しい現実を否が応でも受けいれざるをえなくなった。〝ニードル〟へは歩いていかなければならない。

シャーリー・ダンダーを呪い、キャサリン・スタンディッシュを呪いながら、ローデリック・ホーは走りだした。

マンダ――

マンダリンは警戒警報発令のためのひとつめの合言葉であり、そのあと〝歯医者〟、〝タイガー〟と続く。キャサリンは電話をかけなおしたが、かえってきたのは〝おかけになった電話をお呼びしましたがお出になりません〟という素っ気のないメッセージだけだった。

コード・セプテンバー。そう言ったのは間違いない。コード・セプテンバーの可能性。今日。午前中。

いま〈泥沼の家〉にはキャサリン以外に誰もいない。ラムはまだ来ていないし、ホーとシャーリー・ダンダーはついさっき大急ぎで出ていった。

コード・セプテンバー――正式な呼称ではないが、しばしば使われる言葉であり、それが何を意味するのかは明白だ。通常のテロではない。何者かが飛行機で高層ビルに突っこもうとしているのだ。

そこまで考えたとき、血が泡立つのを感じた。選択肢はふたつある。リヴァーが血迷ったと考えるべきか。たしかな証拠のない警報に反応すべきか。

キャサリンはリージェンツ・パークに電話をかけた。

デモ隊は細長い虫のようにロンドンの中心部をゆっくりと進んでいて、先頭集団はホルボーンの歩道橋下まで来ているが、しんがりはまだオックスフォード通りでぐずぐずしている。先を急ぐ様子はない。気温が上昇するにつれて、その傾向はいっそう強くなる。

センターポイント・ビルの前では、建設工事現場用のフェンスがチャリングクロス・ロードをふさいでいて、掘削機の轟音がデモ隊の抗議の声を掻き消している。狭くなった交差点で、小さな子供が父親の手を離して、空を指さした。父親は目を細めて、指さされたところを見あげた。何かが光っている。〝ニードル〟の窓ガラスに陽光が反射しているのだ。父親は肩車をして子供をあやしながら、また先へと進みはじめた。

兵士♯2が発砲すると、リヴァーは携帯電話から手を離した。銃弾は頭の上を飛んでいったが、どこを狙っていたかは神のみぞ知る。兵士♯1があわてて身体を起こし、拳を振りあげる。リヴァーは身体を横にずらしてパンチをよけたが、その瞬間足を滑らせて、地面に膝をついた。大きなブーツが携帯電話を踏みつける。グリフ・イェーツは怒りとも恐怖ともつかない叫び声をあげている。リヴァーは保安局のＩＤカードに手をのばした。

「手をあげろ！」

「武器を捨てろ！」

「地面に腹這いになれ。早く！」

リヴァーは地面に身を伏せた。

「武器を捨てろ！　捨てるんだ！」

武器は持っていない。

兵士♯2がぞっとするような冷静さで拳銃を振りあげ、グリップでイェーツの顔を殴る。血が飛び、イェーツは膝から崩れ落ちる。

「自分はイギリス情報部の者だ」リヴァーは言った。「ＭＩ5だ。緊急事態が――」

「黙れ！」兵士♯1が怒鳴る。「黙れ！」

「緊急事態が発生したんだ。邪魔をすると――」

「黙れと言ったんだ！」

リヴァーは両手を頭の上に置いた。

イェーツは半分べそをかいているが、言葉はかろうじて聞きとれる。「糞ったれ。いったいなんのためにこんなことを――」

「黙れ！」

「下種《げす》野郎！」

リヴァーが声を出すまえに、兵士＃2はまたイェーッツを殴りつけた。

リージェンツ・パークで、才色兼備を絵に描いたような女性職員のひとりが、受話器を取り、話を聞き、通話を保留にしてから、指令センターにあるガラス張りのオフィスに電話をかけたとき、そこで朝の二時間を過ごしていたダイアナ・タヴァナーは、あまり楽しそうな顔をしていなかった。なぜかというと、ひとりではなく、そこにロジャー・バロウビーがいたからだ。それは保安局のオペレーション関連の予算の監査を担っている人物で、最近はタヴァナーと同じように朝早くに出勤し、その私的空間の一画を占拠するのをなかば楽しみにしている。薄くなりかけた黄褐色の髪。丁寧に髭をあたり、コロンをはたいた大ぶりの顎。三十代の身体を包む薄いピンストライプのスーツ。一見したところ、タヴァナーと同じ船に乗り、難局に対処しているといった印象を与えるが、実際は求愛行動の一種で、じつは保安局の財務体質などどうだってよく、自分が糸を引けば誰でも意のままに動かせるということを誇示したいだけかもしれない。タヴァナーの糸は、引けば、引きかえされるので、だからこそ逆にやりがいがあるということかもしれない。

だが、この日はただそこにいるだけではなく、まわりをきょろきょろと見まわしていた。しばらくして目の動きがとまったとき、その視線の先にあったのは、タヴァナーが前任者から引き継いだクロムメッキと黒い革の来客用の椅子だった。「これはミース・ファン・デル

・ローエの椅子だね」
「そう思う？」

「本物なら、べらぼうな値段がする。この緊縮財政の折り、保安局の予算が臀部をいたわるために使われているとは考えたくないんだがね」

〝臀部をいたわる〟とは、いかにもバロウビーらしい。そういったおちゃめな言いまわしにかけては、スティーヴン・フライに勝るとも劣らない。

「ロジャー、これは量販店のリプロダクト品よ。いまも使っているのは、この緊縮財政の折り、椅子を取りかえるために保安局の予算を使えないから」

そのとき、机の上の電話が鳴った。

「ちょっと失礼」

バロウビーは議論の対象となっているものに腰をおろした。

タヴァナーはため息を押し殺して受話器を取った。そして、一瞬の沈黙のあと言った。

「電話をまわしてちょうだい」


シャーリー・ダンダーは足もとの舗道が心臓の鼓動と同期して波打つのを感じていた。このあたりで一息ついたほうがいい。本当は、少し走っては少し歩くというようにしたほうがいい。

ジョギングのマニュアルにはそう書いてある。だが、保安局のマニュアルにそのような記述はない。

ちらっと振り向くと、ホーは数百ヤード後ろを捻挫した酔っぱらいのように走っている。ほとんど前を向いてもいない。シャーリーは立ちどまり、壁に右手をついて身体を支え、左手で脇腹をさすった。そこは小さな公園だった。木立ち、灌木の茂み、遊具、芝生。ベビーカーに乗せられた赤ん坊、ブランコで遊んでいる子供たち。母親たちはホワイトクロス通りの脇道に立ち並ぶ屋台でコーヒーを飲んでいる。そこを通り抜け、公園のはずれで顔をあげると、こんな建物の谷間からでも〝ニードル〟の頭頂部が見えた。

あそこで何かが起ころうとしている。それが何かはわからないが、自分と無関係なことでないのはたしかだ。

大きく息を吸いこむ。ラスト・スパートだ。ホーの姿は見えなくなったが、かまうことはない。ウィンドウズが起動しないときには、ホーは頼りになる。それ以外のときには、単なる場所ふさぎでしかない。

走りながら、シャーリーの神経は髪と同様に逆立っていた。


同じ公園の入り口で、ローデリック・ホーは手すりにすがって祈りを捧げていた。何に祈っているのかは自分でもわからない。悲鳴をあげている肺を救ってくれるものならなんでもいい。火でうがいをしたような気分だ。

すぐ後ろで、一台の車がゆっくりとまった。「どうしたんだい。だいじょうぶかい」

振りかえると、奇跡が起きていた。タクシーだ。ずんぐりむっくりの黒いタクシー。空車だ。

ホーは後部座席に転がりこんで、あえぎながら言った。「〝ニードル〟へ」

「了解」

こうして、ホーも〝ニードル〟へ向かった。

リヴァーは目をしばたたいた。

兵士♯2が拳銃を振りあげたあとの動きは、演技ではないかと思うくらい滑らかだった。グリフ・イェーツは兵士の腕をつかむと、手首をひねりあげ、地面にはいつくばらせて、拳銃を奪いとった。血まみれになった顔はまるで悪魔だ。発砲するのではないかと一瞬思ったが、そうはせずに銃口を兵士♯1に向けて叫んだ。「拳銃を捨てろ！　いますぐに！」

兵士はふたりとも少年と言っていいくらい若い。兵士♯1の手のなかで、拳銃が震えている。リヴァーはその手からすばやく拳銃をひったくった。

それから、イェーツに向かって言った。「きみも拳銃をよこせ」

「この野郎はおれの顔を殴りやがったんだ！」

「拳銃をよこせ、グリフ」

イェーツは拳銃をさしだした。

リヴァーは言った。「ＭＩ５の者だと言ったはずだ」

このときは全員が聞いていた。

建物はこの数時間のあいだに活気を取り戻しつつあったが、モリー・ドーランのフロアでは、入り組んだ配管の角を熱湯が通り過ぎるときに立てる音が聞こえてくるだけだった。リージェンツ・パークの艶々した美しい顔の下には、肌を支える古い骨が隠されていて、墓地のあとに建てられた団地のように、迷える亡霊の声がときおり低く響く。

少なくとも、モリーはそう言っている。

「これで用はすんだ」と、ラムは言った。

ここで新しい事実が見つかる可能性はない。ニコライ・カチンスキーとアレクサンドル・ポポフについてわかったことは、一枚の紙切れにおさまってしまう。相互につながりあった一連の嘘は、まるで騙し絵だ。見方によって、それは花瓶であったり、話をしているふたりの人物だったりする。通常はそこに描かれたものを見ればそれが何かわかるが、今回はちがう。そこにあるのは、ひとの目をあざむくために描かれた絵なのだ。

「これからどうするの？」モリーは訊いた。

「考えなきゃならん。帰る」

「帰るって？」

「〈泥沼の家〉へ」

モリーは眉をあげた。化粧にひびが入る。「静かな場所が必要なら、ひとりにしておいてあげるけど」

「ひとりになりたいわけじゃない。必要なのは新しい耳だ」ラムはなかば上の空で答えた。

「お好きなように」モリーは微笑んだが、その表情は心なしか悲しげに見える。「誰か特別なひとが待ってるってこと？」

ラムは立ちあがった。スツールが別れの挨拶がわりにきしみ音を立てる。その目の先には、モリーの厚化粧の顔があり、丸々と太った身体があり、膝から下のない脚がある。「あれからきみはどうしていたんだ」

「この十五年間のことを言ってるの？」

「そうだ」足の先で車輪をこづいて、「これを使うようになってからのことだ」

「車椅子との関係はそれ以前のどんなものよりも長く続いている」

「バイブが付いてるのか」

モリーは笑った。「いやね、ジャクソン。上でそんなことを言ったら、訴えられるわよ」

それから、首を横に傾けて、「わたしはあなたを責めようと思っていない」

「それはよかった」

「脚のことよ」

「わしも自分を責めようとは思っていない」

「でも、会いにこなかった」

「ああ、たしかに。車椅子に馴染むのに、ひとりの時間が必要じゃないかと思ってね」

「もう行ってちょうだい、ジャクソン。でも、そのまえにひとつだけ約束して」

ラムは待った。

「情報が必要なとき以外は、ここに来ないで。さらに十五年あとだとしても」

「元気でな、モリー」

エレベーターのなかで、ラムは屋外に出るまで待てずに煙草を口にくわえた。心のなかでは、すでにカウントダウンを始めていた。

リヴァーはイェーツに言った。「どうしてぼくを探しにきたんだ」

ふたりはジープの後部座席にすわっていた。兵士たちは前の席にいる。拳銃は二挺とも兵士の手に戻っている。さっきは本当に危ないところだった。もう少しで射殺され、森のなかに埋められていたところだったのだ。だが、兵士たちの態度は局のＩＤカードを見せてから急に協力的なものになった。先ほどからひとりが無線機に向かって話しかけている。格納庫はまもなく兵士で埋めつくされるだろう。

イェーツの顔はひどいことになっていた。手に持ったハンカチは真っ赤だが、結局のところ、それは血を顔中に広げただけだった。「言っただろ。悪かったって――」

「それはいい。訊きたいのは、どうしてぼくを探しにきたのかってことだ」

「トミー・モルトと……」

「トミー・モルトと、どうしたんだ」

「村でばったり会ったんだ。そのときに、あんたのことを訊かれた。村に帰ってきたのを見たかって。それで、不安になったんだよ。もしかしたら、怪我でもしたんじゃないかと思って」

本当は、吹き飛ばされたんじゃないかと思って、だろう。

「ということは、これはトミー・モルトが仕組んだことだってことか。トミー・モルトに言われて、ぼくを軍用地に連れていき、そこに置きざりにしたってことか」

「ジョニー――」

「そうなのか」

「ああ、そういうことだ」

ジープにドアはついていない。糞ったれ野郎を車から放りだすのはわけもない。

イェーツは言った。「トミー・モルトは村のことをなんでも知っている。とにかく、自転車でリンゴを売ってるだけの男じゃない。誰のことでも、どんなことでも、なんでも知っている」

そういったことはすでにわかっている。「ぼくがあそこに行って、あれを見つけるのは計算ずくだったってことだ。それでぼくがどんな行動をとるかを見越して、やつはぼくを自由にしたんだ」

「なんの話をしているんだ」

「どこにいたんだ。今朝どこでトミー・モルトと会ったんだ」

「教会の前だよ」イェーツは頬をさすった。「あんたは本当に情報部員なのか」

「そうだ」

「だから、ケリーは――」

「ちがう。その気があったから、そうしただけだ。現実を受けいれろ」

ジープはカーブを曲がり、急ブレーキをかけた。そこにはフライング・クラブの小さな滑走路と空っぽの格納庫があった。

リヴァーは車から飛び降りて走った。


ロジャー・バロウビーの顔が青くなるのを見て、ダイアナ・タヴァナーはほくそえんでいた。このとき、朝はその様相を一変させていた。イングリッド・ターニーが国外にいるということもあって、バロウビーは〝歯止め会議〟の議長として保安局を牛耳りかねない勢いだったが、いまこの時点でできる判断といえば、どちらを向いて胃の中身を吐きだすかということだけのように思える。お茶目な言いまわしは遠い過去のものになっている。今朝はベッドで朝寝坊をしているべきだったのだ。

タヴァナーは言った。「ロジャー、あと四秒よ」

「最終的な決定は――」

「内務大臣がする。でも、内務大臣はわれわれの情報にもとづいて判断を下す。あなたはその情報を持ってるのよ。あと三秒」

現場にはたったひとりの局員しかいないんだろ。その情報はそこから得られたものなんだろ」

「そうよ、ロジャー。戦時下ではいつもそうよ」

「なんてことだ、ダイアナ。もし間違った選択をすれば——」

「二秒」

「われわれは残りのキャリアを手紙の仕分け係として過ごさなきゃならなくなる」

「そのあやうさが指令センターの醍醐味なのよ、ロジャー。一秒」

バロウビーは両手をあげた。タヴァナーがこの仕草を実際に見たのは、このときがはじめてだった。「どうしたらいいかわからない。情報は完全なものじゃない。それは田舎にいる〈遅い馬〉が携帯電話でよこしたものだ。警戒警報発令の正式な手順も踏まれていない」

「ロジャー、コード・セプテンバーが何を意味するかは、あなただって知ってるはずよ」

「それが正式なコード名でないことは知っている」

「時間切れよ。情報の真偽のいかんにかかわらず、これ以上内務大臣への報告を引きのばせば、あなたは重大な職務違反の責任を負わされることになる」

〝あなたは〟という言葉には溜飲をさげさせるものがある。

「ダイアナ……」

「ロジャー」

「いったいどうすればいいんだ」

「ひとつだけできることがあるわ」タヴァナーは言い、それが何かを伝えた。

会議が始まって十分になるが、実のある話はまだない。アルカディ・パシュキンが持ちだすのはごく一般的な世界情勢の話だけだ。ユーロ圏は今後どうなるのかとか、ドイツは次の債務危機にどのように向きあうのかとか、ロシアがワールドカップ招致にかけた費用はどれくらいになるのかとか。スパイダー・ウェブはゲストの子供自慢が終わるのを待っているディナー・パーティのホストといった顔をしている。

マーカスは涼しい顔だが、警戒は怠っておらず、キリルとピョートルに等分の注意を払っている。

ルイーザはミンのことを思いだしている（思いだしていないときのほうがずっと少ない）。ミンは最初から今回のことをどこかいかがわしいと言っていた。ひとつは職業柄だろうが、もうひとつは性格的なものにちがいない。とにかく行動を起こす口実がほしかったのだ。口にたまった唾を飲みくだしたとき、パシュキンはようやく原油の価格の話を持ちだした。この会議の本来の話題だが、それでもウェブの表情は冴えない。頭に思い描いていたとおりの展開になっていないということだろう。いまは「なるほど」とか、「たしかに」と相槌を打っているだけだ。本当なら、このあたりで情報提供者になりたいという申し出があってもいいはずなのに、その気配はいっこうにない。何かの思惑があって、時間稼ぎをしているようにしか――

そのとき、甲高い警報があちこちでいっせいに鳴りはじめた。上からも、下からも、ドアの外からも。耳を聾するほどの音量ではないが、それが何を意味しているか間違えるようなことはない。〝すぐに逃げろ〟だ。

マーカスは何が起きたのかを見きわめようとするかのように大きな窓のほうを向いた。ウェブはあわてて立ちあがり、椅子を床に倒した。「これはなんだ」

なんて間の抜けた台詞《せりふ》だろう、とルイーザは思ったが、自分が同じようにつぶやくのをとめることはできなかった。「いったい何が起きたの」

パシュキンは椅子に腰をおろしたまま言った。「昨日話していたとおり、どうやら厄介なことになりそうだな」

「知っていたのね」

パシュキンはブリーフケースに手を入れ、そこから拳銃を取りだして、ピョートルに渡した。「ああ。知っていたよ」

スカイホークが飛び去ったあとの格納庫は、まえよりずっと大きく見えた。中央の扉は大きく開け放たれ、光がその隅々にまでさしこんでおり、そこから何がなくなっているかはすぐにわかった。化学肥料の袋だ。それが置いてあった場所には、袋が破れていたのか、肥料がこぼれたあとがある。だが、それだけだ。

リヴァーの後ろで、イェーツが言った。「ケリーは飛行機に乗っている。離陸するところを見たんだ」

「わかってる」

「何かあったんだな。飛行機か？」

問題は、それを置いておくところが飛行機のなかだけではないということだ。リヴァーは膝をつき、身体の節々が痛むのをこらえて、できるだけ低い位置から床に目をやった。

もう一台のジープがやってきて、怒鳴りつけるような声が聞こえた。先ほどの若い兵士たちが叱られているのだろう。

コンクリートの床には茶色い粉がこぼれていて、建物の脇のドアのほうへ弧を描きながら向かっている。

それを見て、リヴァーは思った。自分はいま長い糸の端に立っている。反対側の端には、トミー・モルトがいて、それを引っぱっている。

イェーツは言った。「もしケリーの身に何かあったら……」

言葉は途切れた。だが、その血まみれの顔には、ゼリー状になるまで叩きのめしてやるという明確な意志を感じさせるものがある。

「いったい何が起きてるんだ」

そのとき、士官の制服を着た男が格納庫に入ってきた。民間人の土地に立ちいることとの是非より、事実関係をあきらかにするほうが大事だと判断したのだろう。

「説明しておいてくれ」と、リヴァーはイェーツに言って、建物の脇のドアのほうへ走っていった。

「どこへ行くんだ！　とまれ！」

だが、リヴァーはすでに外へ出ていた。格納庫の東側には、緑に覆われた広大な軍用地との境を示すフェンスがある。その支柱のひとつには、縁までいっぱいになったゴミ箱がチェーンで固定されている。その横に、山積みにされた化学肥料の袋があった。いちばん上の袋は片側が破れていて、中身が地面にこぼれ落ちている。念のために袋を蹴ってみたが、当然ながら空《から》ではない。

そのとき、後ろから声が聞こえた。

「きみはわたしの部下に暴力をふるったそうだな。情報部員だと言ったと聞いているが、どういうことか説明してもらおう」

「それより、電話をかけなきゃいけない」リヴァーは言った。

空の高いところを西へ向かって飛ぶ飛行機の下には、ロンドン郊外の住宅地が広がっている。赤や灰色の屋根、街路樹に縁どられた舗装道路、ところどころに点在するゴルフ場。ケリー・トロッパーは興奮が高まっていくのを肌で感じていた。今日は通常のフライトではない。これまでとはまったく異なった終わり方になる。

その前触れのように、無線機から声が聞こえてくる。〝ただちに身元をあきらかにせよ。なんらかのトラブルに見舞われているのであれば報告を。でなければ、すぐに申請どおりのルートに戻れ。指示に従わないと、ゆゆしき事態を招くことになる〟

ダミアン・バターフィールドは言った。「ゆゆしき事態？　これって、どういうことだと思う？」

「気にしなくていいわ」

「もっと近づかなきゃ見つからないと思ってたのに」

「だいじょうぶよ。トミーはこういった事態になることを見越していた」

「でも、トミーはここにはいない」

このコメントに返事をする必要はない。

フライング・クラブのほかのメンバーと同様に、ケリーとダミアンはともに移住組の子供で、両親とともに大きな活気のある街から辺鄙な片田舎に移ってきた。どうしてそのようなことになったのか子供たちにはよくわからなかったが、反対する理由もとりたてでなく、結局、全員がそのままそこに根をおろすことになった。ここにいなかったら、飛行機には乗っていなかっただろう。それはレイ・ハドリーのものだが、レンタル料もメンテナンスのための費用も自分たちで払っている。けれども、それだけがここにいる理由なのだろうかと思うことはしばしばあった。子供のときにやってきた村にずっと住みつづけているのは、単に腰が重いせいかもしれないし、街に出て失敗するのを恐れているせいかもしれない。だが、トミー・モルトが言うには――

トミー・モルトは不思議な男だ。自転車でリンゴを売っているだけではない。モルトはアップショットの住人のことも、そこで起こったこともすべて知っている。まるで村人から逐一報告を受けているかのように。まるでそこが蜘蛛の巣の中心であるかのように。モルトは村人と親しげに話をし、それぞれの私生活にも通じている。それはケリーについても、その仲間についても、その両親についても言えることだ。話をするのは週末だけで、そのときには食料雑貨店の前でものを売っていたり、村をまわって便利屋のご用聞きをしたりしている。平日は村にいない。そのあいだ、どこで何をしているかを知っている者はいない。きっとどこか別の村で、同じようなことをしているのだろう。だが、ケリーがそういったことをほかの者と話したことはない。そもそもモルトのことを話題にする者はいない。誰にとっても、彼は秘密の存在なのだ。そう。不思議な男であるが、その不思議さが疑問視されることはない。要するに、アップショットの村人の生活の一部になってしまっているということだ。

そのトミー・モルトが言うには――世界に自分の足跡を残したければ、方法はいくつでもある。勇気を出せ。

いまとなっては、今回のことが誰の思いつきなのかは判然としない。自分かもしれないし、トミー・モルトかもしれない。

「それとも、もう近くまで来てるってことかな」隣でダミアン・バターフィールドが言い、自分のジョークに自分で笑った。

無線から、また声が聞こえた。ケリーも笑い、無線を切った。

その北西部で、二機の黒光りする戦闘機が獲物を求めて飛び立った。

タクシーの運転手はデモ行進をののしりつづけている。糞ったれめ。やつらのおかげで商売あがったりだ。銀行をどうこうしようと言うまえに――

「ここでいい」ホーは言った。

そして、運転手に金を渡し、タクシーから飛び降り、走ってくるシャーリー・ダンダーの前に出た。

「ずるい！」シャーリーは言ったが、長いしゃっくりのようにしか聞こえない。息もたえだえになっている。それを見て、ホーはほくそえんだ。

そこは〝ニードル〟の前の広場で、巨大なガラスの壁ごしに緑の木立ちが見える。ホーがそれについて何か言おうとしたとき、サイレンが鳴りはじめた。まるでシティ中のすべての車の盗難防止装置がいっせいに作動したかのようだ。

「な、なんだ、これは」

デモ隊が来たのかと、ホーは一瞬思った。そう遠くないところから、フットボールの試合会場のような轟音が聞こえてくる。だが、いままわりにいる者は、みなきちんとしたスーツ姿で、抗議している者ではなく抗議されている者のようだ。〝ニードル〟の回転ドアからも、同種の人々が飛びだしてきて、だが次にどうしたらいいかわからず、たいていの者は立ちどまって、出てきたばかりの建物を振りかえり、それから周囲を見まわしている。どうやら、どのビルでも同じようなことになっているようだ。

シャーリーは身体を起こした。「さあ、なかへ入りましょ」

「でも、みんな出てきている」

「しっかりしてちょうだい。あなたはMI5の一員なのよ」

「おれはリサーチ担当だ」ホーは言ったが、シャーリーはすでに建物から出てくる人波を掻きわけはじめていた。

拳銃はコーヒーカップやビール瓶のようにピョートルの手になじんでいる。銃口はマーカスに向けられている。「テーブルの上に手を置け」

マーカスはてのひらを下に向け、テーブルの上に手を置いた。

「全員だ」

ルイーザも従う。

一瞬の間のあと、ウェブも同じようにする。「信じられない」そして、もう一度言う。

「信じられない」

パシュキンはブリーフケースを閉じ、鳴り響いている警報の上から大声を張りあげた。

「きみたちはここに残ってもらう。幸いなことに、ここのドアはとても頑丈にできている。だから、じたばたせずに、おとなしく助けを待ったほうがいい」

ウェブは言った。「われわれはあなたの――」

「黙れ」

「あなたのお役に立ちたいと――」

キリルは言った。「ああ、あんたは役に立ったよ」

「あなたは英語がしゃべれないと思ってたけど」と、ルイーザ。

マーカスは言った。「やつらの狙いは、われわれをここに閉じこめておくことだけじゃないようだ」

「そうね」

キリルが何か言い、ピョートルが笑う。

警報は大きくなったり小さくなったりを繰りかえしながら鳴りつづけている。ほかのフロアでは、すでに避難が始まっているにちがいない。エレベーターは停止し、非常口のドアは自動解錠されて、階段を自由に上り下りできるようになっているはずだ。避難した人々は建物の外の所定の場所に集められ、警備会社が保管しているリストか使用中のカードキーのリストと名前を照合される。だが、七十七階にいる者の名前はどちらのリストにも載っていない。外部とは完全に切り離されている。

ウェブは言った。「どうかご心配なく。警報が鳴っている理由はわかりませんが、ここはわれわれが責任を持って――」

ピョートルはウェブを撃った。

七十七階下では、人々が続々と通りへ出てきていた。急に仕事を中断させられて迷惑そうな顔をしている者もいれば、もっけの幸いとばかりに煙草に火をつけている者もいる。だが、まわりのすべてのビルで同じように避難命令が出されていることに気づくと、表情は一変し、みなその場で身をこわばらせて、空を見あげる。避難訓練や警報の誤作動には慣れっこになっているが、それはすべてのビルでいっせいに起きるものではない。だが、いまはいっせいに起きている。恐ろしい可能性が心に宿り、芽吹く。みな走りだす。方向はばらばらだが、思いはみな同じだ。ここから離れなければならない。いますぐに。その間も、建物からは人々が続々と出てきている。このあたりの建物は十階から二十階建てのものが多く、どのフロアでも大勢の人々が働いている。机に向かっていようが、会議室で打ちあわせをしていようが、ウォータークーラーのまわりにたむろしていようが、廊下でおしゃべりをしていようが、避難を促す警報はすべての耳に届いているはずだ。途中で立ちどまって窓から通りを見おろすと、逃げまどっている群衆の姿が見える。整然とした避難は望むべくもない。混乱は混乱を呼ぶ。パニックのさざ波は大波になり、冷静な声はそのうねりのなかに呑みこまれる。どこでも起こるわけではないが、かといって、とりたてて珍しいことでもない。シティにテロの可能性の警告が発せられたとたん、そこの働き蜂たちの一部は仲間どうしで小ぜりあいを起こし、針を突きたてはじめた。

後日の調査によると、この日もっとも多くの負傷者を出したのは、銀行が入ったビルで、そのすぐあとに続いたのが法律事務所が入ったビルだった。

また煙草を喫いながら、ジャクソン・ラムはバービカン団地の連絡橋を渡り、〈泥沼の家〉へ向かっていた。頭上には、シェイクスピアもしくはトマス・モアという名前のついたビル（どっちだったかどうしても覚えられない）がそびえていて、前方には毎度おなじみのベンチがある。いつだったか、そこで紙のコーヒーカップを手に持ったまま眠りこんでしまったことがある。目が覚めたときには、カップのなかに四十二ペニー分の小銭が入っていた。

このときもそのベンチに煙草を喫いおわるまですわっていることにした。背後と頭上には、一九七〇年代につくられたガラスとコンクリートのビルがあり、斜め下には、中世のセント

・ジャイルズ・クリップルゲート教会がある。最初のうちはぼんやりしていたのでわからなかったが、東のほうからサイレンの音が聞こえてきた。見ると、ロンドン・ウォールにそって、二台の消防車と一台のパトカーが走っている。口もとに持っていきかけた手をとめたとき、もう一台の消防車が走ってきた。ラムは煙草を投げ捨てて、携帯電話をつかんだ。

これはいったいどういうことなんだ、タヴァナー。

ウェブは床に倒れた。血しぶきが宙に舞い、カーペットの上に模様を描く。マーカスとルイーザが同時に身を伏せる。二発目の銃弾がテーブルの表面をえぐりとって、木片を撒き散らす。身を隠せるところはない。一秒、あるいはそれ以下の時間で、ピョートルは腰をかがめて、また発砲する。ルイーザは何をどうしていいかわからずおろおろしている。その横で、マーカスはテーブルの甲板の下から何かをむしりとっている。それはコーヒーカップやビール瓶のように手になじむものだ。そこから銃弾が発射され、誰かが悲鳴をあげる。床に血が飛び散り、ロシア語で毒づく声が聞こえる。マーカスは立ちあがって、ふたたび発砲した。銃弾が閉まりかけたドアに当たる。

テーブルの反対側では、キリルが床に横たわり、膝から下が血まみれになった左脚をかかえている。

ルイーザは携帯電話を取りだした。マーカスは拳銃をかまえたままドアのほうに走っていった。そのドアは引いてもほんの少ししか開かず、その隙間から、取っ手に自転車の駐輪用のU字ロックがかかっているのが見えた。それもパシュキンのブリーフケースのなかに入っていたものだろう。もう一度ドアを引き、だがすぐに横に飛びのくと同時に、その向こう側からドアに銃弾が浴びせられた。

ロビーでは、警報が渦を巻いている。その音に混じって、ふたりの男が廊下のはずれの非常階段に出ていく音が聞こえた。

デモ隊はシティに近づきつつあった。最前部はセントポール大聖堂の前に到達し、最後尾はホルボーンの歩道橋を越えたところまで来ている。そのころには、噂は口伝てにすばやく伝わっていき、ツイッターによって拍車をかけられ、いくらもたたないうちに全員の知るところとなった。〝シティが崩壊しつつあり、ビルはからっぽになっている〟とか、〝デモ隊の接近とともに金融の宮殿は瓦解しつつある〟とか。噂は人々の心に変化をもたらし、攻撃性と勝利感が充満し、敵が頭を割られて路上に横たわっている様子を一目見ておきたいという欲求を呼び起こしていた。新たなスローガンが生まれ、それを連呼する声はこれまで以上に大きくなり、行進の速度もあがっていった。だが、そのような高揚感とは別に、東から西に向かって伝播しはじめた不吉な言説もあった。〝やばいぞ。前方で何かあったようだ〟

最初はみな警察の介入のことだと思った。

「緊急事態発生のため、デモ行進はここで中止してください。いますぐにUターンし、ホルボーンへ引きかえし、そこで解散してください」

これまで影のように通りの後ろに隠れていた黒い装甲車から、楯を持ちヘルメットをかぶった筋骨隆々の男たちが飛びだし、チープサイド通りを封鎖しはじめた。その向こうのどこかに、拡声器を持った者がいるにちがいない。「ここから先の道路は封鎖します。繰りかえします。ここから先の道路は封鎖します。デモ行進はただちに中止してください」

この言葉を裏づけるように、遠くからサイレンの音が聞こえてきた。

それから二分が過ぎ、四分が過ぎたが、先頭が前に進まないために、そこに集まってくるひとの数は増えるばかりで、大聖堂の東側の交差点は立錐の余地もなくなっている。その間も、虫が目の前の危険を全身に伝達するように、話は前から後ろへと伝えられていく。警官たちはところどころでデモ隊を分断し、脇道や広場へ追いやり、そこに閉じこめている。歌声はやみ、怒りは募り、いらだちは張りつめ、はじける。猫や犬や魔法使いは両親の脚にしがみつき、それまで整然と行進していた者たちが、阻止線を張っている警官に唾を吐きかけはじめる。頭上を旋回しているヘリコプターの轟音は、大きくなったり小さくなったりしながら、ときにはシティから聞こえてくる警報を掻き消したり、ときにはソロでリズムを刻んだりしている。一方、シティからはよりいっそう混乱した者たちの一群が、テロの噂を撒き散らしながらやってきて、チープサイド通りを封鎖している機動隊と向きあった群衆に合流しはじめる。

「ここから先の道路は封鎖します。デモ行進はただちに中止してください」

群衆のあいだから、最初の瓶が投げられ、宙に低い軌道を描く。それはくるくるまわり、水か小便かわからない液体を警官の頭に引っかけ、それから地面に落ちて砕ける。ほかの瓶がそのあとに続く。

デモ隊のあちこちに紛れこんでいた不届き者たちが、ポケットにしのばせていた覆面をつける。ここからは、ガラスを割ったり、車に火をつけたり、石を投げたりする時間だ。

最初の火は早春の花のように燃えあがり、風に乗って、何マイルも先まで広がっていく。

「ありうることよ、ラム」

「ありうることよ？　趣味の飛行機がシティの高層ビルに突っこむなんてことが、本当にあると思うのか」

「危険はおかせないわ」

「撃ち落とすつもりか」

「ハリアーはもう緊急発進している。必要な措置がとられるはずよ」

「ロンドンのどまんなかで？」

「必要とあらば」

「正気か」

「わからないの、ジャクソン。このような事態は何年もまえから想定していたことなのよ」

「廉価版の9・11ってことか。ソ連の老いぼれスパイがそんなことをすると本当に思うのか。カチンスキーは冷戦時代の生き残りだ。新世代のテロリストじゃない。ばかばかしいにも程がある」

「だったら、アルカディ・パシュキンが〝ニードル〟で打ちあわせをしているのは偶然だと――」

「パシュキンは関係ない。きみとウェブがパシュキンを取りこもうとしているのをモスクワが知ったとしても、こんなことはしない。パシュキンが帰国するのを待って、ゴミ圧縮機にかけたらすむ話だ」

「ラム――」

「われわれは一歩ずつここに近づいてきた。ディッキー・ボウの殺害。アップショットまで続いていた足跡。道ぞいには明りがともっていた。隠されていたのは、ミン・ハーパーの死の真相だけだ。そこで実際に何が起きているのかはわからないが、それはわれわれが考えているようなことじゃない。〝ニードル〟はいまどうなっているんだ」

「警戒警報が出ている。機動部隊がいまそこに向かっているところよ」

ラムは言った。「建物を封鎖したら何が起きると思う？」

クラブハウスのなかはまえと同じではなかった。冷蔵庫も椅子も元の位置にあり、古い机の上には書類が散らかったままだが、積みあげられていた段ボールの山は崩れていて、そこにかかっていたビニールシートは床に放り投げられている。リヴァーは床に膝をついて、箱を調べはじめた。そのなかに入っていたのは、Ａ４サイズの紙の束だったにちがいない。箱のひとつに、数枚残っていた。ビラだ。

グリフ・イェーツが息を切らせながら飛びこんできた。顔にはまだ血がこびりついている。手には携帯電話が握られている。「借りてきたぞ」

リヴァーは携帯電話を受けとると、頭で処理できる以上の速度で番号を押した。

「キャサリン？　爆弾じゃなかった」

返事はかえってこない。

「キャサリン？　聞こえてるか」

「だったらいったいなんなの」

「本部に連絡したのか」

「リヴァー……あなたがコード・セプテンバーだと言ったのよ」

「でも、それは正式な――」

「正式なコード名じゃないことはわかってる。でも、それが何を意味するのかはわかってるわ。だから、ええ、本部に連絡したわ。いったい何がどうなってるの、リヴァー」

「それで、本部はどうしたんだ」

「シティに警戒警報を出したわ。テロの危険がさしせまっているということで」

「く、くそっ！」

「高層ビルでは避難が始まっている。もちろん、例のロシア人がいる〝ニードル〟も例外じゃない。どういうことか説明してちょうだい、リヴァー」

「爆弾じゃなかった。テロじゃない」リヴァーは手に持っているビラに目をやった。そこには、まえに見たことのある絵が印刷されている。様式化された都会の風景で、いちばん高いビルに雷が落ちている。紙の下のほうには、〝ストップ・ザ・金融街〟と記されている。

「ビラをまこうとしているだけだ」

「ビラ？」

「そうだ。デモ隊の上にビラをばらまこうとしてるんだ。でも、誰かがわれわれに爆弾テロだと思わせようとした。テロ警戒警報を発令させるために。人々を避難させるために」

「〝ニードル〟からってことね」キャサリンは言った。


ルイーザの携帯電話はつながらない。マーカスのも同じだ。テーブルの上に置いてあったマイク状の機器がなくなっている。パシュキンとピョートルが持ち去ったのだろう。だが、そこまでの距離はそんなに遠くなく、それで電波を妨害しているにちがいない。

ルイーザはウェブの傷の具合を見にいった。銃弾は胸に当たっているが、いまのところ呼吸はある。息を吐くと、口に泡ができ、吸いこむと、ヒューと鳴る。だが、できることはいくらもない。振り向くと、マーカスは床に倒れたキリルを見おろしている。

「昨日のうちに隠しておいたのね」

拳銃のことだ。それ以外に説明はつかない。テーブルの下にテープで貼りつけておいたのだろう。

マーカスは言った。「条件が悪すぎたからね。出たとこ勝負というわけにはいかない。相手はまともな人間じゃない」

キリルが意識を取り戻し、警報の甲高い音とは対照的な低い小さなうめき声をあげた。ルイーザは傷ついた左足を手で押さえた。「痛い？」

ロシア語で毒づく声があがる。

「そうだったわね。あなたは英語を話せないんだったわね」さらに強く押さえて、「どう、痛い？」

「糞ったれ、このアマ！」

「それはイエスってことね。あなたたちはここでいったい何をするつもりなの？」

マーカスはひとりでキッチンのほうへ歩いていく。

「あなたの仲間はここから出ていった。あなたを置いて。また戻ってくると思う？」

「ふざけやがって」その言葉は行方をくらませた仲間たちに向けたものだろう。

「ふたりはどこへ行ったの？」

「下だ」

キッチンからガラスが割れる音が聞こえ、マーカスが消防用の斧を持って戻ってきた。

ルイーザはキリルに視線を戻した。「下」と繰りかえしたとき、ふと思いあたった。「ランブル社？　新型の電子書籍リーダー？　そのためなの？　試作品を盗むのが目的なの？」

マーカスが斧を打ちおろし、ドアが揺れる。

ルイーザはまたキリルの左足を押さえた。「ドアが開くまえに答えなさい。ミンはなぜ殺されたの？」

屋外には、春のうららかな陽があふれ、花粉が舞っている。先ほどまで怒りまくっていた士官は、話を聞いて、国防省の管轄地への侵入より重大な事態が発生していることを理解し、いまは国内の警戒レベルを電話で確認している。グリフ・イェーツはどこかへ顔を洗いにいった。すぐ近くのジープの横には、先ほどの兵士のひとりが所在なげに立っている。

リヴァーはあらためて保安局のＩＤカードを見せた。「行かなきゃならないところがある」

「それで？」

「今回のことで、あんたには味方が必要になる」リヴァーは言いながら思った。味方は自分にも必要になる。「二分以内に村へ連れていってくれたら、味方がひとりできる」

「きみはジェイムズ・ボンドなのか」

「通ってるジムは同じだ」

「やれやれ」

ワシが大きな声で啼《な》きながら空に大きな弧を描いている。

「仕方がない。早く乗れ」

それからの二分を、リヴァーはもう一度キャサリンと話をすることに充てた。

「ハリアーは引きかえしたのか」

「知らないわ、リヴァー」キャサリンの声はいつになく震えている。「もちろん連絡はとったけど……近くにテレビはある？」

「いいや」

「シティは大混乱よ。世界の半分のひとがそこから逃げだそうとしていて、デモ隊はそこへ押し寄せている。ああ、なんてことなの……わたしたちのせいよ」

自分のせいだ。

「キングス・クロス駅の一件を越えることはできないと思っていたのに」胃のなかでは恐怖の大きなしこりができている。

「今度こそ間違いないのね。飛行機は〝ニードル〟に突っこもうとしているのじゃないのね」

「われわれは一杯食わされたんだ、キャサリン。ぼくも、ラムも、みんな。混乱を引き起こすためには、かならずしも飛行機をビルに突っこませる必要はない。われわれにそう信じこませるだけでいいんだ」

「問題はそれだけじゃない。あのパシュキンという名のロシア人。あれは実在の人物じゃない」

「だったら誰なんだ」

「そこまではまだわかっていない。ルイーザとマーカスの携帯電話は通じなくなっている。

いまホーがシャーリーといっしょに〝ニードル〟に向かっているところよ」

「全部つながってるんだ。それは間違いない。とにかく飛行機を撃ち落とすのはやめさせてくれ。パイロットが受けとっているのは誤情報だ」

「できるだけのことはするわ」

リヴァーはいらだたしげにジープの天井を叩いた。「ここだ。ここでいい」

教会の前、とイェーツは言っていた。そこにトミー・モルトはいる。表通りから教会へ続く道にいる。

ジープがセント・ジョン・オブ・ザ・クロス教会の屋根つきの門の前でとまると、リヴァーはすぐに駆けはじめた。


マーカスがまた斧を振りおろしたとき、轟音が床を揺らした。ルイーザは叫んだ。「な、なんなの？」

マーカスは動きをとめた。斧の刃はドアに一インチほどめりこんでいる。「プラスティック爆薬だ」と言って、ドアから斧を抜きとる。

プラスティック爆薬。ルイーザはキリルのほうを向いた。「そういうことなの？　警戒警報が出たら、プラスティック爆薬を使ってランブル社に押しいるってことなの？」

「数百万ポンドの仕事だ」食いしばった歯のあいだから、声が絞りだされる。

「それはそうでしょうね。はした金のために、これだけのことをする者はいない」

階下からまた轟音が響いた。ドアを吹き飛ばしながら進んでいるのだろう。だとしたら、時間はいくらもかからない。用がすめば、あとは一階まで降りていって、群衆にまぎれこめばいいだけだ。建物から出ていくときにチェックはされないし、入ってきたときの記録も残っていない。近くに車をとめてあるのだろう。報酬を山分けする相手はこれでひとり減ったことになる。

バキッ！　斧が振りおろされ、木片が飛び散る。

ルイーザはキリルの脚を蹴った。「ミンは彼を見たのね」

うめき声があがる。「脚が……医者を呼んでくれ」

「ミンはパシュキンあるいはパシュキンと名乗っている者を見た。本当なら、モスクワにいるはずなのに。でも、実際はモスクワじゃなく、エッジウェア・ロードの安宿にいた。アンバサダー・ホテルは必要でもないのに気楽に泊まれるほど安くない。下賤な泥棒には敷居が高すぎる。天下の石油王なら話は別だけど。だからミンを殺した」

「殺すつもりはなかったんだ。最初はいっしょに飲んでただけだ。くそっ、脚が――」

バキッ！

「こうするわ、キリル。あんたの仲間を殺したら、わたしはここに戻ってきて、その脚をどうするか決める。それでいいわね」ルイーザは身を乗りだした。「とにかく、ここには斧がある」

その表情からは、それがジョークだとはかならずしも断定できない。

斧の次の一打のあと、音が変わった。

「開いたぞ」マーカスは言った。

ルイーザはキリルの脚をもう一度蹴り、それからドアのほうへ向かった。

無線を切って飛行したことはこれまで一度もない。そのせいで、この日の朝はいつもとちがった感じがする。目の前にはいつものように計器盤があり、その向こうには空っぽの空が広がっていて、隣にはダミアンがいる。そういった見慣れたものの上に何かが覆いかぶさっていて、そのせいで夢のなかの出来事のような気がする。ロンドンの街は次第にはっきりとしたかたちを取り結びつつある。屋根と道路は大きなかたまりとなり、そのひとつひとつがバスと車の列によってつながれている。

後ろには自作のビラが積みあげられている。そこには、自分たちの行動が何を意図するものであるかが明記されている――金融街の横暴を許すな、銀行をぶっつぶせ。細かいことは書かれていないが、ビラを見れば、それが今回の抗議活動の一翼を担うものであることは一目でわかる。世界には強欲と不正がはびこっている。それはいつだって同じで、なにもいまに始まったことではない。だが、だからといって、それを変える努力をしなくてもいいということにはならない。

「無線をつけたほうがいいんじゃないか」ダミアンが言った。「無線なしじゃ危険だ。違法だし」

「だいじょうぶよ。これだけ低いところを飛んでいれば、ほかの飛行機の邪魔になることはない」

「そうかもしれないけど――」

「無線を切ってるからといって、何が起きるというの。撃墜？　わたしたちは撃墜されるっていうの？」

「そうじゃないけど――」

「あと数分でロンドンの中心部よ。そこまで行けば、わたしたちが何をしようとしているかは誰の目にもあきらかになる。アップショットに戻ったら、わたしたちは逮捕され、罰金を支払わされる。でも、それでおしまいよ。それくらいのことは、離陸するときからわかっていたでしょ。しっかりしてちょうだい」

だが、スカイホークのエンジン音の向こうからは、ふたつの低い音がかすかに聞こえていた。それはケリーの未来が変わったことを示すものでもあった。空から自作のビラをまき、跳ねっかえりの烙印を捺されるだけだったはずなのに、いつのまにかかつてのテロ攻撃で極端に用心深くなった国が講じる自衛策の対象となってしまっていたのだ。だが、そういった事実はあまりに現実離れしていて、予想だにしていないことだったために、ケリーはその音を気にとめなかった。その隣で、ダミアンの声はより大きくなり、このときには恐怖の色があらわになっていた――〝ダウンサイド・マン〟で話していたときとはちがって、あまりいい考えとは思わなくなってきたよ。自分たちの力を過信するのはよくないんじゃないかな。

そんなことはない。飛行機がロンドンの中心部に近づくにつれて、ビルはより高く、より密集していく。飛行機の下から聞こえてくる音は次第に大きくなり、空間を埋め、ほかのすべてのものを呑みこんでいく。

セント・ジョン教会の墓地で、トミー・モルトあるいはそう呼ばれていた男は、ジョー・モーデンなる教会ゆかりの故人を偲ぶために置かれたベンチにすわっていた。その前には教会の西側の壁があり、その横には鐘楼がそびえていて、夕日が薔薇窓を照らすと、建物のなかは淡いピンク色の光に包まれる。だが、いまはまだ陽の陰になっている。モルトの頭には、教会のゲートの脇に植えられたサンザシと同じくらい村になじんでいた赤い帽子もなければ、そこからはみだしていた白い髪もない。このときは禿げ頭で、一気に老けこんで見え、リヴァーが近づいても、立ちあがりもしない。この中世の教会で、ここがアップショットと呼ばれるようになるまえの村の変遷に思いを馳せているかのように見える。片方の手にはiPhoneが握られている。もう一方の手はベンチの背もたれの後ろにまわされていて、こちらからは見えない。

リヴァーは言った。「忙しい朝だ」

「このあたりはそうでもないよ」

「あんたはニコライ・カチンスキーだな。ラムから話を聞いている」

「そういう男であるときもある」

ったりもする」

「と同時にアレクサンドル・ポポフであったり、アレクサンドル・ポポフをつくった男であ

カチンスキーは興味を覚えたみたいだった。「それは自分で見つけだしたことか」

「誰にだってわかる」リヴァーは言い、カチンスキーとのあいだに少し距離を置いてベンチに腰をおろした。「そのためにあれやこれやとお膳立てを整えてくれたんだから。いんちき語学学校の経営者にできるようなことじゃない。もちろん、暗号課の職員にもだ」

「暗号課の職員を馬鹿にしちゃいかんな。どこの行政官庁でもそうだが、実際の仕事は全部下っ端の人間がする。上の連中がするのは会議だけだ」

鐘楼の影のなかで、カチンスキーの顔は白く見える。頭に髪の毛はほとんどなく、頬と顎には、白い不精ひげが生えている。瞳には白い靄がかかっていて、何かが落ちたり這いあがってきたりしないようにするため井戸にかぶせた蓋のように見える。

「七月七日のテロのときでさえ、ロンドン市民は平静さを失わなかった。多くの人命が失われたが、そういう意味では、それはわれわれの勝利だった。でも、今朝のシティは、ハービー・ニコルズのセールの初日なみだ」

カチンスキーはiPhoneを振った。「ああ、これで見ていたよ」

「それが目的だったのか」

「あれは付随的なものだ。パシュキンなる男の目的は、混乱に乗じて〝ニードル〟のテナントからお宝を盗み出すことにあったんだよ」携帯電話にちらっと目をやって、「本当ならそ

ろそろ連絡があってもいいころなんだが。もしかしたら、プランの一部に狂いが生じたのかもしれん」

「それはパシュキンのプランであって、あんたのプランじゃない」

「もちろん。目的がちがう」

「でも、あんたたちは協力しあっていた」

「パシュキンはわたしが必要とするツテをいくつか持っていた。たとえばアンドレイ・チェルニツキー。その昔、わたしはその男と組んできみたちの仲間のディッキー・ボウを拉致したことがある。ポポフ伝説をでっちあげるため、その姿をちらっと見せる必要があったからだ。もちろん、信憑性はそんなに高いものでなくてもいい。案山子《かかし》がなんとなくそれらしく見えればいいのと同じだ」

「そこまではわかっている」

「よかろう。その後、アンドレイ・チェルニツキーは仲間たちの多くがそうしたように、身すぎ世すぎのために民間企業に就職した。つまり、きみたちがアルカディ・パシュキンと呼んでいる男の下で働くことになったんだ」

「ディッキー・ボウにあとを尾《つ》けさせるために力を借りなきゃならなかったということだな」

「そのとおり。おたがいの利益のために手を結んだんだ。パシュキンがほしいものをすでに手に入れたか、これから手に入れようとしているところかはわからない。さっきも言ったように、連絡はまだ来ていない」

リヴァーは首を振った。身体の節々が痛むが、その奥では、興奮が脈を打っている。いま自分は生まれてはじめて本物の敵と面と向かっている。それは自分の敵というより、祖父の敵であり、ジャクソン・ラムの敵だ。いま自分は昔のスパイたちの闘いの歴史に立ち会っている。片田舎の教会の墓地で、どこの誰とも知れぬ死者たちに見守られながら……

リヴァーは言った。「それだけなのか。シティの機能を停止させることだけがあんたの狙いだったのか。だとしたら、無駄骨でしかない。時局を憂える社説が何本か出るだけで、すぐにすべて忘れられてしまう」

カチンスキーは笑った。「きみの名前は？　きみの本名は？」

リヴァーは首を振った。

「わかった。聞かないでおこう。ところで煙草を持っていないかね」

「煙草は身体に毒だ」

「まだ笑いの要素が残っているということか。だとしたら、われわれのあいだには多少の希望がある」

「そういうことなのか。あれは手のこんだジョークだったのか」

「好きに解釈すればいい」カチンスキーは言った。「でも、どうだね。だとしたら、ジョークの落ちを聞きたくないかね」

ここはたぶん二十階だ、とローデリック・ホーは思った。胸は大きく波を打ち、息には血の味が滲んでいる。もしかしたら、もっと上かもしれない。シャーリー・ダンダーのあとを追ってロビーに飛びこみ、ただひとり持ち場に残っていた警備員に身分証明書を見せたとき、指をさして教えられたのが、どこまでも続く階段だった。それを二十階分くらいのぼったが、シャーリーの姿はどこにも見あたらない。聞こえるのは警報の音だけだ。それは階段の壁に反射して、ロビーにいたときよりずっと大きく聞こえる。いまは四つんばいになって、あえいでいるので、なんだか犬になったような気がする。額は階段に接触している。唇からはよだれが垂れている。意識は朦朧としている。自分はいったい何のためにこんなことをしてるのだろう。

ルイーザとマーカスに身の危険が迫っているから？　知ったことか。

パシュキンが石油会社のオーナーでなかったから？　知ったことか。

シャーリー・ダンダーに虚仮《こけ》にされたから？　知ったことか。

オフィスに戻り、ネットの深い海へ潜っていたい。

〝あなたはＭＩ５の一員なのよ〟

たしかに。でも、それがどうした。

勤務実態をでっちあげるためにつくったプログラムは、いまこの時間も作動している。リージェンツ・パークでそれをチェックしている者は、ホーが〈保管庫〉であくせく働いていると思っているにちがいない。分類、保存。分類、保存。分類、保存。息を切らせていないかったら、笑っていたところだ。このジョークを聞かせる者がいないのが残念でならない。これほど笑える話はない。

あの娘の名前はなんといったっけ。ショーナ？　シャーナ？　計画では、いまのボーイフレンドとの関係を終わらせたあと、ジム帰りの途中でばったり出くわすことになっている。でも、たぶんそんなことにはならない。ボーイフレンドとの関係を終わらせるのは簡単だ。その程度のことはネット上の細工でいくらでもできる。でも、実際に彼女の前に進みでて、声をかけることは？　そんなことはできない。たとえできたとしても、そんなプログラムをつくったという話をして聞かせるわけにはいかない。

キャサリン・スタンディッシュはどうか。彼女はすべて知っている。じつのところ、そのことを面白がっているように見える。

なぜ自分がこんなことをしているのか、ようやくわかった。キャサリンに言われたからだ。ルイーザ・ガイとマーカスなにがしを助けにいけと言われたからだ。

ため息をつくと、ホーは立ちあがって、二十一階であるはずのフロアへとよろめきながら進んでいった。

実際のところ、そこは十二階だったのだが。

非常口を抜けると、マーカスは腰をかがめ、両腕を前に突きだし、銃口を前、左、右、そして上へ向けた。誰もいない。「だいじょうぶだ」

ルイーザもそのあとに続いて非常口を抜ける。そこは六十八階で、ガラスのドアに、洒落た字体で〝ランブル〟と記されている。部屋の明かりはついているが、ひとの気配はない。デイヴィッド・ホックニーの《大きな波しぶき》の巨大なレプリカがかけられた受付にも、人影はない。マーカスはドアに手をかけた。開かない。

「内側から鍵をかけたんだわ」

「やつらはプラスティック爆薬を使っていた」マーカスは言って、一歩あとずさりし、身構え、ドアを蹴った。ドアはびくともせず、蹴ったときの音は警報の音に掻き消された。ランブルのオフィスからひとが出てくる気配はない。

「どういうことだろう」

「壁を通り抜けたのかも」

マーカスは眉を吊りあげた。「あるいは――」

「キリルが嘘をついたのね。ダイヤモンドの会社は何階だったかしら」

吸って、吐いて、吸って、吐いて……

以前シャーリーがポスターで見たイベントのなかに、シティの高層ビルの非常階段を駆けあがり、最上階まで行ったら、今度は駆けおり、それから次のビルに移り、同じことを繰りかえすというのがあった。何かのチャリティの催しのひとつだったにちがいない。そんなことは面白半分ではできない。生命の危険すらあるのだ。

脚はスープのようになっている。非常口のドアには三十二階の表示がある。最後に人影を見たのは二十階だった。大あわてで服を着たように見えるカップルが踊り場に飛びだしてきて、警報が聞こえなかったみたいに、「もう手遅れかしら？」と訊いてきたので、階段の下方を指さし、自分は上にあがりつづけた。

ずっと鳴りつづけている警報に耳が慣れてきたせいもあって、数分前には、別の音が聞こえていた。何かの爆発音にちがいない。いずれにせよ、このような高いところでは聞きたくない音だ。

ルイーザやマーカスとは連絡がとれないが、キャサリンの話によると、警戒警報は間違えて出されたものであるとのことだった。テロリストが爆弾をしかけた可能性はない。だが、あれは爆発音だ。音は小さかったが、聞き間違えようはない。

吸って、吐いて。吸って、吐いて……そのなかにはため息もまじっている。アルカディ・パシュキンは自称している人物ではなく、ふたりのごろつきを連れている。こっちは丸腰だ。だが、素手でも闘うことはできる。考えてみると、その拳のせいで自分はいま〈泥沼の家〉にいるのだ。

足がスープのようになっていたとしても、めざすところまでまだ半分も来ていないとしても、ここで諦めるわけにはいかない。シティはいま完全に麻痺状態にある。それがパシュキンの狙いなのだろう。ここでもたもたしていたら、ルイーザ・ガイとマーカス・ロングリッジに手柄を全部もっていかれてしまう。なにしろリージェンツ・パーク行きのチケットがかかっているのだ。

歯を食いしばり、次の階へ向かう。

そのとき、上からまた音が聞こえた。今度は銃声のようだった。


ケーニッヒ・ダイヤモンド社は六十五階にあった。外側の部屋は荒蕪地《こうぶち》の相を呈している。シルクの飾り布は壁から剝がれ落ち、部屋の中央に置かれていた株立ちの椰子の木は曲がったり、折れたりしている。十二階上まで伝わってきた先ほどの衝撃によるものにちがいない。天井にはまだ煙が漂っていて、造りつけのもの以外の調度はすべて部屋の右側の壁際に押しやられている。奥の壁のまんなかあたりには、蝶番《ちょうつがい》からもぎとられかけた金属製のドアがある。

「逃げだしたあとみたいね」と、ルイーザは言った。

「決めつけるわけにはいかん」マーカスは部屋に入ったときと同じように全方向に銃口を向けながら、金属製のドアを抜けた。ルイーザがあとに続く。

そこは金庫室で、壁一面に細長い金属の箱が並んでいた。そのうちの十以上の箱がこじあけられていて、床にはガラスの破片のようなものが落ちている。だが、よく見ると、それはガラスではない。ダイヤモンドだ。大きさは指の爪くらいある。

床には、ピョートルの死体も転がっていた。頭を吹き飛ばされ、壁に血が飛び散っている。

「これでパシュキンは身軽に動けるようになったってわけだ」と、マーカスは言った。

「そして、いまは階段を駆け降りている」

「行こう」

ふたりはまた階段のほうへ向かい、だが、ルイーザは非常口の前で立ちどまった。「パシュキンはどの階に身を潜めているかわからないわ」

「いや、いまは一刻も早く外に出たがっているはずだ。混乱がおさまれば、逃げだすのはむずかしくなる」マーカスは腰をかがめて、ルイーザの耳もとで声を張りあげなければならなかった。混乱はまだおさまっていないが、警報の音は電池が切れたように小さくなってきているような気がする。

ルイーザは携帯電話をチェックした。「まだ通じないわ。ウェブの怪我のこともある。使える電話を探さなきゃ」

「わかった。おれはパシュキンを探す」

「弾丸《たま》をはずさないようにね」

マーカスはまた底なしの階段を降りはじめ、ルイーザはケーニッヒ社のオフィスへ戻っていった。

「あんたはクレムリンの知恵袋のひとりだったんだな」

「ああ。ただ、表向きはあくまで暗号課の職員だ。ただし、きみたちの聖都に入ることを許される程度の情報は持っていた」

「あんたはポポフをつくった。われわれはそれが実在の人物じゃないとわかっていた。同様に〈蟬〉も架空のものだと考えていた。でも、〈蟬〉は実在していた。問題は、どうしてアップショットでなきゃならなかったかだ」

「誰にだって、住むところは必要だ。そのころには、モスクワをあてにすることはできなくなっていた。〈蟬〉には安眠できる場所を与えてやらなきゃならない」

「みなしかるべき立場にいる人物ばかりだ」

「みなそれぞれに並みはずれた才能を持っていた。有力者に顔がきき、権力の一角に食いこんでいた。こんな中途半端なかたちで終わらなかったら、きっと面白いゲームになっていただろうよ」

「単なる負けおしみだ。彼らはおたがいのことを知っていたのか」

カチンスキーは笑った。笑いすぎて、むせ、ちょっと待ってくれと言うように手をあげた。それはｉＰｈｏｎｅを持っているほうの手で、もう一方の手はいまもリヴァーの視界の外にある。

しばらくしてようやく言った。「基本的には知らないはずだ。でも、薄々は気づいていたかもしれない」

「長い潜伏期間のあと、あんたは表舞台に出てきた。それにはなんらかの理由があるはずだ。あんたは余命いくばくもない。ちがうか」

「肝臓癌だ」

「お気の毒に。痛いだろうね」

「気を使ってもらってありがとう。きみはケリー・トロッパーのことをどんなふうに思っているんだね。きみたちが関係を持っていることは知っている。でも、それは職務の逸脱行為じゃないのか。スパイは必要に応じて女と寝る。若い男はチャンスがあれば誰とでも寝る。きみの場合はどっちなんだ、ウォーカー」

「あんたはなんとも思っていないのか。あんたのせいで、ケリーは死ぬかもしれないんだぞ」

「わたしのせいで？　本人は自分の考えだと言っていたがね」

「自分でそう思っているだけだ。あんたは本当にパシュキンからの電話を待っているのか」

「ああ。でも、こっちから電話してもいい」

「諦めたほうがいい」

「とうに諦めているさ。死とはそういうものだ。誰だって身辺整理をしたくなる」

「復讐ってことか」

「帳尻をあわすため、とわたしは考えている。イデオロギーの問題だとは、きみも思っていないはずだ」

「ああ、強盗目的だとも思っていない。どうしてアップショットでなきゃならなかったんだ」

「その質問はさっき聞いた」

「答えはまだだ。たまたまとは思えない。しかるべき理由がかならずあるはずだ」

太陽は鐘楼を越えようとしている。あと少し待てば、陽は間違いなくこっちにくる。それは日々繰りかえされていることだ。鐘楼の向こうでは、墓石が暖かい陽を浴びているにちがいない。だが、ここのベンチはまだ陰のなかにある。それはカチンスキーにふさわしい場所であるように思える。生身の人間なのに、陽光に照らされた瞬間、ふっと搔き消えてしまいそうな気がする。

「どうしてそんなふうに思うんだね」

「ここがイギリスだからだ」

「おやおや。そう言うなら、バーミンガムもクルーもイギリスだよ」

「絵葉書のようなイギリスってことだ。中世の教会。村のパブ。緑地。あんたはイギリスの典型的な田舎に自分のネットワークを張りめぐらしたかったんだ」

気むずかしい教師のように、カチンスキーはうなずいた。「それもある。ほかには？」

「当時はここにアメリカ軍の基地があった。アップショットは基地のために存在していたような村だ。ほかにこれといったものは何もなかった」

「なんの変哲もない小さな村……アレクサンドル・ポポフをつくった人間がどうしてそんな場所を選ばなきゃならなかったんだね」

一陣の風が丁寧に刈りそろえられた芝生の上を走り抜け、墓石の脇の錫《すず》の瓶に活けられたスイセンを揺らしている。理由はわからないが、祖父が暖炉の火から一匹の虫を救うために小枝をさしのべている姿がふと脳裏に浮かび、一瞬ののちに、炎に呑みこまれた虫のように揺らいで消えた。それでつながった。この静かな教会の墓地で、このときリヴァーが思いだしたのは、そこから遠く離れたところで起きた大惨事のことだった。

「ZT／53235」

カチンスキーは何も言わなかった。だが、その目は〝そうだ〟と答えていた。

「あんたはそこから来た」言いながらも、頭のなかではカチンスキーの言葉がうねっている

――〝帳尻をあわすため、とわたしは考えている〟。ふたりがすわっているベンチには陽がさしはじめたが、寒々しさは募るばかりだった。

ルイーザは電話を見つけて、救急車を呼ぼうとしたが、回線はふさがっていて、いつまでたってもつながらない。いったい何が起きているのか……窓の外を見ると、空に黒い煙がインクのように広がっている。その下では、ロンドンが燃えている。

それで、〈泥沼の家〉に電話をかけて、キャサリンを呼びだした。

「そのとき、ウェブはまだ生きていたのね」

「息はしてたけど、わたしは医者じゃない」

ルイーザはウェブをひとり〝ニードル〟に残していくのもありだと考えていた。実際には、ひとりではなく、キリルもいる。どちらも痛みにのたうちまわっているだろうが、知ったことではない。

「パシュキンはいまどこにいるの？」

「下に向かっていると思うわ。マーカスがあとを追いかけてる」

「無茶なことをしなければいいんだけど」

「わたしは悪党を殺してくれたらいいと思ってる」

「その悪党が先にマーカスを殺さないことを祈ってるわ。マーカスだけじゃなくて、ほかのふたりも」

〝ニードル〟には、ローデリック・ホーとシャーリー・ダンダーもいる。

「シティは上を下への大混乱よ、ルイーザ。援軍は当分期待できないかも」

「援軍より医者が先よ」

「ヘリコプターを手配するわ」

なるほど、そういうことか。

屋上だ。


「ZT／53235」リヴァーは言った。「あんたはそこから来た」

「架空の人物に処女地から生まれた美しい名前は似つかわしくない。そうとも。わたしはポポフに自分自身の過去を与えたんだ」

「でも……当時あんたはまだ子供だった」

「ああ。たしかに信じることは容易じゃないだろう。でも、わたしの記憶は鮮明だ」顔が歪む。「もちろん、生まれ育つのに理想の町だったとは言わない。きみたちイギリス人のせいで焦土と化すまえでさえ」

「町を破壊したのはあんたの国の政府だ。それはなぜか。スパイが潜入していると考えたからだ。でも、実際にはいなかった。スパイなど最初からひとりもいなかった。町は意味もなく破壊されたんだ」

「何ごとにも意味はある。スパイはいなかった。だが、いるという証拠はあった。それが鏡の世界の論理だ。町の警備は厳重をきわめていて、イギリスの情報部は手も足も出なかった。だから、次善の策として、スパイが潜入しているという証拠をでっちあげたんだ。としたら、ほかに方法はない。われわれの政府は町を破壊した。きみたちはいまそれを〝結果〟と呼んでいる。当時は〝勝利〟と呼んでいたんだろうがね」

「遠い昔の話だ」リヴァーは言ったが、それがいまもこれまでも何かを意味するとは思えなかった。

「わたしはイギリス人が考えるソ連の縮図のようなところで生まれ育った。でも、そこは焼き払われてしまった。だから、ここにいるんだよ。世界の誰もが考えるイギリスの縮図のようなところに。当ててみたまえ。次に何が起こるか」

カチンスキーの右手に握られていたものがあらわになった瞬間、リヴァーはすばやく身体を後ろに引いた。だが、それでも遅すぎた。テーザー銃のカートリッジが肘に当たる。一瞬の強い電流のせいで、身体が地面に崩れ落ちる。

カチンスキーは立ちあがった。「パシュキンはわたしが必要とするものをいくつも持っていたと言わなかったかね。これもそのひとつだ」そして身をかがめ、ふたたびテーザー銃を発射する。火花が飛び散り、世界が赤と黒に染まる。「それに、プラスティック爆薬。手練《てだ》れの犯罪者はどんなドアでもあけることができる。きみたちの言い方を借りるなら、超えられない境界はない」

リヴァーはなんとか声を絞りだした。「爆薬……そこに積まれていたのは爆発物じゃなかった」

「ああ。あの飛行機は囮《デコイ》だ。パシュキンの計画を成功に導くための小道具にすぎない。爆弾はここにある。われわれのまわりのいたるところにある」

墓石のことだろうか、とリヴァーは朦朧とした頭で考えた。

いや、ちがう。

カチンスキーはこの村のことを言っているのだ。

「〈蟬〉たちには大型の爆弾をつくれる材料を配り、それを仕掛ける場所を教えてある。彼らは今回のこの指示を長いこと待ちつづけていた。これで自分たちがアップショットに送りこまれた理由がようやくあきらかになったわけだ。われわれはこの村を破壊する」

「正気の沙汰じゃない。彼らがそんなことをするはずはない」

「わたしは彼らに必要なものをすべて与えてきた。身元も、当座の生活の糧も。彼らは二十年にわたって自分たちを眠りから呼び覚ます声を待ちつづけていたんだ。蟬のように。蟬は目を覚まし、そして鳴きはじめる」

「この村に爆弾を仕掛けて、それがいったい何になるというんだ」

「言ったじゃないか。帳尻をあわすためだって。歴史のツケは支払わなきゃならない」

「いかれてる。完全にいかれてる」

「たしかなのかね。彼らがそんなことをするはずはないという確証はあるのかね」

リヴァーの身体には力が戻ってきつつあった。人生最悪の一夜で失われずに残っていたエネルギーを総動員すると、なんとか立ちあがれそうな気がした。だが、奇妙なくらい身体に力が入らない。「彼らはあんたが思っているような人間じゃない。少なくとも、いまはちがう。彼らはここに長くいすぎた」

「だったら、試してみようじゃないか」iPhoneを上にあげて、「電話一本で用は足りる」

「電話で彼らに指示を出すのか」

カチンスキーは笑って、一歩後ろにさがった。「まさか。電話の相手は爆弾だ。きみは爆薬にヒューズがついていると思っているのかね。そうじゃない。爆薬は遠隔操作で爆発する。こんなふうに」

そして、携帯電話の番号を押した。

ルイーザが腰をかがめたとき、ウェブは息をしていて、まぶたがひくひく動いていた。

「死んじゃ駄目よ」反応はない。「このクズ野郎」やはり反応はない。

そこにキリルの姿はなかった。だが、血痕は残っている。

ルイーザはなおも荒い息をつきながら血のあとを追った。キリルは非常階段の踊り場に出て、そこから下ではなく、上へ向かっていた。流血の量からすると、そんなに早く動くことはできないはずだ。血のあとはふたつ上の階の踊り場で途絶えていて、キリルはそこの壁に力なく寄りかかっていた。苦痛に顔が歪んでいる。

「逃げられると思ってるの」

「糞アマ……」

蚊の鳴くような声で、悪態のようには聞こえない。

「パシュキンは屋上にいるのね。ヘリコプターが来ることになってるのね」

キリルは目を大きく見開いたが、何も言わなかった。

ルイーザは武器を持っていない。パシュキンが屋上にいたとしたら、間違いなく狙い撃ちにされる。最後のドアは慎重にあけなければならない。そう思ったが、ドアは風にあおられ、大きな音を立てて開いた。

ロンドンの地上三百メートルのところでは、強い風が吹いていた。

建物の先端部分は屋上の向こう側にあり、鋭い針が青い空に突き刺さっている。その手前には、一列に並んだエアコンの室外機、アンテナ、避雷針、コンクリートの建屋（おそらくエレベーターの機械室だろう）がある。超近代的なビルにしては、お粗末な感じは否めないが、外面《そとづら》と中身はちがうのは世のつねだ。そんなことを考えていたとき、背後のドアに銃弾が突き刺さった。

エアコンの室外機のひとつの後ろに転がりこみ、すぐに上体を起こす。

「ルイーザ？」

パシュキンだ。ここではよほど大きな声で叫ばなければ相手に聞こえない。

ルイーザは叫んだ。「逃げ道はないわ、パシュキン。機動部隊がこっちに向かってるところよ」

パシュキンがいるのは、屋上の西側にあるコンクリートの建屋の後ろのようだ。屋上の東側は一段低くなっていて、平たく、ヘリコプターが発着できるようになっている。いまいるところから街は見えず、空気には油煙がかすかに混じっている。手すりは滑稽なほど細い。だが、奈落の底への転落から守ってくれるものはそれだけだ。強風にあおられないことを祈るしかない。

「心配しなくていい」パシュキンが叫びかえす。「帰りの便は予約してある。きみは銃を持っているのか、ルイーザ」

「もちろん持ってるわ」

「そっちへ行って、取りあげてやろうか」

どうやらここは電波の妨害装置の影響を受けていないらしく、携帯電話の着信音が鳴った。

「いいえ、けっこうよ」

「救急ヘリを呼んだんだよ。いまこちらに向かってきている。ルイーザ――」

「間にあわないわ」

救急ヘリを乗っとるより、自分でパイロットを雇ったほうが手っとりばやいと思うのだが。もしかしたら、パシュキンがいるのはコンクリートの建屋の後ろではないのかもしれない。このエアコンの室外機のすぐ向こうにいて、そこから襲いかかる機会をうかがっているのかもしれない。としたら……望むところだ。

自分だって馬鹿じゃない。消防用の斧を持ってきている。

「ルイーザ。建物のなかに戻って、ドアを閉めろ。わたしはあと数分でいなくなる。〝怪我をしなければ、ファウルにはならない〟と、よく言うだろ」

「この国では言わないわ」

ルイーザは自分の声が震えていないことを祈った。顔をあげると、細長い雲が空を翔《か》けていて、眩暈《めまい》がしそうになる。目を閉じたら、身体が手すりのほうへ転がっていき、その向こうに落ちてしまうかもしれない。

「言うことを聞かないと、きみを殺さなきゃならなくなる」

「ミンと同じように？」

「きみの場合には、銃を使う。でも、結果は同じだ」

冗談じゃない。シティでいちばん高い建物の屋上で、エアコンの室外機の後ろに身をひそめて、りゅうとした身なりの悪党が軽口を叩くのを聞いているなんて。まさしく《ダイ・ハード》だ。

「ルイーザ?」

その声はさっきより近くから聞こえるような気がする。昨夜なら、催涙スプレーと結束バンドで、パシュキンをとりおさえることができたはずだ。それで一件落着ということになっていたはずだ。だが、マーカスに横槍を入れられたせいで、こんなところでパシュキンと向かいあうはめになってしまった。パシュキンは拳銃を持っている。

自分は持っていない。いったい全体、自分はここで何をするつもりだったのか。

その答えはミンの記憶のすぐ横にあった。ミンは一抱えのダイヤモンドのために殺されたのだ。

ヘリコプターの音が聞こえたような気がする。

どうすればいいのか。どうすればいいのか。パシュキンに言われたとおり、建物のなかに戻ることもできる。だが、その途中、背中を撃たれないという保証は何もない。いま街は大混乱に陥っている。パシュキンはヘリコプターをハイジャックし、ハイド・パークに降り立って、群衆のなかにまぎれこむつもりでいるにちがいない。考えなければならない。そう自分に言い聞かせようとしたが、実際は何も考えていなかった。気がついたときには、立ちあがって、コンクリートの建屋の後ろに飛びこんでいた。エレベーターは動いていないらしく、なかから音は聞こえてこない。

そこに倒れこんだとき、案に相違して、銃声は聞こえなかった。持っていた斧が手から離れ、数フィート先に転がり落ちる。

「ルイーザ？」

「ここにいるわ」

「せっかくチャンスをやったのに」

「拳銃を捨てなさい。それで刑期が数年短くなる」

間違いない。ヘリコプターの音だ。間違いない。こっちへ向かってくる。

「きみは銃を持っていない。諦めたほうがいい」

斧のせいで、ばれてしまった。銃があれば、わざわざ重たい斧を持ってきたりしない。

斧はシェルターの外に転がっていた。そこに手をのばした瞬間、銃声があがった。銃弾は手ではなく、斧の柄に当たった。斧が激しく回転する。ルイーザは叫び声をあげた。

「ルイーザ？　怪我をしたのか」

答える必要はない。

ヘリコプターのローター音はどんどん大きくなってきている。操縦士が武装した男に気づいたら、着陸せずに引きかえすだろう。パシュキンが拳銃を持っていることをなんとかして操縦士に伝えなければならない。ミンがここにいれば、馬鹿なことをするなと言うだろう。だが、ミンはここにいない。ミンは殺された。いまここで何もしなかったら、ミンを殺した男は雲《くも》を霞《かすみ》と逃げ去ってしまう。斧が役に立つかもしれない。そう思って、もう一度手をのばす。その手を重いブーツに踏みつけられる。

ルイーザは顔をあげて、パシュキンの目を見つめた。そこには、余計な手間をかけさせられたことに対するいらだちの色がありありと浮かんでいる。手には、サッカーボールほどの大きさの布袋が握られている。

もう一方の手で拳銃を握り、銃口をルイーザの頭に向けている。

「悪いな、ルイーザ」

そのとき、銃声が響き、パシュキンの手から拳銃と布袋が落ちた。ダイヤモンドが子供たちのビー玉遊びのように周囲に飛び散り、いくつかは屋上の縁を越えた。

ここから先は想像でしかないが、通りに落ちていくダイヤモンドは、ガラスの雨のように見えたにちがいない。ヘリコプターのローターが空気を打つ音は少しずつ小さくなっていき、やがて消えた。

カチンスキーが爆薬の遠隔操作の番号を打ちこんだ瞬間、教会の墓地だけでなく、あたり一面がガラスのケーキ・カバーをかぶせられたような静寂に包まれた。太陽は輝きを失い、風はやみ、ツグミはさえずりをやめていた。リヴァーは身体の節々の痛みを忘れ、雷のように空が引き裂かれ、村が崩壊する瞬間を待った。ここで過ごした日々が走馬灯のように頭のなかを駆けめぐる。パブ、食料雑貨店、緑地ぞいに優美な曲線を描いて立ち並ぶ十八世紀のタウンハウス、かつての領主館……そういったもののすべてが、ひとりの老スパイの復讐心を満たすために灰燼に帰すのだ。それは、遠い昔にスパイたちのミラー・ゲームのせいで破壊され、長く忘れられていた町ZT／53235の犠牲者を追悼するための、田舎版のグラウンド・ゼロになる。

あとに残るのは焼け野原だけだ。無益であり、不毛としか言いようがない。

だが、次の瞬間には、太陽に輝きが戻り、風がそよぎ、ツグミはふたたびさえずりはじめていた。

ニコライ・カチンスキーはテクノロジーの進化に取り残された老人のように手に持った携帯電話をじっと見つめている。

「残念だったな」と、リヴァーは言った。その声は元に戻りつつある。

カチンスキーの唇が動くのがわかった。だが、何を言ったのかはわからない。

リヴァーはまた立ちあがろうとした。このときは立ちあがることができたが、足もとがおぼつかず、そのままベンチに寄りかかった。「彼らはここで長いあいだ生きてきた。もうあんたの思いどおりにはならない。ここに送りこまれた理由など、いまではどうだっていい。彼らには彼らの人生がある。彼らはここで生きているんだ」

数台の車がこちらに向かってくる。エンジン音からしてジープのようだ。そのとき、これからここで起きることが頭に浮かび、リヴァーは一瞬とまどいを覚えた。村人たちの多くが潜入スパイであり、熟睡しすぎて起きる気をなくした〈蟬〉であることが、白日のもとにさらされるのだ。

「いいところまでいったんだが」リヴァーは言って、ベンチから手を離した。だいじょうぶ。

立てる。そう自分に言い聞かせながら、歩きはじめる。教会の門に続くこの小道は、まもなく兵士たちで埋めつくされるだろう。

「ウォーカー」

リヴァーは振りかえった。太陽はいつのまにか鐘楼の上に来ていて、カチンスキーは全身に光を浴びている。

「爆弾を持っているのは彼らだけじゃない。わたしも持っている」

そして、携帯電話の別の番号を押す。

爆風がセント・ジョン教会の西側の壁を吹き飛ばした。そのすぐ前にいたカチンスキーは、ひとたまりもなかったにちがいない。のちに、リヴァーは老スパイの身体が中世の壁に押しつぶされるところを夢で何度も見ることになるのだが、実際は衝撃波によって転倒し、壁石が雨のように空から降ってきたときには、屋根つきの門の下で身体を丸め、膝のあいだに頭を埋めていた。だから、カチンスキーの死に続いて、鐘楼が揺れ、宙に浮き、踏んばり力を失い、ゆっくり傾いていくところは、見たのではなく、音を聞き、感じただけだ。結果的に、鐘楼は門のほうには倒れてこなかった。そうでなかったら、死後の世界がどんなところであるにせよ、リヴァーはカチンスキーといっしょにそこの住人になっていただろう。鐘楼が墓地とその先の小道へ崩れ落ちていく時間は、それが何百年ものあいだ触れあってきた空から引き離される事態の異常さを強調するように、永遠とも思えるほど長く続き、静寂と砂ぼこりのなかから索漠たる光景がとつぜん現出したあとも、衝撃はしばらく消えなかった。

マーカスはパシュキンが絶命していることを確認してから、ルイーザの身体を抱え起こした。

「階段でシャーリーと出くわしたんだ。でも、シャーリーはパシュキンと出くわしていない。それで、屋上だと思ったんだよ」

「助かったわ」

「言っただろ。おれが〈泥沼の家〉送りになったのはギャンブルのせいで、頭がおかしくなったからじゃないって」

ヘリコプターが着陸し、マーカスはそちらに向かって歩いていった。

デモ行進が中止に追いこまれた日、ロンドンではあちこちから火の手があがっていた。ニューゲート通りでは、車やバスが放火され、警察の武装部隊ジャンケルは火炎ビンの洗礼を受けた。翌朝の新聞の第一面には、油煙に包まれたセントポール大聖堂の写真が載ることになるだろう。だが、暴動は日没までに完全に鎮圧された。最近の治安の悪化は警察の弱腰のせいであるという批判を受けて、今回は強硬路線が採られ、大勢の暴徒の頭が割られ、逮捕されていた。デモ隊は散り散りになり、扇動者は護送車に詰めこまれ、裏通りに封じこめられていた群衆は夕方になってようやく帰途につくことを許された。治安当局のトップは記者会見の席で警備は万全であったと胸を張った。だが、それによって、シティの機能が完全に停止したという事実が変わることはない。

火に油を注いだ噂がある。その日の朝、爆弾を搭載した飛行機が空軍の戦闘機に撃ち落とされたという投稿がツイッターにあり、それがいつのまにか事実としてまかり通るようになったのだ。だが、実際にはさほど人騒がせなものではなく、一機のセスナ・スカイホークが空軍機に進路を遮られ、基地へ誘導されただけで、機内に手作りのビラの山が積みこまれていたという事実が世間に広く知られるようになるのは、翌日になってからのことだった。

同じころ、短兵急にシティに避難命令を出したことに対して、保安局、より正確に言うなら、保安局の〝歯止め会議〟の議長がその責任を問われることになった。ロジャー・バロウビーはそのとき局の事実上のナンバー・ワンであり、彼の勧告によって、内務大臣はシティに警戒警報を発令したのである。バロウビーはまわりの者がみな驚くほどあっさり責任をとり、キングを守るルークの役割を知っている人物と評されたくらいだった。辞任のセレモニーはかたちだけのもので、退職の記念品としてミース・ファン・デル・ローエの椅子のレプリカを贈られたという。

セントラル・ロンドンでは、多くの商店や企業が一時休業していた。道路を行き交う車の数も普段よりずっと少なく、街全体が息をひそめているようだった。誰もがこの日は早く家に帰ろうと思っていたにちがいない。その界隈でいちばん賑やかな通りにさえ、ネズミ一匹うろついていない。

もしネズミにその気があったら、〈泥沼の家〉に侵入するのは簡単だっただろう。その立派なヒゲは伊達《だて》ではない。なんの苦もなく、開かずのドアの下の隙間からなかに潜りこみ、カーペットの敷かれていない階段を駆けあがり、そこのオフィスの戸口で立ちどまる。ゆらゆら揺れるピザの箱の山や、飲み残しでべたついている空き缶の列は魅力的だが、その向こうにはローデリック・ホーがいる。慣れない運動をしたせいで疲れたらしく、机に頬を押しつけ、眼鏡を斜めにかけ、大いびきをかいている。その口からこぼれているよだれも、三番目のランチ・オプションになりそうだったが、いびきと寝言のあいだにとつぜん大きなうめき声があがったので、それどころではなくなった。ネズミは尻尾を巻いて出ていき……

そして、隣の部屋へ。先日のネコの場合とちがって、今回のこの侵入が何かのテストではないかと思われるようなことはない。それは百パーセント敵対的行動としか見なされない。部屋には、ぎすぎすとした険悪な空気が漂っていて、それは壁にもカーペットにも染みこんでいる。シャーリー・ダンダーとマーカス・ロングリッジは、自分たちのどちらかがダイアナ・タヴァナーによって送りこまれたスパイだと思っている。そして、それは自分ではないのだから、相手がそうだとおたがいに信じている。この日ふたりが交わした言葉は〝ドアを閉めてくれ〟だけで、〝ニードル〟での出来事が話題にのぼることはなかった。ふたりがそれぞれ見聞きしたことから導きだした結論からすると、保安局の公式見解は次のようなものになる――ジェームズ・ウェブはアルカディ・パシュキンと名乗る犯罪者を罠にかけようとした。それは決して軽んじることはできない重要なオペレーションだったが、〈遅い馬〉がかかわったことによって、結果は散々なものになった。自分たちがやったことへのねぎらいの言葉は期待できない。もちろん、リージェンツ・パークへ呼び戻されることもない。そういった事実も、この部屋の雰囲気をより重苦しいものにしている。ただ、ジャクソン・ラムにその気があれば、多少の改善の余地はあるかもしれない。ダイアナ・タヴァナーは新入りのひとりと通じていると言ったが、それは根も葉もない戯言《たわごと》で、単なる攪乱戦術にすぎないことを、ラムは最初から承知していた。ロジャー・バロウビーの一件を見てもわかるとおり、この種の小細工はタヴァナーの十八番《おはこ》だが、相手がジャクソン・ラムである場合には、よほど心してかからなければならない。タヴァナーのスパイが本当に〈泥沼の家〉にいたのなら、ウェブがふたりの〈遅い馬〉を臨時に使っていたことは、ラムからその話を聞くまえに知っていなければならなかった。ただでさえ、タヴァナーはラムに弱いところを握られている。ニック・ダフィーがミン・ハーパーの死に関しておざなりな調査しかしなかったことに対する監督責任は重い。その片はいつかどこかでつけなければならない。が、いずれにせよ、この部屋に充満する不信の念に、気のいいネズミは耐えられず、そそくさと部屋を出ていき、さらに上の未知の領域をめざすことになる。

　そこで見つけるのはリヴァー・カートライトの姿だ。スパイダー・ウェブがかつぎこまれたセント・メアリー病院に電話をかけ、救急救命科の医師と話をした直後で、やはり黙りこくっている。かつての友人の症状のことを考えているようだが、悲しんでいるのか喜んでいるのかはわからない。だが、実際のところ、このときのリヴァーの頭には、それとは別の感情もあった。たとえば、疑念とか。祖父がＺＴ／５３２３５という記号を覚えていたのは、それがずっと心に引っかかっていたからではないだろうか。祖父はあの閉鎖都市にスパイがいるとソヴィエト当局に信じこませる絵図を描いたひとりだったのではないだろうか。ＺＴ／５３２３５が破壊され、何千人もの命が失われたのは、一九五一年のことだ。当時のディヴィッド・カートライトは孫のいまの年齢くらいだったにちがいない。はたして自分にそんなことができるのだろうか。問題となるのは人命ではなく擦ったマッチの数であるようなミラー・ゲームを何食わぬ顔でやってのける自信はない。この次、祖父を訪ねたときには、そのような考えが脳裏をよぎることになるのだろうか。それとも、スパイの秘密として懐の奥深くにしまいこみ、いつものように慈愛に満ちた温かい挨拶をすることになるのだろうか。

　だが、それは一匹のネズミにどうにかできる問題ではない。それで、隣の部屋を覗くと、ルイーザ・ガイがいて、そこにはそれまでとはちがった種類の沈黙が垂れこめていた。小さな物音を掻き消すために使われるような沈黙だ。はねかえってくるものは何もない。はねかえす者もいない。部屋にあるもうひとつの机は空いていて、誰も使っていない。しばらくすれば、新参者がその席に着くようになる。ラムが言うように、〈泥沼の家〉は出来損ないの集まりであり、出来損ないはいくらでもいる。ルイーザが涙ぐんでいるのは、その机のことを思ってのことかもしれないし、自分の帰宅を待つ部屋の空虚さを思ってのことかもしれない。ふたりで過ごすには狭すぎた部屋だが、ひとりでは広すぎる。最近手に入れたものも、この空虚感を満たしてはくれない。それはいま使い道のなくなった新しい下着のあいだにそっと置かれている。指の爪サイズのダイヤモンドだ。重さにすればドーナツ一個分もないが、その価値は想像もつかない。それをたしかめると、これまでは越えることを考えてもいなかった一線を越えることになる。だから、当分のあいだ下着のあいだから出すつもりはない。それが約束してくれるのは、空っぽの世界から別の空っぽの世界への逃避行でしかない。未来はそれ以上のものではない。空っぽの世界から別の空っぽの世界へ。合わせ鏡のように、それがどこまでも続いていく。

涙ぐむのは当然のことだ。この癒しようのない悲しみからネズミが静かに離れようとするのもやはり当然のことだ。さらに階段をあがり、最上階である四階に出ると、キャサリン・スタンディッシュの部屋がある。たとえそのネズミが実際に目に見えるものであったとしても、キャサリンはなんの恐怖も感じない。振り向くと姿を消している幻は、これまでいやというほど見てきた。でも、それは遠い昔のことであり、大事なのはこれからの先の日々だ。これまではたいていのことに冷静に対処できてきた。これからもそのつもりでいる。胆力は糞いまいましいジャクソン・ラムと毎日向かいあうことによって磨きがかかっている。ラムはいま自分のオフィスにいる。ドアは固く閉ざされているが、ネズミならなんとか部屋のなかに入ることができる。雑然と積みあげられた電話帳の山の上にのぼると、そこで立ちどまり、ヒゲを震わせ、鼻をひくつかせる。ジャクソン・ラムは机の上に足を乗せ、目をつむっている。膝の上には新聞がのっていて、開かれたページには、コッツウォルズで起きた局地的な地震に関する奇妙な記事が出ている。その地震によって、地元住民に愛されてきた古い教会が倒壊したが、幸いなことに犠牲者はひとりだけだったという。ラムは考えている。ニコライ・カチンスキーが生みだしたアレクサンドル・ポポフという男の亡霊は、生まれ故郷とは似ても似つかない平和な村で、そこを生まれ故郷と同様に破壊するという思いを果たせないまま、この世から消え失せた。〈蟬〉と呼ばれる潜伏スパイたちは深く眠りすぎ、そのあいだに見せかけの人生は本物の人生になっていた。幸か不幸か〈蟬〉が目を覚ますことはこれからもない。廊下の向こうにいる者も、眠っている者をあえて起こそうとはしないだろう。そもそも潜伏という技はスパイの十八番《おはこ》だ。

　そんなことを考えながら、ジャクソン・ラムは目を閉じたまま、何か（たぶん煙草だろう）に手をのばす。だが、何も探りあてることができず、仕方なしに目を開く。すると、目の前で、一匹のネズミがヒゲを震わせ、鼻をひくつかせている。それを見て、ラムは一瞬とまどいを覚える。地中深くに埋めた過去を覗き見られているか、すぐに忘れてしまう未来を見透かされているような気がしたからだ。だが、またたきをすると、ネズミの姿は消えていた。実際それまでそこにいたのであればの話だが。

「ネコを飼う必要がありそうだな」と、ラムはつぶやいたが、もちろん聞いている者はいない。

訳者あとがき

〝ヨーロッパに幽霊が出る。共産主義という幽霊が〟と書いたのは、十九世紀の思想家であり革命家のマルクスとエンゲルスだが（と、大上段に振りかざすこともないのだが）、幽霊は幽霊であるがゆえに時空を超越し、ソ連の崩壊と東西冷戦の終結後の二十一世紀イギリスにも、ひょっこり姿を現わしたりする。

そして、その出没場所は、幽霊にまことに似つかわしくないロンドンの歌舞伎町、ソーホーの飲み屋だったりもする。そこにひとりの元スパイがいあわせた。ディッキー・ボウ（蝶ネクタイの意）という馬鹿っぽい名前で呼ばれている男で、その昔イギリス情報部に在籍していたが、これといった手柄も立てず、鳴かず飛ばずで、年金ももらえずにお払い箱になり、いまはロンドンのアダルトショップで働いている。そんなうだつのあがらない男だが、目の前に現われた幽霊の正体にはすぐに気がついた。それは二十年前ベルリンで自分を拉致し、拷問（無理やり酒を飲ませるという拷問!?）にかけたソ連のスパイだったのだ。そこで即座にそのあとを追うことにした。昔とった杵柄《きねづか》で尾行には自信がある。店を出ると、地下鉄でパディントン駅まで行って、そこからウースター行きの列車に乗り、だが途中で電気設備のトラブルにより急きょ代行バスに乗りかえて、オックスフォード駅へ。だが、駅に着いても、ディッキー・ボウはバスから降りてこなかった。席にすわったまま心臓麻痺（おそらく）で死亡していた。

その席の座面のくぼまったところには、携帯電話が突っこまれていて、メールの下書きフォルダーにはダイイング・メッセージらしき謎めいた言葉が残されていた。たった一言――

〝蟬〟

それは何を意味しているのか。イギリス人にとって、〝蟬《シケイダス》〟というのはさほど耳慣れた単語ではない。イギリスに蟬はほとんどいないし、種類もごく少ない。鳴き声を聞いても単なる雑音としか思わないくらい認知度は低い。だが、われらが愛されざるアンチヒーロー、ジャクソン・ラムは知っていた。それが最長十七年という長い時間を地中で過ごし、そのあと地上に出てきて鳴きはじめる変わった虫であることも、そしてそれがスリーパー・エージェントを強く示唆する言葉であることも。

ジャクソン・ラムはただ者ではない。冷戦時代の古つわものとして、異常を察知し、それに対処する能力は群を抜いている。たとえ、大好きなカレーの出前を頼むために受話器を取る以上の運動はしてない太っちょで、酒飲みで、ヘビースモーカーであったとしても。ところかまわず屁をひり、レディの前で股間をぼりぼり搔く礼儀知らずだとしても。部下たちを小馬鹿にし、顎でこき使うことを唯一の楽しみにしているとしても。必要なときには、足音を立てずに歩くこともできるし、ただそこに立っているだけで相手を打ち負かすこともできる（居合いか？）。間違っても上司にはしたくないが、はたから見ているだけだと、なかなかいい味を出していて、たまにではあるが格好よく思えることもある。

さて、ジャクソン・ラムといえば、〈泥沼の家《スラウ・ハウス》〉である。それはロンドンの中心部から遠く離れたところにある黴臭いボロ家で、保安局（通称ＭＩ５）で大きな失敗をした者のためにつくられた、いわば〝追いだし部屋〟だ。あてがわれる仕事といえば、誰がどう見ても退職勧奨のためのいやがらせとしか思えないような、無意味で退屈なデスクワークしかない。

そして、その〈泥沼の家〉で無聊をかこっているのが、〈遅い馬《スロー・ホース》〉だ。前作『窓際のスパイ』ではラムを除いて総勢九人。ひょんなことから禍々しい拉致事件にかかわることになり、その過程で、ある者は命を失い、ある者は静かに〈泥沼の家〉を去っていった。それから数カ月後、いまも残っているのは五人だけだ。

まずはリヴァー・カートライト。前作の冒頭で詳述されているとおり、昇級試験中のちょっとしたミスからロンドンの地下鉄駅を大混乱に陥れ、その責任を問われて〈泥沼の家〉送りになった。祖父はＯ・Ｂ（オールド・バスタード）と呼ばれる伝説のスパイ・マスターだ。

キャサリン・スタンディッシュは十年前まで酒びたりの生活を送っていて、身を持ち崩し、組織のリハビリ施設に長いこと収容されていた。当時、個人秘書として仕えていた保安局の局長が、自宅のバスルームで拳銃自殺しているところを見つけ、その直後に〈泥沼の家〉入りした。

ミン・ハーパーは地下鉄の車内に機密扱いの磁気ディスクを置き忘れ、なのに翌朝ラジオでそのニュースを聞いて、〝世のなかには馬鹿なやつがいるものだ〟と笑っていた。その失敗のせいで、妻と離婚し、子供たちとも切り離されて、落ちこみ、くさっていたが、本書では心気一転、煙草はまだ喫っているものの、健康のためにサイクリングを始め、通勤にも自転車を使うようになった。勢い余って自転車でタクシーを追いかけたりもする。

ルイーザ・ガイは武器の密売人の簡単な尾行に失敗し、市中に大量の拳銃を出まわらせるという結果を招いてしまった。前作で同室のミン・ハーパーといい仲になる。

そして、ローデリック・ホー。中国系イギリス人で、その性格の悪さゆえに、誰からも好かれることはない。コンピューターおたくで、クラッキングやハッキングはお手のものだ。〈泥沼の家〉で唯一知恵を提供できる人物と自負している（それもみんなから嫌われる理由のひとつなのだが）。

今回はそこに新人ふたりが加わる。ラムが言うように、〈泥沼の家〉は出来損ないの集まりであり、出来損ないはいくらでもいる。欠員はすぐに補充される。

ひとりはマーカス・ロングリッジ。カリブ系の黒人で、以前はオペレーション部門で鳴らしていた。切れ者で、ダンディーで、人当たりもよく、〈泥沼の家〉には珍しいナイスガイだが、ちょっと気がかりなのは精神に変調をきたしているという噂があることだ。

もうひとりはシャーリー・ダンダー。こちらは通信課の出で、レスビアンで、コカインの常用者。セクハラ上司に〝足が宙に浮く〟くらいのパンチをお見舞いして、飛ばされた。マーカス・ロングリッジと同室だが、男に対する不信感は強く、〝ドアをしめてちょうだい〟以上の話はほとんどしない。

みな悲しいくらい間抜けで、滑稽だ。負け犬の烙印を捺され、蔑まれ、自尊心を傷つけられ、大きなフラストレーションをかかえながら、日々悶々と過ごしている。それでも、誰も職を辞そうとはしない。みな本部へ戻って、ふたたび第一線で仕事をしたいと思っている。失われかけたプライドを取り戻し、自分の存在理由を再確立するために。そのためなら、何をしてもいいと思っている。藁にもすがる思いでいる。

ということは、そういった思いにあざとくつけこみ、〈遅い馬〉たちをいいように利用しようと考える者もいるということだ。それが本シリーズ唯一の憎まれ役《ヒール》ジェームズ・〝スパイダー〟・ウェブである。リヴァー・カートライトのかつての同僚だが、やたらと上昇志向の強い男で、出世のためなら仲間や友人を裏切ることも辞さない。

そんなわけで、本当なら〈泥沼の家〉にまわってくるはずのない雑用以上の仕事がだしぬけにまわってくることがたまにある。

今回スパイダー・ウェブが持ちかけたのは、イギリスにやってくるロシアの大富豪アルカディ・パシュキンのエスコート役だ。その話を聞いたかぎりでは、ロシア人の用向きは石油の売りこみで、とりたてて警戒を要するものではないはずだが、そこに保安局の小ざかしい陰謀家が一枚嚙んでいるとすれば、そんな口上を額面どおりに受けとることはできない。裏があることはわかっていた。だが、裏の裏があることはわかっていなかった。

ましてや、そこに二十年前ベルリンにいたソ連のスパイや、〝蟬〟と呼ばれるスリーパー・エージェントまで絡んでいるとは、誰も想像だにしていなかった。

旧ソ連のスパイのとつぜんの出現、そこにいあわせた元イギリス情報部員の死、〝蟬〟というダイイング・メッセージ、ロシアのＶＩＰの訪英……プロットは錯綜していて、どこに向かっているのかは最後まで見えてこない。見えてきたときには、それまでなんの脈絡もなかったいくつもの事柄が一気につながり、嵌《は》まらなかったピースが小気味よく嵌まり、あちこちに張りめぐらされていた伏線が次々に回収されていく。秀逸のスパイ小説である。

先の『窓際のスパイ』で読者を楽しませてくれたセンス・オブ・ヒューモアも健在──というより、のっけから全開である。

前作をお読みになっていない方は、この本を開くなり、「なんじゃ、こりゃ？」と思われるにちがいない。このスパイ小説は、なんと、空からいきなり落ちてきた一匹のネコが〈泥沼の家〉見物をするところから始まる。そして、最後は、やはりどこからともなく現われた一匹のネズミが事件後の〈遅い馬〉たちの様子をうかがってまわるところで幕を閉じる。なんとおしゃれな、そしておちゃめな意匠ではないか。

作中に登場する動物はネコとネズミだけではない。〈犬〉も出てくる。ブラック・スワンや、白鯨や、ライオンなども出てくる。その意味はいずれも本文中で説明されているので、ここでは触れないが、ただ本書のタイトルともなっている〝死んだライオン〟については、老婆心ながら一言だけ。それは子供のゲームの名称で、何人かがライオンになり、寝転がって、死んだふりをする。ほかの者はハンターで、ライオンのまわりを囲み、挑発したり、ジョークを言ったりする。それで、ライオンが笑ったり、身体を動かしたりしたら、ライオンの負け、というわけだ。なかなか意味深長ではあるが、これ以上のことを語るのはお耳汚しであり、野暮というもので……

とにかく、ご一読を。きっと膝を叩いていただけると思う。

権威を笠に着るつもりはないが（と言いながら、思いきり着ているのだが）、この作品には折り紙がついている。折り紙をつけたのはＣＷＡ（英国推理作家協会）で、本書は二〇一三年のゴールドダガー賞の受賞作である。ということは、前作『窓際のスパイ』のスティールダガー賞ノミネートに続いての快挙ということになるのだが、著者のミック・ヘロンはあくまで謙虚で、今回の受賞の報を受けて、「わたしの書棚には過去のゴールドダガー賞の受賞作がずらりと並んでいます。『殺しの儀式』とか『黒と青』とか『骨と沈黙』とか。そういった作品の横に拙著を置けるなんて、とても信じられません」と、その弁は慎み深い。

折り紙をずらずらと並べたてるのは、謙虚で慎み深い作家の本意ではないかもしれないが、謙虚でも慎み深くもない訳者の独断で付け加えるなら、本書はさらにＢＢＣフロント・ロウ最優秀クライム・ノヴェル賞を受賞、バリー賞のベスト・スリラー部門とマカヴィティ賞のベスト・ミステリ・ノヴェル部門にノミネートされ、タイムズ紙のクライム＆スリラー・ブック・オブ・イヤーにも選ばれている。

本シリーズの第三作目は ***Real Tigers***（2016）。保安局内で熾烈な権力闘争が勃発、そのあおりを食って、キャサリン・スタンディッシュが誘拐されたり、リヴァー・カートライトが盗みを働かざるをえなくなって捕まったりする。これまでとはやや趣きが異なっていて、著者の間口の広さをあらためて感じさせる作品になっている。請うご期待！

二〇一六年三月

窓際のスパイ

Slow Horses

ミック・ヘロン
田村義進訳

ミスをした情報部員が送り込まれるその部署は〈泥沼の家〉と呼ばれている。若き部員カートライトもここで、ゴミ漁りのような仕事をしていた。もう俺に明日はないのか？　だが英国を揺るがす大事件で状況は一変。一か八か、返り咲きを賭けて〈泥沼の家〉が動き出す！　英国スパイ小説の伝統を継ぐ新シリーズ開幕

ハヤカワ文庫

プリムローズ・レーンの男（上・下）

The Man From Primrose Lane

ジェイムズ・レナー
北田絵里子訳

オハイオの田舎町で「プリムローズ・レーンの男」と呼ばれてきた世捨て人が殺された。なぜか一年じゅうミトンをはめていたその老人は、殺害時、すべての指が切り落とされミキサーで粉々にされていた。断筆中の作家は、この事件には何か特別なものを感じ、調査に乗り出すが……。ジェットコースター・スリラー

ハヤカワ文庫

誰よりも狙われた男

A Most Wanted Man

ジョン・ル・カレ

加賀山卓朗訳

弁護士のアナベルは、ハンブルクに密入国した痩せぎすの若者イッサを救おうと奔走する。だがイッサは過激派として国際指名手配されていた。練達のスパイ、バッハマンの率いるチームが、イッサに迫る。命懸けでイッサを救おうとするアナベルは、非情な世界へと巻きこまれてゆく……映画化され注目を浴びた話題作

ハヤカワ文庫

ティンカー、テイラー、ソルジャー、スパイ〔新訳版〕

Tinker,Tailor,Soldier,Spy

ジョン・ル・カレ
村上博基訳

英国情報部の中枢に潜むソ連のスパイを探せ。引退生活から呼び戻された元情報部員スマイリーは、かつての仇敵、ソ連情報部のカーラが操る裏切者を暴くべく調査を始める。二人の宿命の対決を描き、スパイ小説の頂点を極めた三部作の第一弾。著者の序文を新たに付す。映画化名『裏切りのサーカス』解説／池上冬樹

ハヤカワ文庫

訳者略歴　1950年生，英米文学翻訳家　訳書『窓際のスパイ』ヘロン，『ゴルフ場殺人事件』クリスティー，『アウト・オブ・レンジ―射程外―』スタインバーグ（以上早川書房刊）他多数

HM=Hayakawa Mystery
SF=Science Fiction
JA=Japanese Author
NV=Novel
NF=Nonfiction
FT=Fantasy

死《し》んだライオン

〈NV1375〉

二〇一六年四月　十　日　印刷
二〇一六年四月十五日　発行

（定価はカバーに表示してあります）

著　者　ミック・ヘロン
訳　者　田《た》村《むら》義《よし》進《のぶ》
発行者　早川　浩
発行所　株式会社　早川書房
郵便番号　一〇一‐〇〇四六
東京都千代田区神田多町二ノ二
電話　〇三‐三二五二‐三一一一（大代表）
振替　〇〇一六〇‐三‐四七七九九
http://www.hayakawa-online.co.jp

乱丁・落丁本は小社制作部宛お送り下さい。
送料小社負担にてお取りかえいたします。

印刷・星野精版印刷株式会社　製本・株式会社明光社
Printed and bound in Japan
ISBN978-4-15-041375-0 C0197

本書は活字が大きく読みやすい〈トールサイズ〉です。